Barış Müstecaplıoğlu

DIE LEGENDEN VON PERG
Teil 3: Land der Sümpfe

Aus dem Türkischen von Monika Demirel

binooki

Wieder dankt die Übersetzerin Hulki Demirel für seine tatkräftige Unterstützung.

Die Originalausgabe erschien 2004 unter dem Titel
Bataklık Ülke

Mit der Unterstützung des Programms »Kultur 2007-2013« der Europäischen Union

Kultur

Deutsche Erstausgabe

www.binooki.com

1. Auflage 2015

Lektorat: Erhard Waldner
Satz: Erhard Waldner
Umschlaggestaltung: Josephine Rank

Druck und Bindung: GGP Media GmbH, Pößneck
Printed in Germany
ISBN 978-3-943562-33-0

Barış Müstecaplıoğlu
DIE LEGENDEN VON PERG
Teil 3: Land der Sümpfe

www.legenden-von-perg.de

Willst du deiner Seele gerecht werden,
überlasse zwei Dinge niemals der Entscheidung anderer …
Wen du lieben und welchen Gott du verehren wirst.

Herk-en Tolet, Väter – Vers 21

VIER INSELN
KRIZE
IRSAL
Dorf Kalen
Dorf Rumzor
LUFAS
Dorf Yalut
HUSNET
HERTUG
KADİ
Berg Gurç
Ebenen von Pasrek
Kısman-Tal
Berham-Hügel
Lord Asubers Schloss
Tunnel
Dorf Nios
Yumhor-Wald
BLAUES
Dorf Sertuk
Berg Sers
Fluss Ponez
Pertubs Hafen
KRUZERAN
Landenge von Hertuh
Berg Gruh
Prom Dörfer
Hivers Tempel
Gurdet-Wald
Großer Grenzwall
OMNİF
Ose-See
Fluss Anzol
Fluss Samdor
GURDA
PERG

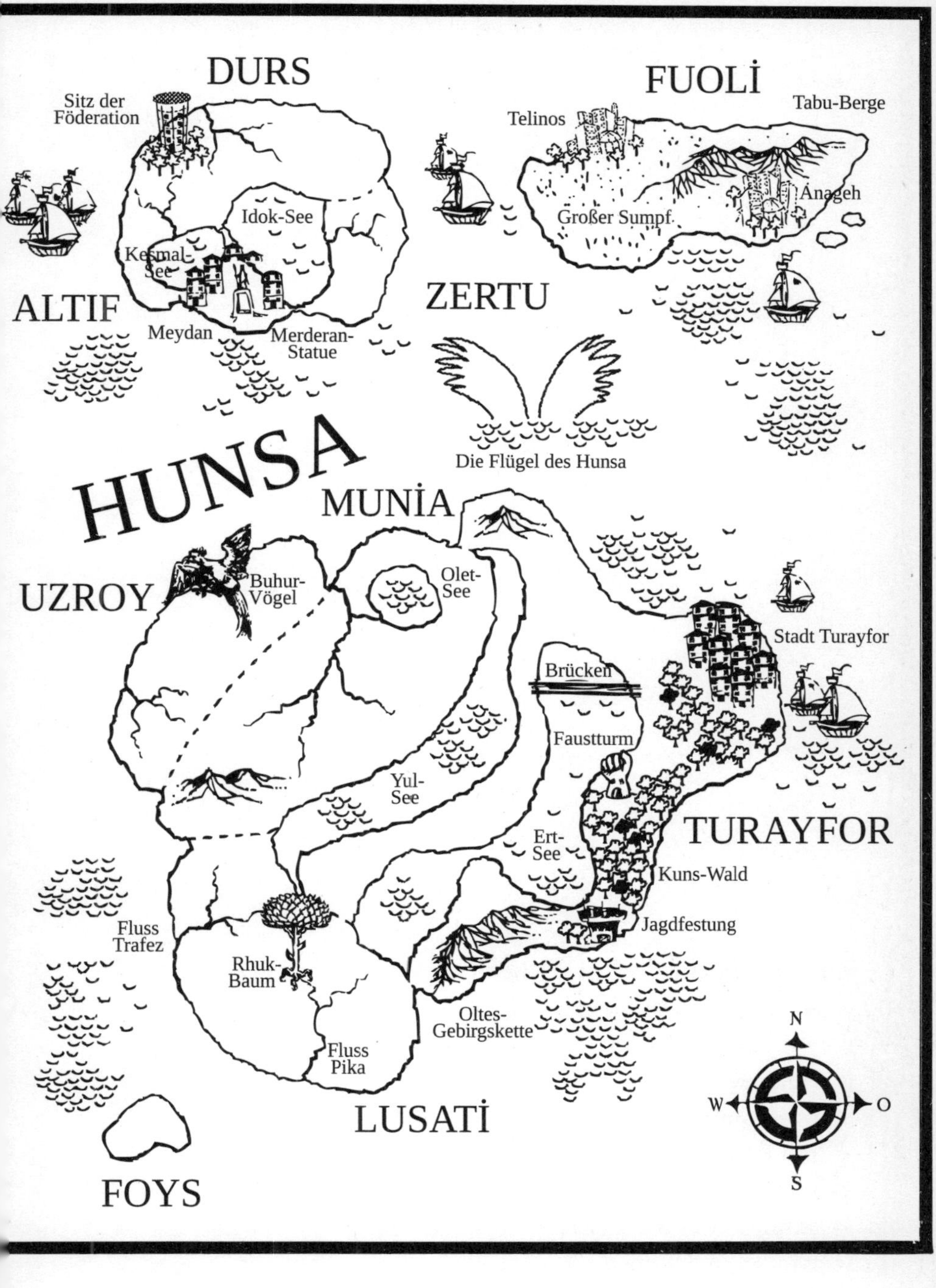

DURS
Sitz der Föderation
FUOLİ
Tabu-Berge
Telinos
Anageh
Großer Sumpf
Idok-See
Kesmal-See
ALTIF
Meydan
Merderan-Statue
ZERTU
Die Flügel des Hunsa
HUNSA
MUNİA
UZROY
Buhur-Vögel
Olet-See
Stadt Turayfor
Brücken
Faustturm
Yul-See
Ert-See
TURAYFOR
Kuns-Wald
Jagdfestung
Fluss Trafez
Rhuk-Baum
Oltes-Gebirgskette
Fluss Pika
LUSATİ
FOYS
N
W
O
S

Zur Aussprache des Türkischen

c wie dsch in Dschungel
ç wie tsch in Kutsche
ğ weiches, nicht hörbares g;
es verbindet den voranstehenden Vokal
mit dem nachfolgenden Buchstaben
ı kurzes i wie das e in Katze
s stimmloses s wie in Maus
ş wie sch in Schmaus
z stimmhaftes s wie in Hase

PROLOG

Der junge Mann ließ den winzigen birnenförmigen Stein einige Male durch die Finger gleiten. Als der Stein in seiner Handfläche landete, warf er ihn abrupt in die Luft. Sich um die eigene Achse drehend, stieg der Stein eine Armeslänge hoch und fiel dann schnell wieder herunter. Kurz bevor er in die Hand des jungen Mannes sank, drehte dieser den Handrücken nach oben, um den Stein von den Fingern abprallen zu lassen. Aber er war zu langsam; der Stein sprang von seinem Daumenrand weg, flog hinter den Baum, an den der Bursche sich gelehnt hatte, und verschwand aus dem Blick.

Kein Problem. Es war ja bloß ein Stein.

Langsam strich er über den Griff des Schwerts, das in seinem Gürtel steckte. Lange hatte er mit angewinkeltem Bein dagesessen und streckte es nun von sich, um sein Knie zu entspannen. Sanft begann er es zu massieren. Dann wandte er den Kopf und warf einen Blick auf seine schlafenden Freunde. Unamer lag auf seinem rechten Arm, den Bauch entblößt, und schnarchte. Seine Beine hatte er derart verknotet, dass man meinen konnte, er sei behindert. Kaluman lag auf dem Rücken. Heiterkeit stand in seinem Gesicht, als hätte er einen wunderschönen Traum. Ermal wirkte wie versteinert. Hätte er sich nicht ab und zu am Hals gekratzt, der schon ewig keine Seife gesehen hatte, hätte man meinen können, er sei tot.

Er hielt nicht gern Nachtwache. Die anderen schlafen zu sehen, während er selbst die Augen aufsperren musste, deprimierte ihn. In diesen Momenten empfand er sogar heftigen Neid gegen die Menschen, die er am meisten liebte. Trotzdem durfte er nicht meckern, um die Götter nicht zu kränken.

Vor drei Tagen waren sie in die Berge gegangen und lebten immer noch. Zugegeben, sie hatten Glück gehabt. Er knetete sich die Schulter und zog das Knie wieder zu sich heran. Dann bewegte er Lippen und Nase, um die Durchblutung seines Gesichts erneut in Schwung zu bringen. Ein frischer Wind schlug ihm gegen die Brust und ließ ihn erschauern. Seufzend stellte er den Kragen seines rotgestreiften Hemds hoch.

Alles hatte damit begonnen, dass sie ein Auge auf die junge Witwe warfen, die Kaluman ihnen gezeigt hatte. Eines Abends, als sie die Begierde kaum noch im Zaum halten konnten, ließen sie sich mit Nek-Bier volllaufen und suchten die alleinlebende Witwe auf. Sie schleppten sie in den Wald und erreichten mühelos ihr Ziel. Die Orgie dauerte bis zum Morgen. Im Vergleich zu den kleinen Gaunereien, die sie bislang begangen hatten, war das ihre bemerkenswerteste Tat gewesen, die sie mit Stolz überall herumerzählen würden. Und die genussvollste, versteht sich.

Natürlich konnten sie zu dem Zeitpunkt noch nicht wissen, dass die Frau eine weitläufige Verwandtschaft besaß, die sie mit Äxten verfolgen würde, um die junge Witwe zu rächen.

Die Verfolgungsjagd währte lang, und es gab nur wenige Orte, an die sie sich flüchten konnten. Als sie sich endgültig in die Enge getrieben fühlten, sahen sie in Unamers Vorschlag, Zuflucht in den Bergen zu suchen, die einzige Lösung. Mit Staunen beobachteten ihre Verfolger, wie sie die Felsen erklommen, und entfernten sich mit triumphierenden Mienen. Weder hielten sie es vonnöten, mit Pfeilen nach ihnen zu schießen, noch, sich ihnen an die Fersen zu heften.

Bevor ihre Häscher zwischen den Bäumen verschwunden waren, hatte er sogar beobachtet, wie sich einer umdrehte und ihnen höhnisch zuwinkte.

»Wir sind in der Gegend«, wollte er mit dieser Geste wohl andeuten. Offensichtlich hielt jener Mann den Zwangsaufenthalt in den Bergen für grauenvoller, als sie mit ihren Äxten zu bestrafen.

Er lehnte den Kopf an den Baum und schloss die Augen. Dann legte er die gefalteten Hände auf seinen Bauch und hielt eine Weile still. Aus Furcht, er könnte einschlafen, schüttelte er sich, setzte sich aufrecht hin und überlegte, worüber er nachdenken sollte.

Als sie sich auf die Frau warfen, hatte er mit viel mehr Gegenwehr gerechnet. Die Schlampe hatte gefleht und geweint, ihnen ihr Haus, ja sogar ihr gesamtes Hab und Gut geboten, wenn sie sie nur gehen lassen würden, aber sie hatte sich nicht gewehrt. Sicher hatte sie gefürchtet, dass sie ihr weh tun würden. Hätte sie nur ein wenig gerungen, hätten sie mehr Spaß gehabt, denn es ging ja vor allem darum, sich selbst zu beweisen. Dass es so leicht war, hatte ihn gelangweilt. Aber ein Burfene konnte eben nicht alles haben.

»Dennoch werden sie uns nicht mehr ignorieren können«, dachte er mit schiefem Grinsen. Wie würde Onutem wohl reagieren, wenn er hörte, was passiert war? Er stellte sich vor, wie sich der alte Teufel vor Angst in die Hosen machte. So amüsiert hatte er sich nicht einmal, als er sich an der Witwe verging.

Plötzlich schien es, als bewegten sich die Zweige. Am ganzen Körper zitternd sprang er auf die Füße. Wie versteinert stand er da, das Schwert gezückt. Seine linke Schulter verkrampfte sich, und er musste andauernd schlucken, wie immer, wenn er Angst hatte. Im Licht der in den Boden gerammten Fackeln waren die riesigen Blätter der Truni-Bäume nur vage zu erkennen. Die Schattenspiele verwirrrten ihn. Nervös kniff er die Augen zusammen und starrte in die Finsternis. Nein, das hatte er sich nur eingebildet. Die Geschichten, die man sich über die Tabu-Berge erzählte, waren nichts als Unfug. Reine Erfindungen, wie Unamer gesagt hatte, um Schwerverbrecher davon abzuhalten, hierher zu fliehen und in den schwer zugänglichen Höhlen Zuflucht zu suchen. Seine Fantasie hatte ihm einen Streich gespielt. Die Zweige hatten sich gar nicht bewegt.

Ohne den Blick von den Bäumen abzuwenden, setzte er sich langsam hin. Die Position war dieselbe wie eben, nur sein Schwert hielt er noch immer in der Hand.

Kaluman drehte sich um und streckte einen Arm von sich. Seine breite Hand kam auf einem großen Stein zu liegen.

Er warf Kaluman einen freundschaftlichen Blick zu. Wenn er lange so liegenbliebe, wäre er am nächsten Morgen stocksteif. In dem Fall würde er den ganzen Tag herummotzen, an allem etwas auszusetzen haben und aus jeder Fliege einen Elefanten machen. Lächelnd betrachtete er ihn. Er würde noch ein wenig abwarten, dann aber seinen massigen Körper in eine bequeme Lage bringen, selbst wenn er ihn dadurch aufweckte. Er seufzte missmutig. Leicht wäre es nicht, denn der beleibte Burfene war beinahe zweimal so dick wie er.

Er kannte Kaluman von Kindesbeinen an. Es war, als hätte man sie auf dem selben Müllhaufen ausgesetzt. Es war auch Kaluman gewesen, der Unamer und Ermal in ihre Bande aufgenommen hatte. Für seine Begriffe waren sie zu zweit recht glücklich gewesen, aber er respektierte den Traum seines Freundes, in diesem verfluchten Leben etwas Bleibendes zu hinterlassen. Und außerdem konnten vier Leute mehr erreichen als zwei.

Sie waren alle elternlos aufgewachsen. Ernährt hatten sie sich von dem, was sie in den Gassen von Anageh aus den Abfällen klaubten. Noch vor ihrem zehnten Lebensjahr begannen sie mit kleineren Diebstählen und Betrügereien. Stets waren sie füreinander da. Selbst in ihren hungrigsten Zeiten teilten sie ihr Brot miteinander. Das Einzige, was sie lernten, war, zu vernichten, um zu überleben, und zu zermalmen, um nicht zermalmt zu werden. Manchmal streiften sie durch die Reichenviertel und beobachteten sehnsüchtig, wie ihre Altersgenossen das Haus verließen und ihre Mütter hinter ihnen herwinkten oder ihre Väter ihnen beim Abschied über den Kopf strichen. In solchen Momenten spürten sie, wie anders alles sein könnte, würde eine magische Hand sie berühren und für eine kurze Weile in die Haut dieser Kinder stecken. Aber die Stadtwächter verjagten sie mit Stöcken, weil sie sie verdächtigten, einen Einbruch auszuhecken, und somit war ihr Traum immer nur von kurzer Dauer. Tatsache war: Niemand hatte ihnen jemals ein Spielzeug geschenkt. Also würden sie die ganze Stadt zu ihrem Spielzeug machen.

Mit der Zeit wurden sie größer und kräftiger und erregten die Aufmerksamkeit des alten Onutem, eines stadtbekannten Räubers. Onutem war ein mächtiger Mann. Hunderte Straßenkinder und Dutzende Meisterdiebe arbeiteten für ihn. Die vier erledigten unzählige kleinere und größere Aufträge für ihn, doch nie sahen sie das von ihm versprochene Goldstück. Dazu kam, dass der alte Teufel sie behandelte wie Dreck. Angewidert musterte er sie, wenn sie vor ihn traten, und stets sprach er nur in Ein-Wort-Befehlen mit ihnen. Eines Tages beschlossen sie, selbstständig eine Tat zu begehen, um von sich reden zu machen. Hatten sie erst einmal Ruhm erlangt, konnten sie jeden feinen Pinkel erpressen und leben, ohne dass sich jemand einmischte.

Die Entführung einer Witwe war als erste ernsthafte Straftat vielleicht nicht die beste Wahl gewesen, aber damals hatten sie sich kaum Gedanken gemacht. Vor allem, als sie so viel Nek-Bier intus gehabt hatten …

Er dachte an das flehende Gesicht der Frau … Hatte es ihr sehr weh getan? Das hätte er nicht gewollt. Auf den ersten Blick war sie ihm vorgekommen wie eine niedliche Katze. Mit rabenschwarzen Augen, die leuchteten wie Kristalle. Ermal war mit der armen Frau sehr hart umgesprungen. Als das Scheusal mit ihr fertig gewesen war, war sie übersät von blauen Flecken. Deswegen wäre es auch beinahe zu einer handfesten Schlägerei mit seinem Freund gekommen. Kopfschüttelnd fegte er den lästigen Gedanken beiseite. Das Ganze war ihm völlig schnuppe! Sollte die Schlampe doch verrecken! Sollte sie sich doch in den Sumpf stürzen! Warum sich grämen? Wer hatte sich um ihn gegrämt, als er kein Dach über dem Kopf gehabt hatte?

Mit einem Mal sprang er auf die Füße. Diesmal war er sich ganz sicher. Hinter den Bäumen war etwas, das nicht dorthin gehörte. Er hätte schwören können, dass ein seltsam leuchtendes Augenpaar ihn angeblickt und sich dann zurückgezogen hatte. Nein, ein Fluch war es bestimmt nicht. Flüche waren nichts als Unfug. Geschichten von einer Pioniereinheit kamen ihm in den Sinn, die sich einige Jahre zuvor in die Berge vorgewagt hatte. Angeblich war keinem einzigen der über hundert Krieger die Rückkehr gelungen. Es hieß, sie seien wegen des Tabubruchs verflucht und in Teufel verwandelt worden und würden fortan auf der Suche nach Opfern durch die Berge geistern. Er lachte gereizt. Unglaublich – Burfenen, die sich in Monster verwandelten. Dieses kindische Märchen hatte man doch nur erfunden, um Gesetzlose von hier fernzuhalten. Das meinte auch Unamer. Er war der klügste Mann, den er kannte. Er war zwar nicht allzu kultiviert, aber zwischen richtig und falsch unterscheiden, das konnte er. Vielleicht aber gehörten diese glühenden Augen einem wilden Tier. Er hatte sich nicht in die Berge begeben, damit ein dämliches Tier ihn zum Abendessen verspeiste.

Er wartete, bis sein Atem wieder normal ging. Mit der Fußspitze berührte er den neben ihm liegenden Kaluman. Der dicke Burfene antwortete mit einem unzufriedenen Brummen. Beim zweiten Stupser drehte er ihm den Rücken zu und begann zu schnarchen. Beim dritten Mal war es kein Stupser mehr; ein kräftiger Tritt in den Magen ließ ihn emporschnellen.

»Was soll das? Bist du bekloppt?«, fauchte der Burfene und sah ihn an, als würde er ihn am liebsten erwürgen. Aufgeregt zeigte Torkok auf die Bäume.

»Da ist etwas«, flüsterte er und betonte dabei jedes Wort. »Genau da, hinter den Bäumen.«

Kaluman rieb sich mit dem Handrücken die Augen und blickte in die entsprechende Richtung. Mit der anderen Hand hielt er sich den schmerzenden Bauch. Er schlief beinahe noch und konnte seine Gedanken nicht recht ordnen. Er war sich nicht einmal sicher, wo er hinsah. Als er nichts erkennen konnte, drehte er sich wütend um.

»Was soll der Quatsch, ey! Du blöder Zwerg! Die Dunkelheit nagt wohl an deinem Hirn. Man könnte meinen, du glaubst an den Fluch. Benimmst dich wie ein Kind und raubst mir den Schlaf!«

Torkoks Blicke zeigten, dass diese Worte ihn kränkten.

»Vielleicht ist es nur ein Wolf, aber was immer es auch ist, es war gerade noch dort«, grummelte er mit säuerlicher Miene. »Es ist unheimlich hier. Du weißt es doch selbst. Ich war nicht derjenige, der gestern Abend sagte: ›Bestimmt hatten die Kerle die Nase voll vom Warten und sind weg, lasst uns hinuntergehen.‹ Wenn Unamer auch davon überzeugt gewesen wäre, hättest du dann nicht die Beine in die Hand genommen?« Er hielt kurz inne und holte Luft. Er hob die Achseln und fuhr in ruhigerem Ton fort. »Wenn du keine Angst hast, warum siehst du dann nicht nach? Von hier aus lässt es sich natürlich leicht sagen, dass man nicht an den Fluch glaubt.«

Kaluman gähnte ausgiebig. Er kniff die augenbrauenlosen Augen zusammen und blickte ruhig zwischen seinem Freund und den in etwa fünfzehn Schritt Entfernung im Dunkel aufragenden Bäumen hin und her. Er konnte sich nicht einmal über Torkoks Worte ärgern, so erschöpft fühlte er sich.

»Nur, damit du mich nicht noch einmal aus unsinnigen Gründen aufweckst, wenn ich wieder eingeschlafen bin …«, brummte er missgelaunt und schleppte sich mit schläfriger Miene auf die Bäume zu.

Dieser Torkok war ein lieber, netter Mann, aber er hatte noch immer den Verstand eines Kindes. Manchmal war er nicht zum Aushalten. Nun, keiner von ihnen hatte die Zwanzig überschritten. Für einen normalen Burfenen waren sie kaum der Kindheit entflohen. Erwartete man aber von jemandem, der auf der Straße aufgewachsen war, nicht, dass er früher reifte? Nichtsdestotrotz wurde Kaluman ein wenig bange, je näher er den Bäumen kam. Er gemahnte sich zur Vorsicht und zog sein Schwert aus der Scheide.

Torkok hielt den Atem an, als Kaluman zwischen den Fackeln hindurchschritt. Er fühlte sich unwohl, weil er ihn allein losgeschickt hatte. Dabei hatte er sich bloß ein wenig geärgert, dass Kaluman ihm nicht geglaubt hatte, und wollte es ihm mit der Provokation nur ein wenig heimzahlen. Er hatte doch nicht ahnen können, dass der Klugscheißer es ernst nehmen würde. Er überlegte kurz, ob er seinen Freund begleiten sollte. Doch seine Angst war stärker, und er blieb zähneknirschend zurück.

Mit kleinen Schritten ging der stämmige Burfene voran. Es gefiel ihm, die Härte des Bodens und der Felsen unter seinen Füßen zu spüren. So musste er nicht bei jedem Schritt kontrollieren, ob es sich um feindliche Erde handelte, die bereit war, ihn zu verschlucken. Auf der Flucht durch die verdammten Sümpfe war diese Sorge ihr ständiger Begleiter gewesen. Er hasste jenen klebrigen, stinkenden Ort. Sollten noch ein paar Tage ohne Zwischenfälle vergehen, konnte er sich vorstellen, hierzubleiben. Er ließ das Fackellicht hinter sich und beäugte ruhelos die Bäume. Als er nichts entdecken konnte, fiel ihm ein Stein vom Herzen. Er schlug einige Male mit dem Schwert in die Zweige, aber er hörte nichts als die Geräusche, die er selbst produzierte. Wie er von Anfang an vermutet hatte, gab es hier nichts, wovor sie sich fürchten mussten. Wieder war der dumme Torkok umsonst in Panik geraten. Ob es ein Fehler gewesen war, ihn so lange mitzuschleppen? Beinahe täglich stellte Kaluman sich diese Frage, und wie immer lautete seine Antwort, wie farblos das Leben ohne Torkok wäre.

Er wandte sich um und warf seinem Freund einen spöttischen Blick zu. Er streckte die Arme seitlich von sich, wie um zu fragen: Na, wo ist es denn?

Genau deshalb sollte er auch niemals erfahren, was ihn tötete.

Schockiert sah Torkok das *Etwas* zwischen den Bäumen hervorspringen. Die Angst brachte ihn schier um den Verstand und ließ ihn wie angewurzelt stehenbleiben. Mit stutzigem, leerem Blick sah er, wie Kaluman eine Lanze in den Rücken gerammt wurde und am Bauch wieder heraustrat. Das Schwert fiel ihm aus der Hand, er zitterte wie von einem epileptischen Anfall geschüttelt. Er kam nicht einmal auf die Idee, seine friedlich schlafenden Freunde zu wecken. Was hätten sie gegen dieses Grauen schon ausrichten können?

Mit unerträglicher Selbstsicherheit lief das *Etwas* zwischen den Fackeln hindurch. Es sah aus wie eine robuste Bronzestatue. Die Gelenke waren mit einer dicken Schutzschicht überzogen. Dort, wo die Nase fehlte, füllte ein lippenloser Mund von erstaunlichem Ausmaß die Lücke. Die Augen waren nichts als rötliche Striche und starrten auf die ungebetenen Gäste der Tabu-Berge. Trotz des massigen Körpers bewegte es sich in kleinen Schritten. Als hätte es keinerlei Eile.

Spielend hob das *Etwas* den auf die Lanze aufgespießten Burfenen hoch und hielt ihn eine Weile in die Luft. Weit riss es die grauenerregenden Augen auf und inspizierte neugierig sein Opfer. Der Mann war auf der Stelle tot gewesen, hielt sein Schwert noch immer in den verkrampften Händen und war wie versteinert. Zoll um Zoll senkte das *Etwas* die Lanze und warf ihn dann gleichgültig zwischen die Fackeln. Wie hungrige Wölfe fielen die Flammen über die Leiche her. Im selben Augenblick traten noch Dutzende andere *Etwasse* zwischen den Bäumen hervor. Sie waren vollkommen identisch, mit ihren rötlichen Augen und den Lanzen mit mondsichelförmigen Enden. In einer Reihe schritten sie ruhig und ohne Eile voran, wie eine Spinne, die wusste, dass es für ihre Beute kein Entrinnen gab. Beim Gehen erzeugten ihre Krallen auf den Steinen einen harmonischen Klang.

Unamer und Ermal lagen noch immer im Tiefschlaf. Es war ein traumloser, friedlicher Schlaf. Weder hatten sie die *Etwasse* bemerkt noch ahnten sie, was mit ihnen geschehen würde. Torkok war längst auf die Knie gesunken; er schwankte vor und zurück, murmelte das einzige ihm bekannte Gebet und weinte dabei riesige Tränen.

Einmal hob er den Kopf und betrachtete mit feuchten Augen die *Etwasse*, die die Flammen und Kalumans darin röstende Leiche hinter sich gelassen hatten. Alles hätte er ertragen: jene Feueraugen, die furchterregenden Mäuler, ihre Füße mit den Krallen, ja sogar ihre todbringenden Lanzen. Wäre das alles gewesen, hätte er trotz des Horrors seine Freunde wecken und die Flucht wenigstens versuchen können. Was ihn jedoch lähmte, waren jene dunkelgrünen, kurzärmeligen Kittel mit den bestickten Kragen und den Wappen auf den Taschen, mit denen diese widerwärtigen *Etwasse* bekleidet waren. Kittel von der Sorte, wie die heldenhaften Burfenen sie dem Gerücht nach seinerzeit getragen hatten.

Mit Gewalt unterdrückte er das Zittern seiner Lippen und murmelte flehentlich, als seien dies die Worte, um den Albtraum zu beenden: »Haltet euch fern von mir.«

Wenn es auch nur ein Traum war, weckte ihn niemand auf.

KAPITEL I

IM SCHOSSE DES HUNSA

»Ich habe recht, er hatte einfach nur viel Glück«, sagte der junge Soldat kopfschüttelnd. »Du wirst sehen, ein zweites Mal schafft er das nicht!«

Die Hände in die Seiten gestemmt, fixierte er den Pfeil, der exakt ins Schwarze getroffen hatte. Nein, schon der Gedanke war völliger Unsinn. Der Typ war offensichtlich ein guter Schütze, aber doch kein Zauberer! Seufzend warf der andere, ein paar Jahre ältere Soldat einen Seitenblick hinüber zu dem riesigen Prom, der die Menschenmenge um sich herum zu zerstreuen versuchte.

»Gegen den Mann hätte ich nicht gewettet, Jungchen«, erwiderte er ruhig. »Manche sagen nur, was sie können, und machen es dann auch. Der da ist auch so einer. Betrachte bloß die Gewissheit in seinen Augen. Siehst du da auch nur einen Funken Zweifel?«

Als Nume sicher war, dass sich die aufgeregten Jugendlichen weit genug entfernt hatten, hob er den Kopf und blickte nach vorne. Aufmerksam fixierte er das Ziel, das etwa dreißig Schritt entfernt an einem Mast festgenagelt war – ein rundes, handtellergroßes Stück Holz. Der wohlabgefeuerte erste Pfeil verdeckte beinahe die halbe Scheibe. Der zweite Schuss würde weitaus schwieriger sein. Aber er konnte es schaffen, das wusste er. Sein Blick glitt zu dem Häscher, der auf der untersten Rah saß wie auf einem Pferd. Er hielt einen Apfel in der Hand und warf ihn mit spitzbübischem Lächeln immer wieder in die Luft. Er saß in einer Höhe von etwa hundert Fuß. Gleich würde er den Apfel fallen lassen, und Nume würde versuchen, die Scheibe zu treffen, bevor die Frucht auf dem Deck aufschlug. Nume dachte an den Moment, in dem der Apfel zu fallen begann. Er würde nur wenige Augenblicke Zeit haben. Zugleich stellte er sich vor, wie er nach seinem Köcher griff, den Bogen spannte, auf die leere Hälfte der Scheibe zielte. Alles erschien so real …

»Er kooommt!«, schrie der Häscher aus voller Kehle, als er den Apfel fallen ließ. Die folgende Vorführung verschlug den Seeleuten, die nie zuvor einem legendären Helden begegnet waren, den Atem. Als der Apfel nämlich auf den Planken landete und neben den ersten rollte, war der Pfeil längst in das Holzstück eingedrungen und zitterte.

Mit zufriedener Miene löste sich Nume aus den Soldaten, die ihre Fäuste unter Siegesgeschrei in die Luft reckten. Er bahnte sich einen Weg zwischen den kräftigen Männern hindurch ins Freie und betrachtete die Häscher nacheinander. Als er seinen Herausforderer entdeckte, zwinkerte er schelmisch. Der junge Bursche hatte die Hände im Nacken verschränkt und starrte verdutzt auf die Zielscheibe. Unverhohlene Bewunderung stand in seinem Gesicht. Nachdem er die Verblüffung abgeschüttelt hatte, sah er Nume ebenfalls schelmisch an.

»Wir haben verstanden – du bist ein hervorragender Schütze«, rief er dem riesigen Prom anerkennend zu. »Aber lass es dir nicht gleich zu Kopf steigen. Letzten Endes sind es nicht mehr als zwei Schüsse. Wenn ich will, kann ich das auch!«

Nume lachte vergnügt.

»Ach, wirklich?«, fragte er ungläubig und hob die Augenbrauen. »Um so schießen zu können, habe ich achthundert Jahre geübt, Jungchen! Und es ist immer noch alles andere als leicht. Ich verspreche dir hier vor allen Leuten: Wenn es dir bei all deiner Unerfahrenheit gelingt, bringe ich dir während der gesamten Reise das Essen ans Lager. Aber auch ich stelle eine Bedingung. Wenn du es nicht schaffst, will ich eine ordentliche Fußmassage, damit du's weißt.«

Der Soldat runzelte die Stirn. Er überlegte kurz und setzte dann eine ernste Miene auf.

»Bis zum Abend ist noch viel Zeit. Wenn du erlaubst, trainiere ich ein wenig«, erwiderte er. »Kann ich mich darauf verlassen, dass du mir mein Essen nicht verschüttest?«

Nume und die Häscher lachten herzlich. Stumm betrachtete er den Burschen mit anerkennendem Blick. Er war schlank und ziemlich gut aussehend. Aus seinem Gesicht konnte man leicht ablesen, dass er nur scherzte. Nume hob die Hände und sagte in die Runde: »So viel Bewegung ist genug für einen alten Mann. Übt weiter, heute Abend veranstalten wir einen Wettstreit. Ich habe einen Versuch, und ihr habt drei. Oder vier, wie ihr wollt. Wie gesagt: Wer mich besiegt, dem bringe ich das Essen ans Bett. Aber falls ihr verliert, dann ist es mir mit der Massage sehr ernst!«

Aus der Menge ertönten fröhliche Kommentare, und Nume entfernte sich still. Längst hatten die zurückbleibenden Soldaten Pfeil und Bogen gezückt und diskutierten, wer den ersten Schuss abgeben sollte. Unzählige Kunststücke hatte der Prom den Häschern vorgeführt, aber die Männer waren noch immer voller Begeisterung. Nume war ihre Hochachtung und Bewunderung nicht entgangen. Er seufzte und lächelte dabei leicht. Nun, das traf zumindest auf einige zu. Aus dem Augenwinkel musterte er zwei Männer, die am Mast lehnten und den Soldaten mit langen Gesichtern zuschauten. Sie hatten die Arme verschränkt und warfen ihm vernichtende Blicke zu. Scheinbar nahmen sie den anderen übel, dass sie sich so sehr für ihn interessierten. Offenbar missfiel ihnen, dass Häschersoldaten Freundschaft mit einem Prom schlossen.

Während er am Mast vorbeiging, grüßte er die beiden Männer – die so taten, als würden sie ihn gar nicht beachten – wie uralte Freunde. Dabei konnte er sich ein Schmunzeln über ihre verdatterten Blicke nicht verkneifen.

In den ersten Tagen an Bord machte niemand einen Hehl aus seinem Unwillen über die Anwesenheit eines Prom. Feindselig und nur aus der Distanz musterten die Männer Nume und auch Leofold. Alle hielten sich von Nume fern, bis Ais von seinen Erlebnissen mit den Fremden berichtete und was sie für Perg getan hatten. Selbst den treuesten Häschern fiel es nicht leicht, den Schilderungen ihres Anführers zu glauben. Dennoch gelang es Nume mit der Zeit, die Herzen der meisten, ja sogar die Bewunderung mancher zu gewinnen. Aber noch immer gingen ihm einige Männer an Bord aus dem Weg. So wie die beiden am Mast hegten sie insgeheim einen Groll gegen alle, die ihm wohlwollend begegneten. Das aber machte er niemandem zum Vorwurf. Ais hatte ihm erzählt, dass die meisten, die sich der Jagdfestung anschlossen, damals in jenem verfluchten Krieg ihre Familien verloren hatten. Dasselbe war wahrscheinlich auch manchem dieser Soldaten widerfahren. Wie der Anführer der Häscher eingeräumt hatte, war es unmöglich, alle Vorurteile gegen die Prome auf einen Schlag zu beseitigen. Dazu brauchten sie Zeit.

An der Reling angekommen, ging er in Richtung Bug und ließ dabei die Finger über den Handlauf gleiten. Er hatte Leofold einsam in der Nähe der Soldaten entdeckt, die das Deck reinigten, exerzierten und Kisten mit Lebensmitteln und Waffen umhertrugen. Eine ganze Weile schon wirkte die Bestie abwesend und nachdenklich. Er hatte nicht einmal ein fröhliches Gesicht gezeigt, als sie sich nach all den Mühen aus dem Labyrinth befreit hatten. Nume wusste nicht, was diese Kreatur, die ihm gelegentlich immer noch eine Gänsehaut einjagte, brauchte, um ihren Frieden zu finden. Irgendetwas musste ihn beschäftigen. Und genau darauf wurde Nume immer neugieriger.

Lachend sah er einem aufgeregt weglaufenden Grünschnabel hinterher und stand kurz darauf vor Leofold. Der hatte sein Kommen nicht bemerkt. Fest umklammerte er die Reling mit seinen Pranken und betrachtete das vorbeiziehende Blau. Eine Weile tat Nume es ihm nach und genoss den Anblick des weiten Hunsa. Wellen rollten heran und brachen sich an der Bordwand des enormen Schiffs. Interessiert betrachtete er, wie schneeweißer Schaum aufspritzte.

»Wunderschön, nicht wahr?«, murmelte er schließlich innig.

Leofold schreckte auf. Er wandte sich um und musterte den Prom von oben bis unten.

»Stimmt, sieht prachtvoll auf. Seit wann stehst du hier?«

»Eine ganze Weile«, lächelte Nume. »Sieh mal einer an, und ich dachte immer, *ich* wäre einer, der Aufsehen erregt. Da habe ich mir wohl etwas eingebildet. Glaubst du nicht, ich bin zu stämmig, als dass man mich übersehen könnte?«

Leofold wandte sich wieder dem Meer zu und meinte seufzend: »Tut mir leid, ich war in Gedanken.«

»Ach nee, das merkt man gar nicht«, erwiderte Nume lachend, woraufhin Leofold sich ihm erneut mit gerunzelter Stirn zuwandte.

»Was ist, Nume? Woher dein plötzliches Interesse an mir?«

Wieder lachte der riesige Prom. »Hör mal, mein Freund. Keine Frage, dass du über herausragende Talente verfügst. Die Schauspielerei gehört allerdings nicht dazu! Etwas beunruhigt dich, und mich stört, dass du es verschweigst. Wir gehen denselben Weg, und wenn es da eine Hürde gibt, habe ich ein Recht darauf, es zu erfahren!«

Leofold nickte dem vorwurfsvoll dreinblickenden Prom zu. Nume hatte recht. Seit Tagen nagte etwas an ihm, aber er hatte es niemandem erzählt. Gut, einige Geheimnisse wollte er für sich behalten. Er war entschlossen, Srenah und das Versprechen, das er der Gottheit gegeben hatte, mit ins Grab zu nehmen. Und da er wusste, dass seine Freunde versuchen würden, ihn umzustimmen, hatte er geschwiegen. Aber eigentlich war es falsch, sich einem Weggefährten vieler Abenteuer so zugeknöpft zu zeigen.

»Ich mache mir Sorgen um Guorin«, gestand er nach einem Moment des Schweigens. Mit einem Mal war die schwere Last auf seinen Schultern wie verflogen.

Nume schrak zusammen.

»Was meinst du?«, brummte er beunruhigt. Leofold verstand seine Reaktion, denn er wusste, dass der riesige Prom den jungen Mann gern hatte.

»Merderan hat ihm doch etwas mitgegeben«, erkärte er und sprach dabei etwas lauter. »In den Tunneln hatten wir weder Zeit noch Gelegenheit, danach zu fragen. Aber es beunruhigt mich, dass etwas so Wertvolles, ein so wohlgehüteter Schatz sich in Guorins Händen befindet. Wir haben nicht die geringste Ahnung, wozu es nützen soll. Aber ich bin sicher, dass es in Perg jemanden gibt, der das weiß. Merderan hatte von der Notwendigkeit gesprochen, es vor den Augen anderer fernzuhalten. Jemand könnte eine Menge teuflische Dinge tun, um es sich anzueignen.«

»Guorin ist sich dessen bewusst«, erwiderte Nume mit gerunzelter Stirn. Er wirkte erleichtert, dass sie es nicht mit einem neuen Problem zu tun hatten. »Er hat Merderans Vermächtnis aus freien Stücken akzeptiert.«

»Lass das, Nume«, widersprach Leofold. Er legte die Arme ineinander und ballte ein paar Mal besorgt seine Pranken. »Du kennst ihn doch so gut wie ich. Er hätte das nicht nur für Nela, sondern sogar für jeden x-beliebigen Mistkerl getan. Er hat ein sehr großes Herz.«

Er hielt inne, dachte an die alten Zeiten und stöhnte. »In kurzer Zeit hat er es geschafft, sogar mit einer Kreatur wie mir Freundschaft zu schließen. Einerseits macht ihn das manchmal sehr stark, andererseits aber eben auch wehrlos.«

Nume nickte.

»Du hast recht«, sagte er, während er das bewegte Hunsa betrachtete. »Haben wir ihn nicht genau deswegen so gern? Merderan war sich dessen bewusst, denke ich. Er bat uns, ihn zu beschützen. Das werde ich mit allen Mitteln tun. Und du auch, das weiß ich. Außerdem gibt es ja noch Korman und seine Häscher. Keine Sorge, solange wir zusammen sind, wird ihm niemand etwas tun können.«

Leofold wandte sich nur wenig überzeugt ab. Das Hunsa war wunderschön, strahlend blau, und vereinte sich am Horizont mit blütenweißen Wolken; in der Ferne zogen Vogelschwärme friedlich ihre Kreise. Er wollte schon fragen, inwieweit sie Guorin schützen könnten, doch dann begnügte er sich mit einem Achselzucken. Er wusste nur so viel: Er würde alles tun, was in seiner Macht stand.

Er sah, dass Nume plötzlich losging, und drehte sich um. Neugierig folgte er ihm mit den Augen. Beim Anblick der Person, die aus der kleinen Kajüte zwischen den beiden enormen Katapulten trat, stockte sein Atem. Seine Gedanken verflogen, an ihre Stelle trat ein schwer zu definierendes Gefühl, eine Mischung aus Freude und Wohlbehagen.

Nela stand in der Tür und blickte sich müde um. Sie lächelte freundlich, als sie den Prom mit Riesenschritten auf sich zukommen sah.

»Wie geht es dir, meine Kleine?«, rief Nume fröhlich. Zwei Schritte vor ihr blieb er stehen, stemmte die Hände in die Seiten und musterte sie von Kopf bis Fuß. »Du siehst prima aus! Ich freue mich, dass du endlich dieses verdammte Bett verlässt. Wir waren schon richtig eifersüchtig, weil du so viel Zeit darin verbringst.«

»Hättet ihr euch eben nicht so sehr um mich gekümmert«, erwiderte Nela lachend. Ihre Stimme klang noch schwach, ihre Augen blinzelten im ungewohnten Tageslicht. »Egal, was ich mir wünschte, es war sofort zur Stelle. Ihr habt mich mächtig verwöhnt. Beinahe hätte ich beschlossen, dieses Bett nie wieder zu verlassen!«

Nume verschränkte die Arme. »Wir verwöhnen dich auch, wenn du auf den Beinen bist, meine Kleine. Hauptsache, es geht dir gut.«

Die Zauberin warf dem Prom einen liebevollen Blick zu und schwieg.

Zum ersten Mal seit Betreten der »Durkgador« hatte Nela jene kleine Kajüte verlassen. Tagelang hatte sie geschlafen. Sobald sie aufwachte, fiel sie erneut in eine Art Ohnmacht. Voller Sorge hatten ihre Freunde bei ihren häufigen Besuchen diese Phasen miterlebt. Dass Guorin ihr treuester Besucher war, erstaunte niemanden.

Erst am Abend des vierten Tages hatte sie, als Leofold und Guorin gerade im Raum waren, zum ersten Mal gesprochen. Mit kaum hörbarer Stimme hatte sie einige Male ihre Namen wiederholt. Mühsam hatte sie ihre Hand gehoben und die Pranke der riesigen Bestie berührt. Das Entsetzen in ihrem Gesicht, als sie Leofolds Berührung spürte, hatte auch die beiden Männer erschreckt. Sie schien gerade erst zu begreifen, dass sie all ihre Erlebnisse nicht geträumt hatte.

Danach redete sie immer häufiger. Manchmal stammelte sie nur unverständliche Sätze. Für ihre Freunde, die sich wegen ihres anhaltenden Schweigens Sorgen machten, war aber selbst das ein Grund zum Feiern. Obwohl die junge Frau noch nicht aufstehen konnte, bemühte sie sich scheinbar, allmählich nach Perg zurückzukehren. Als sie Tage später mehr oder weniger bei Bewusstsein war, versuchte sie ihnen ihre erste Reaktion zu erklären.

»Jahrelang hatte ich nur im Schlaf keine Schmerzen«, murmelte sie. »Deshalb dachte ich jedes Mal, wenn ich wach wurde und keine Schmerzen verspürte, es sei immer noch ein Traum.«

Ihre Worte bewegten die drei Männer zutiefst, ja sogar Kapitän Korman, als das Thema später noch einmal zur Sprache kam.

Es war herrlich, sie nun wohlauf zu sehen, mit einem – wenn auch schwachen – Lächeln auf den Lippen. Ihr nasses Haar allerdings verwirrte die Männer. Wieder versuchte Nela zu lächeln, als Leofold neben Nume trat und mit der Pranke darauf zeigte.

»Die Soldaten haben mir einen Eimer Wasser in die Kajüte gestellt. Um wach zu werden, habe ich mich ein wenig gewaschen. Nachdem sich diese Insekten zurückgezogen hatten, war meine Haut über und über mit Kruste überzogen. Das fiel mir beim Aufwachen zuallererst auf. Nach all den Wunden, die ich früher hatte, hätte ich mich sogar mit dem Schorf abgefunden, aber ich war neugierig, ob ich ihn zurückbehalten würde.«

Langsam hob sie den Arm und schob den Ärmel ihres Umhangs hoch bis zur Schulter. Erleichtert betrachteten Leofold und Nume das makellose Weiß ihres Arms, den sie noch überzogen von violetten Pusteln in Erinnerung hatten, als Nela plötzlich beschämt ihren Umhang zurechtzupfte.

»Ich weiß nicht, wie ich euch danken soll«, meinte sie mit ausweichendem Blick. Seufzend bemerkte Leofold, wie sich ihre Augen mit Tränen füllten.

»Seit du bei Bewusstsein bist, hast du uns bei jedem unserer Besuche unzählige Male gedankt. Allmählich wird es langweilig. Wenn es nur einen Funken Freundschaft zwischen uns gibt, möchte ich ab sofort keinen Dank mehr von dir hören.«

Als auch Nume zustimmend nickte, erwiderte Nela mit einem Lächeln: »In Ordnung. Das ist das letzte Mal. Mein aufrichtiger Dank.«

Plötzlich blickte sie sich um und fragte: »Wo ist Guorin? Ich erinnere mich dunkel, dass er ein paar Mal in mein Zimmer kam. Ihr spracht wohl davon, wie wir den Tunneln entkamen und wie Ais uns verließ … Geht es Guorin wirklich gut?«

»Er kam ein paar Mal in dein Zimmer?«, lachte Nume mit gespieltem Spott. »Richtiger wäre zu sagen, dass er es ein paar Mal verlassen hat! Er war in großer Sorge um dich. Eigentlich waren wir alle in Sorge, aber er hat es tatsächlich etwas übertrieben. Ständig hat er von dir geredet und uns den Kopf vollgequatscht. Nebenbei, es geht ihm prima. Wenn du ihn sehen willst – er ist am Bug und liefert sich mit Korman ein Duell.«

Er sah Nelas verblüfften Blick und schickte ein breites Grinsen hinterher.

»Geh und überzeuge dich selbst. Glaub mir, unser Kleiner wird dich ganz schön in Staunen versetzen!«

Verständnislos beobachtete Nela, wie die beiden Männer einander lächelnd zuzwinkerten. Unglaublich, dass Guorin sich mit dem Kapitän, ihrem Lebensretter, duellierte. Und ebenso unvorstellbar, dass Nume und Leofold sich hier amüsierten, während ihr engster Freund in Gefahr war. Natürlich hörte sie gern, dass der junge Mann ständig über sie sprach, aber sie ließ es sich nicht anmerken und begnügte sich mit einem Stöhnen. In der Hoffnung, zu verstehen, was es mit dem Duell auf sich hatte, ging sie in kleinen Schritten los in Richtung Bug.

Sie hatte einiges über die »Durkgador« gehört. Aber bei ihrem Gang über das Deck war sie angesichts der Dimensionen doch sehr beeindruckt. Beim Versuch, die Mastspitze zu sehen, wurde ihr schwindelig. Die Felsbrocken neben den Katapulten waren so groß wie ein Haus! Die in Reihen aufeinandergestapelten Fässer erinnerten an Festungsmauern. Es herrschte ein solches Treiben, dass sie sich fühlte wie auf einem Marktplatz. Manche schrubbten das Deck, andere reparierten Netze und wieder andere ölten die Bogen der Katapulte. Es gab Männer, die Kisten voller Lebensmittel schleppten, und andere, die mit armlangen Fernrohren über das Hunsa blickten. Erstaunlich, was auf so einem Schiff alles zu tun war.

Am Bogenschützenturm überkam Nela der Wunsch, hinaufzusteigen und die Weite des Hunsa einmal von oben zu sehen. Bei genauerem Hinschauen allerdings bemerkte sie die Schießscharten mit den hochkonzentrierten Wachen. Mit einem Erschauern warf sie einen Blick auf die kolossalen Waffen auf der Turmspitze, die Pfeile von der Dicke eines Baumstamms abschießen konnten. Die Seeleute sahen es wahrscheinlich nur ungern, wenn eine neugierige Frau die beeindruckenden Kriegsmaschinen als Aussichtspunkt verwendete.

Je näher Nela dem Bug kam, desto größer wurde der Menschenauflauf. Sie musste stehenbleiben, denn die enthusiastische Menge hatte einen Kreis gebildet und feuerte die Männer nach Leibeskräften an. Aus dem Geschrei hörte sie hin und wieder Guorins und

Kormans Namen heraus. Es war unglaublich, aber bei all dem Gelächter vernahm sie Sätze wie: »Los, Käptn, mach ihn fertig!«, oder: »Auf geht's, Guorin, zahl es dem Altpiraten heim.«

Die Häscher bemerkten die junge Frau, die hinter ihnen stand und mit kraftlosem Hüsteln auf sich aufmerksam zu machen versuchte, und gaben ihr sogleich den Weg frei. Was Nela dann sah, ließ sie erleichtert aufatmen.

Guorin und Korman attackierten einander wahrhaftig und schwangen mit blutrünstigen Mienen ihre Schwerter. Weniger wahrhaftig waren allerdings ihre Waffen. Diese bestanden nämlich nur aus Holz.

Guorin bemerkte Nela zuerst. Gerade hatte er einen Angriff Kormans meisterhaft abgewehrt und durch eine Fersendrehung die Balance wiedergewonnen. Er verfolgte den Vorwärtsschritt des Kapitäns und schloss daraus, dass er eine Malaket versuchen würde, eine Angriffstechnik, mit der Guorin beim letzten Mal schmerzvolle Bekanntschaft gemacht hatte. Diese nach dem berühmten Ritter Malaket benannte Aktion war unerfahrenen Kontrahenten gegenüber äußerst wirkungsvoll. Bereits zwei Mal hatte Korman ihn mit dieser Methode bezwungen, doch diesmal war Guorin auf die Taktik gefasst. Die Attacke würde von unten kommen. Wenn er rechtzeitig auswich, konnte er seinem Gegner mit Leichtigkeit einen tödlichen Hieb versetzen. Gewillt, den Kapitän in seine Schranken zu weisen, bereitete er sich darauf vor, den Angriff zu parieren. Doch genau in dem Moment erstarrte er beim Anblick der auffällig gewandeten Frau zwischen den uniformierten Soldaten. Der Kapitän verstand den Grund für Guorins Zögern nicht, sprang flink zur Seite und hieb seinem Rivalen das Holzschwert in den Magen. Staunensrufe stiegen aus der Menge auf.

»Verdammt!«, brüllte Guorin vor Schmerz. »Du wirst mich wirklich umbringen!«

Korman entnahm dem Schrei, dass er in der Tat etwas zu fest zugeschlagen hatte.

»Tut mir leid«, brummelte er. »War keine Absicht. Aber ich hatte erwartet, dass du parierst! Seit Tagen üben wir diese Figur!«

Nela trat aus der Menge zu den beiden Männern.

»Ich glaube, daran bin ich schuld«, fuhr sie mit bedauernder Miene dazwischen. »Das war wohl kein guter Zeitpunkt für eine Überraschung. Ich hoffe, du bist mir nicht böse, Guorin.«

Guorin richtete sich auf, die Hände noch immer an seinem Bauch. Er lächelte.

»Ach was«, stöhnte er mit zärtlichem Blick. »Nur ein kleiner Klaps. Dich wieder auf den Beinen zu sehen war es das mehr als wert. Ich habe so lange darauf gewartet, aber ich muss zugeben, dass du mich überrumpelt hast.«

Als Korman die Frau erblickte, trat er einen Schritt zurück und verbeugte sich ehrerbietig. Er hob den Kopf mit höflichem Lächeln. Mit einer Hand warf er das goldblonde Haar zurück, das ihm ins Gesicht gefallen war.

»Die werte Dame hat harte Zeiten erlebt, aber nun scheint es Euch gut zu gehen«, sagte er voller Hochachtung. »Wie fühlt Ihr Euch?«

»Müde«, antwortete Nela und versuchte, die *werte Dame* zu verdauen. Früher war ihr diese Anrede immer seltsam vorgekommen, doch dann hatte sie eingesehen, dass sie sich an die spezielle Sprache der Seeleute gewöhnen musste. »Es fällt mir schwer, mich zu bewegen, wahrscheinlich habe ich zu lange gelegen. An das Tageslicht habe ich mich irgendwie auch noch nicht gewöhnt. Bestimmt ist es Euch aufgefallen, dass ich meine Augen kaum offenhalten kann. Aber trotz allem geht es mir sehr viel besser als vorher.«

Bei den Worten *als vorher* warf sie dem beunruhigt dreinblickenden Guorin einen Seitenblick zu. Er verstand, was sie damit meinte, und atmete erleichtert auf.

»Sind sie weg?«, fragte er mit kaum hörbarer Stimme.

»Sie sind weg«, erwiderte sie, um anzudeuten, dass sie keinerlei Schmerzen mehr hatte.

Guorin lächelte vor Glück. Bei seinen Besuchen hatte sie zwar einige Male ihre nachlassenden Schmerzen erwähnt, aber er war sich nicht sicher gewesen, ob sie bei Bewusstsein war. Erst jetzt war jener bohrende Zweifel aus der Welt. Verwirrt betrachtete Nela den jungen Mann. Er hatte die Bartstoppeln abrasiert, die komischen Fetzen gegen eine schmucke Uniform ausgetauscht und das Haar ordentlich gekämmt. Der furchtsame Blick war verschwunden, und als er so vor ihr stand, mit rosigen Wangen, weil er sich wohl seit Langem endlich einmal gut ernährte, stellte sie zum ersten Mal fest, dass er eigentlich recht ansehnlich war. Zwar ähnelte er weder einem Halbgott wie Ais noch verfügte er über Kormans imposante Erscheinung, aber er war doch weit entfernt von jener jämmerlichen, mitleiderregenden Gestalt, die er bei ihrem ersten Zusammentreffen abgegeben hatte.

Mit einem Mal blieb Nelas Blick an dem Handschuh hängen, den Guorin an seiner Linken trug. Ein violettes Band umfasste sein Handgelenk. Die Zeichen der Häscher auf diesem Band hatte sie an vielen Orten auf der »Durkgador« und auf den Uniformen der Soldaten gesehen, wohl ein Symbol der vielgepriesenen Jagdfestung. Dieser Handschuh aber trug ein spezielles Symbol: ein Breitschwert, das in einer doppelköpfigen Schlange steckte. Wenn ihre Erinnerung sie nicht trog, war ihr dieses Symbol nur auf Ais' Uniform begegnet. Nach anfänglicher Ungewissheit fand sie dafür eine Erklärung. Wahrscheinlich hatte der Anführer der Häscher beim Abschied Guorin den Handschuh als Erinnerung übergeben. Stirnrunzelnd dachte sie an das, was Merderan Guorin anvertraut hatte. Zu gern hätte sie gewusst, was es mit den Linien auf sich hatte, die der Handschuh verbarg. Ob sie es später einmal erfahren würde? Beim Gedanken an das Zeichen fielen ihr auch die Vorkommnisse in dem unterirdischen Labyrinth wieder ein. Unwohlsein überkam sie. Wie viele Menschen in diesen Tunneln ihr Leben gelassen hatten …

Die junge Frau bemerkte, dass sie Guorin mit ihrem langen Blick irritierte.

»Was habt ihr da gemacht?«, fragte sie leicht beschämt.

»Ich habe unseren Kapitän gebeten, mich im Schwertkampf zu unterrichten«, erklärte er fröhlich. »Eigentlich nicht nur das – auch Boxen, Bogenschießen, Fährten lesen, alles, was ein Krieger beherrschen muss. Wir exerzieren seit Tagen. Wir haben ganz schöne Fortschritte gemacht, nicht wahr, Käptn?«

Plötzlich fiel Guorin auf, dass Nela lächelte. Er kam sich vor wie ein Dummkopf, weil er bei ihrem Blick errötet war. Aber in ihrem bestickten Umhang und mit dem auf die Schultern herabfallenden nassen Haar sah sie so hübsch aus …

»Wir haben einen langen Weg vor uns und ansonsten nichts zu tun. Und du weißt ja selbst, dass ich all das unbedingt lernen muss.« Er hielt kurz inne, dann murmelte er: »Ich kam mir so hilflos vor, als ich in dieser verfluchten Arena Gorba fallen ließ.« Freundlich breitete er die Arme aus. »Hilflos und unnütz. Wäre der arme Verum nicht gewesen, wäre ich jetzt bei den Göttern. Ich will meine Freunde auch ohne ein selbstständig kämpfendes Schwert verteidigen können. Niemand darf sich mehr zu meinem Schutz in Gefahr begeben.«

Nela lächelte still. Kurz bedachte sie ihn mit einem anerkennenden Blick. Dann wich ihr Lächeln einer nachdenklichen Miene. »Warum befestigst du Gorba nicht an deinem Handgelenk? Wäre das nicht eine einfache Lösung?«

Guorin schüttelte den Kopf. »Solange ich Kraft im Handgelenk habe, habe ich Gorba fest im Griff. Wir werden beinahe eins. Wenn mir die Kraft ausgeht und Gorba an meiner Hand befestigt wäre, würde es mir nur das Handgelenk brechen, mehr nicht.«

»Wie du meinst, Guorin«, stimmte die Zauberin unwillig zu. »Allerdings lernt man die Kunst, ein Schwert zu führen, nicht in ein paar Tagen. Die Menschen beschäftigen sich ein Leben lang damit. Sie beginnen fast schon als Wickelkinder mit dem Üben. Verzeih mir, dass ich das sage, aber ich möchte nicht, dass du enttäuscht bist.«

Guorin wollte schon antworten, da unterbrach ihn Kormans kräftige Stimme.

»Seid Euch da nicht so sicher, werte Dame«, sagte er, die Stirn in Falten gelegt. Er stemmte die Hände in die Seiten und betrachtete Guorin aus dem Augenwinkel. »Diese göttliche Waffe, Gorba heißt sie, nicht wahr, hat dein Handgelenk ganz schön geschmeidig gemacht«, meinte er mit schiefem Lächeln. »Außerdem kann ich aus voller Überzeugung sagen, dass Guorin ein sehr begabter Schüler ist. Selbst die schwierigsten Figuren begreift er im Nu. Ich habe noch niemanden gesehen, der so schnell lernt. Er wird vielleicht kein Schwertmeister, aber glaubt mir, zwischen dem Mann, der an Bord kam, und dem, der von Bord geht, wird es einen himmelweiten Unterschied geben.«

Er drehte sich zu Nela und zeigte auf einen blauen Fleck neben seiner rechten Augenbraue. »Seht, was er mit mir gemacht hat. Und das bereits in der dritten Übungsstunde! Der Halunke hat nicht nur schnell gelernt, ein Schwert zu benutzen, sondern auch, mit seinen Fäusten umzugehen. Ich würde vorschlagen, dass Ihr nicht zu voreilig über ihn urteilt!«

Nela lachte. Nacheinander betrachtete sie die beiden Männer, als wollte sie sagen: ›Ihr habt mich überzeugt.‹

»Na, dann übt mal schön weiter«, entgegnete sie mit lieblicher Stimme. »Aber tut euch bitte nicht allzu weh. Ich fühle mich ziemlich erschöpft. Ich denke, ich lege mich wieder hin. Und wenn ich wieder aufwache, möchte ich euch in einem Stück sehen.«

»Wirst du heute Abend mit uns essen?«, fragte Guorin hoffnungsfroh. Errötend verstummte er, weil seine Stimme allzu enthusiastisch geklungen hatte.

»Ich werde es versuchen«, erwiderte Nela nun wieder mit einem Lachen. »Ich verspreche es nicht, aber ich werde tun, was ich kann.«

Dann drehte sie sich um und ging unter den respektvoll-bewundernden Blicken der jungen Soldaten mit kleinen Schritten davon. Während sie auf ihre Kajüte zusteuerte, entdeckte sie eine kräftig gebaute Häscherin und war ein wenig erleichtert, nicht die einzige Frau an Bord zu sein. Die Soldatin, die die Spitze ihrer Lanze reinigte, musste aus Kadi stammen, wo man auch Frauen zu Kämpferinnen ausbildete. Auf dem Kopf trug sie eine Fellmütze und am Körper eine zerschlissene Weste aus grobem grau-schwarzen Stoff. In ihrem breiten Gürtel steckten drei scharfe Messer, daneben baumelte ein Morgenstern von beachtlicher Größe. Die beiden Frauen waren ungefähr gleich alt. Im Vorbeigehen lächelte Nela sie freundlich an, mit der Verbundenheit, die man empfand, wenn man sich mit jemandem in einem Punkt von anderen unterschied. Gleich darauf ertönten auf Deck wieder das Klirren der Schwerter und die Begeisterungsrufe der Soldaten.

KAPITEL II

DURKGADOR

»Heute Abend bin wohl ich an der Reihe mit Geschichtenerzählen«, sagte Korman und blickte mit breitem Grinsen in die Tischrunde. Er verschränkte die Arme und lehnte sich im Stuhl zurück. Er kannte die Antwort bereits, aber er hatte es gern, wenn man ihn ermunterte.

»Seit wir an Bord sind, hältst du uns hin«, rief Guorin für alle hörbar aus der anderen Ecke. »Wir haben dir alles erzählt, von unserer Reise in die Jenseitswelten bis hin zu unseren schrecklichen Erlebnissen in den Tunneln. Ganz klar: Jetzt bist du an der Reihe!«

»Unser junger Freund hat recht«, meinte Leofold, der Guorin gegenüber saß, die Pranken neben seinem Teller. »Gleich am ersten Tag hast du versprochen, uns alles über die ›Durkgador‹ zu erzählen. Sei dir gewiss, dass wir dieses Versprechen nicht vergessen.«

Nume blieb still und begnügte sich mit einem Nicken.

Korman lachte. Gedankenverloren betrachtete er das Brathuhn auf seinem Teller. Scheinbar überlegte er, wo er beginnen sollte. Gar nicht so einfach, etwas zu finden, womit er die Aufmerksamkeit dieser Männer erregen konnte, die sich schon einmal mit den Göttern unterhalten hatten. Gerade als er den Kopf hob, richteten alle ihre Blicke auf die sich öffnende Tür. Es war Nela.

Ihr langer Umhang wischte über den Boden, während sie in die Mitte des Raums trat. Sie blieb stehen und sah sich schnell um. Der Speisesaal war nicht allzu groß. Auf den Holzdielen lag ein grober grüner Teppich. In den Ecken brannten Fackeln auf hohen Eisenständern, eher mittelmäßige Gemälde zierten die Wände. Abgebildet waren zumeist Seeschlachten, nur das in der Ecke zeigte die aufgehende Morgensonne über einer friedlichen Ebene. Der rechteckige Tisch ragte von der gegenüberliegenden Wand herüber und füllte beinahe ein Drittel des Raums. Wie alle Möbel war auch der Tisch aus grobem Holz gefertigt.

Zwei Kammern, in die Nela sich unterwegs verirrt hatte, waren ebenso bescheiden eingerichtet gewesen wie dieser Speisesaal. Sie schämte sich beim Gedanken an ihr Bett, das jedem Palast alle Ehre machen würde, und an die Bronzestatuetten, die ihre Deckskammer schmückten. Es war offensichtlich, dass man sie mit besonderer Sorgfalt umhegte. Sogar ihre Wasserkaraffe war aus Kristall.

Die mit Fleisch, Gemüse und allerlei Obstsorten vollgehäuften Teller auf dem Esstisch erinnerten sie daran, dass sie seit Langem nichts Vernünftiges gegessen hatte. Als sie spürte, wie vier Augenpaare sie neugierig musterten, wandte sie ihren Blick von den Speisen.

»Darf ich mich zu Euch gesellen, meine Herren?«

Korman erhob sich ehrerbietig und zeigte auf einen leeren Stuhl. »Aber natürlich, werte Dame. Wir haben Euch ja erwartet.«

»Zumindest haben wir gehofft, dass du kommst«, meinte Guorin lächelnd, ohne sich von seinem Platz zu rühren. Aus dem Augenwinkel sah er zu Korman. Die Höflichkeit, die der Kapitän bei jeder Begegnung mit Nela an den Tag legte, begann ihn allmählich zu stören.

Nela nahm auf dem grob zusammengezimmerten Stuhl Platz. Sie schenkte ihren Freunden ein Lächeln, dann dem Kapitän, der ihr genau gegenüber saß und sie bewundernd anblickte.

»Als ich hereinkam, habt ihr glaube ich über ein interessantes Thema gesprochen. Ich hoffe, es ist nichts, was ihr vor mir verheimlichen müsst.«

»Aber nein, Herzchen«, erwiderte Nume kopfschüttelnd. »Unser lieber Kapitän wollte uns nur erzählen, wie er die ›Durkgador‹ gefunden hat. Bestimmt ist es eine hörenswerte Geschichte. Nichts kann eine Mahlzeit mehr versüßen als eine spannende Anekdote.«

»Aber nicht nur die Geschichte über das Schiff«, warf Leofold ein. »Er hat uns auch versprochen, das Geheimnis um diese seltsame Löwenstatue zu lüften.«

Korman erhob sein Rotweinglas und rief in die Runde: »Dann lasst uns mit einem Schluck Wein unseren Geist beflügeln.« Er wirkte entschlossen und warf Leofold einen dankbaren Blick zu. »Ich werde weit in die Vergangenheit gehen und einige traurige

Erinnerungen wieder hervorholen müssen. Ich werde euch mit meiner Erzählung sicher nicht den Appetit verderben, aber lasst mich von Anfang sagen: Allzu lustig ist sie nicht. Ob sie spannend ist, müsst ihr selbst entscheiden.

Es war lange vor dem Krieg der Götter. In den Zeiten, in denen die Götter in Perg noch die Fäden in der Hand hielten und die Menschen, Prome und Burfenen einander noch nicht feindlich gesinnt waren. Eines Tages versammelte ein junger Adliger, der der Ruhe und des eintönigen Lebens in Perg überdrüssig war, seine Freunde um sich und verkündete, er hätte ein hervorragende Idee. Seine Freunde kannten seine Vorstellung von außergewöhnlichen Vergnügungen und begegneten seinem Enthusiasmus mit Bedenken. Sie schienen den aufkommenden Ärger riechen zu können. Erleichtert, weil sie mit Schlimmerem gerechnet hatten, hörten sie, dass der junge Mann eine Jagd für sie veranstalten wollte. Als sie jedoch hörten, auf welche Beute der Bursche es abgesehen hatte, sahen sie ein, dass sie sich zu früh gefreut hatten.

Der junge Adlige, er soll Oerdel geheißen haben, hatte vor, eine berühmte Löwin zu jagen, die wenigstens zwanzig Bauern auf dem Gewissen hatte. Und zwar ganz allein, ohne die Begleitung von Soldaten.

Die meisten hielten ihn für übergeschnappt. Wenn nur die Hälfte von dem stimmte, was man sich über die Löwin erzählte, so bedurfte es einer Armee, sie zu bezwingen. Alle Welt wusste, dass es sich um ein verfluchtes, blutrünstiges Geschöpf handelte. In den Wäldern gab es Hunderte von Löwen, und seit Jahrhunderten lebten sie friedlich mit den Menschen. Nur diese eine Teufelin hatte es auf Menschenfleisch abgesehen. Dass Leute, die bis dahin höchstens einen Jeun-Wolf gejagt hatten, sich zu einer solchen Aktion aufschwangen, war gleichbedeutend mit Selbstmord. Doch Oerdel war felsenfest davon überzeugt, dass es ihnen gelingen würde. Selbst als man ihn an seine junge Frau und das Neugeborene erinnerte, änderte er seine Entscheidung nicht.

Zu sechst machten sie sich auf den Weg. Oerdel und fünf weitere adlige Halbstarke, die sich von seinem Eifer anstecken ließen.

Obwohl sie von Kopf bis Fuß in Rüstungen steckten und mit langen Lanzen bewaffnet waren, stand ihnen die Furcht ins Gesicht geschrieben. Niemand zweifelte daran, dass alle außer Oerdel beim kleinsten Missgeschick die Flucht zurück in die Stadt antreten würden.

Mit Gebeten und guten Wünschen verabschiedeten die Familien ihre Söhne. Einzig Oerdels junge Frau beobachtete sie beim Weggehen mit stillem Protest. Ihr Baby fest im Arm, kehrte sie in ihr Haus zurück.

Die ersten Tage war alles in bester Ordnung. Die Abende verliefen ohne Zwischenfälle, sie amüsierten sich, als hätte man sie in ihre Kindheit zurückversetzt. Sie schossen mit Pfeilen auf Bäume, tranken Nek-Bier in Strömen und sangen Heldenlieder. Während sie sich am Lagerfeuer gegenseitig neckten, schwadronierten sie darüber, wie anstrengend es sein würde, den Kadaver dieses bauernmordenden Monsters in die Stadt zu tragen. Nie wäre ihnen in den Sinn gekommen, dass sie womöglich die Leichen ihrer Freunde zurücktragen müssten.

Nach langer Suche entdeckten sie tief im Wald die Löwin; sie verspeiste gerade ihre letzte Beute, die sie aus dem Dorf hergeschleppt hatte. Überall lagen menschliche Knochen, das verdammte Vieh schien jenen Ort als eine Art Speisesaal zu verwenden. Unverzüglich stürzten sie sich mit all ihrer Kraft auf die Löwin. Nach recht kurzem Kampf mussten sie sich verletzt und in jämmerlichem Zustand zurückziehen. Nur zwei überlebten. Wie eine böse Laune des Schicksals es wollte, war Oerdel war einer von ihnen. Nachdem sie einige Nächte in Todesangst in Baumkronen verbracht hatten, stiegen sie hinab, überzeugt, dass die Löwin weitergezogen war. Was von ihren Freunden übrig war, luden sie auf die Pferde und machten sich auf die stille Reise zurück in die Stadt.

Oerdels Mund schien wie versiegelt, in seinem Inneren aber tobte es. Bei jedem Blick auf die Leichen tauchten die Gesichter der Familien vor ihm auf, die ihm entgegenschrien, dass er verantwortlich war für ihren Tod. Am Stadttor übergab er Pferde und Leichen dem zweiten Überlebenden und rannte entgegen seiner Proteste, so schnell er konnte, in den Wald. Seine Freunde konnte er nicht wieder zum Leben erwecken, aber er würde die Löwin töten – oder sterben wie seine Freunde.

Nach tagelanger Suche fand er die Höhle der Löwin. Er zog sich in einen Winkel zurück und begann zu warten. Er merkte sich genau, wann sie ihren Bau verließ und wann sie wieder zurückkam, um zu ruhen. Er wusste, dass er sie im direkten Kampf nicht besiegen konnte. Deshalb wollte er es mit einer anderen Methode versuchen.

Eines Abends, als sich die Löwin zur Ruhe gelegt hatte, näherte er sich lautlos ihrer Höhle. Mit Reisig und Zweigen, die er gesammelt hatte, verschloss er den Eingang. Dann setzte er den trockenen Haufen an drei Stellen mit seiner Fackel in Brand. Sprühend vor Glück floh er in den Wald, in dem Glauben, er hätte die Mörderin in eine Feuerzelle gesperrt.

Bei seiner Rückkehr in die Stadt traf er zunächst auf Wut und Widerstand. Die Familien, die ihre Söhne verloren hatten, schleuderten ihm all ihren Hass entgegen, weil er sie mit dieser wahnwitzigen Idee angesteckt hatte. Doch er erzählte ihnen von seiner Tat und machte sie glauben, er hätte ihre Söhne gerächt. Ja, ihre Kinder waren tot, aber sie waren nicht umsonst gestorben. Schließlich war auch die Mörderin bestraft worden, die das Volk in Angst und Schrecken versetzt und das Blut vieler unschuldiger Menschen vergossen hatte.

Die Menschen beruhigten sich, die Klagelieder verstummten. Schließlich war Oerdel jemand, dem man glaubte. Da die jungen Burschen aus gutem Grund gestorben waren, erklärte das Volk sie zu Märtyrern. So wäre alles in Vergessenheit geraten. Hätte sie da nicht die Kunde von einem weiteren Bauern erreicht, der den Pranken der Löwin zum Opfer gefallen war.

Oerdel konnte niemanden davon überzeugen, dass es sich um eine andere Löwin handelte. Er glaubte es ja selbst nicht. Als er von dem toten Bauern hörte, spielte sich die Szene noch einmal vor seinem geistigen Auge ab, und er begriff, welchen Fehler er gemacht hatte. Ja, er hatte eine Löwin verbrannt. Aber es war eben nicht die richtige gewesen. Mit einem Mal erinnerte er sich, dass sich die

Löwin im Kampf am Bein verletzt hatte. Die aber, die ihm in die Falle gegangen war, war unversehrt. Unmöglich konnte die Wunde in so kurzer Zeit verheilt sein. Wut und Rachegelüste hatten ihn blind gemacht, weswegen ihm das Fehlen der Wunde nicht aufgefallen war.

Er hatte ein unschuldiges Tier getötet.

Der junge Mann verbarrikadierte sich in seinem Haus und ließ niemanden zu sich. Ohnehin wollte ihn kaum einer sehen.

Während sich all das in der Welt der Menschen abspielte, erlebten die Tiefen des Waldes ein großes Leid. Die Löwin war vom Rauch erwacht und sah erschrocken die Flammenwand vor dem Höhleneingang. Ihr selbst gelang die Flucht, ihre Jungen aber vermochte sie nicht zu retten. Sie litt. So sehr, dass nicht einmal die Götter einfach nur zusehen konnten. Die Löwin bat um den Mörder ihrer Jungen. Um ihn zu bestrafen, segneten die Götter sie mit einer Gabe, die sonst kein Lebewesen besaß: Um den Mann zu finden, brauchte sie ihn weder zu riechen noch zu sehen. Um zu spüren, wo er sich aufhielt, brauchte sie sich nur sein Gesicht vorzustellen. So wiesen die Mächte der Vorzeit der Löwin den Weg.

Wütend machte sich die Löwin auf den Weg in die Stadt. Weder hohe Mauern noch bewaffnete Wächter konnten sie aufhalten. Sie war so zornig, dass sie jeden überrannte, der sich ihr in den Weg stellte, was ohnehin nur wenige versuchten.

Oerdels Haus zu finden war nicht schwer. Die Gebäude sahen alle gleich aus, aber dank der Gabe, die die Götter ihr geschenkt hatten, konnte die Löwin spüren, in welchem sich der Mörder versteckte. Nicht einmal wenn eine Beute direkt vor ihrer Nase saß, konnte sie sie so leicht wittern.

Die Löwin durchbrach die Holztür und blieb abrupt stehen. Oerdel war krank, bewegungslos lag er in seinem Bett, wachsweich, wie ein Häufchen Elend. Gewissensbisse nannte man die Krankheit, die ihn niedergerungen hatte. Was die Löwin zunächst bremste, war nicht der erbärmliche Zustand des Mörders, sondern die junge Frau, die mit ihrem Baby auf dem Arm vor sie trat.

›Bitte, vergib ihm‹, flehte die Frau mit Tränen in den Augen.

Aber der Schmerz hatte das Herz der Löwin verhärtet. So sehr, dass nicht nur der Mörder ihrer Jungen ihre Pranken zu spüren bekam. Sie tötete auch die um Erbarmen flehende Frau.

Genau das trieb die Mächte der Vorzeit zur Weißglut. Die Götter richteten über die Löwin, weil sie die Kraft, die sie ihr geschenkt hatten, um Gerechtigkeit zu üben, gegen Unschuldige eingesetzt hatte. Sie verurteilten sie dazu, ihren Schmerz immer und immer wieder bis in alle Ewigkeit zu durchleben, und verwandelten sie in eine Eisenstatue. Eine kleinere Kopie gaben sie dem Jungen, der als Waise zurückblieb. Wann immer jemand die Statuette in die Hand nahm und sich jemanden vorstellte, würde die Löwin ihn für den Mörder halten und ihn zerfleischen, in dem Glauben, dass er immer noch lebte.

Die beiden Statuen wurden weitergegeben, bis Oerdels Geschlecht ausstarb. Ob Pertub dem selben Geschlecht angehörte, oder ob er sich die Statuen mit einer seiner üblichen Teufeleien aneignete, ist eines der Geheimnisse an der Geschichte.«

Schweigen beherrschte den Raum, als Korman geendet und einen Schluck von seinem Wein genommen hatte. Alle im Saal starrten auf ihre Teller. Doch keiner schien seinen Teller zu sehen. Vor ihren Augen rannte eine leidende Löwin zwischen alten Häusern und angsterfüllten Menschen hin und her. Nela fand als Erste die Sprache wieder.

»Das ist eine herzzereißende Geschichte …«

»Stimmt sie?«, fragte Guorin unvermittelt.

»Also«, warf er korrigierend ein, als er den Kopf hob und die verwirrten Blicke der anderen sah. »Ich meinte, ob du sie glaubst.«

»Ich weiß nicht, ob sie stimmt«, antwortete Korman gefasst. »Ein alter Seeräuber hat sie mir erzählt. In der Regel stimmte immer nur ein Drittel von dem, was er so von sich gab. Wer weiß, vielleicht wurde die Statue auch mithilfe eines der verlorenen Zauber geschaffen. Ich habe gehört, dass zu Zeiten der Meisterzauberer solche Stücke angefertigt werden konnten.«

»Dennoch hast du Zweifel, ob die Geschichte wahr ist, oder?«, fragte Nume neugierig. Er hatte seine riesige Faust auf den Tisch gelegt und wartete konzentriert auf die Antwort.

Korman seufzte leise.

»Vielleicht«, erwiderte er. »Wer kann das schon wissen? Ich weiß nur, dass die Statue sehr nützlich ist. Bis jetzt hat sie mir oft geholfen. Sie hat meine Feinde und meine Freunde ausfindig gemacht. Ihr haben wir auch zu verdanken, dass wir euch vor den Nutelen retten konnten. Hätte sie nicht mit ihren Tatzen nach der Insel ausgeschlagen, wären wir ahnungslos an euch vorbeigefahren.« Er verstummte kurz. »Trotzdem benutze ich sie nur im äußersten Notfall«, fügte er dann aufrichtig hinzu. »Der Gedanke, die Qualen einer armen Kreatur auszunutzen, missfällt mir.«

Guorin nickte verständig.

»An wen dachtest du, als du uns finden wolltest, Korman?«, fragte er leise. »Wer ging dir durch den Kopf, als du die Statuette in Händen hieltest?«

Eigentlich ahnte er die Antwort, aber er wollte sich überzeugen.

»Du natürlich«, erwiderte der Kapitän mit einem Lächeln. »Nume und Nela kannte ich ja noch nicht. Und von Leofold waren mir eher die Pranken in Erinnerung als das Gesicht.«

Besorgt starrte Guorin ins Leere. »Du willst mir also sagen, dass unsere liebe Löwin mich als Mörder ihrer Jungen in Erinnerung hat? Wirklich sehr nett. Es wird mir ja wohl keiner übelnehmen, wenn ich mich ab sofort vom Schiffsbug fernhalte!«

Alle lachten. Nela warf dem jungen Mann einen sanften Blick zu. Dann wandte sie sich an den Kapitän mit einer Frage, die sie schon lange beschäftigte: »Wie habt Ihr dieses Schiff gefunden? Ich hörte, es sei im Krieg gegen Asuber gesunken.«

»Bitte sagt nicht *dieses Schiff*, werte Dame«, entgegnete Korman mit gespieltem Vorwurf. »Sie hat einen Namen. ›Durkgador‹. Und sie verdient es mehr als viele Menschen und Prome, dass man sie beim Namen nennt. Durkgador bedeutet in einer ausgestorbenen Sprache Löwenmutter. Ich muss sicher nicht erklären, warum man diesen Namen für passend hielt.«

Er trank noch einen Schluck Wein.

»Ich wusste, dass man die ›Durkgador‹ nicht so einfach versenken kann«, fuhr er mit leiserer Stimme fort. »Ich folgte den Gerüchten.

Dabei erlebte ich eine Menge merkwürdiger Dinge. Aber die Geschichte dieser Reise ist so lang, dass man sie nicht während eines Abendessens erzählen kann. Außerdem werden die Hühner allmählich traurig, weil sie denken, wir mögen sie nicht. Sie werfen uns eisige Blicke zu. Wenn Ihr einverstanden seid, erzähle ich Euch diese Geschichte, wenn wir etwas mehr Zeit haben.«

Kaum schaute Nela auf ihren Teller, da war sie auch schon überzeugt. Sie hatte einen Bärenhunger. Das leckere Huhn sollte man wirklich nicht länger kalt werden lassen. An den hungrigen Gesichtern der anderen sah sie, dass sie genauso dachten, und gab nach. »So sei es, Kapitän. Glaubt allerdings nicht, dass wir das vergessen!«

Es war ein vergnügliches Mahl. Nicht nur die wohlschmeckenden Gerichte, sondern auch, dass sie an einem friedvollen, sicheren Ort speisten, erhellte die Gemüter. Insbesondere Guorin, der sich an die gemeinsamen ruhigen Zeiten mit Frau und Freunden in seinem Dorf erinnert fühlte, genoss diese gemütlichen Abende auf dem Schiff. Hier musste er sich weder vor grauenerregenden Kreaturen fürchten, die über ihn herfallen könnten, noch vor Fallen, die in der Dunkelheit auf ihn lauerten. Niemandem, ob gut oder böse, musste er Leid zufügen. Nach dem Essen vertrieben sie sich die Zeit mit Kortoz, einem Spiel der Seeleute, das Korman ihnen beibrachte. Guorin mochte das Spiel, das mit Karten und Würfeln auf einer in Quadrate unterteilten Seekarte gespielt wurde. Es bot einem das Vergnügen, ein Schiff durch gefährliche Gewässer zu lenken, ohne sich aus seinem sicheren Sessel erheben zu müssen. Natürlich war ihm die Spannung während des Spiels viel lieber als etwa die Angst vor den Gerf-Katzen auf der Wanderung durch das Tal. Er war glücklich auf diesem Schiff. Vor allem, weil seine innere Stimme ihm riet, dieses Glück voll auszukosten, bevor sie nach Fuoli kamen, über das er zahlreiche unangenehme Gerüchte gehört hatte.

Die Nacht verbrachten sie mit angeregten Gesprächen, freundschaftlichen Neckereien und jeder Menge Gelächter. Inzwischen war es stockfinster geworden. Durch das kleine Bullauge war draußen nichts zu erkennen. Die leidenschaftlichen Stimmen waren nunmehr wohligem Gemurmel gewichen. Als Nela spürte, wie ihr die Augen schwer wurden, bat sie höflich, sich zurückziehen zu dürfen, und stand auf. Es war der erste Abend außerhalb ihrer Kammer, und sie war hundemüde. Bevor sie den Tisch verließ, fragte sie mit von Wein und Gelächter geröteten Wangen: »Wie viele Tage sind es noch bis ins Land der Sümpfe, Kapitän?«

Kaum hatten Leofold und Guorin, die leise miteinander plauderten, die Frage gehört, spitzten sie gespannt die Ohren. Nume kaute an einer riesigen Scheibe Käse, die er sich mit Gewalt in den Mund gestopft hatte, und sah Korman an.

Der Kapitän verschränkte die Arme. In seinem Gesicht machte sich eine geheimnisvolle Miene breit.

»Das ist meine erste Reise nach Fuoli«, sagte er ruhig. »Laut Pertubs Karten dauert die Überfahrt ungefähr drei Wochen. Zehn Tage haben wir hinter uns. Wir nehmen nicht die kürzeste Route. Ihr habt nicht erwähnt, dass ihr es eilig habt. Daher nahm ich einen Umweg von einem Tag in Kauf, um ein interessantes Panorama sehen zu können, über das ich Pertub viele Male habe reden hören.«

»Was für ein Panorama?«, fragte Nume, nachdem er den Bissen mit Mühe hinuntergeschluckt hatte. Die Sache interessierte ihn. »Ich bin aus den Jenseitswelten zurückgekehrt in der Hoffnung, mich frei in Perg zu bewegen. Wenn es etwas Sehenswertes gibt, dann wäre es mir sogar einen einwöchigen Umweg wert.«

Er schwieg kurz, dann konnte er sich einen Zusatz nicht verkneifen. »Außerdem fahren wir ja nicht auf eigenen Wunsch zu diesem verfluchten Ort!«

Wieder zeigte Korman diesen geheimnisvollen Gesichtsausdruck.

»Stimmen meine Berechnungen, werden wir es in drei Tagen sehen«, antwortete er und strich über den Griff seines Schwertes. Offenbar genoss er die Wirkung, die er auf seine neugierig dreinblickenden Gäste hatte.

»Das soll vorläufig unser Geheinnis bleiben. Wie gesagt, ich habe es selbst nicht gesehen, nur bei geschwätzigen Piraten davon gehört. Ich möchte niemanden enttäuschen, falls es bloß ein Märchen ist. Doch wenn es stimmt, was man mir erzählt hat, dann kann ich behaupten, dass ihr es so schnell nicht vergessen werdet!«

KAPITEL III

DIE FLÜGEL DES HUNSA

Die Kriegerin hatte sich an die Reling gelehnt und starrte geistesabwesend in die endlose Dunkelheit. Sie war ein wenig müde von den zwei Runden, die sie auf Deck gedreht hatte. Mit ihrem kurz geschnittenen Haar, dem stämmigen Körper und den muskulösen Armen hatte sie so gar nichts von einer gewöhnlichen Frau. Wenn man zu der dicken Weste aus grobem Stoff und der im Hüftbereich gepanzerten Lederhose noch den Häscherhut aus Fell addierte, hielt man sie aus der Distanz eher für einen Mann. Genau deshalb hatte sie sich in jener Nacht hinter einem der riesigen Ruderboote versteckt und versuchte, in der Stille des Hunsa etwas Seelenfrieden zu finden.

Sie stöhnte laut auf. Seit die Frau in dem Umhang an ihr vorbeigegangen war, befand sie sich in dieser Stimmung. Die geheimnisvolle Fremde, die mit ihrer Schönheit alle Seeleute bezauberte, hatte ihre Trübsal zurückgeholt, die sie abgeschüttelt zu haben glaubte. Schmerzhaft biss sie sich auf die Unterlippe und stieß einen Fluch gegen die Götter aus. Warum wurden manche derart begünstigt?

Einen Augenblick lang empfand sie Groll gegen die Frau. Bevor sie sie gesehen hatte, war sie recht zufrieden gewesen mit ihrem Leben an Bord. Wie gern fuhr sie als Häschersoldatin zur See! Unter Kapitän Kormans Führung hatten sie unzählige Abenteuer erlebt, sie hatten die legendäre »Durkgador« entdeckt und die Bewunderung von ganz Perg errungen. Zum ersten Mal in ihrem Leben hatte sie sich wichtig gefühlt. Sich der Jagdfestung anzuschließen war das Beste, was sie je getan hatte. Wie richtig die Entscheidung gewesen war, auf Frausein, Familiengründung und Kinderkriegen zu verzichten! Doch nun hatte diese unselige dunkelblonde Frau mit einem einzigen Lächeln alles zunichte gemacht.

Wie es sich wohl anfühlte, so schön zu sein?

Beim Gedanken an ihre Kindheit verwandelte sich ihre Trübsal allmählich in Pein. Ihre Altersgenossinnen hatten sie nie dabei haben wollen. *Hässlicher Tollpatsch!*, schrien die Jungen hinter ihr her, um sie zu ärgern. Kinder konnten manchmal unglaublich grausam sein. Vielleicht waren sie sich dessen nicht bewusst, weil sie die Bedeutung von Schmerz noch nicht kannten. Wie dem auch sei, sie hatte unendlich gelitten. Am Ende hatte sie sich von allem losgesagt und sich fortan der Aufgabe gewidmet, bei der ihr stämmiger Körper ihr nützlich sein konnte. Sie wurde Kriegerin.

In Kadi wurde jeder in der Schwertkunst unterwiesen. Frauen durchliefen eine mindestens ebenso strenge Ausbildung wie die Männer. Wer Talent und Willenskraft besaß, konnte es sehr weit bringen. Sie war zwar nicht ausgesprochen begabt, ihre Willensstärke aber versetzte alle ihre Lehrer in Erstaunen.

Als sie mit der Aufnahme in die Jagdfestung die Früchte ihrer Arbeit erntete, war sie völlig aus dem Häuschen. Wie überzeugt sie damals gewesen war, eine Heldin zu sein und das alles zu tun, um Perg vor den Dämonen zu retten. Sie erlebte herrliche Zeiten mit den Männern, denen es verboten war zu heiraten und denen es egal war, ob sie hübsch war oder nicht. Niemand auf dem Schiff beachtete ihren enormen Leib oder ihr hässliches Gesicht, nicht einmal sie selbst. Doch dann war diese Frau an Bord gekommen und hatte ihren Frieden gestört. Bei ihrem Anblick strahlten die Augen der Soldaten. Wieder überwältigte sie die Trübsal, die sie in ihrer Kindheit gespürt hatte. Wie gern wäre sie an ihrer Stelle gewesen. Mit ihrer schmalen Figur konnte die Fremde nicht einmal einen Schild tragen. Keinen Zoll würden ihre Arme den Morgenstern vom Boden heben können, den sie gerade an der Hüfte trug. Aber was zählte das schon, wenn ein Lächeln eine solche Schönheit auf ihr Antlitz zauberte?

Wie glücklich manche Menschen geboren wurden.

Plötzlich vernahm sie Schritte und zuckte zusammen. Wer war der Verrückte, der zu so nächtlicher Stunde im Freien herumlief? Bis zur Wachablösung waren es noch Stunden. Aus Furcht, jemand könnte über Bord gehen, hatte Korman allen außer den Nachtwachen ein

Decksverbot auferlegt. Pflichtbewusst richtete sie sich auf und versuchte den Herannahenden auszumachen. Die Trauer in ihrem Gesicht war wie weggewischt; an ihre Stelle trat selbstsichere Entschlossenheit. Diese Miene wich jedoch Verwunderung und auch ein wenig Angst, als die Person, der die Schritte gehörten, in einiger Entfernung an einer Fackel vorbeiging.

»Guten Abend, Soldat«, grüßte Nela die junge Frau. Sie wirkte fröhlich und erfreut, sie zu sehen.

»Guten Abend, werte Dame«, erwiderte die Häschersoldatin nervös. Schnell erinnerte sie sich daran, dass Nela eine Zauberin war. Es erschreckte sie ziemlich, dass sie genau in dem Moment auftauchte, in dem sie an sie dachte. Sie glaubte zwar nicht an das, was man sich in Kadi über Zauberer erzählte, oder an »ungeschriebene Gesetze«. Sie hatte viele der Jagdfestung getreue Zauberer kennengelernt und mit eigenen Augen gesehen, dass nicht jeder von ihnen, wie ihre Vorfahren geglaubt hatten, ein Dämon war. Aber sie wusste auch, dass Zauberer unglaublich stark sein konnten. Hatte die Zauberin etwa gespürt, dass sie gerade an sie dachte, oder schlimmer noch, was sie dabei fühlte? Doch Nela blickte sie derart freundschaftlich an, dass sie sofort einsah, dass das nicht sein konnte.

»Was machst du um diese Zeit hier?«, fragte die Zauberin neugierig. »Hat dich etwas um den Schlaf gebracht?«

»Wache halten«, antwortete die Soldatin knapp. »Jede Nacht patroullieren zwei Posten drei bis vier Mal über das Deck, um zu kontrollieren, ob alles in Ordnung ist. In ein paar Stunden kommt meine Ablösung, dann gehe ich in meine Kammer. Und Ihr?«, fragte sie nach kurzer Pause, bemüht, höflich zu sein, was ihr allerdings nicht gelang.

Nela lächelte, als hätte sie den Frost in ihrer Stimme nicht bemerkt. »Das Abendessen hat ein wenig länger gedauert. Ich bewohne die Deckskajüte, und da wollte ich eigentlich hin, aber ich habe in der Dunkelheit die Abkürzung nicht gefunden. Eure Fackeln spenden wirklich nicht allzu viel Licht. Aber ich bin nicht traurig darüber. Es würde mich freuen, nach so vielen Jahren mit jemandem zu plaudern, der so ist wie ich.«

Die Soldatin sah sie mit leeren Augen an. Was meinte Nela? Sie hatte zwar eine Idee, aber die kam ihr so unsinnig vor, dass sie sie nur missverstanden haben konnte. Eine mächtige Zauberin würde ja wohl kaum ihre Freundschaft suchen.

»Ich heiße Nela«, sagte die Zauberin mit ruhiger Stimme. »Spricht etwas dagegen, dass du mir auch deinen Namen nennst?«

»Ameni«, flüsterte die Kriegerin. Eine kräftige Windbö fegte über das Schiff. Das Fackellicht zitterte und drohte jeden Moment zu verlöschen. Ameni zog sich den Fellhut über die Ohren und wunderte sich, dass die Kälte der Zauberin in ihrem dünnen Umhang nichts auszumachen schien.

»Friert Ihr nicht, werte Dame?«, fragte sie verblüfft. »Nachts ist es eisig auf dem Hunsa. Ich trage während der Wache immer meine dicksten Sachen. Trotzdem ziehe ich mich oft hinter die Ruderboote zurück, um mich vor dem Wind zu schützen. Ich an Eurer Stelle würde wahrscheinlich erfrieren!«

Nela warf einen gleichgültigen Blick auf das Boot, als hätte sie es eben erst entdeckt. Von der Länge und Breite her war es der »Durkgador« durchaus angemessen. Der Bug war spitz, das Heck gerade. Die zu beiden Seiten heraushängenden Ruderblätter hatten die Form von bettelnden Händen.

»Frieren?«, entgegnete sie mit einem Seufzer. »Stimmt, es muss kalt sein, es ist Nacht, und wir befinden uns auf offener See. Aber ich spüre gar nichts. Vielleicht ist mir auch kalt, und ich merke es nicht, weil es mich nicht stört. Ich habe mein Leben lang so starke Schmerzen gehabt, da bin ich gegen solche Dinge wohl immun. Wenn du willst, dass ich friere, musst du schon Eis über mir ausgießen, und wenn ich schwitzen soll, musst du mich in ein Feuer setzen!«

Nela lächelte Ameni freundlich an und begann, ihre Geschichte zu erzählen. Ameni staunte bei jedem Wort mehr. Und Nela fühlte sie mit jedem Wort leichter. Ihr ganzes Leben hatte sie im Verborgenen verbracht und vor Leofold, Guorin und Nume nur ein paar Greise als Freunde gehabt. Es bereitete ihr großes Vergnügen, von Frau zu Frau über Probleme reden zu können, so wie sie es in Büchern gelesen, von anderen gehört und bei Besuchen im Dorf aus der

Ferne neidisch beobachtet hatte. Die Worte flossen aus ihr heraus wie das Wasser eines Flusses nach einem Dammbruch. Ihr schmerzerfülltes Leben, ihre Probleme, ihre Träume, von denen sie fürchtete, dass sie niemals in Erfüllung gehen würden, ihre Gewissenbisse wegen der vielen Menschen, die in den Tunneln umgekommen waren, und viele Geheimnisse mehr, die in den Tiefen ihrer Seele schlummerten und die sie niemals jemandem erzählt hätte. Bestimmt würde sie nach dem Aufwachen den ungewohnten Wein am Vorabend für ihre Redseligkeit verantwortlich machen. Aber bedauern würde sie das Gespräch nicht.

Als Nela schließlich verstummte, standen die beiden Frauen eine Zeit lang still nebeneinander und tauchten ein in die Dunkelheit. Ameni hatte Mühe, das alles zu verkraften. Sie hielt den Griff ihres Schwerts so zornig gepackt, dass ihre Hand zitterte. Sie bedauerte die arme Frau. Längst hatte sie den anfänglichen Groll gegen sie vergessen. In Perg herrschte zu viel Leid. Jemand musste etwas dagegen unternehmen. Und genau das wollte die Festung tun. Wenn Ameni erst einmal Häscherin war, könnte sie Menschen in Not wie Nela noch viel besser helfen. Mit ihrem kräftigen Körper und den starken Muskeln konnte sie eine Menge Probleme lösen. Sie war kerngesund und stark wie ein Bär. Nie in ihrem Leben war sie ernsthaft krank gewesen. Sie konnte sich nicht erinnern, auch nur einen Tag das Bett gehütet zu haben. Mit einem Mal fühlte sie sich schuldig. Wie glücklich war sie doch im Angesicht dessen, was Nela erleiden musste! Beim Blick in ihr hübsches Gesicht fielen ihr ihre Gedanken über ihre Schönheit wieder ein, und sie lief feuerrot an. Das Leben war schon ein seltsames Spiel.

Nela ahnte nichts von Amenis Gefühlen. Sie schenkte ihr bloß ein warmes Lächeln, wie einer Vertrauten, die sie in ihre Geheimnisse eingeweiht hatte.

»Habt Ihr danach jemals wieder gezaubert?«, fragte Ameni neugierig. »Also – beherrscht Ihr das Zaubern immer noch? Habt Ihr es versucht?«

Nela zuckte zusammen. Mit einem Mal wurde sie unendlich traurig. Ohne ihre Augen von der Dunkelheit abzuwenden, sagte sie: »Nein. Eigentlich ist es nicht so wichtig, ob ich es noch kann. Vielleicht haben diese winzigen Insekten mir mit den Schmerzen auch meine Gabe genommen. Aber es wäre undankbar, ihnen deshalb böse zu sein. Was mich davon abhält, es zu versuchen, ist die Angst vor Schmerzen. Beim Zaubern wurden sie stets unerträglich. Im Augenblick geht es mir so gut, dass ich mich davor fürchte, sie könnten wiederkommen, wenn auch nur vorübergehend. Trotzdem – ja, ich bin auch ein wenig neugierig.«

»Warum versucht Ihr es nicht jetzt? Wenn Ihr nicht mehr zaubern könnt, ist dies der beste Zeitpunkt, es herauszufinden. Es ist dunkel, und es ist niemand da. Wenn es Euch weht tut, hört Ihr sofort auf. Wenn Ihr es erst in Notzeiten erfahrt, ist es zu spät.«

Nela dachte eine Weile nach, bevor sie antwortete. Die Frau hatte recht. Sie musste es unverzüglich herausfinden. Sie waren unterwegs zu einem Ort mit allerlei Gefahren. Sie musste wissen, ob sie ihre Freunde unterstützen konnte oder nicht. Je länger sie den Test hinauszögerte, desto mehr würde sie der Mut verlassen.

Sie atmete tief durch. Eine gute Idee, es zu versuchen, wenn es keine Zeugen gab außer einer fremden Frau und der Finsternis. Im Beisein ihrer Freunde wäre sie bei einer solchen Prüfung viel nervöser gewesen. Nur eine kleine Flamme wollte sie zaubern. Das sollte nicht allzu schwierig sein. Sie sagte Ameni, was sie vorhatte; in neugieriger Erwartung trat die Kriegerin einen Schritt zurück. Zum ersten Mal würde sie einer Zauberin bei ihrer Kunst zusehen. Nela legte die Fingerspitzen beider Hände aneinander und schloss die Augen. Sie war außer Übung und brauchte ein wenig Zeit, um sich auf den Zauberspruch zu konzentrieren. Ganz langsam beschlich sie die Angst.

›Nur eine kleine Flamme‹, dachte sie. ›Es wird nicht weh tun. Wenn doch, dann nur ganz kurz.‹

Kaum hatte sie das letzte Wort gesprochen und ihre Hände ausgestreckt, zerfiel die Dunkelheit in zwei Hälften, als hätte man ihren Leib mit einem feuerroten Dolch durchtrennt. Eine gigantische Lichtsäule löste sich von der »Durkgador« und verschluckte ein Nichts von der Länge mehrerer Truni-Bäume, um dann spurlos in der Leere zu verschwinden.

Nela sprang mit einem Aufschrei zurück. Ameni tat es ihr nach.

»Was war das denn?«, rief die Kriegerin erschrocken aus. »Tausend Drachen! Zehntausend Drachen! Hattet Ihr nicht von einer kleinen Flamme gesprochen?«

Schweigend starrte die Zauberin mit weit aufgerissenen Augen in die Ferne. Es dauerte eine Weile, bis sie sich wieder gefasst hatte.

»Gute Götter«, murmelte sie kaum hörbar, als sie begriff, dass sie nicht geträumt hatte. »Es sollte doch nur eine faustgroße Flamme werden.«

Mit unverhohlener Angst im Gesicht trat Ameni noch einen Schritt zurück.

»Wenn das für Euch eine faustgroße Flamme war«, meinte sie mit zittriger Stimme, »dann dürft Ihr auf keinen Fall einen Zauber anwenden, um eine Fackel an Bord zu entzünden!«

Nela wandte sich schnell um und fasste die Frau mit dem ängstlich-bewundernden Blick am Arm.

»Das muss unter uns bleiben«, sagte sie und sah ihr dabei fest in die Augen. Ameni erkannte, dass die Zauberin sich mindestens ebensosehr fürchtete, und empfand plötzlich große Sympathie für sie.

»Selbstverständlich, werte Dame«, sagte sie wohlüberlegt, voller Respekt vor der Macht der jungen Frau. »Ihr habt mir vertraut. Mir Euer Geheimnis anvertraut. Niemand wird erfahren, was sich hier abgespielt hat. An den Masten stehen noch weitere Wachen, die es vermutlich mitbekommen haben, aber ich werde am Morgen mit ihnen reden. Ich sage ihnen, dass ich Euch provoziert habe und Ihr diese Flamme gezaubert habt, um mir Eure Kraft zu demonstrieren. Sie wissen, wie verrückt ich bin. Sie werden mir glauben. Ich werde sie bitten, es nicht weiterzuerzählen, damit ich keine Schwierigkeiten kriege. Macht Euch keine Sorgen.«

Nela lächelte dankbar. Sie verließ Ameni, ging schwankend am Ruderboot vorbei und verwirrt auf ihre Kajüte zu, die in der Ferne schemenhaft zu erkennen war.

Es hatte nicht weh getan. Kein bisschen. Sie hatte eine faustgroße Flamme zaubern wollen. Doch es war ein Feuer geworden, das einen kleinen Wald hätte niederbrennen können. Noch nie war ihr die Kontrolle über ihre Kraft entglitten. Vielleicht lag es nur daran, dass sie eine Ewigkeit nicht gezaubert hatte. Trotzdem war es seltsam. Eine derart riesige Feuerwelle zu schaffen war ihr noch nie gelungen. Sie hatte nicht einmal gewusst, dass sie dazu fähig war. Einen Moment lang hielt sie sich für eine Gefahr. Für sich selbst und auch für ihre Freunde.

»Das wird nicht wieder vorkommen«, sagte sie mit wenig überzeugender Stimme. »Das wird nicht noch einmal passieren.«

Sie betrat ihre Kammer und musste sich sofort hinsetzen, um nicht zu Boden zu sinken.

Ameni hielt ihr Versprechen. Weder erwähnte sie die Angelegenheit mit auch nur einem einzigen Wort noch erlaubte sie den Wächtern, die die Feuerwelle mit Entsetzen beobachtet hatten, darüber zu sprechen. Nach ruhigen und friedlichen Tagen überkamen Nela sogar Zweifel, ob das Ganze überhaupt stattgefunden hatte. Vielleicht hatte sie einfach nur zu viel Wein getrunken und halluziniert. Ja, so musste es gewesen sein, das war die logischste Erklärung. Doch weil Ameni ihr bei jeder Begegnung mit bedeutungsvollem Lächeln zuzwinkerte, wagte sie keinen zweiten Versuch.

Vier Tage später – alle hielten sich am Heck auf und sahen Guorin, der mächtige Fortschritte gemacht hatte, dabei zu, wie er Kormans Attacken meisterhaft parierte – ertönte aus dem Krähennest plötzlich der Schrei der Wachen. Alle zuckten zusammen.

»Die Flügel des Hunsa voraus!«

Guorin wehrte eine Aktion des Kapitäns ab und berührte ihn mit der Spitze seines Holzschwerts sanft am Bauch.

»Touché! Du bist tot, mein Freund!«

Korman schob das Schwert mit dem Handrücken weg. Es schien, als habe er den jungen Mann gar nicht gehört. Aufgeregt befreite er sich aus der Menge. Ohne etwas zu sagen, trat er zwischen den Soldaten hervor und marschierte mit großen Schritten an den Bug.

Guorin konnte den plötzlichen Sinneswandel seines Lehrers nicht begreifen. Doch er ahnte, dass es einen wichtigen Grund gab, denn nicht nur der Kapitän, sondern auch alle Häscher rannten in dieselbe Richtung. Binnen Kurzem waren nur noch er selbst, Leofold, Nume und Nela übrig.

»Was ist los?«, fragte Nela mit gerunzelter Stirn. Sie wirkte beunruhigt.

»Ich rieche Ärger«, sagte Nume mit langem Gesicht. Im Nu hatte er seinen Bogen von der Schulter genommen und einen Pfeil aus dem Köcher gezogen.

»Bleib ganz ruhig«, meinte Leofold und legte ihm die Hand besänftigend auf die Brust. »Ich denke nicht, dass es ein Problem gibt. Keiner ist zu den Waffen geeilt. Wir nähern uns wohl jenem mysteriösen Panorama.«

»Wenn das so ist, dann lass uns nachsehen«, lächelte Guorin. Er war aufgeregt. »Ich weiß allerdings nicht, ob wir über so viele Köpfe und Schultern hinweg überhaupt etwas sehen können.«

»Keine Sorge«, lächelte Leofold zurück. »Wenn nötig, hebe ich dich auf meine Schultern. Wäre ja nicht das erste Mal!«

Um den unwirsch dreinblickenden Guorin zu beschwichtigen, blinzelte er ihm herzlich zu und lief dann, seine Freunde im Schlepptau, zu der Löwenfigur.

Die gesamte Soldatenschaft inklusive Schiffskoch hatte die Arbeit niedergelegt und sich an der Galionsfigur versammelt. Korman legte viel Wert auf Disziplin. Es kam häufig vor, dass er seinen Männern wegen Kleinigkeiten, über die viele andere Kapitäne hinweggesehen hätten, den Marsch blies. Diesmal aber rügte er nicht, dass sie sich ohne Befehl von ihrer Arbeit entfernt hatten. Pertubs vielzitierte legendäre Flügel lagen in all ihrer Pracht vor ihnen. Es machte Korman sehr glücklich, diesen Anblick gemeinsam mit seinen Männern und seinen Passagieren zu genießen.

Seine Passagiere. Wo waren seine Passagiere?

Er verfluchte sich, weil er sie am Heck zurückgelassen hatte. Sicher hatte ihn die Aufregung beim Gebrüll der Wachposten durcheinander gebracht.

»Tretet auseinander! Korridor bilden!«, befahl er gebieterisch, als er Leofolds hässlichen Kopf über die Menge herausragen sah. Unverzüglich befolgten die Häscher Kormans Order und öffneten eine Gasse, durch die gerade eine Person passte. Zugegebenermaßen beneideten sie die mysteriösen Passagiere schon, als sie an ihnen vorbeigingen.

Korman musste Leofold die Flügel des Hunsa nicht extra zeigen; er entdeckte sie sofort. So breit wie die »Durkgador« und so hoch wie ihr Mast, waren sie auch nicht zu übersehen. Dabei waren sie noch recht weit entfernt. Der Gedanke, wie sie wohl aus der Nähe aussahen, ließ ihn erschauern.

Mittlerweile waren auch die anderen herangetreten.

»Wie findet ihr sie?«, fragte der Kapitän lächelnd, zufrieden mit seiner Überraschung. »Als würde das Hunsa jeden Moment in die Lüfte steigen, nicht wahr?«

Guorin schluckte. Korman hatte nicht übertrieben. Der Anblick war in der Tat überwältigend. Zwei gigantische Adlerflügel ragten vor seinen Augen aus dem Blau in die Höhe. Er kniff die Augen zusammen, um besser sehen zu können. Scheinbar waren sie aus Bronze gefertigt. Neben ihnen würde die »Durkgador« aus der Ferne wie ein winziges Ruderboot wirken. Welche Kraft aber hielt diese überdimensionalen Gebilde über Wasser?

»Wie schlicht sich daneben all das ausnimmt, was wir bisher gesehen haben, nicht wahr, mein Freund?«, sagte er zu Leofold, ohne den Blick von den Flügeln abzuwenden.

Aber die riesige Bestie antwortete nicht.

Die erstaunten Blicke seiner Freunde versetzten Korman in beste Laune. Als er überzeugt war, dass er für genügend Verblüffung gesorgt hatte, begann er mit Nachdruck zu erklären.

»Eigentlich besteht die Statue nicht nur aus zwei gigantischen Flügeln. Das Meisterwerk vor uns ist ein Adler mit ausgebreiteten Flügeln, kurz bevor er losfliegt. Staunt nicht so, denn er schwimmt nicht. Er wurde auf dem Gipfel eines niedrigen Hügels errichtet. Vor vielen Jahren stieg das Hunsa und überschwemmte zuerst den Hügel und dann die Statue. Nur die Flügel blieben über Wasser. Deshalb sieht es heute so aus, als würden sie schwimmen. Wenn wir nahe genug herangefahren sind, werft einen Blick über den Bordrand. Wenn Pertubs Schilderungen stimmen, sollten wir zumindest den Kopf des Adlers sehen können.«

»Welcher Schlauberger stellt eine solche Statue mitten ins Meer?«, fragte Guorin neugierig und legte eine Hand in den Nacken. »Wer kommt denn schon hierher, um sich so etwas anzusehen? Manchmal sind die Meister wirklich nicht zu begreifen!«

Nume war anzusehen, dass er ihm beipflichtete.

»Eigentlich mag ich Adler«, mischte er sich ins Gespräch ein. »Ihr wisst ja, dass sie ebenso gut sehen können wie ich. Sie erkennen sogar durch die Wolken hindurch einen Hasen auf der Erde. Nie ist ihr Sturzflug umsonst. Geduldig gleiten sie über den Himmel, bis sie ihre Beute entdecken, selbst wenn es Stunden dauert. Erst dann stoßen sie mit hoher Geschwindigkeit hinab in die Tiefe und schnappen sich ihre Beute mit einem Griff. Mit ihrer ureigenen Technik sind sie Meister der Treffsicherheit. Trotzdem ist diese Statue ein wenig übertrieben geraten.«

»Das ist nicht irgendein Adler, Nume«, erklärte Korman und verschränkte die Arme. »Die Statue war ursprünglich auch nicht als Sehenswürdigkeit gedacht, Guorin. Eigentlich ist es eine uralte Geschichte. Es lebte einmal ein weiser Vogel, der die Gedanken beherrschen konnte. Er soll mindestens so groß gewesen sein wie die ›Durkgador.‹ Immer, wenn jemand ein Problem an ihn herantrug, löste er es und erholte sich danach auf einem einsamen Berg. Eines Tages verschwand er zusammen mit den Göttern auf mysteriöse Weise. Seine Anbeter schufen die Statue in der Hoffnung, er möge eines Tages zurückkehren. Bei seiner Rückkehr sollte er sehen, dass man ihn nicht vergessen hatte. So wie man es auch für die Weise Gottheit, den Gott der Gerechtigkeit und all die anderen Götter getan hatte. Erzählt hat mir diese Geschichte allerdings wieder mein Freund, der greise Pirat. Kann natürlich sein, dass es nichts ist als Geschwätz!«

Leofold, der ängstlich die riesigen Flügel betrachtete, war der Einzige an Bord, der jenen Piraten nicht für einen Schwätzer hielt. Er war wie verzaubert. Und er zweifelte nicht im Geringsten daran, dass es sich bei dem Vogel um Srenah handelte. Srenah war also einst sogar angebetet worden. Er war derart geliebt worden, dass man eine solch monumentale Statue zu seinen Ehren errichtet hatte.

Im Geiste wiederholte Leofold noch einmal den Satz des Kapitäns: ›Immer, wenn jemand ein Problem an ihn herantrug, löste er es …‹ Srenah hatte auch Leofold geholfen. Er hatte die Bauern im Dorf der Verfluchten vor einer Katastrophe bewahrt. Das Versprechen aber, das Srenah ihm im Gegenzug abverlangt hatte, war für Leofold sehr schmerzhaft gewesen. Auch das kurze Gespräch mit Merderan im unterirdischen Labyrinth hatte Leofold verwirrt. Er konnte seine Gefühle für Srenah nicht einordnen. Jedesmal, wenn er seine Pranken betrachtete, hasste er ihn, doch sofort erinnerte er sich an die Herzlichkeit, mit der Srenah ihn *Mein Freund* genannt hatte. Schließlich war Leofold so müde, dass er alle diese Gedanken beiseite schob.

Bis auf Tuchfühlung näherte sich die »Durkgador« den Flügeln. Das Tempo war auf ein Minimum gedrosselt. Wie die meisten Soldaten krallte Guorin sich an der Reling fest, beugte sich weit nach unten und suchte in der Tiefe des Blau angestrengt nach dem Adlerkopf. Die Sicht war äußerst verschwommen, daher richtete er sich enttäuscht auf und trat zurück, um einem anderen Neugierigen Platz zu machen. Leofold atmete auf, denn er hatte befürchtet, Guorin könnte ins Wasser fallen.

Zum selben Zeitpunkt trat Nela zu dem immer noch besorgt dreinblickenden Nume.

»Diesmal haben dich deine Instinkte aber mächtig getäuscht«, scherzte sie.

Der Prom sah sie mit hochgezogenen Augenbrauen an und verkniff sich eine Antwort.

»Du hattest von Ärger gesprochen, aber die Flügel sehen alles andere als gefährlich aus.«

Nume schüttelte den Kopf, sagte aber nichts.

»Ist doch nicht wichtig. Ich meine, niemand ist vollkommen. Jeder kann sich einmal irren. Sogar du … Halte dich nicht lange damit auf.«

Nume fixierte die Flügelspitze. »Vielleicht. Vielleicht, Nela. Ich bin kein Zauberer. Auch nicht unbedingt ein Weiser. Manchmal aber habe ich eine prima Witterung. Irgendetwas macht mir Sorge, und ich kann es nicht erklären. Ich hoffe, es ist nur ein Hirngespinst. Das wünsche ich mir von ganzem Herzen.«

Nela wirkte plötzlich beunruhigt. Der riesige Prom hatte ungewohnt ernst geklungen. Keinesfalls wollte sie den Verdruss dieses Mannes unterschätzen, der sich über so viele Gefahren lustig gemacht hatte. Woher aber sollte auf dem spiegelglatten Hunsa Gefahr kommen, wo am Horizont weder ein Felsen noch ein Schiff zu sehen war?

Gemächlich glitt die »Durkgador« zwischen den Flügeln hindurch. Andächtig betrachteten die Passagiere und die gesamte Besatzung das enorme Monument. Als sie wieder auf offener See waren, gab es niemanden, der sich nicht umgewandt und einen letzten Blick auf die Statue geworfen hätte. Niemand bewegte sich von der Stelle, bis Korman ihnen mit sanfter Gewalt befahl, auf ihre jeweiligen Posten zurückzukehren. Er und Guorin widmeten sich wieder ihren Scheingefechten, und Leofold und Nume beobachteten sie aufmerksam. Nela wiederum wandte die Augen nicht von den Flügeln des Hunsa ab, bis diese nur noch als Punkt zu erkennen waren.

Gab es tatsächlich eine Gefahr, vor der sie sich in Acht nehmen mussten? Dieses Gefühl, das von Nume auf sie übergesprungen war wie eine ansteckende Krankheit, war vielleicht nur ein Hirngespinst. Das Meer lag still und friedvoll da, und bis zum Horizont gab es weder auf See noch am Himmel auch nur das geringste Zeichen von etwas Bösem. Wenn die Quelle ihres Verdrusses nicht in der Tiefe des Meeres schlummerte, wo sollte sie sein?

Lag sie vielleicht an dem Ort, zu dem sie unterwegs waren?

KAPITEL IV

WAS WIR ÜBER FUOLİ WISSEN

Der Kapitänsstand der »Durkgador« war so groß, dass sogar eine kleine Armee genügend Platz gehabt hätte. Er war dreigeteilt: Ein geräumiges Gebilde am Fuß erinnerte an ein auf dem Kopf stehendes Glas. Schnitzereien – Darstellungen der Triumphe der »Durkgador« – schmückten die Wände. Darüber erhob sich ein grauer, turmartiger Steinbau, dessen Außenwände in regelmäßigen Abständen von farbigem Glas eingerahmt waren. In die Glasrahmen waren unterschiedliche Tierfiguren eingearbeitet, die man nur bei näherem Hinsehen erkennen konnte. Zuoberst befand sich eine halbkugelförmige Kammer. Sie verfügte über kleine, rechteckige Fenster und einen dünnen Fußboden aus blau geädertem Marmor. Hier fällte einst der berüchtigte Pertub – und nun der junge Kapitän Korman – seine wichtigen Entscheidungen.

Wenn auch Kapitänsstand genannt, so wurde dieser Bau für verschiedenste Aktivitäten genutzt. Hier rief Korman seine Soldaten zusammen, wenn er etwas feiern oder in einer Sache, in der er unschlüssig war, abstimmen lassen wollte. Nach schwierigen Schlachten dienten die Räumlichkeiten als Krankenstation – und als Schatzkammer, wenn sie so große Beute gemacht hatten, dass der Platz unter Deck nicht mehr ausreichte. Auch war hier einst der Schauplatz der meist blutig endenden Versammlungen gewesen, die die berühmten Kaufleute abhielten, um ihre Abgaben an Pertub festzulegen.

Als Guorin hineinschlüpfte, war der Kapitänsstand jedoch menschenleer.

Zuvor hatte Guorin den mit gelangweilter Miene vor der Doppelflügeltür stehenden Wachposten angelächelt und war unaufgefordert weitergegangen. Wohl wissend, dass Korman seinen Passagieren uneingeschränkte Freiheit einräumte, hatte der Soldat es nicht für nötig gehalten, Guorin nach seinem Anliegen zu fragen. Ohne Eile schritt Guorin nun zwischen den mit riesigen Haltern befestigten Fackeln hindurch und zögerte an den Stufen, die hinauf in die Kuppel führten. Der Kapitän verbrachte den größten Teil seiner Zeit mit ihm und legte ebenso viel Wert auf ihre Schwertübungen wie auf die Führung des Schiffs. Beinahe alle Mahlzeiten nahmen sie gemeinsam ein. An manchen Abenden wollten ihre Gespräche gar nicht enden. Vielleicht würde Korman seine freie Zeit gern ohne ihn verbringen? Eine Weile strich Guorin nachdenklich mit den Fingern über das Treppengeländer. Dann obsiegte seine Neugier, und Stufe für Stufe stieg er die Treppe hinauf.

Am Ende der Wendeltreppe angekommen, stand er, immer noch unentschlossen, vor einer kleinen Holztür. Ein paar Mal streckte er die Hand nach dem faustförmigen Knauf aus, fasste ihn aber nicht an. Mit einem tiefen Seufzer drehte er sich um und stieg zwei Stufen hinunter. Dann fuhr er herum, hastete zur Tür und klopfte drei Mal mit seiner behandschuhten Hand.

»Wer ist da?«

Korman klang ein wenig ungehalten. Herzukommen war wirklich eine Schnapsidee gewesen. Wer wusste, welch wichtige Dinge der Kapitän zu erledigen hatte? Ein so riesiges Schiff zu führen war sicher keine leichte Aufgabe, dachte Guorin. Und ohnehin vergeudete Korman bereits genug Zeit mit jemandem wie ihm, der einfach an allem interessiert war.

Nun konnte er nicht mehr zurück. Er bereute bereits, dass er angeklopft hatte.

»Ich bin's«, flüsterte er. »Guorin. Sei mir nicht böse, falls ich störe, es ist nichts Wichtiges.«

Es herrschte kurze Stille. Guorin wartete mit angehaltenem Atem. Dann hörte er kräftige Schritte, die sich der Tür näherten. Der Türknauf drehte sich, das Holz knirschte, und schon sah sich Guorin dem breit grinsenden Korman gegenüber.

»Lieber Guorin«, sagte Korman warmherzig. »Ich habe dich eigentlich nicht erwartet! Ich dachte, du hättest dich wie die anderen zu einem Nickerchen in dein Zimmer zurückgezogen.«

»Ich konnte nicht schlafen«, erwiderte Guorin. »Ich wusste, dass du arbeitest, aber ich konnte mich nicht beherrschen.« Über die Schulter des Kapitäns hinweg blickte er zur Kuppel. »Wenn ich ehrlich sein will: Seit ich auf dem Schiff bin, interessiert mich dieser Ort.«

Korman lachte, fasste ihn an der Schulter und zog ihn höflich herein. Als sich die Tür hinter ihm schloss, fand sich Guorin in einem recht schlicht eingerichteten Zimmer zwischen Stapeln von Büchern, Pergamenten, Zeichengeräten, Karten und Kompassen wieder. Auffällig waren bei all dem Durcheinander auch unterschiedlich große Fernrohre.

»Das ist mein Palast«, verkündete Korman mit kräftiger Stimme. »Allzu imposant ist er nicht, aber er besitzt alles, was man als Kapitän braucht. Das Wichtigste ist: Er gehört mir ganz allein. Du bist eine Ausnahme; normalerweise lasse ich niemanden herein. Für mich ist dieser Ort so bedeutsam wie eine Gebetsstätte. Meine Aufgabe ist nicht einfach, denn mit den Entscheidungen, die ich hier treffe, beeinflusse ich das Leben vieler Menschen.«

»Zehntausend Drachen«, murmelte Guorin erstaunt. Neugierig betrachtete er die bunten Pergamente, die den Tisch unter sich begruben. »Du besitzt aber viele Karten!« Mit wenigen Schritten durchquerte er den Raum. Dabei fuhr er mit den Fingern über einige der verstaubten Bücher. »Ich wusste wirklich nicht, dass Perg so riesig ist!«, gestand er aufrichtig, nachdem er alles inspiziert hatte.

»So riesig ist es eigentlich nicht«, erwiderte der Kapitän. Er hob ein L-förmiges Winkelmaß hoch, nahm die darunter liegende Landkarte und hielt sie in das durchs Fenster hereindringende Licht. »Zumeist sind es Karten derselben Länder. Sie stammen nur von unterschiedlichen Zeichnern. Jeder gute Kartograph erfasst ein Detail, das andere übersehen haben. Auf dieser etwa ist die Entfernung zwischen dem Rhuk-Baum und dem umliegenden Wald exakt dargestellt. Die links auf dem Tisch zeigt zwar denselben Ort, aber sie ist wichtig, weil die im Wald befindlichen Wasserquellen eingezeichnet sind.«

Er hielt kurz inne und streckte sich nach einer weiteren Karte. Im Vergleich zu den vorherigen war diese recht groß und verziert;

das Papier glänzte sogar im fahlen Licht. Sie bestand nicht wie die anderen nur aus Linien und Zahlen. In die Länder waren verschiedene Gebäude eingezeichnet und dazwischen interessante Figuren. Die Karte trug einen viereckigen Rahmen mit einem eleganten Banner in einer Ecke, in dem in Großbuchstaben PERG geschrieben stand. Am interessantesten fand Guorin den menschlichen Kopf mit den großen Ohren, der unablässig einen starken Wind ausblies, doch dann sprach Korman weiter und Guorin vergaß den Kopf schnell wieder.

»Wenn du ganz Perg auf einmal sehen möchtest, dann empfehle ich dir diese hier: die Weltkarte von Oregtorn aus Derou. Er ist der berühmteste uns bekannte Entdecker. Seine Abenteuer sind Thema unzähliger Mythen. Die detaillierteste Karte von Perg, die wir besitzen, stammt aus seiner Feder. Es heißt allerdings, er sei ein Fantast gewesen, und manche meinen, er hätte nicht nur die von ihm besuchten Orte in die Karte eingezeichnet, sondern auch die, die er zu sehen gehofft hatte. Nach der Gründung der Föderation wurden natürlich zahlreiche Karten angefertigt, aber keine war so detailliert wie die Oregtorns. Die Kartographen der Repräsentanten interessierten sich nur für die Standorte von Minen, Häfen, Straßen und Handelszentren. Die legendären Stätten und herrlichen Sehenswürdigkeiten ließen sie außer Acht.«

Korman hielt eine Weile inne. Nachdenklich sah er aus dem Fenster. »Manche meinen, Oregtorns wahre Leidenschaft hätte dem Entdecken neuer Orte und Rassen über Pergs Grenzen hinaus gegolten. Aber dazu reichte sein Leben nicht. Es heißt, der ruhmreiche Entdecker sei jung gestorben. Wirklich bedauerlich angesichts der vielen nutzlosen Männer, die lebend vor sich hinfaulen.«

Aufmerksam musterte Guorin den Kapitän. Nach kurzem Zögern fragte er ihn mit einem Anflug von Sorge: »Ich kenne diese Föderation nicht – aber du scheinst nicht gerade begeistert von ihr zu sein, stimmt's? Du bekamst eine seltsame Miene, als du von ihr sprachst.«

Korman runzelte die Stirn. Das war eine gefährliche Frage. An jedem anderen Ort hätte er sich zutiefst unwohl gefühlt. Zuerst wollte er sie übergehen, doch weil sie allein im Raum waren, entschied er sich, sie zu beantworten.

»Die Föderation wurde aus einer Notwendigkeit heraus gegründet«, sagte er und wählte dabei sorgfältig seine Worte. »Sie sollte uns gegen einen weiteren Verrückten wie Asuber oder eine Bedrohung von außen wappnen. Ziel war ein geeintes Perg mit einem gemeinsamen Verteidigungsheer. Erfinder und Zauberer aller Länder sollten in Kooperation bessere Schiffe, effizientere Waffen und stärkere Schutzschilde entwickeln. Die Ausgaben dafür sollten von der Föderation auf alle Länder entsprechend ihrer Finanzkraft umgelegt werden. Außerdem wollte man den Ländervertretern die Gelegenheit geben, unter einem Dach eine gemeinsame Verteidigungsstrategie auszuarbeiten. Der Vorsitzende sollte von den Repäsentanten aus ihren eigenen Reihen gewählt werden und für die Durchsetzung dieser Strategie Sorge tragen. Alles war exakt geplant.«

Korman schwieg und holte tief Luft. Der Gedanke an die Vergangenheit stimmte ihn traurig.

»Alle Länder waren von dieser Organisation angetan, bis auf Fuoli«, fuhr er mit gesenkter Stimme fort. »Dass die Burfenen sich nicht anschließen wollten, war kein Problem. Man war wohl der Auffassung, dass von ihnen kein größerer Beitrag zu erwarten sei. Anfangs sah alles rosarot aus. Wir fühlten uns so sicher wie nie zuvor. Doch bald entwickelte sich die Föderation in allen möglichen Bereichen zur einzigen Instanz. Sie eignete sich zu viele Befugnisse an, die manche Repräsentanten nicht zu stemmen vermochten. Nur wenige Jahre nach dem Krieg begann die Unabhängigkeit der Jagdfestung, die ja zum selben Zweck gegründet worden war, ihnen ein Dorn im Auge zu werden. Sie wollten ihre Autorität mit niemandem teilen und entfernten sich von ihren ursprünglichen Zielen. Alle Macht in einer Hand zu konzentrieren war als Idee gut, doch bei der Umsetzung entpuppte sie sich als gefährlich. Eins steht fest: Im Augenblick gibt es nur wenige, die im Bezug auf die Föderation ein gutes Gefühl haben.«

Guorin nutzte Kormans Sprechpause und ergriff das Wort.

»Bei dem, was du sagst, fällt mir die Geschichte ein, die ich von einem alten Ritter in Nios gehört habe«, sagte er. Die Erinnerung an etwas, das mit seinem Dorf zu tun hatte, wühlte ihn mächtig auf. Er steckte die Hände in die Hosentaschen und begann zu erzählen.

»Im Gupet-See in der Nähe unseres Dorfs lebten einstmals drei Fischarten. Sie ernährten sich voneinander, die Guranen von den Hurpas, die Hurpas von den Doleten und die Doleten von den Guranen. Eines Tages zerstörten die Fischer des Dorfs das Laichgebiet der Guranen, damit die Hurpas, die zu einem höheren Preis verkauft wurden als die anderen Sorten, sich schneller vermehrten. Das zu Erwartende trat ein, und in wenigen Jahren stieg die Zahl der Hurpas sprunghaft an. Nach einer Weile herrschten sie quasi als einzige Macht über den See. Aber es dauerte nicht lange, da gab es nicht mehr genügend Doleten, deren Anzahl aufgrund ihrer knapp gewordenen Nahrungsquelle rapide gesunken war. In kurzer Zeit rotteten die Hurpas zunächst die Doleten aus und danach alle anderen Lebewesen, die ihnen als Futter dienen konnten. Schließlich begannen sie ihre eigenen Eier aufzufressen. Nach zwei weiteren Jahren waren die Hurpas aufgrund von Nahrungsmangel ausgerottet. Die Zerstörung des Kräftegleichgewichts im See verursachte eine Katastrophe – sowohl für die Fische als auch für die Fischer. Wann immer im Dorf jemand versuchte, die Macht an sich zu reißen, rief uns der alte Hruzam an einem Feuer zusammen und erzählte diese Geschichte.«

Korman nickte anerkennend.

»Dieser alte Ritter war offenbar ein weiser Mann«, meinte er, legte alles wieder auf den Tisch und blickte Guorin freundlich an.

»Wie auch immer, vergiss die Föderation. Gibt es einen Ort, der dich speziell interessiert?«

»Wie wäre es mit Fuoli?«, fragte Guorin und hob die Augenbrauen. »Eigentlich interessiert mich alles in Perg. Aber ich bin vor allem beunruhigt, weil ich von dem Ort, den ich demnächst betreten werde, nur die Legenden kenne.«

Korman verzog den Mund. Seine Miene wurde missmutig.

»Niemand weiß Genaueres über Fuoli«, sagte er nach kurzem Schweigen.

Guorin sah ihn an und rieb sich dabei den Nacken. Er schien nicht zufrieden mit der Antwort.

Der Kapitän lächelte. Aus alter Gewohnheit führte er die Hand an die Stirn und kratzte sich die von seinem Haar halb verdeckte Narbe. Dann zeigte er auf den Stuhl vor seinem Tisch. »Setz dich.«

Er selbst lehnte sich an die Wand und verschränkte die Arme vor der Brust. Er wirkte nachdenklich.

»Ich sagte ja bereits, dass dies meine erste Reise nach Fuoli ist. Nicht dass ich vorher keine Gelegenheit gehabt hätte. Nach dem, was ich gehört hatte, schien mir das Land der Sümpfe nicht gerade geeignet für eine Reise. In den letzten Jahren, in denen ich für Pertub arbeitete, verdiente er ein Riesenvermögen durch den Verkauf von Sklaven an die dortigen Stämme. Jedes Mal kehrte er mit Beuteln voller Diamanten zurück. Deswegen segelte er so häufig nach Fuoli. Aber ich weiß auch, dass er nach der Übergabe der Sklaven unverzüglich das Land wieder verließ. Daher hatte er über Fuoli auch nicht allzu viel zu berichten.«

Korman verstummte, dann seufzte er.

»Trotzdem spinnen die Seeleute zu jedem Thema gern Seemannsgarn«, meinte er mit spöttischem Lächeln. »Ich kann zwar nicht mit eigenen Erfahrungen aufwarten. Auch nicht mit denen von Leuten, denen ich vertraue. Aber ich hätte ein paar Geschichten auf Lager, die mir zu Ohren gekommen sind. Die Seeräuber, mit denen ich zusammenlebte, waren redselige Leute.«

Guorin nickte stumm. Das Gesicht dem Kapitän zugewandt, hörte er aufmerksam zu.

»Fuoli, oder auch Land der Sümpfe genannt, ist eine einzelne Insel in einem Winkel des Hunsa. Ihren Namen trägt sie nicht zu Unrecht. Sie ist zu einem Drittel mit Sümpfen überzogen und zu einem mit einer klebrigen, schlammartigen Masse. Die Sümpfe sind an manchen Stellen so tief, dass sie sogar ein Schiff verschlingen können. In bestimmten Gebieten überwiegen sie und dringen bis in den Schlamm vor. Deshalb muss man die Augen offenhalten und bei jedem Schritt vorsichtig sein. Es gibt einen wenn auch geringen Farbunterschied zwischen Sumpf und Schlamm. Den Sumpf erkennt man an dem etwas helleren, gelblichen Farbton. Wenn die Dunkelheit hereinbricht und du noch festen Boden unter den Füßen hast, solltest du dich, so heißt es, tunlichst nicht von der Stelle rühren.

Die Insel verfügt über eine ganz eigene Vegetation. Sumpfbäume soll es geben und mancherorts uns bekannte Schilfarten. Nur selten trifft man auf die gewohnten Waldtiere, Wölfe oder Geyfor-Bären. Dafür soll sie aber viel gefährlichere Wesen beherbergen.

Nie habe ich von Promen oder Menschen gehört, die sich in Fuoli angesiedelt hätten. Dort leben nur Einheimische, die Burfenen. Über die Burfenen weiß ich auch nicht mehr als über das Land der Sümpfe. Sie sollen seltsame Bräuche und Gewohnheiten haben. An ihrer Traditionsverbundenheit lag es, dass sie trotz verlockender Angebote den Anschluss an die Föderation ablehnten. Die Bevölkerung verteilt sich vor allem auf zwei Städte, Anageh und Telinos, die von sogenannten Emiren regiert werden. Wenn ich richtig informiert bin, geht die Regentschaft wie in der Vergangenheit bei den Lords und Khanen vom Vater auf den Sohn über. Was ich sicher weiß, ist, dass die Burfenen unglaublich begabte Glaskünstler sind. Neun Zehntel des Perger Glashandels liegen in ihren Händen. In manchen unserer Beuteschiffe förderten wir Glaswaren Fuolier Machart zutage und freuten uns königlich. Sie brachten nämlich gutes Geld ein.«

»Weißt du, wie diese Burfenen aussehen?«, fragte Guorin. »Sind sie auch solche Fleischberge wie die Prome?«

Korman schüttelte den Kopf. »Verglichen mit uns sollen sie klein und schmächtig sein. Aber wenn ich ehrlich bin: Ich habe noch keinen Burfenen aus der Nähe gesehen. Ein einziges Mal sind sie mir auf offener See begegnet. Ich betrachtete ihre Schiffe durch das Fernrohr, aber es waren nicht allzu viele Leute an Deck. Außerdem kann der Blick durch ein Fernrohr ganz schön trügerisch sein.«

»Wie dem auch sei – was ich gehört habe, genügt mir«, entgegnete Guorin und zuckte missmutig die Achseln. »Sümpfe, ein Meer aus Schlamm und gefährliche Wesen. Fuoli scheint kein Ort zu sein, an dem ich lange verweilen möchte. Merderans Freund hat sich ja eine gemütliche Ecke zum Leben ausgesucht.« Er schmunzelte. »Aber wundern darf einen das nicht. Schließlich lebte Merderan auch mehrere Hundert Fuß unter der Erde!«

»Ah, beinahe hätte ich es vergessen!«, schrak Korman auf und fuhr sich mit der Hand durch den blonden Schopf. Beim Anblick von Guorins neugierigen Augen lachte er wissend: »Da gäbe es noch die Tabu-Berge.«

»Tabu-Berge?«, fragte Guorin verzweifelt. »Was ist das für ein komischer Name? Hattest du nicht gesagt, dass Fuoli nur aus Sümpfen und Schlamm besteht?«

»Nein«, erwiderte der Kapitän und schüttelte den Kopf. »So habe ich das nicht gesagt. Ich sagte, ein Drittel sind Sümpfe und ein Drittel ist Schlamm. Da bleibt ein Drittel übrig. Und auf diesem befinden sich die Tabu-Berge.«

Guorin blickte ihn verständnislos an. Er schwieg, wohl in der Annahme, dass der Kapitän es ihm schon erklären würde.

Korman ging zum Tisch. Nach kurzer Suche zog er ein kleines, zerschlissenes Pergament aus dem Stapel. Es war an vielen Stellen gebrochen, die Farben waren ausgebleicht. Die Zeichnung war von schlechter Qualität, als wäre sie in Eile angefertigt worden.

»Das ist die einzige Karte, die ich von Fuoli besitze«, sagte er geheimnisvoll. »Der Zeichner kritzelte sie kurz vor seinem Tod in dem Ruderboot hin, das ihn zu seinem Schiff bringen sollte. Ob der arme Mann Sumpfmonstern begegnete oder sich eine ansteckende Krankheit zuzog, ist ungewiss. Die Karte ging durch viele Hände und landete am Ende bei mir. Nun, schließlich war er im Land der Sümpfe. Er hätte aufpassen sollen, wo er hintrat!«

Korman hielt Guorin die Karte vors Gesicht und zeigte auf die Erhebung in der Mitte eines inselförmigen Gebildes.

»Hier befindet sich der einzige feste Boden in ganz Fuoli. Eine gewöhnliche Gebirgskette. Der merkwürdige Name geht zurück auf ein Verbot, das die Vorfahren der Burfenen vor Hunderten von Jahren verhängten. Ich kenne den Grund nicht, aber vernünftige Burfenen setzen angeblich niemals einen Fuß auf diese Berge. Wahrscheinlich glauben sie an eine Art Fluch. Du sagtest doch, dass dieser Olmen ein Mensch ist. Vielleicht hat er sich in den Bergen versteckt.«

Guorin nickte zustimmend. Er konnte seine Augen nicht von der Karte abwenden, die dicht vor seiner Nase flatterte. Er sah in diesen zittrigen Linien förmlich die endlosen Sümpfe und die darin verborgenen Scheußlichkeiten. Die Idee von Bergen, die nicht betreten werden durften, gefiel ihm gar nicht. Die Stimmung war ihm endgültig verhagelt, und er sprang auf die Füße.

»Sei's drum, wir werden es ja mit eigenen Augen sehen, nicht wahr?«

»So ist es«, antwortete Korman und legte das Pergament wieder auf den Tisch zurück. »Und wer weiß, vielleicht zeichnen auch *wir* die detaillierteste Karte von Fuoli.«

»Vielleicht«, meinte Guorin und zwang sich zu einem Lächeln. »Vielleicht finden wir auch Olmen irgendwo an der Küste und verlassen die Insel alsbald wieder.«

Langsam ging er zur Tür. Er wünschte dem Kapitän frohes Schaffen und schlüpfte geräuschlos hinaus. Kaum hörte er die Tür hinter sich zufallen, da stöhnte er aus tiefem Herzen auf. Mit einem Mal begann sein Körper zu zittern; er schlang die Arme fest um sich und stürzte die Treppe immer zwei Stufen auf einmal hinunter.

Sein Verdruss verflog, als er draußen im Schatten eines Katapults Leofold auf einem Haufen Säcke sitzen sah. Die Bestie war allein.

Mit ausladenden Schritten marschierte Guorin auf ihn zu. Im Vorbeigehen trommelte er mit den Fingern einen einfachen Rhythmus auf die Deckel der Fässer, die aufgereiht dastanden. Er sprang über ein dickes Tau, das ihm wie eine gekrümmte Schlange im Weg lag. Leofold lächelte ihn kameradschaftlich an.

»Was ist?«, rief Guorin. »Kannst du etwa auch nicht schlafen?«

Leofold streckte die Pranken von sich. »Kann man so sagen. Das Hunsa zu betrachten macht mir mehr Spaß.«

Guorin setzte sich neben ihn und schlang die Arme um die Knie. Begeistert blickte er durch die Reling auf das unendliche Blau. Kein bisschen Land war in Sicht. Wäre nicht hin und wieder ein Vogel aufgetaucht, hätte er sich gefühlt wie in einem endlosen Nichts.

»Schon komisch. Erinnerst du dich, wie sehr wir uns vor dem Hunsa fürchteten, als wir zum ersten Mal in Geryans Boot stiegen?«

»Ja, wir hatten eine Riesenangst«, lachte Leofold. »Wir waren vorher noch nie weg aus Kadi. Das Meer war uns völlig fremd.«

»Aber mit der Zeit haben wir uns daran gewöhnt, stimmt's? Mir ist es gar nicht mehr unangenehm.«

»Wir haben uns daran gewöhnt«, stimmte Leofold zu. Eigentlich war es mehr.

»Ich fange an, diese Weite zu lieben«, gestand er aufrichtig.

Guorin schmunzelte. »Na, dann werden wir uns auch irgendwie an diese Sümpfe gewöhnen«, murmelte er in sich hinein.

Leofold bedachte Guorin mit einem Seitenblick. Der schaute noch immer auf das Hunsa.

»Ärgere dich nicht, wenn du Angst hast«, meinte die Bestie gütig. »Ich weiß auch, dass wir auf dem Weg ins Unbekannte sind. Ich fühle mich gar nicht wohl. Das ist ganz natürlich.«

»Verglichen mit dem, was ich auf dem Weg in die Jenseitswelten empfunden habe, ist das gar nichts«, erwiderte Guorin grinsend. »Wenigstens wollen wir uns diesmal nicht mit einem Gott messen!«

Er reckte die behandschuhte Hand in die Luft und betrachtete sie eine Weile mit leeren Augen. Dann bewegte er einzeln die Finger und sagte ruhig: »Außerdem haben wir versprochen, den hier seinem Besitzer zurückzubringen. Da ändert es nichts, ob ich Angst habe oder nicht.«

Leofold sah ihn wortlos an. Mit Unbehagen dachte er an die Zeichen, die der Handschuh verbarg. Wie sehr sie denen ähnelten, die er in den Jenseitswelten in Tshermons Tempel gesehen hatte! Oder den Mustern, die der kleine Liddek überall hingezeichnet hatte. Auf Leofolds Frage, was es damit auf sich habe, hatte Liddek keine allzu aufschlussreiche Antwort geben können. Er hatte sich damit begnügt, sie als eine Art Magie zu bezeichnen. Nicht mehr und nicht weniger. Ach ja, und er hatte gesagt, dass sie *schön* seien. Doch leider hatte ihnen diese Information nicht viel genutzt. Worin bestand die Magie, die sowohl im Tempel des Kriegsgottes als auch in Merderans Hand zu finden war? Leofold war nervös, wie jemand, der ohne Fackel in absoluter Dunkelheit vorwärtszukommen versuchte.

Plötzlich wandte Guorin sich um und blickte der riesigen Bestie spitzbübisch ins hässliche Gesicht. Seine freundliche Stimme riss Leofold aus seinen trüben Gedanken.

»Woran dachtest du, bevor ich kam? Du warst weit weg und hast mich kaum gehört. Doch nicht etwa an die schöne Ermira? Wir wissen ja beide, dass sie aufs Hunsa hinausgefahren ist, um dich zu suchen. Könnte es sein, dass du froh bist, weil dich dieses Blau an sie erinnert? Auch das ist ganz natürlich!«

Leofold machte ein langes Gesicht.

»Könnte sein«, gestand er nach kurzer Überlegung. »Manchmal habe ich das Gefühl, als sähe ich in dem Blau ein Schiff. Eine kleine Schaluppe aus Kadi. Mit Ermira an Bord. Ich müsste lügen, würde ich behaupten, dass ich nicht davon träume.«

Guorin lächelte verständnisvoll. Er brachte sich in eine bequemere Sitzposition, dann verschränkte er die Arme und fragte: »Wie war sie? So oft hast du gesagt, wie sehr du sie liebst. Daran zweifle ich nicht, die Götter sind meine Zeugen. Aber du hast kein einziges Mal über sie gesprochen.«

»Und du nicht über Rumin«, konterte Leofold mit gerunzelter Stirn. Er schien ein wenig verletzt. Hilflos schlug er sich mit der Pranke aufs Knie.

»Ich denke, es macht uns Angst, über sie zu sprechen«, flüsterte er. »Das zuzugeben ist keine Schande.«

Für Guorin traf das ganz sicher zu. Von wegen über Rumin zu reden – allein an sie zu denken tat ihm weh. Vielleicht nicht mehr so sehr wie an dem Tag, an dem er sie verloren hatte, aber noch immer fühlte er sich schuldig an ihrem Tod. Er vermisste sie so sehr. Beinahe bereute er, dass er das Thema angeschnitten hatte, aber genau deshalb fühlte er sich auch verpflichtet, weiterzureden.

»Sie war der sanftmütigste Mensch, der mir je begegnet ist«, seufzte er kaum hörbar. »Sie war wie ein Engel, der von den Göttern nach Perg hinabgestiegen war. Mit unschuldigem Gesicht, kindlich, hilfsbereit; sie lachte gern und liebte es, andere zum Lachen zu bringen. Sie hatte die Herzen des ganzen Dorfs erobert, sogar die der griesgrämigsten Alten. Wie ich hatte sie als Kind ihre Familie verloren. Aber alle behandelten sie wie ihre eigene Tochter. Wir waren bis über beide Ohren ineinander verliebt. Bereits von Kindesbeinen an. Viele Male spielten wir Hochzeit. Wir versprachen einander, zu heiraten, wenn wir erwachsen wären. Und wir hielten unser Versprechen. Sie gab mir all die Liebe, die eine Frau einem Mann geben kann. Mit ihr zusammen fühlte ich mich wie im Paradies. Ich glaube nicht, dass ich für eine andere jemals dasselbe empfinden kann.«

»Nimm den Mund nicht so voll«, lächelte Leofold. Guorin ahnte, dass er auf seine Vertrautheit mit der Zauberin anspielte, und hob die Augenbrauen.

»Nela ist etwas anderes«, entgegnete er ruhig. »Ich habe noch nie eine so schöne Frau gesehen. Es stimmt, sie beeindruckt mich. Unter uns gesagt – manchmal fehlen mir die Worte, wenn ich sie ansehe. Mir ist, als würde ich glühen. Aber für mich ist sie nichts weiter als ein göttlicher Anblick. Ich glaube nicht, dass ich sie so lieben könnte wie Rumin. Außerdem …«

Er hielt kurz inne und fuhr dann mit gesenkter Stimme fort: »Sie würde sich niemals für jemanden wie mich interessieren.«

»Trotzdem solltest du den Mund nicht so voll nehmen«, sagte Leofold und klang dabei leicht vorwurfsvoll. »Aber du musst es ja wissen.«

»Nun habe ich über Rumin gesprochen«, meinte Guorin und schien erleichtert. »Jetzt bist du dran. So wie ich musst du wenigstens ein paar Sätze über Ermira sagen. Sonst werde ich es dir ein Leben lang unter die Nase reiben!«

Leofold verzog die Augen zu Schlitzen.

»Wenn's denn sein muss«, entgegnete er unwirsch. Bereits jetzt war seine Miene von Hilflosigkeit gezeichnet.

»Wenn du Nela schön findest, hätte Ermira dich wahrscheinlich verzaubert. Ich glaubte immer, die Götter hätten sie als Abbild ihrer eigenen Schönheit geschaffen. In ganz Kadi, ja sogar darüber hinaus war sie für ihre Schönheit berühmt. Die Menschen der Umgebung kamen und zollten ihr Bewunderung. Wenn sie lächelte, schien der Himmel zu strahlen. Zumindest sah ich es so. Wenn sie sprach, schwiegen die Vögel und lauschten ihr. Zumindest mir kam es so vor. Sie hatte hüftlanges blondes Haar und Augen so blau wie das Meer. Sie war wie eine zarte Blüte. So zart, dass man alle Frauen im Dorf in die Schlachten mitnahm, Ermira aber nicht. So sehr sie auch darauf beharrte, man erlaubte ihr nicht, der Armee beizutreten. Niemand mochte sie sich mit einem Schwert in der Hand vorstellen. Sie war der Blumengärten würdig und nicht der Schlachtfelder.«

Die Bestie verstummte. Schmerz lag in Leofolds Stimme. Der Gedanke, seine Liebste nie mehr wiederzusehen, bereitete ihm Seelenqualen. Guorin gefiel Leofolds Gesichtsausdruck gar nicht.

»Ist gut, Leofold, das genügt«, sagte er tröstlich. Dabei klang er wenig überzeugend. »Sprich nicht weiter. Wir werden deine Verlobte ohnehin bald finden. Alles andere sehe ich mir mit eigenen Augen an. Das ist doch viel spannender, oder?«

Leofold schwieg. Guorin erwartete auch keine Antwort. Die beiden Freunde betrachteten dasselbe Blau und hingen dabei unterschiedlichen Träumen nach. Der Wind flaute ab, die Segel hingen schlaff. Ein kräftiger Vogel flog mit breit geöffneten Schwingen an ihnen vorbei. Und als fürchtete das legendäre Schiff, ihre Träume zu zerstören, glitt es, so ruhig es konnte, in Richtung Fuoli.

KAPITEL V

LANDGANG

Auf diesen Tag hatten alle gewartet. Mit gemischten Gefühlen hatte Guorin Korman am Abend zuvor gelauscht, als er verkündete: »Wenn nichts dazwischenkommt, können wir Fuoli morgen früh mit bloßem Auge sehen.«

Fürchtete er sich? Natürlich. Das hatte er auch nie verheimlicht. Seine Neugier auf das Land der Sümpfe sowie die Tatsache, dass die inzwischen zur Routine gewordene Seereise sich zu einem Abenteuer entwickelte, verliehen seiner Angst jedoch auch einen angenehmen Beigeschmack.

Nachts war er einige Male aufgewacht. Eigentlich hatte er an Deck gehen und sich umsehen wollen, doch es graute ihm vor dem kalten Wind des Hunsa, und so blieb er lieber in seinem Bett. Mit dem ersten Schimmer, der durch die Bullaugen fiel, war er auf den Beinen. Er zog sich schnell an, steckte sein altgedientes Kurzschwert Gorba auf der einen und das Langschwert, ein Geschenk Kormans, auf der anderen Seite in den Gürtel und hastete zur Tür. Die anderen schliefen noch. Fuoli noch vor ihnen zu sehen vermittelte Guorin aus unerfindlichem Grund ein seltsames Glücksgefühl.

An der Schwelle schob er den Handschuh ein wenig zurück und prüfte, ob die seltsam-schönen Muster noch da waren. Schließlich wollte er nicht in Verlegenheit geraten, wenn Olmen plötzlich vor ihm auftauchte. Lächelnd sah er, dass die Linien noch an ihrem Platz waren. Er kannte ihre Bedeutung nicht, aber für Merderan waren sie der wertvollste Schatz in ganz Perg gewesen. Viele ruhmreiche Ritter und unzählige mächtige Zauberer hatten dafür ihr Leben gelassen. Das schmeichelte Guorin und ängstigte ihn zugleich.

Oft hatte er gedacht, dass diese Muster die Quelle für Merderans unvergleichliche Kräfte sein könnten. Als Merderan von seiner Vergangenheit erzählte, hatte er diese Kräfte als Vermächtnis bezeichnet.

Dasselbe Wort verwendete er, als er über diese Muster sprach. Nur mit Hilfe jener Kräfte hatte Merderan die Städte im Alleingang erobert. Riesige Armeen hatte er wie Ameisen zerquetscht. Guorin kniff die Augen zusammen, streckte die behandschuhte Hand aus und rief ernst in Richtung Tür: »Öffne dich!«

Als nichts geschah, lachte er über sich selbst. Vielleicht waren diese Kräfte wirklich zu etwas nutze, doch wenn man nicht wusste, wie man sie einsetzen musste, waren sie ziemlich wertlos.

Kühler Wind schlug ihm entgegen, als er die Tür einen Spalt breit öffnete. Er stopfte sich das Hemd in die Hose, stellte den Kragen hoch und schloss die drei Knöpfe. Dann atmete er tief durch und ging nach draußen.

Die Sonne war zwar am Horizont aufgetaucht, richtig hell aber war es noch nicht. Während er in Richtung Bug lief, dachte er, dass er wohl doch ein wenig zu früh aufgestanden war. Freundlich grüßte er im Vorbeigehen einen schläfrigen Soldaten, der mit verschränkten Armen an ein Fass gelehnt die letzten Minuten seiner Wache zählte. Bei Guorins Anblick nahm der Bedauernswerte ruckartig Haltung an, trat zwei Schritt vom Fass weg und verfiel in eine Pose, als hätte er die ganze Zeit in Habt-Acht-Stellung verbracht. Unwillkürlich huschte ein verborgenes Schmunzeln über Guorins Mund.

Als er die angsteinflößende Löwinnenstatue ausmachen konnte, stellte er sich auf die Zehenspitzen und blickte aufs Meer. Enttäuscht stellte er fest, dass es nichts zu sehen gab außer endlosem Wasser. Kein Land in Sicht – so weit das Auge reichte. Er ging weiter bis zur Statue und lehnte sich an die Reling. Den Kopf in die Hände gestützt, fixierte er den Horizont.

»Morgen früh«, hatte Korman angekündigt, und das mit besonderer Betonung. Noch war es nicht Morgen, und um das Land der Sümpfe zu sehen, blieb Guorin nichts anderes übrig, als sich zu gedulden. Er würde warten, die Augen offenhalten und, abgesehen von den Wachposten auf dem Turm, der Erste sein, der Fuoli erblickte.

Die Minuten verstrichen. Das Schiff bewegte sich kaum voran. Anstatt heller wurde der Himmel scheinbar dunkler. Einen Moment lang wurde es stockfinster – vielleicht, so dachte Guorin, weil eine schwarze Wolke an der Sonne vorbeizog. Dann stand er mit einem Mal im Hellen. Der Anblick war grauenerregend. Nur gut dreihundert Fuß entfernt baute sich eine riesige schlammige Kreatur vor ihm auf. Sie besaß weder Augen noch Nase, ja nicht einmal ein Gesicht. Sie war nichts als ein ausladender Körper mit einem unförmigen Mund. Reglos ruhte sie im Blauen Hunsa. Der weit aufgerissene Schlund war so breit, dass fünf Schiffe von der Größe der »Durkgador« hineingepasst hätten. Mit einem Mal rauschte das Schiff mit voller Fahrt auf den höhlenartigen Mund zu. Guorin wollte dem Rudergänger zurufen, er solle beidrehen lassen oder zumindest die Richtung ändern, aber die Stimme versagte ihm. Er war wie versteinert. Völlig hilflos. Da hörte er Rufe, die so gar nichts mit dem Geschehen zu tun hatten.

»Na los, du fauler Krieger, mach endlich die Augen auf!«

Guorin kauerte sich noch mehr zusammen und brummte kraftlos vor sich hin.

»Sieh mal einer an, der Kleine hat nicht die geringste Absicht, wach zu werden! Der Teufel sagt, lass ihn liegen und reise allein durch das Land der Sümpfe! Dass Merderan dir diese verfluchten Zeichen anvertraut hat, war ein Fehler, der seiner Erhabenheit nicht würdig ist!«

Kaum hatte Guorin *Land der Sümpfe* gehört, riss er die Augen sperrangelweit auf. Er erschrak, als er sich auf dem Holzdeck liegen sah, den Kopf an die Reling gelehnt. Sogleich sprang er auf die Füße und massierte sich die Schläfen.

»Tausend Drachen!«, rief er enttäuscht. Seine Enttäuschung ebbte auch nicht ab, als er bemerkte, dass alles nur ein Albtraum gewesen war. »Ich muss wohl eingeschlafen sein.«

Nume stemmte die Hände in die Seiten und grinste.

»Ach nee! Gut, dass du das sagt! Wäre ich etwas später gekommen, hätte ich bloß noch eine Eisstatue vorgefunden, einen jungen Mann, im Morgenfrost erstarrt. Dann hätten wir die arme Löwin erlöst und dich am Bug aufgepflanzt.«

Guorin warf dem riesigen Prom einen schiefen Blick zu, ersparte sich aber eine Antwort. Stattdessen hauchte er in seine Hände, denn ihm war tatsächlich kalt. Was ihn jedoch wirklich wunderte, war, dass er beim Hinabrutschen an der Reling nicht wach geworden war. Wahrscheinlich war er wirklich zu früh aufgestanden. Nachdem er etwas zu sich gekommen war, sah er, dass nur wenige Leute auf Deck standen. Zum Glück war es Nume gewesen, der ihn beim Schlafen erwischt hatte. Der hatte ihn auch schon in peinlicheren Situationen gesehen. Korman stand mitschiffs und redete überschwänglich mit seinen Offizieren, die sich um ihn versammelt hatten. Manche Soldaten trugen Kisten und Fässer zu den Booten, andere schliffen ihre Schwerter. Von Nela und Leofold keine Spur.

»Dafür bist du wohl so früh aus dem Bett gesprungen«, sagte Nume mit besorgter Miene und deutete über Guorins Schulter hinweg in die Ferne. Erwartungsvoll drehte Guorin sich um und schaute in die Richtung, in die der Prom zeigte. Vor ihnen lag das Land der Sümpfe.

Der erste Ausdruck, der ihm dazu einfiel, war *bedrückend.* Alles war düster, vom wild wuchernden Schilf bis zu den kränklichen, doch ziemlich hohen Bäumen mit den ineinander verschlungenen Ästen. Vielleicht lag es am Morgennebel, der immer noch über allem lag, aber etwas in Guorin flüsterte, dass Fuoli auch ohne Nebel kaum anders aussah. Nirgends eine Hütte, keinerlei Anzeichen von Leben. Auch kein Hinweis auf einen Menschen, einen Prom oder Burfenen. Kein Tier streunte zwischen den vereinzelten Bäumen herum oder schlug am Himmel mit den Flügeln. Kurzum: Fuoli war gottverlassen. Es sei denn, da schlummerte etwas unter dem klebrigen Schlick oder in dem berühmten Sumpf.

Guorin kniff die Augen zusammen und suchte hoffnungslos nach irgendetwas hinter den im Nebel irreal wirkenden Bäumen. Kormans Sätze kamen ihm noch einmal in den Sinn, und er bekam eine Gänsehaut.

»Schließlich war er im Land der Sümpfe. Er hätte aufpassen sollen, wo er hintritt …«, wiederholte er bei sich.

»Ihr werdet nur vier Beiboote zu Wasser lassen«, befahl Korman den umstehenden Offizieren. »Eins für mich und die Passagiere, und natürlich zehn Ruderer. In zwei platziert ihr jeweils zwanzig Soldaten, und ins letzte kommen neben den Ruderern nur Waffen, Proviantkisten und Wasserfässer.«

»Sollen wir die Zelte ebenfalls in das letzte Boot packen?«, fragte der Stämmigste von ihnen. Der Kapitän bejahte mit einem Nicken.

»Tut das. Werft sie auf die Kisten. Sind die Soldaten, die ich ausgesucht habe, alle wach? Versammelt sie an den Beibooten; bevor wir uns auf den Weg machen, möchte ich sie mir ein letztes Mal ansehen.«

»Sind alle auf den Beinen, Kapitän«, erwiderte einer mit einer breiten Brandnarbe auf der Wange. »Einige sind noch nicht auf Deck, aber wir werden sie sofort rufen.«

»Sie sollen sich beeilen«, mahnte der Kapitän mit sanftem Druck. Während er sich die Faust rieb, schaute er zwischen seinen Männern hindurch zu dem Sumpf, der in stiller Erwartung vor ihnen lag. »Wir kommen quasi als Gäste. Je pünktlicher wir sind, desto freundlicher wird der Empfang!«

Nacheinander salutierten die Offiziere und machten sich auf, um die Soldaten zusammenzutrommeln. Korman hatte die besten Männer ausgewählt. In den Wettkämpfen, die unter der Besatzung in Bereichen wie Schwertführung, Bogenschießen und waffenlosem Kampf ausgetragen worden waren, hatten sie sich als die Besten erwiesen. Der Kapitän wusste nicht, was sie in Fuoli erwartete, und wollte die Leute bei sich haben, denen er am meisten vertraute. Wenn es nicht notwendig gewesen wäre, eine Anzahl von Soldaten auf dem Schiff zurückzulassen, um es bei Bedarf in sichere Gewässer zu bringen, hätte er am liebsten die gesamte Mannschaft mitgenommen. Aber nach allem, was Korman auf sich genommen hatte, um die »Durkgador« wiederzufinden, wollte er sie nicht aufs Spiel setzen, auch wenn es sie alle das Leben kosten konnte.

Während Korman auf seine Männer wartete, sah er Leofold auf sich zukommen. Der musste sich mächtig klein machen, um unter den Segelleinen hindurchzugehen. Nela, die Korman immer noch in ihrer Kajüte geglaubt hatte, ging direkt hinter Leofold. Die Zauberin war sicher früh aufgestanden, um ihre Gefährten zu wecken.

Aber wo waren Nume und Guorin? Korman schaute sich um und entdeckte die beiden Freunde am Bug, wo sie versonnen nach Fuoli blickten. Bestimmt waren sie in aller Herrgottsfrühe aus dem Bett gesprungen. Dass alle die bevorstehende Reise derart ungeduldig erwarteten, wunderte und erfreute Korman zugleich.

»Ihr könnt es wohl kaum erwarten, festen Boden zu betreten?«, rief er der Bestie zu. »Keine Sorge, es wird nicht mehr lange dauern. Wir haben vor etwa einer halben Stunde Anker geworfen. Meine Männer werden uns in Kürze in die Beiboote bitten.«

Mit gerunzelter Stirn betrachtete Leofold über Kormans Schulter hinweg den Sumpf.

»Sieht nicht gerade nach festem Boden aus«, erwiderte er spöttisch. »Aber ich muss gestehen, dass mich diese Seereise allmählich langweilt.«

»So schlimm schaut es doch gar nicht aus«, meinte Nela. Sie warf ihr Haar zurück und musterte teilnahmslos das düstere Schilf.

»Ich habe eher Angst vor dem, was man nicht sieht«, widersprach Leofold nachdenklich. Dann aber beeilte er sich, hinzuzufügen: »Aber Angst schützt uns nicht vor dem Tod.«

Die Barkassen waren tatsächlich in Windeseile beladen. Ohnehin nahmen sie nur das Nötigste mit, um schnell voranzukommen. Die Soldaten lauschten Kormans letzten Anweisungen und begannen, in die Boote zu steigen. Zuerst nahmen die Ruderer ihre Plätze ein. Auf den Kapitän folgten Leofold und Nume. Guorin sprang ins Boot und drehte sich um, um Nela zu helfen. Als sie nach seiner Hand griff, wurde er feuerrot. Ihm blieb beinahe die Luft weg. Doch zum Glück waren seine Freunde zu sehr mit Fuoli beschäftigt, als dass sie es bemerkt hätten. Auch hörte niemand, wie er in sich hineinmurmelte: »Sie hat doch nur deine Hand gehalten, du Dummkopf.«

Auf Befehl der Offiziere ließen die Soldaten die Beiboote langsam hinab. Kaum berührte ein Boot das Wasser, lösten die Ruderer die Leinen und ruderten wenigstens hundert Fuß weg von der »Durkgador«, um einen möglichen Unfall mit dem nächsten Boot zu vermeiden. Als alle vier Barkassen im Wasser waren, drehte sich

Korman zu seinen an der Reling stehenden Offizieren um und breitete die Arme aus. Das war das Zeichen, dass Schiff und Besatzung nun in ihrer Verantwortung lagen. Die Offiziere legten die Hand ans Herz, eine Geste, mit der sie diese Verantwortung annahmen.

Synchron hoben und senkten sich die Ruder. Die bettelnden Hände tauchten ein in die Frische des Blauen Hunsa und bewegten die Boote in Zweierreihen auf die Küste zu. Nume und Guorin lächelten einander an. Sie waren am Ende ihrer Reise angekommen, es gab kein Zurück, und sie konnten nichts tun als ihre Bedenken zu begraben. Nela hatte Mühe, ihren Blick von dem immer kleiner werdenden Schiff abzuwenden. In besinnungslosem Zustand war sie an Bord gebracht worden. Zum ersten Mal sah sie nun die »Durkgador« von außen, in all ihrer Größe und Pracht. Sie war tief beeindruckt. Leofold beobachtete indes verdrossen das schnell herankommende Schilf. Dass es derart verlassen aussah, gefiel ihm gar nicht.

Kein Fels und nicht die geringste Erhebung am Ufer hinderten sie daran, an die Insel heranzufahren. Ein letztes Mal hoben sich die Ruder. Schnell wurden sie eingezogen und in ihren Halterungen verstaut, um dort kurz zu ruhen. Die Soldaten brummten unwirsch, als sie aus den Booten sprangen und bis zu den Knöcheln im Schlamm versanken. Sie tauschten gereizte Blicke aus. Korman fand ihre Reaktion komisch und machte sich lustig über sie. »Jungs, was habt ihr erwartet? Dachtet ihr etwa, die Insel trägt ihren Namen, um Reisende anzulocken?«

Als es ans Entladen der Boote ging, wollten auch Leofold und Nume sich jeder eine Kiste schnappen. Schließlich konnten sie mehr tragen als der kräftigste Soldat. Doch Korman widersprach heftig – seine Mannschaft könnte das als Beleidigung auffassen. Allerdings, Passagier war Passagier. Widerspruchslos begaben sich die beiden zu Guorin und Nela, die nebeneinander standen und besorgt ins Schilf starrten.

»Kein Ort für lange Umhänge«, lachte Nume. Nelas Saum steckte im Schlamm und war rabenschwarz. Der lange Umhang würde ihr das Vorankommen erschweren. Nachdem die Zauberin mit einem Nicken ihre Zustimmung gegeben hatte, zückte der riesige Prom sein Jagdmesser und kürzte den Umhang auf Knielänge. Dabei besudelte er sich über und über mit Schlamm, was auf seiner dunkelgrauen Körperbehaarung aber nicht weiter auffiel.

»So ist es gut«, sagte er nach getaner Arbeit. Das Stück Stoff warf er unter einen der Bäume in der Nähe. »Wir müssen schnell sein. So kannst du besser mit uns mithalten.«

Nela fand das neue Aussehen zwar etwas ungewohnt, aber sie konnte dem alten Krieger nur danken. Gerade noch hatte sie bloß mit Mühe zwei Schritte gehen können. Und ihr war klar, dass der Schlamm noch tiefer werden konnte.

Guorin zögerte, ob er Nela wissen lassen sollte, dass sie nun noch hübscher aussah.

»Was für ein Blödsinn«, sagte er sich dann und behielt seine Meinung für sich.

Nachdem alle Waffen ausgegeben und die Kisten und Fässer auf die Männer verteilt worden waren, stießen die Ruderer auf Kormans Befehl die Beiboote wieder ins Wasser und nahmen ihre Plätze ein. Wenig später hatten sie bereits die Hälfte des Wegs zum Schiff zurückgelegt. Leere Boote zu rudern war sicher ein Kinderspiel für sie.

Leofold wandte sich an den Kapitän, der neben ihm stand. »Bis hierher wussten wir, was zu tun war. Und nun?«

»Wir werden die Gegend erkunden«, antwortete Korman. »Fuoli ist nicht allzu groß. Zumindest nicht die Fläche, die besiedelt sein könnte. Wir werden die Insel nach Plan absuchen. Die Lebensräume der Burfenen zu finden dürfte nicht schwer sein. Ich hoffe, dass die kleinen Wesen uns in Bezug auf euren Olmen behilflich sein können. Als Fremder müsste er ihnen aufgefallen sein. Schwierig wird es, wenn sie ihn nicht kennen. Aber falls er noch hier ist, werden wir ihn über kurz oder lang aufstöbern. Vergiss nicht – ich habe sogar die als verschollen geltende ›Durkgador‹ gefunden!«

»Na denn«, lächelte Leofold. Er schätzte das Selbstvertrauen des Kapitäns. »Wir sollten alsbald aufbrechen. Du sagtest, wir sollten nur tagsüber gehen. Lasst uns so weit wie möglich vorankommen, bevor es Nacht wird.«

»Stimmt – sobald es anfängt, dunkel zu werden, schlagen wir unser Lager auf«, bestätigte Korman. »Sieh dir die Farbe des Schlamms an. Der Sumpf, der uns gefährlich werden kann, wird viel heller aussehen. Allerdings nur bei Tag, die Fackeln spenden nicht genug Licht. Im Wald ist es sowieso finsterer, und nimmt man dazu noch das nächtliche Dunkel, wird ein Weitergehen lebensgefährlich.«

»Lass uns so wenig wie möglich riskieren«, meinte Leofold. »Wir haben schließlich keine Eile. Merderans Vermächtnis hat Jahrhunderte unter der Erde geschlummert. Da sollte es sich über ein paar Wochen mehr in Guorins Handteller nicht beschweren.«

»Ich weiß nicht, ob das Vermächtnis sich beschweren wird«, lächelte Korman fröhlich. Sein Blick ruhte auf dem jungen Mann, der schweigend in der Nähe stand. »Aber ich wette meinen Kopf, dass Guorin es lieber heute als morgen loswerden will«, sagte er mit gesenkter Stimme, als ginge es um ein Geheimnis.

»Das darfst du ihm nicht zum Vorwurf machen«, entgegnete Leofold, nachdem er seinen jungen Freund gemustert hatte. »Die ganze Zeit schon trägt er eine göttliche Waffe bei sich. Und jetzt versteckt er auch noch einen Schatz der Mächte der Vorzeit. Für jemanden, der ein ruhiges Leben liebt, ist das wirklich ein bisschen zu viel des Guten!«

Korman lachte zustimmend: »Das wäre sogar für einen ehemaligen Piraten gar keine schlechte Leistung.«

Dann begab er sich zu seinen abmarschbereiten Männern.

In Viererreihen betrat die Truppe das Schilf. Sie wählten ein langsames Tempo, weil sie bis zu den Knöcheln im Schlamm einsanken. Niemand traute dieser klebrigen Masse. An der Spitze marschierte ein achtköpfiger Spähtrupp. Mit langen Stöcken prüften sie die Tiefe des Schlicks. Direkt hinter ihnen gingen der Kapitän und seine Freunde, gefolgt von weiteren zweiunddreißig Häschern.

Alle verhielten sich beinahe mucksmäuschenstill. Aufmerksam schauten sie sich um und versuchten zu begreifen, was für ein Ort dieses Land der Sümpfe wirklich war, von dem sie so viel gehört hatten und das sie nun zum ersten Mal betraten. Abgesehen von dem unangenehmen Schlamm erschien das Schilf alles andere als beängstigend. Die gelb-grünen Pflanzen mit den stumpfen Dornen sahen sogar interessant aus. Etwas weiter vorne begann der Wald, dessen Bäume zwar leblos und krank, aber nicht furchteinflößend wirkten.

Trotzdem herrschte bei allen eine merkwürdige Anspannung – eine Anspannung, die verhieß, dass nichts so war, wie es aussah, und dass die vielen Legenden kein Seemannsgarn waren. Eine Anspannung, die zunahm, je weiter sie in den verschlungenen Wald vordrangen.

KAPITEL VI

MITTEN IM SUMPF

»Der wievielte Tag ist heute?«, murrte Portat.

Hays, der einen Kopf größer war als er, blickte auf ihn herab und antwortete: »Seit wir von Bord gegangen sind? Ich glaube, fünf. Nee, sechs. Genau – wenn wir heute nicht mitzählen, müssen es sechs Tage sein.«

»Sechs Tage, was?«, stöhnte Portat. »So viel also. Kommt mir vor, als wäre es gestern gewesen. Ich habe immer noch die Abfahrt der Boote vor Augen. Was unsere Jungs wohl gerade treiben?«

»Keine Ahnung«, antwortete Hays mit schiefem Lächeln. Mit einem Fuß versank er noch tiefer im Schlamm und geriet ins Straucheln. Er versuchte sich auf den Beinen zu halten und stieß dabei seinen vielleicht zwanzigsten Fluch an diesem Tag aus. »Aber es geht ihnen garantiert besser als uns.«

»Ich denke, wir haben uns verlaufen«, meinte Portat. Heftig hieb er mit seinem Schwert auf einen Ast ein, der ihm den Weg versperrte. Der Ast fiel ihm vor die Füße, und wütend trat er dagegen.

Hays schüttelte den Kopf.

»Um sich verlaufen zu können, muss man sein Ziel kennen«, widersprach er. »Wie sollen wir uns verlaufen, wenn wir nicht einmal wissen, wo's hingeht! Wir stiefeln nur durch die Gegend.«

»Zumindest sollten wir doch eine Strecke hinter uns gelassen haben, oder? Nach sechs Tagen Fußmarsch müssten wir doch irgendwo angekommen sein. Ich denke, wir gehen seit geraumer Zeit im Kreis. Verlaufen haben wir uns vielleicht nicht, aber wir haben unsere Route verlassen, sind von unserem Plan abgekommen, wie auch immer. Was ich meine, ist: Wir stecken tief in der Klemme!«

Hays blieb abrupt stehen und stocherte mit seinem Stock zwei Schritte vor sich im Schlamm. Die Hand am oberen Ende, drückte er ihn mit aller Kraft nach unten. Er sah, dass er nur eine Handbreit einsank, zog ihn wieder heraus und ging weiter.

»Vielleicht. Aber was können wir schon machen?«

Für den Spähtrupp war die Arbeit am beschwerlichsten. Zwar tauschte Korman die Männer alle zwei Tage aus, damit die Verantwortung bei allen gleichermaßen lag, aber am Ende der Schicht waren seine Leute vollkommen erschöpft. Es waren weniger die Bedingungen vor Ort, die ihnen zusetzten, als vielmehr der Druck, der auf ihnen lastete. Der Anblick war überall gleich, die gleichen leblosen Bäume, die gleichen Farbtöne, der gleiche klebrige Grund. Selbst das dunkelgrüne Schilf zwischen den verkrüppelten Bäumen stand beinahe überall gleich hoch. Das Gefühl, trotz des langen Marschs nicht vorangekommen zu sein, zerrte stark an ihren Nerven. Der Gedanke, die ihnen blind vertrauenden Kameraden womöglich im Kreis herumzuführen, machte ihnen schwer zu schaffen. Nicht nur, dass es schwieriger wurde, ihr Ziel zu erreichen, dasselbe galt auch für den Rückweg zum Schiff. Eigentlich war die Gefahr, sich zu verlaufen, äußerst gering. Von den besten Meistern ausgebildet, würde ihnen ein solcher Fehler doch niemals passieren. Irgendjemand würde doch früher oder später feststellen, dass sie von ihrem Weg abgekommen waren. Anscheinend glich im Land der Sümpfe tatsächlich ein Ort dem anderen.

Wieder hielt Hays plötzlich inne. Sein spitzer, entschiedener Schrei ließ auch die anderen abrupt stehenbleiben.

Korman zückte sein Schwert, drängte die Männer vor ihm auf die Seite und stürmte los. Bei dem leichenblassen Häscher angekommen, sah er sich um. Die übrigen Soldaten des Spähtrupps traten beiseite und musterten Hays besorgt. Keine Gefahr in Sicht. Aber es musste doch einen Grund für seine Reaktion geben.

»Was ist, warum hast du geschrien?«, fragte der Kapitän streng und erwartete umgehend eine Antwort.

Hays gab keinen Ton von sich, sondern drückte bloß seinen Stock ein wenig fester nach unten. Er spürte keinen Widerstand, so dass der Stab bis zur Hälfte im Boden steckte. Je weiter er drückte, desto tiefer drang der Stab in den Schlamm ein. Schließlich ließ

Hays ihn los; im Nu verschwand er vollständig, als zöge ihn jemand, der sich im Schlamm versteckt hatte, nach unten.

Korman hielt den Atem an. Bei genauerem Hinsehen entdeckte er nun die gelbliche Farbe des Bodens zu seinen Füßen. Im Schatten der Bäume war sie kaum zu erkennen. Noch reichte ihnen der Schlamm nur bis zu den Knöcheln, aber einen Schritt weiter, und der Spähtrupp hätte tief in der Tinte gesessen. Der Stock überragte nämlich sogar seinen größten Mann.

»Danke«, sagte Korman und drückte mit einer Hand den Soldaten fest an der Schulter. Dann wandte er sich um und brüllte für alle hörbar: »Wir rasten!« Dabei gelang es ihm, seine Sorge zu überspielen. »Wir werden hier lagern. Wir gehen erst bei Tageslicht weiter. Vor uns liegt ein Sumpf, seid also alle wachsam. Morgen früh suchen wir nach einer Passage!«

Während die Soldaten die Zelte aufbauten, ließ sich der erschöpfte Guorin einfach in den Schlamm fallen. Die klebrige Masse störte ihn nicht mehr, denn er war ohnehin von oben bis unten beschmiert. Die anderen setzten sich gleich neben ihn. Gemeinsam aßen sie den Zwieback aus ihren Beuteln. Seit Tagen war ihnen kein Tier begegnet, das sie hätten jagen können, weswegen sie mit ihrem Proviant besonnen umgingen. Lange Zeit würden sie damit jedoch nicht auskommen. Nela versuchte, mit dem Handrücken den Schlamm oberflächlich von ihren Unterschenkeln zu wischen. Es juckte entsetzlich. Sie dachte an die Kriegerin auf der »Durkgador« und ärgerte sich, dass sie sich keine Häscherhose von ihr geborgt hatte.

Korman inspizierte die Zelte und ging zu seinen Freunden, die fern der Soldaten im Schlamm saßen. Einen kleinen Felsbrocken, der neben Nume lag, nutzte er als Hocker. Behutsam begann er sich die schmerzenden Knie zu massieren.

»Gar nicht so übel, dass uns dieser Sumpf in die Quere gekommen ist«, witzelte er. »Ohne es zu merken, sind wir doch recht lange gewandert. Bestimmt sind alle hundemüde.«

»Wir halten durch, solange deine Männer durchhalten«, sagte der Prom genervt. »Ich würde vorziehen, so wenig wie möglich zu rasten, bis wir diese Burfenen gefunden haben.«

»Wegen des Proviants?«, fragte Korman und starrte auf den Trockenzwieback in Numes Hand. »Stimmt, diese grässlichen Dinger sind nicht gerade eine Delikatesse, aber mit ihnen werden uns mindestens noch zehn Tage über Wasser halten. Mach dir keine Sorgen, in der Zwischenzeit werden wir mit Sicherheit auf eine Siedlung stoßen. Fuoli ist keine allzu große Insel. Die bewohnbaren Flächen sind überschaubar.«

Vorsichtig zog er ein Pergament aus der Innentasche seines Hemds. Es handelte sich zwar nur um die Kopie einer Originalkarte, für die Rückkehr zu seinem Schiff aber war sie unverzichtbar. Deshalb vermied er auch, sie bei jeder Gelegenheit zu zücken. Er rollte sie auf und hielt sie Nume unter die Nase. Auf einem inselartigen Gebilde schlängelte sich eine mit blauer Tinte gezogene Linie. Mit dem Zeigefinger deutete er auf eine bestimmte Stelle.

»Seit wir losgegangen sind, mache ich auf der Karte kleine Markierungen. Im Moment sind wir hier – oder sollten es zumindest sein. Wie du siehst, haben wir eine gute Strecke hinter uns, und in Kürze werden wir auf Burfenen treffen.«

Nume wandte den Kopf langsam nach links und dann nach rechts. Aufmerksam blickte er in die Tiefen des Waldes. Er schwieg eine Weile, dann brummte er mürrisch: »Zur Hölle mit dem Essen. Ich habe Jahrhunderte mit Schlimmerem zugebracht. Das ist nicht das Problem. Ich fühle mich einfach nicht wohl. Ich will niemanden berunruhigen, aber ich habe das Gefühl, wir werden beobachtet.«

Korman erschauerte. Hastig sah er sich um. Eilig steckte er das Pergament in seine Innentasche und fasste unwillkürlich nach seinem Schwert.

»Hast du etwas bemerkt?«, fragte er bange.

»Nein«, antwortete Nume mit säuerlicher Miene. »Jedenfalls nichts Handfestes. Ein Blatt, das sich bewegt, obwohl kein Wind weht, ein Knirschen, das sich in die Schritte der Soldaten mischt, ein Glänzen, das vielleicht nichts ist als ein Lichterspiel. Vielleicht ist es nur Einbildung, deshalb soll es erst einmal unter uns bleiben. Deine Männer sind schon nervös genug, da sollten wir nicht unnötig Ängste schüren. Wenn du aber auf meine Jägerinstinkte vertraust, dann bitte ich dich, die Zahl der Wachen zu erhöhen. Die Entscheidung liegt natürlich bei dir.« Er hielt inne, breitete die Arme aus und fügte lächelnd hinzu: »Dank dieser Instinkte bin ich so alt geworden.«

Korman deutete mit einem unmerklichen Nicken an, dass er ihm recht gab. Noch einmal schaute er sich wachsam um, konnte aber nichts Beunruhigendes entdecken. Achselzuckend zog er ein Stück Zwieback aus seinem Beutel und begann daran zu knabbern.

Schmunzelnd beobachtete Guorin aus dem Augenwinkel, wie Nela sich immer noch mit dem Schlamm an ihren Beinen abmühte. In ihrem abgeschnittenen Umhang ähnelte sie weniger einer Zauberin von den Vier Inseln als vielmehr einem der niedlichen Mädchen aus seinem Dorf. Ihre Wangen waren vor Anstrengung gerötet, ihr Hals war schmutzig – bestimmt, weil sie ihn mit ihrer schlammigen Hand berührt hatte. Trotzdem verzauberte sie ihn. Es machte ihn glücklich, dass sie neben ihm saß und keine Schmerzen mehr hatte. Nur für eine einzige Frau hatte er bisher derart intensive Gefühle gehegt. Der Gedanke bereitete ihm eine Gänsehaut. Denn diese Frau hatte er geheiratet.

Leofold war in Gedanken versunken. Die düstere Atmosphäre setzte ihm mächtig zu. Er fühlte sich völlig ausgelaugt. Der Grund dafür waren nicht die müden Muskeln, sondern der Dreck, der unmerkliche Geruch, die Feuchtigkeit und jene seltsamen, hässlich geformten Pflanzen: das alles erinnerte ihn an Ashertas ekelerregendes Nest. Ihm war, als befände er sich in Ashertas Urheimat. Das völlige Fehlen auch nur des geringsten Anzeichens von Leben irritierte ihn. Er wusste nicht allzu viel über Sümpfe, aber schon der Anblick einiger Moskitos wäre tröstlich gewesen. Diese Einöde war vollkommen unnatürlich.

Ein dunkelhäutiger Soldat mittlerer Statur setzte sich zu Leofold und riss ihn aus seinen Gedanken. Leofold warf ihm einen Seitenblick zu und sah, dass er etwas auf den Lippen hatte und einen inneren Kampf ausfocht, ob er reden sollte oder nicht. Nach längerem Schweigen fasste der Soldat sich ein Herz.

»Verzeiht, Herr, aber erlaubt Ihr mir eine Frage?«

Leofold blickte ihn seufzend an. Da sie unter dem Schutz des Anführers der Häscher standen, brachten die Soldaten ihnen übermäßigen Respekt entgegen, und das gefiel ihm gar nicht. Aber was hätte er dagegen tun können?

»Aber natürlich, nur zu.«

Der Soldat lächelte. Er schien erleichtert. »Herr, ich stamme aus Turayfor. Während der Verteidigung von Turayfor habe ich unter Durtemen gegen Asuber, diesen Dämon, gekämpft. An jenen Tag erinnere ich mich bis ins kleinste Detail. Von allen Seiten griffen die Einheiten der Monster und Prome an. Die Niederlage war unausweichlich. Ich kämpfte verzweifelt, aber ohne Furcht vor dem Tod. Doch dann dachte ich an das Massaker, das Turayfor bevorstünde, wenn unsere Armee zerschlagen wäre, und drehte völlig durch. Ich habe eine Frau, Herr. Eine Frau und drei kleine Kinder. Wie hätte ich sie beschützen können? Ihnen drohte entweder der Tod oder die Gefangenschaft bei diesen verdammten Teufeln. Als wir an den Ert-Brücken in der Falle saßen, weinte ich vor Wut. Gerade als ich dachte, dass alles zu Ende sei, waren die Monster plötzlich verschwunden. Wir begriffen nicht, was vor sich ging. Der Kriegsverlauf änderte sich abrupt. Es war uns ein Leichtes, die Prome zurückzudrängen. Nach dem Verschwinden der Monster schienen sie nicht weiterkämpfen zu wollen. Sie zogen sich einfach zurück. Mit geringfügigen Verletzungen kehrte ich nach Hause zurück und schloss meine Frau und unsere Kinder in die Arme. Nun unterstehe ich dem Befehl der Festung und kämpfe dafür, dass sich das nicht wiederholt. Ich lebe fern von meiner Familie. Die Festungsbestimmungen erlauben mir nicht einmal, sie zu sehen. Aber ich weiß, dass sie in Ruhe und Sicherheit leben, zufrieden in ihrem warmen Zuhause.«

Der Mann verstummte kurz. Er faltete die Hände und starrte in den Schlick zu seinen Füßen.

»Korman erzählte uns alles, was er von Ais erfahren hatte. Manche hegen immer noch Zweifel. Vor allem die Jüngeren. Die Vorstellung, in der Schuld von jemandem wie Euch und einem Prom zu stehen, gefällt ihnen gar nicht. Nur aufgrund ihres Respekts vor dem Kapitän halten sie sich von Euch fern. Ich aber glaube ihm. Ich kenne Korman schon sehr lange. Und auch Ais. Sie würden nie etwas sagen, von dem sie nicht überzeugt sind. Wie kann ein gewöhnlicher Soldat wie ich Euch misstrauen, wenn der Anführer höchstselbst an Euch glaubt? Ich danke Euch aufrichtig für alles, was Ihr getan habt. Wenn ich etwas für Euch tun kann. Egal was es ist …«

Leofold biss sich auf die Unterlippe und wich dem Blick des Mannes aus. Er konnte nicht sogleich etwas erwidern. Nachdem sich seine Emotionen etwas gelegt hatten, lächelte er.

»Wir erwarten keine Gegenleistung von euch. Du darfst das nicht überbewerten. Du und deine Freunde, ihr hättet an unserer Stelle bestimmt das Gleiche getan. Vielleicht sogar noch mehr. Ihr habt gegen Asuber euer Leben aufs Spiel gesetzt, etwa nicht? Sei dir gewiss, dass wir nichts von euch erwarten.«

»In einer Armee Heldentaten zu begehen ist nicht so schwierig«, widersprach der Soldat. Im Brustton der Überzeugung fuhr er fort: »Wenn Kämpfen die einzige Option ist, dann kämpft man eben. Was Ihr getan habt, war etwas völlig anderes. Aber wie Ihr meint. Trotzdem – denkt daran, ich bin für Euch da.«

Anerkennend blickte Leofold hinter dem Soldaten her, der sich wieder zu seinen Kameraden gesellte. Was für ein mutiger Mann! Etwas für Menschen wie ihn getan zu haben erfüllte ihn mit Stolz. Ob sich wohl auch die Bewohner des Dorfs der Verfluchten an ihn erinnerten? Aber natürlich; vollkommen unsinnig, das Gegenteil zu denken. Er hatte sie aus ihrer Gefangenschaft befreit. Sie vor einem schrecklichen Ende bewahrt. Doch dann bereitete ihm sein aufflammender Stolz Unbehagen. Er zog mit der Pranke ein paar sinnlose Linien in den Schlamm. Er hatte nur getan, was richtig war. Kein Grund zur Übertreibung.

Seine Augen glitten über das dunkelgrüne Schilfgras und die schiefen Bäume, die aussahen, als würden sie bei der ersten Berührung in sich zusammenfallen. Manche Sätze des Mannes waren ihm im Gedächtnis geblieben.

»Jemand wie Ihr …«, wiederholte er leise. Ja, er war eine hässliche Bestie. Auch wenn er mit seinen Pranken Gutes tat, so ließ sich diese Tatsache nicht ändern. So nahm man ihn wahr, und nie würde man ihn ganz akzeptieren. Gäbe es da nicht noch diese letzte Aufgabe, würde er sich lieber an einen Ort begeben, an dem niemand ihn finden könnte, und allein sein mit seiner Hässlichkeit. Es würde ihn nicht mehr so sehr schmerzen wie am ersten Tag. Wenigstens akzeptierte er sich inzwischen selbst. Und wenn der Fluch wahr wurde und er sich in einen Satan verwandelte, sollte niemand in seiner Umgebung sein, dem er schaden konnte. Aber noch war es zu früh, um sich wieder in seinen Winkel zurückzuziehen.

Er dachte an die Worte des Häschers über seine Frau und Kinder.

»Meine Liebste, lebst du auch in Ruhe und Sicherheit?«, flüsterte er in hilfloser Sorge. »Ich werde nicht ruhen, bis ich es mit eigenen Augen gesehen habe.«

Doch das Fantasiebild Ermiras, das mit verschränkten Armen zwischen den Bäumen stand und ihn anlächelte, antwortete nicht.

Nachdem die Zelte standen, legten sie sich einer nach dem anderen schlafen. Korman hatte Numes Wunsch entsprochen und an jedem Zelt zwei Wachen statt einer postiert. Er mahnte sie, noch aufmerksamer zu sein als sonst. Wachablösung sollte es alle drei Stunden geben, das hieß, sechs Mal musste die an einem Stab hängende Sanduhr mit dem Wappen der Häscher umgedreht werden. Dieses Glasinstrument, das ihr Leben strukturierte, hüteten die Soldaten ebenso wie ihre Waffen und ihre Proviantbeutel.

Der Abend verlief ruhig. Die Sonne ging unter, die Nacht brach herein, und aus den Zelten war nichts zu hören außer vereinzeltes Schnarchen. Für die meisten war es kein geruhsamer Schlaf. Die schwüle Luft erschwerte das Atmen, und der Schlamm, der überall an ihnen klebte, war ekelhaft. Manche hatten Albträume und wachten immer wieder auf. Doch aus Erschöpfung verließ bis zum Tagesanbruch niemand sein Zelt.

Nachdem am nächsten Morgen die Zelte abgebaut und verschnürt waren, versammelte Korman den neuen Spürtrupp um sich.

»Männer, nun seid ihr an der Reihe. Zeigt, was in euren Stöcken steckt, und findet eine Passage durch diesen verdammten Irrgarten!

Ihr wisst – je schneller wir unser Ziel erreichen, desto schneller kehren wir zu unserem geliebten Schiff zurück.«

Hochkonzentriert machten die Soldaten sich ans Werk. Im Morgenlicht trat der Farbunterschied zwischen Schlamm und Sumpf viel besser zu Tage. Während sie entlang des Sumpfs Richtung Westen gingen, benötigten sie nur selten die langen Stöcke. Endlich ertönte der Triumphschrei eines klein gewachsenen jungen Soldaten, und alle blieben stehen.

»Hier ist es! Breit genug für mindestens drei Männer!«

Minutiös inspizierte Korman die Stelle und entschied, dass es hier weitergehen sollte. Der Schlammpfad, der sich wie ein Steg durch den Sumpf zog, war breit genug. Nur Hiver wusste, wie weit er führte. Wenn sie es in den dichter werdenden Wald schafften, würden sie sich sicherer fühlen. In derart dichten Wäldern nämlich war die Wahrscheinlichkeit, auf ausgedehnte Sumpfflächen zu treffen, äußerst gering.

Zweierreihen wurden gebildet, an der Spitze befand sich wie stets der Spähtrupp. Nach einer letzten Kontrolle mit den Stöcken setzten sie ihren ersten Schritt auf den Schlammpfad.

Im selben Moment brach die Hölle los.

KAPITEL VII

UMS NACKTE ÜBERLEBEN

Die Derokane hatten tagelang nichts gefressen und eine Zwangspause einlegen müssen. Beinahe ein Monat war vergangen, seit sie ihre Lebensfunktionen auf ein Minimum reduziert hatten. Mit einigen Metern Abstand zueinander waren sie im Schlick in ausreichende Tiefe abgetaucht, hatten ihre Oberfläche weitestgehend verkleinert und waren eingeschlafen. So hätten sie ungestört vielleicht noch einen Monat ohne Nahrung zubringen können. Ein fester Stoßhieb in den Rücken eines Derokans hatte allerdings genügt, um zunächst ihn und danach die anderen aus dem Schlaf zu reißen. Diese Geschöpfe spürten das, was um sie herum vorging, als wären sie ein einziger Organismus. Die Gefühle des einen übertrugen sich sofort auf die anderen. Deshalb merkten sie auch stets gemeinsam, wenn es Zeit war, zu fressen.

Derokane hatten die Statur von mittelgroßen, kräftigen Menschen. Ihre breiten Gesichter waren flach und ohne Wölbungen und Höhlen. Blind, wie sie waren, liefen sie nur selten umher, sondern warteten, bis ihre Beute vorbeikam. Ohren am Hinterkopf, die hinter einer schützenden Schale verborgen waren, erlaubten ihnen, laute Stimmen zu hören. Am weitesten entwickelt jedoch waren ihre Wärmerezeptoren. Die Bewegungen ihrer Beutetiere verfolgten sie nach der Körpertemperatur. Ihre Körper trugen die dunkelgelbe Farbe ihrer Heimat, der Sümpfe, und waren so hart, dass sie Säbeln und Pfeilen unbeschadet widerstanden wie eine steinerne Wand. Als Waffen verwendeten sie weder scharfe Gegenstände noch ihre dreifingrigen Hände. Ihre Jagdmethode war anders. Sie umklammerten ihre Feinde, zogen sie tief in den Sumpf und erstickten sie. Sie besaßen weder Zähne zum Kauen noch einen Mund zum Hinunterschlucken. Stattdessen verdauten sie die verfaulten Leichenteile. So gesehen lebten sie mit dem Sumpf in einer Art Symbiose.

Die Derokane schossen nicht nur rechts und links des Schlammpfads aus dem Sumpf, sondern griffen quasi von allen Seiten an. Das war der erste Besuch der Häschersoldaten auf Fuoli, und folglich begegneten sie diesen endemischen Wesen zum ersten Mal. Sie hatten nicht einmal Ahnung von deren Existenz. Einige meinten sogar, der Sumpf sei zum Leben erwacht und strecke seine tödlichen Arme nach ihnen aus. Nur diejenigen, die etwas länger überlebten, begriffen, was geschah.

Bevor die Soldaten ihre Schwerter ziehen konnten, wurden acht von ihnen auf Nimmerwiedersehen in die Tiefen des Sumpfs gezogen. Manche waren so erschrocken, dass sie bewegungslos verharrten, bis ihre Köpfe in den Schlick eintauchten. Die, die den Schreck abzuschütteln vermochten, bildeten eilig einen Kreis und nahmen ihren Kapitän und die Passagiere schützend in ihre Mitte. Mit ihren Körpern formten sie eine Art Wall. Als sie jedoch mit ihren Waffen nichts ausrichten konnten, sahen sie ein, dass ihre Anstrengungen nichts waren als verlorene Liebesmüh.

Obwohl Leofold einem Derokan, dem es gelungen war, den Wall zu durchbrechen, einen wuchtigen Prankenhieb verpasste, fügte er ihm nicht einmal einen Kratzer zu. Er wusste nicht, gegen wen er da kämpfte, aber das war auch nicht von Belang. Er begriff schnell, dass es ums nackte Überleben ging. Der Derokan hielt kurz inne, um die Wirkung der Hiebe abzuschütteln. Dann griff er mit großem Appetit die üppige Mahlzeit an und versuchte, sie in den Sumpf zu ziehen. Zum Glück waren seine Arme weniger stabil als sein Körper. So sehr sich das Wesen auch anstrengte, so vermochte Leofold es doch, den Derokan hochzuheben und über die Soldaten hinweg zu werfen. Der Derokan flog durch die Luft, begrub zwei weitere seinesgleichen unter sich und versank gemeinsam mit ihnen im Sumpf.

»Mit denen werden wir nicht fertig!«, schrie Nume aus Leibeskräften. »Lasst uns im Kreis bleiben!«

Die wenigen Pfeile, die er abschießen konnte, waren wirkungslos. Sie steckten in ernsten Schwierigkeiten. Seine Pfeile zerbrachen einfach. Er konnte keine empfindliche Stelle entdecken, auf die er hätte zielen können. Einzeln waren die Geschöpfe vielleicht nicht allzu stark, aber ständig tauchten neue aus dem Sumpf auf. Bei einem geschlossenen Angriff hatten sie nicht die geringste Chance. Da sah er, wie der Soldat vor ihm von zwei Kreaturen gepackt und weggezerrt wurde. Er stürzte vor, um zu helfen, und sah sich Auge in Auge mit einem Derokan, der dort aufgetaucht war, wo gerade noch der Soldat gestanden hatte. Der Derokan hatte Nume als nächstes Opfer auserkoren. Nume wusste, dass er keine Zeit hatte, das Schwert zu ziehen. Kaum hatte er seinen Bogen abgelegt, verpasste er dem Derokan, der sich bereit machte, sich auf ihn zu stürzen, einen kräftigen Tritt in den Bauch. Der Derokan war verdattert, zog sich aber keinen Zoll zurück. Nume verschränkte die Hände ineinander und schlug dem Geschöpf mit aller Kraft in den Nackenansatz. Selbst eine Steinmauer hätte einem solchen Schlag nicht widerstanden. So geschah es auch mit dem Derokan: ohnmächtig sackte er in sich zusammen.

»Verfluchter Satansbraten!«, brüllte Nume und trat das Wesen zu seinen Füßen. Obwohl er ihn erwischt hatte, fühlte der Prom sich immer noch hilflos. Bei dem letzten Hieb hätte er sich beinahe beide Hände gebrochen, und es musste schon einige Zeit vergehen, bis er einen ähnlichen Schlag wiederholen könnte. Er hob den Kopf und sah, dass die Soldaten die Lücke im Wall geschlossen hatten. Doch bis er seine Kräfte wieder beisammen hatte, würden diese Teufel bestimmt eine weitere Möglichkeit zum Angriff finden.

Guorin ballte die behandschuhte Hand zur Faust. Wenn er nur wüsste, wie man diese verfluchten Muster benutzte, hätte er den armen Soldaten vielleicht helfen können. Er war felsenfest überzeugt, dass Merderan diese Monster mit nur einem Fingerstreich in zahme Kätzchen verwandelt hätte. Oder wenn er doch wenigstens so stark wäre wie Ais und seine Häscher! Im Augenblick aber fühlte er sich vollkommen nutzlos. Die ein, zwei Tricks, die er von Korman gelernt hatte, funktionierten bei diesen furchterregenden Ungeheuern nicht. Entsetzt starrte er zwischen den Soldaten hindurch auf die vor Hunger wütenden Bestien. Dann schweifte sein Blick hinüber zu den im Sumpf versinkenden Männern. Zum ersten Mal bedauerte er, dass die Angreifer nicht mit scharfen Pranken ausgestattet waren. Lieber ein schneller Tod, als strampelnd im Sumpf sein Leben zu lassen. Er sah hinüber zu Leofold, der seine Pranken hilflos öffnete und wieder schloss, und biss sich auf die Unterlippe. Vielleicht sollte er seinen Freund bitten, bevor es zu spät war.

Nela hatte jedoch eine bessere Idee.

»Kommt dicht an mich heran!«, schrie sie aus Leibeskräften ihren Freunden entgegen, die verzweifelt nach einem Ausweg suchten. Beim Anblick der Soldaten, die in die Tiefe des Sumpfs gezogen wurden, hatte sie schnell begriffen, dass der menschliche Schutzwall nicht lange standhalten würde. Zum ersten Mal seit Langem würde sie zaubern. Um sich davor zu fürchten, war jetzt nicht der richtige Zeitpunkt.

Guorin war als Erster bei ihr. Seit dem Morgen hatte er sich stets in ihrer Nähe gehalten. Er stellte sich neben sie wie ein folgsames Kind. Leofold und Nume folgten ebenfalls ihrem Ruf. Die riesige Bestie hatte im letzten Moment Korman am Arm gepackt und mitgerissen. Leofold wusste nicht, was die Zauberin plante, aber er hatte enormen Respekt vor ihren Fähigkeiten.

Nela legte die Hände aneinander und begann in schneller Folge, unverständliche Sätze zu wiederholen. Zunächst wurde sie von einem gelben Lichtbündel eingehüllt, das allmählich in Orange überging. Das Lichtbündel wurde zusehends größer, bis es sie alle eingeschlossen hatte. Unmerklich begann es zu flattern. Zu ihrem Erstaunen konnten sie ungehindert beobachten, was sich außerhalb abspielte. Nachdem die Zauberin geendet hatte, sah sie sich erschöpft um und stellte erleichtert fest, dass das Lichtbündel den notwendigen Durchmesser erreicht hatte.

»Um der Götter willen, ich kann es also!«

»Was heißt das denn?«, brummte Nume wütend. Nervös schielte er in das ihn umgebende Licht. Zwar ahnte er, dass es ihn schützte, aber es störte ihn doch, inmitten eines Produkts der Zauberei zu stehen.

»Hunderte Male habe ich versucht, einen Lichtpanzer zu zaubern, aber nie ist es mir gelungen. Meine Kraft reichte einfach nicht aus. Die Schmerzen waren so stark, dass ich mittendrin abbrechen musste. Aber jetzt, da es vielleicht unsere einzige Chance ist …« Nela verstummte. Der Lichtpanzerzauber reichte eigentlich bloß für eine Person. Sogar die mächtigsten Zauberer vermochten Lichtpanzer nur zu ihrem eigenen Schutz zu zaubern. Von einem, der fünf Personen aufnehmen konnte, hatte Nela noch nie gehört. Sie hatte sich nur an den Zauber auf dem Schiff erinnert und noch einmal eine Flamme zaubern wollen. Ihre Genesung hatte offensichtlich unerwartete Veränderungen mit sich gebracht. Ihre Kraft, die sie früher gegen die Schmerzen eingesetzt hatte, schien nun, da sie keine Schmerzen mehr hatte, unvorstellbare Ausmaße anzunehmen. Sich dafür zu rühmen war aber weder Ort noch Zeit.

»Bist du sicher, dass es uns schützen kann?«, fragte Guorin zweifelnd und berührte sanft das Licht. Als er den Druck erhöhte, fühlte es sich an wie eine eiserne Wand.

»Das wird es«, meinte Nela bestimmt. »Ich glaube nicht, dass es ein Wesen gibt, das dieses Hindernis durchdringen könnte. Allerdings …«

Alle hielten die Luft an und sahen Nela neugierig an. Der Zauberin wurde unwohl, sie senkte den Kopf.

»Kein Zauber hält ewig. Zehn, höchstens fünfzehn Minuten. Er hat mich ziemlich viel Kraft gekostet, und ich werde es nicht noch einmal hinkriegen. Wenn es vorbei ist, sind wir auf uns allein gestellt.«

Leofold wandte den Kopf und beobachtete voller Schrecken das draußen andauernde Massaker. Die armen Soldaten taten alles Menschenmögliche, aber ihre Schwerter konnten den Monstern einfach nichts anhaben. Die Männer hatten keine Häscherausbildung genossen wie Ais oder Verum, und auch ihre Ausrüstung entsprach nur dem Standard. Zudem waren die Monster zahlenmäßig überlegen; auf jeden Soldaten kamen wenigstens drei. Sie zogen ihre Opfer in die Tiefe, und das Zappeln und Schreien der Soldaten hörte erst auf, wenn ihre Köpfe im Sumpf versunken waren. Ein unerträglicher Anblick. Insbesondere für Korman.

Nachdem er eine Weile hilflos mit angesehen hatte, wie seine Männer einer nach dem anderen bezwungen wurden, murmelte er leiderfüllt: »Ich muss hier raus. Mach dieses Ding weg, Nela. Nur für ein paar Sekunden. Wenn ich draußen bin, zauberst du es wieder herbei. Ich muss zu ihnen!«

»Das kann ich nicht«, erwiderte die Zauberin kopfschüttelnd und warf Leofold einen flehenden Blick zu. »Wenn ich den Panzer auflöse, kann ich ihn nicht wieder herbeizaubern. Verlange das nicht von mir.«

Die riesige Bestie verstand die Gefühle des Kapitäns, den es quälte, untätig mitanzusehen, wie seine Männer vor seinen Augen starben. Bestimmt hatten sie viel miteinander erreicht, unzählige Abenteuer gemeinsam erlebt. Mit jedem von ihnen verband ihn eine andere Erinnerung. Aber seinem Wunsch zu entsprechen war unmöglich. Man starb doch nicht sehenden Auges, nur um eine nutzlose Heldentat zu begehen. Freundschaftlich drückte er dem jungen Mann die Schulter.

»Wir können nichts für sie tun, mein Freund«, sagte er mit aufrichtiger Trauer in der Stimme. »Wenn es etwas gäbe, das wir tun könnten, wenn ich überzeugt wäre, dass wir auch nur die geringste Chance hätten, würde ich mich mit dir zusammen in diese Hölle stürzen. Aber niemand würde wollen, dass wir gemeinsam mit ihnen in den Tod gehen, glaub mir. Denke auch an deine Männer auf der ›Durkgador‹. Ist es ihretwegen nicht wichtiger, unversehrt zum Schiff zurückzukehren?«

Korman antwortete nicht. So sehr es ihm auch gegen den Strich ging – Leofold hatte recht. Er senkte den Kopf, schloss die Augen und begann mit geballten Fäusten, leise und so, dass nur er selbst es hören konnte, für seine Männer zu beten.

Indessen trat Guorin ganz nah an Nela heran.

»Nimm das«, flüsterte er der jungen Frau ins Ohr. Mit Entsetzen stellte Nela fest, dass es Gorba war, was Guorin ihr in die Hand zu drücken versuchte.

»Was machst du da?«, fragte sie streng und zog die Hand zurück, als hätte sie sich die Finger verbrannt.

»Ich habe noch eins. Du hast gesagt, dass der Zauber nur fünfzehn Minuten anhält. Wenn diese verdammten Wesen bis dahin nicht verschwunden sind, wirst du es mehr brauchen als ich.«

»Das andere ist ein gewöhnliches Schwert«, fauchte Nela. »Es ist mit Gorba nicht zu vergleichen. Solange du Gorba hast, kannst du dich verteidigen, mit einem normalen Schwert aber hast du keine Chance. Ich danke dir, aber ihr habt schon genug Opfer für mich gebracht. Dass du ein mutiger Held bist, hast du in den Tunneln längst bewiesen. Falls meine Rettung das Blutgeld für deine Frau ist, so hast du es längst gezahlt. Du hast mir viele Tage geschenkt, die ich ohne Qualen mit deinen Freunden erleben durfte. Mehr erwarten sicher weder die Götter noch deine Frau von dir.«

Guorin zog ein langes Gesicht und biss sich auf die Unterlippe.

»Nimm es, habe ich gesagt, du blöde Ziege!«, fauchte er. »Ich weiß nicht, wie viele Chancen ich mit einem gewöhnlichen Schwert habe, aber bestimmt mehr als du! Ich tue das weder für dich noch als Blutgeld für meine Frau, auch nicht, um die Anerkennung der Götter zu gewinnen, sondern einzig und allein für mich. Um all der Götter willen, wie blind du bist! Höchstwahrscheinlich werden wir beide nicht lange widerstehen. Gorba kann keinen von uns retten. Gorba wird nicht aktiv, denn eigentlich greifen die Monster uns nicht an. Sie packen uns nur und versuchen, uns in die Tiefe zu ziehen. Als eins in meiner Nähe auftauchte, hat Gorba sich kein bisschen gerührt. Gorba spürt die Gefahr nicht. Aber wenn du zuschlägst, schadet es den verdammten Wesen. Du kommst mit Gorbas Hilfe vielleicht nicht aus dem Kreis heraus, aber du wirst länger durchhalten als wir. Und ich will sterben können, ohne sehen zu müssen, dass du wieder Qualen erleidest.«

Während Nela zuhörte, überlegte sie sich schon eine harsche Widerrede, doch Guorins letzter Satz und der verzweifelte, liebevolle Blick in seinen Augen lähmten sie. Ihr fehlten die Worte. Sie sah ihn eine Weile an und senkte dann errötend wie ein kleines Mädchen den Blick. Das Schwert aber nahm sie nicht.

»In Ordnung«, murrte Guorin. Nela beobachtete ungläubig, wie er Gorba zu ihren Füßen ablegte, und ging die zwei Schritte an den Rand des Lichtpanzers.

Aus den Tiefen des Waldes ertönte der schwache Klang einer Fanfare. Die Derokane hatten die meisten Soldaten im Sumpf versenkt und begannen sich auf das Lichtbündel in ihrer Mitte zu konzentrieren. Insgesamt waren sie mittlerweile mehr als hundert. Einer kam näher und boxte ein paar Mal gegen das Lichtbündel, doch als dies nichts nützte, trommelte er sich unablässig gegen die Brust. Einer nach dem anderen kamen sie heran und suchten nach einem Weg, wie sie an die appetitlichen Happen hinter jenem Hindernis kommen könnten. Sie erschauerten, als die Fanfare ein zweites Mal erklang, und zwar diesmal aus wesentlich größerer Nähe. Offenbar kannten sie das Geräusch und waren zu Tode erschrocken. So sehr, dass manche unverzüglich in den Sumpf abtauchten. Aber nicht alle waren schnell genug.

Dutzende Glaskugeln zischten gleichzeitig zwischen den Bäumen hervor. Sie waren etwa vom Durchmesser größerer Hühnereier und hatten hauchdünne Schalen. Beim Auftreffen auf die Derokane zerschellten sie; eine blaue Flüssigkeit ergoss sich über ihre steinharten Körper. Jeder, der in Berührung mit der Flüssigkeit kam, stürzte, sich vor Schmerzen krümmend, in den Schlamm. Gleich darauf erstarrte der Körper, um sich nie wieder zu bewegen.

Wilde Panik ergriff die Kreaturen. Sie ließen von der letzten Handvoll Soldaten ab, die noch am Leben waren, und trampelten sich auf der Flucht gegenseitig nieder. Glaskugeln regneten unaufhörlich auf sie herab. Eine verfehlte ihr Ziel und zerschellte an einem der Soldaten, der zwischen den fliehenden Derokanen niedergesunken war. Der Mann hatte das Schicksal der Derokane verfolgt und schloss voller Todesangst die Augen. Die dunkelblaue Flüssigkeit rann an seinem Arm hinab, bereitete ihm jedoch nichts als ein Gefühl der Kühle.

Der Angriff war nicht von langer Dauer. Im Nu verendeten mindestens vierzig Derokane, die übrigen flohen, ohne sich noch einmal umzusehen, in die Tiefen des Sumpfs. Selbst diejenigen, die nichts von der Flüssigkeit abbekommen hatten, gaben irre Schreie von sich, denn auch sie spürten ja die Qualen ihrer todgeweihten Artgenossen.

Nachdem die Herren über die Glaskugeln zu der Überzeugung gelangt waren, dass die Gegend gesäubert war, traten sie einer nach dem anderen zwischen den Bäumen hervor. Sie schritten an den Derokan-Kadavern vorbei und versammelten sich etwa dreißig Fuß vor dem Lichtpanzer. Unentschlossen betrachtete Guorin die kleinen, schmächtigen Kreaturen, die ihm beinahe so fremd erschienen wie die Derokane. Sollte er ihnen danken, weil sie ihnen das Leben gerettet hatten, oder sollte er sich auch vor ihnen fürchten? Mit den im Verhältnis zu ihren Körpern viel zu großen kahlen Köpfen und den kindlichen Gesichtern, denen – inklusive Augenbrauen – jegliche Behaarung fehlte, wirkten sie alles andere als angsteinflößend. Ihre Mienen trugen keinerlei feindselige Züge. Ihr Teint war milchweiß, ihre Kleidung schlicht, aber gepflegt. Die verzierten Schwerter an ihren Hüften ließen keinen Zweifel, dass es sich um zivilisierte Wesen handelte. Doch Guorin war die Schnittstelle zwischen Zivilisation und Tyrannei nicht unbekannt.

Seine Nervosität legte sich, als er Korman etwas murmeln hörte.

»Burfenen«, sagte der Kapitän der »Durkgador« mit weit aufgerissenen Augen. Erstaunen stand ihm unverkennbar ins Gesicht geschrieben. »Nicht wir haben sie gefunden, sondern sie uns.«

KAPITEL VIII

FREIE ZONE

Wie lange marschierten sie schon? Vier Stunden? Vielleicht fünf? Mehr Zeit konnte nicht vergangen sein seit dem überraschenden Auftauchen der Burfenen. Wegen des ständig sich ändernden Panoramas aber hatte Leofold das Gefühl, als wären sie seit Ewigkeiten unterwegs. Dabei war die ganze Zeit, in der sie allein unterwegs gewesen waren, die Landschaft unendlich eintönig gewesen.

Zuerst veränderte sich der Boden unter ihren Füßen. Die knöcheltiefe Schlammschicht wurde zusehends dünner und gab ihnen das Gefühl, als spazierten sie auf einem weichen Teppich. Der Wald aus schiefen, kränklichen Bäumen lichtete sich, und an ihre Stelle traten pilzförmige Gewächse, die die Burfenen minimal überragten, Leofold aber gerade einmal bis zur Brust reichten. Auch der Moorgeruch brannte nicht mehr so stark in ihren Nasen. Ja, seit sie die Boote verlassen hatten, konnten sie zum ersten Mal richtig durchatmen.

Die Burfenen hatten ihre ungebetenen Gäste in ihre Mitte genommen und marschierten mit gezogenen Schwertern. Manchen baumelten an der Hüfte Netze voller kleiner, mit einer gelben Flüssigkeit gefüllter Glaskugeln. Zweifellos handelte es sich auch hierbei um eine wirkungsvolle Waffe. Die Gruppe in ihrer Mitte marschierte in einer losen Reihe, mit Leofold an der Spitze. Nur ihm hatte man Ketten angelegt. Wahrscheinlich wollten die Burfenen, was jene grässliche Bestie anbelangte, nichts dem Zufall überlassen. Korman und Nela gingen dicht hinter ihm her. Nelas Hände waren stramm gefesselt, um ihr die Möglichkeit zu einem gefährlichen Zauber zu nehmen. Die Burfenen hatten also bereits ihre Erfahrungen mit Zauberern gemacht. Nun folgten drei Soldaten, die noch gehen konnten, obwohl sie bei dem Kampf im Sumpf ziemlich gelitten hatten. Zum Schluss kam Guorin, der Nume vermeintlich beim Tragen eines verletzten Soldaten half. Dabei wäre es Nume ohne Guorin sehr viel leichter gefallen, denn der Mann war verhältnismäßig leicht.

Leofold musterte den Burfenen neben sich aus dem Augenwinkel. Für seine Größe wirkte er recht kräftig. Die ernste Miene gab ihm den Anschein eines niedlichen Kindes, das erwachsen zu wirken versuchte. An seinem Hemd trug er einen rot-blauen Streifen, der den anderen Burfenen fehlte. Aus ihren Gesprächen hatte Leofold herausgehört, dass er Koleun hieß. Sein Umgang mit den übrigen Burfenen ließ mühelos erkennen, dass er ihr Anführer war. Um seinen vernarbten Hals hing ein geschwungenes Horn. Wahrscheinlich war er es auch gewesen, der am Sumpf zum Angriff geblasen hatte.

Die Burfenen sprachen Pergisch miteinander, hielten es aber nicht für nötig, mit Leofold oder den anderen Gefangenen zu reden. Sogar als sie sie aufgefordert hatten, den Kampfplatz so schnell wie möglich zu verlassen, hatten sie nur Ein-Wort-Kommandos verwendet. Soweit Leofold es mitbekommen hatte, brachte man sie in ein Camp oder eine Stadt. Dort angekommen, galt es erst einmal, die winzigen Wesen davon zu überzeugen, dass sie keine böse Absichten hegten. Beklommen blickte er auf die Glaskugeln. Nicht auszudenken, wenn es ihnen nicht gelänge.

Er erstarrte vor Schreck, als plötzlich eine seltsame Kreatur zwischen den Pilzen hervorschoss. Das Wesen hatte die Größe einer menschlichen Faust und war geformt wie ein behaarter Ball. Obenauf befanden sich zahlreiche kleine Propeller, die summend rotierten. Nachdem es eine Runde gedreht hatte, flog es an ihm vorbei und verschwand. Leofold sah ihm eine Weile erstaunt hinterher und musste unwillkürlich schmunzeln.

»Sieht lustig aus, nicht wahr?«, fragte Koleun. »Ein Olopo. Sein Fleisch ist köstlich.«

Leofold betrachtete ihn aufmerksam.

»Ja, ein wirklich nettes Geschöpf«, bestätigte er mit möglichst vertrauenerweckender Stimme. Um das Gespräch in Gang zu halten, wählte er seine Worte mit Bedacht. »Seit Tagen mühen wir uns durch den Sumpf, und zum ersten Mal begegne ich einem Lebewesen, das ich als Tier bezeichnen würde. Ich habe nicht einmal eine Fliege summen hören. Ich hatte ehrlich gesagt schon befürchtet, Fuoli könnte völlig öde sein.«

Der Burfene lachte und kratzte sich mit der freien Hand am Nacken.

»Die Gegenden, in denen ihr unterwegs wart, sind tatsächlich öde«, erklärte er. »Die Richtung, in die ihr gegangen seid, hätte verkehrter nicht sein können. Derokane – diese Monster, die euch attackiert haben – brechen jedem Ort das Rückgrat. Wo immer sie sich ansiedeln, ist die Gegend binnen Kurzem ein Grab. Erst wenn kein einziges Lebewesen mehr übrig ist, ziehen sie weiter, und das ist auch ganz natürlich. Denn bei all ihrer Kraft sind sie so blind wie diese Pilze dort.«

Er streckte sich im Vorbeigehen nach einem Exemplar, riss ein großes Stück heraus und brach es in zwei Teile. Einen steckte er sich in den Mund, den anderen reichte er Leofold.

»Probiere. Sie schmecken gut. Ich mag diese Pilze, wenn auch nicht so sehr wie Olopo-Fleisch. Das Beste an den Pilzen ist, dass man ihnen nicht hinterherjagen muss wie den Olopos. Seit Tagen beobachten wir euch. Außer Zwieback habt ihr nichts gegessen. Gönnen wir deinem Magen einen kleinen Festschmaus.«

Nach kurzem Zögern fürchtete Leofold, ein Ablehnen könnte als unhöflich aufgefasst werden. Er beugte sich vor und hatte seine liebe Mühe, mit dem Mund das Stück Pilz aus der Hand des Burfenen aufzunehmen, aber schließlich gelang es ihm. Koleun sah, wie sehr sich die riesige Bestie anstrengen musste, und kniff verdrossen die Augen zusammen.

»Sei deswegen nicht böse«, entschuldigte er sich und zeigte mit dem Kopf auf die Kette in Leofolds Rücken. »Aber deine Pranken sehen ziemlich scharf aus. Ich muss an die Sicherheit meiner Recken denken. Bei deinen Freunden haben wir uns mit dem Einsammeln ihrer Waffen begnügt, aber dir hätten wir ja schlecht die Pranken abhacken können. Versteh uns bitte nicht falsch. Wir sehen euch nicht als Feinde. Würden wir so denken, hätten wir den Derokanen nicht ins Handwerk gepfuscht. Seit fast einer Woche verfolgen wir jede eurer Bewegungen. Als unsere Späher euch entdeckten, haben wir uns gleich an eure Fersen geheftet. Wir sind recht nahe an euch herangekommen, um zu verstehen, was ihr vorhabt. Euer haariger Freund hätte uns sogar beinahe entdeckt. Wir haben nichts Verdächtiges bemerkt. Im Augenblick seid ihr für uns nur Reisende, die sich verirrt haben. Trotzdem entscheide nicht ich, wie wir uns euch gegenüber zu verhalten haben, sondern der Leiter unseres Camps, der Erhabene Redrem. Redrem ist einiges älter und weiser als ich. Wenn es um die Sicherheit des Camps geht, überlasse ich ihm das letzte Wort.«

Leofold nickte, um zu zeigen, dass er verstanden hatte.

»Mach dir deswegen keine Sorgen«, meinte er und rasselte mit der Kette. Er war sichtlich beruhigter, denn die vernünftigen Worte des Burfenen waren ihm ein Zeichen, dass sie sich in den Händen gutmütiger Leute befanden.

»Ich an deiner Stelle hätte dasselbe getan«, fügte er ehrlich hinzu. »Womöglich noch mehr, sei dir gewiss. Vielen Dank, dass ihr uns das Leben gerettet habt. Wir werden versuchen, uns dafür erkenntlich zu zeigen.«

Koleun nickte. Dann ging er schweigend weiter.

Guorin schleppte sich hinter der Gruppe her. Er hatte eine mürrische Miene aufgesetzt, was aber nicht an den Burfenen lag. Nein, er fühlte sich noch nicht wirklich in Sicherheit. Er fragte sich, was in den Köpfen dieser Wesen vor sich ging, die er zum ersten Mal in seinem Leben sah. Wohl hatten sie ihn und seine Freunde vor einem entsetzlichen Tod bewahrt, aber sie hatten ihnen auch alle Waffen inklusive Gorba abgenommen und Leofold in Ketten gelegt. Der eigentliche Grund für seine innere Aufgewühltheit aber war ein völlig anderer. Als sie in dem Lichtpanzer standen, mit der Gewissheit, bald zu sterben, hatte er Nela seine Gefühle angedeutet. Nun schwirrten ihm jene Sätze im Kopf herum und sorgten dafür, dass er sich wie ein Trottel fühlte. Bestimmt hatte die Zauberin sich über ihn amüsiert und insgeheim über ihn lustig gemacht. Aus Höflichkeit hatte sie es ihm nicht gezeigt, aber er hätte wetten können, dass sie ihn für einen Dummkopf hielt. Ja, so war es, sie hatte aus Mitleid geschwiegen. Kein Zweifel, dass sie im ersten unbeobachteten Moment in lautes Gelächter ausbrechen würde. Stöhnend hob er die Schultern. Und wenn schon? Er wusste selbst, dass er ein Trottel war. Kein Problem, dass auch Nela es erfuhr. Er war ein schwächlicher, feiger und nichtsnutziger Bauer. Der auch noch die Dreistigkeit besaß, sich in eine wunderschöne Perger Zauberin zu verlieben. Warum sollte er sich den Kopf darüber zerbrechen, dass jemand ihn bemitleidete und verspottete, selbst wenn es die geliebte Frau war? Das war doch ganz normal.

Mit einem Mal fühlte er sich beobachtet. Er blickte zwischen den Soldaten hindurch und meinte zu sehen, dass Nela sich hastig wegdrehte. Hatte sie ihn etwa angeschaut? Sein Herz pochte aufgeregt. Dann murrte er in sich hinein: »»Warum sollte sie, du Trottel? Wenn überhaupt, dann nur, um sich zu amüsieren.«

Zornig trat er gegen einen Stein.

»Ob er mich wohl gesehen hat?«, murmelte Nela nervös. Korman fühlte sich angesprochen und wandte sich ihr zu, doch sie war tief in Gedanken versunken. Also ging er einfach weiter. Ihm war ohnehin nicht nach Reden zumute. Noch immer war er in tiefer Trauer um seine Männer, die er dem Sumpf geopfert hatte.

›Er hat mich nicht gesehen, nein, ich habe mich schnell umgedreht, er kann mich nicht gesehen haben‹, dachte die Zauberin. Wütend blickte sie zu Boden und knabberte an ihrer Unterlippe. Zum ersten Mal fühlte sie sich derart schwach. Seit die Burfenen ihnen ein zweites Leben geschenkt hatten, sah sie ihre Umgebung verschwommen, wie eine Betrunkene. Sie fragte sich, ob Guorin das alles wirklich gesagt hatte. Es störte sie nicht einmal, dass ihre Hände gefesselt waren. Das Einzige, was ihr durch den Kopf ging, war das, was Guorin ihr in dem Lichtpanzer zugeflüstert hatte. Im Geiste wiederholte sie seine Sätze, und dabei lief es ihr heiß und kalt über den Rücken: ›Und ich will sterben können, ohne sehen zu müssen, dass du wieder Qualen erleidest.‹

Das waren nicht die tröstenden Worte, die man an eine Kranke richtete. Außerdem wussten alle, dass sie nicht mehr krank war. Der Blick in seinen Augen, als er das sagte, war alles andere als freundschaftlich gewesen. Sie kannte diesen verwundbaren, hilflosen, zärtlichen Blick. Genauso hatten sich Händchen haltend spazierende oder nah beieinander sitzende Paare angesehen, die sie heimlich beboachtet hatte, als sie im Gewand ihres Vaters durchs Dorf gelaufen war. Ihr Vater hatte ihr beigebracht, zu kämpfen, zu zaubern und auf eigenen Füßen zu stehen. Wenn sie aber von diesen Paaren sprach, hatte er immer nur gesagt, dies sei kein Gefühl, das er ihr beibringen könnte; eines Tages, wenn die Götter es erlaubten, müsste sie es selbst kennenlernen.

War jener Tag gekommen? Genau das wusste sie nicht. Und mit etwas konfrontiert zu sein, das sie nicht kannte, flößte ihr große Angst ein.

»Mit der Zeit werde ich mich auch daran gewöhnen«, flüsterte sie bei sich. Seit sie auf der »Durkgador« erwacht war, hatte sie zwei Dinge erlebt: die Angst, dass ihre Kräfte ungeahnte Dimensionen erreicht hatten, und die Bekanntschaft mit einem ganz neuen Gefühl. Sie hatte geglaubt, dass mit dem Ende ihrer Qualen ihr Leben viel leichter werden würde. Aber offenbar hatte sie sich geirrt. Welche Überraschungen wohl noch auf sie warteten?

»Warum haben wir es so eilig?«, fragte Leofold Koleun. Die Warmherzigkeit des Burfenen hatte all seine Sorgen wie weggewischt. Wer immer der Erhabene Redrem auch sein mochte – bestimmt würde er sich auch mit ihm gut verstehen. Zumindest hoffte er, dass jemand, der in der Gegend als *erhaben* bekannt war, begriff, dass sie keine böse Absichten hegten.

»Wir haben die Derokane weit hinter uns gelassen – warum gehen wir nicht ein wenig langsamer?«

Koleun kicherte, als hätte er etwas Lustiges gehört. Leofold fand ihn nur noch kindischer.

»Hast du geglaubt, wir seien vor den Derokanen geflüchtet? Aber nein, die sind doch harmlos. Das Gift, mit dem wir sie bekämpfen können, haben wir bereits vor Jahrzehnten entwickelt. Hast du nicht gesehen, wie schnell wir sie fertiggemacht haben? In den Sümpfen schlummern noch etliche andere Gefahren, aber auf alles sind wir vorbereitet. Sonst hätten uns diese Satansbraten längst ausgerottet. Gegen die Derokane verwenden wir, wie du gesehen hast, das blaue Gift. Das rote setzen wir gegen Udeforen ein, wobei die Udeforen nicht allzu gefährlich sind, manchmal genügt sogar das Schwert. Gegen diese beiden Spezies sind besondere Mischungen notwendig, gegen alle übrigen bekannten Teufel reicht das gelbe Gift. Das müssen wir mit besonderer Vorsicht transportieren, denn im Gegensatz zu dem blauen und dem roten ist es für alle Lebewesen schädlich, sogar für uns. Solange wir diese Gifte bei uns haben, brauchen wir uns vor nichts zu fürchten.«

Er holte tief Luft und erklärte: »Wir beeilen uns, weil es derzeit ein bisschen chaotisch zugeht auf Fuoli.«

Er senkte die Stimme, als ginge es um etwas Geheimes. »Nicht nur ein bisschen, sogar ziemlich chaotisch, aber über die Einzelheiten kann ich im Moment nicht sprechen. Nur so viel: Zwischen den beiden Städten gibt es einige Reibereien. Ich weiß noch nicht, ob ich euch vertrauen kann. Wenn Redrem akzeptiert, euch ins Camp aufzunehmen, können wir uns ausführlich unterhalten. Ehrlich gesagt habe ich auch einige Fragen an euch. Ihr seht aus, als würdet ihr viel herumreisen, und ich habe Fuoli noch nie verlassen. Früher hatten wir hin und wieder Besucher, aber seit geraumer Zeit kommt niemand mehr auf die Insel. Ich möchte wirklich zu gern wissen, was jenseits des Meeres geschieht.«

»Eigentlich geht es auch dort recht chaotisch zu«, murmelte Leofold abwesend. Er dachte an die Animositäten zwischen den Häschern und der Föderation. Und soweit er die Prome kannte, würden sie sich nicht ewig den Repressalien beugen.

»Vielleicht sogar noch chaotischer als hier«, lächelte er vieldeutig.

»Aber wenigstens gibt es dort wunderschöne Städte, ausgedehnte Wälder und strahlend blaue Seen, nicht wahr?«, meinte Koleun beharrlich. »Wenn ich die Gelegenheit hätte, würde ich auf Reisen gehen, um mir alles anzusehen.«

»Jenseits des Meeres gibt es viel zu schauen«, stimmte Leofold ihm zu. »Wenn du das alles sehen könntest, würdest du diese

Schlammwelt keinen einzigen Tag ertragen. Das Leben hier scheint alles andere als einfach zu sein. Ich rede von den Sümpfen und Wesen wie diesen Derokanen.« Er blickte sich um und rümpfte die Nase. »In diesem Dreck kann man nicht einmal vernünftig atmen. Stattdessen könntet ihr euch in einem Land wie beispielsweise Munia ein bequemes Leben aufbauen. Ich habe gehört, dass man Einwanderer dort gut behandelt.«

Koleun verzog das Gesicht und schwieg. Dann schüttelte er den Kopf.

»Ertragen ist nicht der richtige Ausdruck«, widersprach er mit eisiger Stimme. »Und zwar ganz und gar nicht!«

Er atmete tief durch und betonte: »Ich hatte nur von einer Reise gesprochen, Fremder. Von Auswandern war keinerlei Rede. Wir leben nicht hier, weil wir müssen. Wir leben hier, weil es uns gefällt. Gut, hier ist es vielleicht nicht so schön wie in den Ländern jenseits des Meeres, aber Fuoli gehört uns. Es ist *unser* Land. Ich erwarte von dir nicht, dass du das verstehst. Schließlich bist du kein Burfene. Du siehst Fuoli nicht mit meinen Augen.«

Abrupt änderte sich der Tonfall des Kriegers. Es klang nicht mehr nach einer Plauderei mit einem Einzelnen, sondern wie eine Ansprache vor einer Menge.

»Liebt ihr eure Mutter nur, weil sie schön ist? Oder euren Vater nur wegen seiner Stärke? So, wie Fuoli heute aussieht, ist es weder schön noch stark, aber es ist *unser* Land! Aus diesem Schlamm sind wir Burfenen geformt. In diesem Schlamm haben wir unsere Ahnen begraben. Anstatt von hier wegzugehen und sich in fremde Länder zu flüchten, sollte man lieber so lange kämpfen, bis Fuoli ein lebenswerter Ort ist!«

Stumm musterte Leofold den Recken. Ihm war nicht entgangen, dass der junge Mann beim Sprechen die Augen zu Schlitzen geformt hatte. Wahrscheinlich drückte er damit seine Missbilligung aus, ähnlich Menschen, wenn sie die Stirn in Falten legten. Seine Worte beeindruckten Leofold, und er bekam ein schlechtes Gewissen. Auch er hatte seinerzeit nicht wenig für sein geliebtes Kadi geopfert. Aber im selben Maß befremdete ihn auch der veränderte Duktus in

Koleuns Rede. Koleun bemerkte Leofolds Erstaunen und schmunzelte spitzbübisch.

»Ich habe wie ein Erhabener geredet, stimmt's? Du hast recht, das sind nicht meine Worte, sondern die des Erhabenen Redrem. Ich hörte sie ihn vor einer Gruppe sagen, die den Vorschlag gemacht hatte, Fuoli zu verlassen. Du hättest sein Gebrüll hören sollen – es war, als bebte die Erde. Aber ich glaube an all das aus vollem Herzen. Wenn du aus vollem Herzen an etwas glaubst, verkündest du es dann nicht, als wären es deine eigenen Worte?«

Leofold nickte. Er hatte diesen Burfenen sehr ins Herz geschlossen. Und er war immer mehr davon überzeugt, dass es sich lohnte, Redrem kennenzulernen.

Den Rest des Wegs plauderten sie über Gott und die Welt. Stets auf Höflichkeit bedacht, umschiffte Koleun geschickt Leofolds Fangfragen, die er in der Hoffnung stellte, etwas über Fuoli und das Camp in Erfahrung zu bringen. In Phasen, in denen sie schwiegen, sah Leofold sich aufmerksam um und prägte sich die interessanten Wesen ein, die ihm vereinzelt zwischen den Pilzen ins Auge fielen. Wenigstens sparte der Burfene nicht mit Informationen über diese Kreaturen.

»Ein Hoepoh«, erklärte Koleun lächelnd, als Leofold auf das kleine Geschöpf mit den vier Hälsen und Kugelköpfen zeigte. Das Hoepoh war damit beschäftigt, mit allen Mündern am Rumpf eines Pilzes zu knabbern. Während die Kolonne vorbeizog, wandten sich zwei Köpfe vom Pilz ab und inspizierten mit dem jeweils einen Auge die Umgebung. Die beiden anderen Köpfe aber setzten unabhängig von ihnen ihr Mahl fort. Überzeugt, dass keine Gefahr lauerte, kehrten auch die zwei zum Festschmaus zurück.

Nach einer Weile zeigte Koleun auf ein paar Lichter in der Ferne. Leofold begriff, dass sie das Camp erreicht hatten. Wieder überkam ihn Nervosität. Der Recke setzte das Horn an die vollen Lippen und blies drei Töne. Jeder Ton klang anders, was darauf schließen ließ, dass er nicht nur die Rückkehr der Einheit ankündigte, sondern auch eine Nachricht ins Camp schickte. Vielleicht bezüglich der Gäste, die sie mitbrachten. Leofold hätte viel darum gegeben, die

Bedeutung des Signals – zwei Mal kurz, zwei Mal lang – entschlüsseln zu können, mit dem das Camp antwortete.

Endlich war der Marsch zu Ende. Sie traten aus dem Pilzwald und standen vor mehreren großen Zelten, die um einen Platz aus Schlick aufgebaut worden waren. Die Menge auf dem Platz bestand ausnahmslos aus Burfenen. Manche trugen Lanzen oder Schwerter, die meisten aber waren unbewaffnet. Sie waren beinahe lächerlich klein, der Größte gerade einmal so groß wie Guorin. Als Leofold sie betrachtete, fiel ihm etwas Merkwürdiges auf. Dass die Recken, die sie gerettet hatten, junge, ja sogar kindliche Züge aufwiesen, hatte ihn nicht sonderlich irritiert. Es war normal, die Soldaten unter den Jungen auszuwählen. Nun aber stellte er perplex fest, dass beinahe alle Burfenen über die gleichen jugendlichen Gesichtszüge verfügten. Das Einzige, was die Kinder von den Erwachsenen unterschied, war die etwas geringere Körpergröße. Was die Gesichter betraf, fand sich zwischen Kindern und Erwachsenen kaum ein Unterschied. Leofold wunderte es, dass es niemanden gab, den man hätte als alt bezeichen können. Aufgrund der fehlenden Gesichtsbehaarung sahen Männer und Frauen einander ziemlich ähnlich. Alle hatten denselben milchweißen Teint. Die Männer trugen einfache, kragenlose Hemden mit bestickten Ärmeln, die man Guorins Wissen zufolge Kittel nannte. Enge Hosen mit bestickten Säumen schienen ihnen an den Beinen zu kleben. Die Frauen wiederum trugen lange, einteilige Kleider. Leofold suchte nach Details und entdeckte, dass die Gesichter der Frauen etwas rundlicher waren und ihre Augen etwas kleiner. Allzu auffällig waren diese Unterschiede jedoch nicht. Ihre Kleider waren ebenfalls recht eng, weswegen leicht zu erkennen war, dass die Figur der von Menschenfrauen nicht unähnlich war.

Ein Burfene trat aus der Menge und grüßte Koleun mit einem Nicken. Er war eine Handbreit größer als Koleun und etwas fülliger und trug einen schlichten bordeauxfarbenen Umhang. Nachdem der Recke den Gruß erwidert hatte, zeigte er auf die Gefangenen und sagte höflich: »Ich habe Euch ein paar Gäste mitgebracht, Erhabener Redrem. Ich glaube, sie sind Reisende, die sich verirrt haben.

Meines Erachtens benötigen sie Hilfe und Orientierung. Die endgültige Entscheidung liegt selbstverständlich wie stets bei Euch.«

Leofold war ernstlich erstaunt, als er den Burfenen musterte, in dessen Händen ihr Schicksal lag. Koleun hatte den Erhabenen Redrem als wesentlich älteren Herrn bezeichnet. Doch der Mann, der da vor ihm stand, hatte dasselbe kindliche Gesicht. Nun verstand er noch besser, warum man hier jung und alt nicht voneinander unterscheiden konnte. Menschen bekamen graue Haare und Bärte, Prome ergrauten am ganzen Körper und bekamen ernstere Mienen. Das Aussehen der Burfenen aber veränderte sich anscheinend ab einem bestimmten Alter gar nicht mehr. Keine schlechte Eigenschaft, um ehrlich zu sein!

Redrems kräftige Stimme holte Leofold aus seinen Gedanken zurück. Die Arme ausgebreitet, rief der Erhabene aus: »Reisende, willkommen in der Freien Zone!«, und betrachtete seine Gegenüber mit vorsichtig abschätzendem Blick. »Was immer ihr in euren Herzen tragt, werdet ihr in unseren Herzen finden.«

An Koleun gewandt, befahl er ruhig: »Du, komm in mein Zelt«, dann drehte er sich um und verschwand in der Menge.

KAPITEL IX

DER ERHABENE REDREM

»Du bist ein Mann voller Überraschungen, Koleun«, sagte Redrem zu dem Krieger, der ihm mit schelmischem Lächeln zuhörte. »Ich schicke dich los, um in Erfahrung zu bringen, was sich in Anageh so getan hat, und du kommst mit einer Horde Fremder zurück. Wenn es nur Menschen und Prome wären; aber da ist auch noch dieses rindenüberzogene Monster mit den Riesenpranken! Außerdem habt ihr euch um eine Woche verspätet! Welcher Teufel hat dich da geritten, mein Lieber?«

Koleun lächelte noch breiter, um den Erhabenen zu besänftigen.

»Keine Sorge, Herr, wir haben unsere Mission nicht vernachlässigt«, erklärte er und rieb sich dabei den Nacken. »Wir haben uns auf direktem Weg nach Anageh begeben. Wir trafen uns mit unseren Anhängern und informierten uns über die Entwicklungen. Es hieß, die Spannungen in der Stadt nähmen zu, und der Emir hätte die notwendigen Vorbereitungen für den Ritus beinahe beendet. Aus palastnahen Kreisen sei zu vernehmen, der Emir sei diesbezüglich fest entschlossen. Manche Reichen packen ihr Hab und Gut zusammen, um das Land der Sümpfe zu verlassen. Auf der Suche nach einer neuen Heimat sollen sie bereits Gespräche mit befreundeten Kaufleuten in fernen Ländern geführt haben. Angeblich sind manche Meister sogar bereit, als Gegenleistung für das Land, das man ihnen geben wird, das Geheimnis der Glasverarbeitung zu lüften, aber diese Information ist nicht bestätigt. Das ist alles, was wir bislang herausfinden konnten.«

Redrem seufzte mit griesgrämiger Miene, schlug die Fäuste gegeneinander und brummte wütend: »Das ist doch Irrsinn. Siehst du, was diese Gauner uns für Probleme bereiten? Eine Affenschande ist das.«

Müde setzte er sich in seinen Holzstuhl. Den Kopf in die Hände gestützt, schwieg er eine Weile. Hoffnungslos schaute er Koleun wieder ins Gesicht. »Ich habe keine Ahnung, wie wir diesen Wahnsinn unterbinden sollen. Ich muss nachdenken. Es muss einen Weg geben. Vielleicht muss ich alles riskieren und nach Telinos reisen, um mit Jayoferm zu reden. Das wäre allerdings die letzte Option. Und – wer sind diese Fremden, mein Lieber, die du dich ins Camp zu bringen getraust? Was hast du ihnen über uns erzählt?«

Der Krieger war froh über den Themenwechsel. »Nichts, Herr, nichts Weltbewegendes. Wir entdeckten sie auf dem Rückweg und folgten ihnen, um herauszufinden, wer sie sind. Wir wussten, dass Ihr uns erwartet, aber sie gingen direkt auf eines der Derokan-Gebiete zu, und wir mussten in Erfahrung bringen, ob sie das absichtlich taten. Leider war dem nicht so. Wenn wir nicht rechtzeitig eingegriffen hätten, hätte keiner überlebt. Anfangs waren sie ungefähr vierzig und schwer bewaffnet. Deshalb hielten wir uns auch im Hintergrund, bis die Derokane die meisten verschleppt hatten. Wir warteten, bis sie nur noch so wenige waren, dass wir sie gefangen nehmen konnten. Schließlich mussten wir ja auch an uns denken. Ich kam zu dem Schluss, dass sie Reisende sind, die sich verirrt und weder mit Anageh noch mit Telinos etwas zu tun haben. Die Bestie mit den Pranken spricht Pergisch wie wir und ist nicht so gefährlich, wie sie aussieht. Außerdem haben wir sie in Ketten gelegt und somit unschädlich gemacht. Wir hatten keine andere Wahl, als sie hierher zu bringen. Allein hätten sie keinerlei Chancen gehabt. Ich konnte doch nicht zulassen, dass sie vor unseren Augen sterben. Ihr habt uns gelehrt, dass es die Pflicht eines jeden Burfenen ist, denen zu helfen, die unsere Hilfe brauchen. Und daran habe ich mich gehalten.«

Er holte Luft und fügte dann eilig hinzu: »Die endgültige Entscheidung liegt natürlich bei Euch. Wenn es ein Fehler war und diese Leute eine Bedrohung für die Freie Zone darstellen, werden sie unser Camp nicht lebend verlassen. Das schwöre ich Euch im Namen aller Recken.«

Der Erhabene kniff die Augen zusammen und sah Koleun aufmerksam an.

»Hoffen wir, dass du die richtige Entscheidung getroffen hast«, erwiderte er ruhig. »Ich bete darum, dass wir niemandem weh tun müssen. Aber die Sicherheit des Camps geht selbstverständlich vor.«

Er legte die Hände auf die Knie. »Los, hol sie herein und lass uns die Sache erledigen.«

Beim Eintreten staunte Leofold, weil er zum ersten Mal seit Langem festen Boden betrat. Das geräumige Zelt verfügte über einen Boden, der, wie er vermutete, aus Pilzstengeln geflochten war. Darauf lag ein dicker, grüner Teppich, umstellt von Stühlen, Tischen und vier großen Schränken, einer davon mit Glastüren. Die Leuchter auf den Tischen spendeten ausreichend Licht. Die zentrale Zeltstange durchbohrte den Teppich exakt in der Mitte. Vor einer der Eckstangen stand ein breiter Waffenschrank, in dessen Schlitzen Lanzen unterschiedlicher Länge steckten. Die Doppellanzen verfügten über Eisenringe für die Finger zum besseren Greifen. Der große Korb vor dem Waffenschrank war bis an den Rand mit leeren Glaskugeln gefüllt.

Einige Recken hatten das Zelt bereits betreten und sich zu beiden Seiten des Erhabenen Redrem aufgestellt. Koleun stand einige Schritte vor ihnen. Nachdem zum Schluss auch Korman und seine Soldaten hereingekommen waren, betrachtete Redrem die Gefangenen argwöhnisch und dachte bei sich: ›Die Uniformen der Soldaten ähneln denen der Häscher. Was sie wohl mit einem Prom und einem Dämon zu schaffen haben?‹

Er erhob sich, ohne den Blick von Leofold abzuwenden, und trat dicht an ihn heran. Eine Weile betrachtete er Leofolds hässliches Gesicht. Eindringlich musterte er der Reihe nach das spitze Kinn, die schiefen Gesichtszüge, die riesigen Ohren, den grauenerregenden Mund und schließlich die Augen, die neben allem anderen verblüffend menschlich aussahen.

Koleun beunruhigte dieses nahe Beieinanderstehen, aber er traute sich nicht, den Erhabenen zu warnen.

»Ich habe Fuoli nur ein einziges Mal verlassen«, betonte Redrem und klang dabei nicht allzu freundlich. »Aber ich hatte stets viele Besucher. Ich habe Kaufleute kennengelernt, Soldaten, Gelehrte, ja sogar blutrünstige Piraten. Menschen und Prome sind mir nicht fremd, aber du … Du bist völlig anders. Du ähnelst Tshermons verfluchten Monstern. Koleun sagte, dass du Pergisch sprichst, aber meines Erachtens gehörst du nicht nach Perg.«

Leofold sah auf den alten Burfenen hinunter. Dessen Reaktion überraschte ihn nicht.

»Früher gehörte ich hierher«, antwortete er ruhig. »Ich bin in Kadi geboren und aufgewachsen. Den größten Teil meines Lebens war ich Ritter. Doch dann fiel ich einem verfluchten Satan in die Hände. Er malträtierte mich mit Gift, und hier seht Ihr das Resultat. Heute weiß nicht einmal ich selbst, wohin ich gehöre. Doch auch wenn ich wie ein Dämon aussehe, steckt in mir immer noch die Seele jenes jungen Mannes. Von mir habt Ihr nichts zu befürchten. Auch nicht von meinen Freunden. Wir kamen nicht als Feinde hierher. Es gibt nichts, worüber Ihr Euch Sorgen machen müsst.«

Redrem verschränkte die Arme.

»Eine merkwürdige Geschichte«, sagte er leise und zog die brauenlosen Augen zu Schlitzen. »Merkwürdig und traurig zugleich. Wenn sie stimmt, natürlich. Eigentlich kommt mir das Ganze bekannt vor, aber lassen wir das. Diese Dinge passieren also auch außerhalb von Fuoli. Ich *will* dir glauben, Fremder. Aber woher soll ich wissen, dass du die Wahrheit sagst?«

»Du hast leicht reden«, fuhr er nach kurzer Pause fort. »Ich bin nicht nur für mich, sondern auch für diese vielen Burfenen verantwortlich. Ich muss an ihre Sicherheit denken. Die Fremden, die unangekündigt nach Fuoli kamen, brachten meist Tod und Verderben. Entweder waren es flüchtige Räuber oder Abenteurer auf Schatzsuche. Aus welchem Grund habt ihr es gewagt, allein durch diese Sümpfe zu spazieren? Die möglichen Antworten auf diese Frage sind es, die mir Sorge bereiten.«

Er dachte eine Weile nach und sagte dann in aller Deutlichkeit: »Dieses Camp ist ein Ort, den wir geheim halten möchten, Fremde. Seid euch im Klaren, dass wir in diesem Punkt keinerlei Risiko eingehen werden. Euer Leben wäre dafür nur ein geringer Preis.«

Nume verfolgte das Gespräch zwischen Redrem und Leofold und nahm nebenbei die Recken unter die Lupe. Trotz ihrer geringen Körpergröße schienen sie bärenstark zu sein. Gut, dass sie keine Rüstungen trugen; ihre Schwerter allerdings blitzten messerscharf. Auch Nume hatte begriffen, dass die Burfenen zwar alle wie Kinder aussahen, man ihr wahres Alter aber nicht einschätzen konnte. Daher nahm er an, dass sie alle erfahrene Krieger waren. Trotzdem könnten sie einen Befreiungsversuch unternehmen, denn die Recken hatten jene seltsamen Glaskugeln nicht mit ins Zelt gebracht. Wenn jeweils ein Recke auf Korman und seine Männer fiel, dann kämen je drei auf Leofold und ihn selbst. Leofolds Pranken waren zwar immer noch am Rücken zusammengekettet, aber das hinderte ihn nicht daran, seine Beine einzusetzen. Da seine Rinde ihren Schwerthieben standhielt, dürfte er drei Burfenen mühelos zur Strecke bringen. Auch Guorin würde ihnen helfen, wenn es ihm gelänge, ein Schwert in die Finger zu bekommen. Im Geiste berechnete Nume, wie viele Schritte er zum nächsten Tisch bräuchte. Möglich wäre, diesen Tisch zu schnappen und als Waffe einzusetzen, noch bevor die Krieger von ihrem Plan Wind bekamen. Mit dem ersten Schwert, das zu Boden fiel, könnte er Leofolds Kette zerschmettern. Das würde er je nach Situation entscheiden. Schlimmstenfalls könnte er versuchen, zu den Lanzen zu gelangen. Hätten sie erst einmal die Krieger beseitigt, könnten sie diesen Möchtegern von einem Erhabenen gefangen nehmen und von hier verschwinden. Ja, einen Versuch wäre es wert.

Die Berührung einer zarten Schulter an seinem Arm riss ihn aus seinen Gedanken. Es war Nela, die ihn mit furchtsamen Augen ansah. Die junge Frau ahnte, was der riesige Prom vorhatte, und wollte ihn rechtzeitig auf weitere Burfenen am Zelteingang hinweisen. Nume blickte sich um und sah vier Krieger, die sie aufmerksam beobachteten, jene giftgefüllten Kugeln in ihren Händen. Sofort verwarf er seinen Plan und stieß einen hilflosen Fluch aus.

Leofold betrachtete Korman aus dem Augenwinkel. Der junge Kapitän war zwar neben ihn getreten, schien sich aber mit Zuhören zu begnügen. Keine schlechte Entscheidung eigentlich. Sie waren nunmehr in der Mehrheit; warum sollte Leofold da nicht wie früher die Führungsverantwortung übernehmen? Zudem hatte er nicht direkt etwas mit dem Grund für ihre Anwesenheit auf der Insel zu tun. Da er wusste, dass Nume nicht erpicht auf solche Gespräche war, und Guorin und Nela ohnehin abwesend wirkten, beschloss er, Redrems Frage selbst zu beantworten.

»Wir suchen jemanden«, sagte er so vertrauenerweckend wie möglich. »Wir sind weder hinter einem Schatz her noch fliehen wir vor dem Gesetz. Wir versuchen nur, einen Mann zu finden. Wir bringen ihm ein wichtiges Geschenk eines Freundes. Der Mann heißt Olmen. Wir wissen nicht allzu viel über ihn, aber ich glaube, er ist ein Mensch. Wir haben euch Burfenen gesucht, um zu erfahren, ob sich hier im Land der Sümpfe ein Mensch niedergelassen hat. Aber dann tauchten diese verdammten Kreaturen vor uns auf. Wir haben die meisten unserer Freunde verloren, nicht aber unsere Hoffnung. Wir haben immer wieder gehört, dass die Burfenen tugendhaft und liebenswürdig sind. Wir glauben fest daran, dass Ihr uns den Weg weisen und uns helfen werdet, diesen Mann zu finden. Die Geheimhaltung eures Camps ist unsere Ehrenpflicht. Wir sind ehrenwerte Leute. Nur um unser Versprechen einzuhalten, haben wir uns in diese Sumpfwelt begeben. Wir nehmen bereitwillig auch den Tod in Kauf, falls das notwendig ist, um das Geheimnis unserer Lebensretter zu hüten.«

Nachdem Leofold seine Ansprache beendet hatte, blickte er Redrem erwartungsvoll ins kindliche Gesicht. Der Erhabene schien verblüfft und beeindruckt zugleich. Gut so. Allerdings etwas *zu* verblüfft und *zu* beeindruckt. Seine Augen waren weit aufgerissen, die Lippen standen offen, als hätte er glattweg vergessen, was er sagen wollte. Er atmete schnell und versuchte, die Fassung wiederzugewinnen. Schließlich schluckte der alte Burfene mühevoll. »Um der Mächte der Vorzeit willen … Höre ich da Stimmen aus dem Jenseits, oder hat diese Bestie gesagt, dass sie jemanden namens Olmen sucht?«

Koleun, der nicht begriff, worum es ging, machte einen Schritt nach vorne. Er beugte sich an das Ohr des Erhabenen und flüsterte: »So ist es, Herr. Aber wer ist dieser Olmen?«

Redrem hatte sich wieder gefasst. Er ließ die Frage des Kriegers unbeantwortet im Raum stehen und trat dicht an Leofold heran.

»Und welches Geschenk habt ihr ihm mitgebracht, Fremder?«, fragte er misstrauisch und sah ihn von unten an. In seinem Blick lag ein seltsamer Hoffnungsschimmer. »Nehmen wir an, Olmen wäre mein Freund, dann sollte es mich doch interessieren, ob ihr eine Bedrohung für ihn darstellt, oder?«

Leofold wusste nicht, was er darauf antworten sollte. Genau in dem Moment ertönte im Zelt eine entschlossene Stimme, die bis dahin geschwiegen hatte.

»Das hier!«

Alle sahen in die Richtung, aus der sie herüberklang. Guorin war aus der Menge herausgetreten und stand dort, die linke Hand nach Redrem ausgestreckt. Den Handschuh hielt er zusammengeballt in seiner Rechten.

»Der, der uns das gab, sagte zwar, wir sollten es vor neugierigen Augen schützen. Aber wenn wir von euch erwarten, dass ihr uns vertraut, müssen wir zuerst euch vertrauen. Das ist es, was wir Olmen mitgebracht haben. Was immer es sein mag ...«

Nume hielt den Atem an. Er bezweifelte stark, ob Guorin richtig gehandelt hatte. Sollte dieser Möchtegern-Erhabene etwas über Merderans Vermächtnis wissen, könnte er es mit Gewalt an sich zu reißen versuchen. Nicht umsonst hatte Merderan dieses *Was immer es auch sein mag* als den wertvollsten Schatz in ganz Perg bezeichnet. Dann aber dachte er gleichmütig, dass ihr Schicksal ohnehin in den Händen des Erhabenen lag und sie, sollte er böse Absichten hegen, dieses Zelt keinesfalls lebend verlassen würden.

Redrem war kreidebleich geworden. Seine Miene war mit Worten nicht zu beschreiben.

»Koleun«, flüsterte er kaum hörbar. »Nimm deine Krieger und lass mich mit unseren Gästen allein. Ihr könnt vor dem Zelt warten.«

Der Recke wollte schon widersprechen, da ließ ihn die entschlossene Stimme des Erhabenen zusammenzucken.

»Und zwar sofort!«

Während Koleun und seine Männer verwundert das Zelt verließen, warfen die anderen einander ähnlich erstaunte Blicke zu. Selbst Nela hatte unter dem Eindruck der unerwarteten Ereignisse ihrer inneren Welt den Rücken gekehrt und war nun wieder ganz in Fuoli. Offensichtlich hatte der Erhabene etwas zu Merderans Vermächtnis zu sagen. Außerdem schien, für sie alle unerklärlich, sein Misstrauen wie verflogen.

Als auch der letzte Krieger hinausgegangen war, zeigte Redrem auf die herumstehenden Stühle und bat sie, Platz zu nehmen. Sein Ton war herzlich, als würden sie einander schon ewig kennen.

»Ich verstehe euer Staunen«, sagte der Erhabene lächelnd. »Um der Mächte der Vorzeit willen, ich bin mindestens genauso erstaunt wie ihr. Ich hatte die Hoffnung auf diesen Moment längst aufgegeben! Ich habe Olmen zwar vertraut, aber es ist so viel Zeit vergangen. Wie dem auch sei – ihr werdet mich verstehen, wenn ich euch die Geschichte erzählt habe.«

Er legte sich die Hände auf den kahlen Schädel und schüttelte den Kopf. Er blickte drein, als würde jemand vor ihm sitzen, den er tot geglaubt hatte. »Um der Mächte der Vorzeit willen … Ich habe so lange auf euch gewartet. Ich bin mir sicher, dass er es ist. Anders ist es nicht zu erklären. Ich hatte allerdings nicht erwartet, dass unser Zusammentreffen sich so gestalten würde. Die Wege der Mächte der Vorzeit sind unergründlich!«

Der Erhabene verstummte und ließ seinen Blick über seine Gäste schweifen. Nachdem er sich ein wenig beruhigt hatte, lächelte er wieder.

»Ihr habt kein Wort von dem verstanden, was ich gesagt habe, stimmt's? Ihr habt recht, ich habe ein wenig die Contenance verloren. Ich muss wohl ganz von vorne anfangen.«

Schnell ging er zu dem Glasschrank, nahm aus einem Beutel, den er am Hals trug, einen Schlüssel, öffnete damit die Tür, nahm ein zerschlissenes Pergament heraus und studierte es eine Weile. Korman entging nicht, wie behutsam der Erhabene das Pergament in Händen hielt. Die gleiche Sorgfalt ließ er selbst walten, jedes Mal, wenn er Oregtorns Karte anfasste. Es musste sich um ein sehr wertvolles Pergament handeln, das keinesfalls beschädigt werden durfte.

Redrem wirkte aufgekratzt, als er sich wieder zu ihnen gesellte.

»Ja, nun habe ich keinerlei Zweifel mehr«, murmelte er. »Ich hatte es mir eingeprägt. Bis ins letzte Detail. Kein Irrtum möglich. Und jetzt sehe ich es mit meinen eigenen Augen.«

Er hielt das entrollte Pergament in die Höhe und schwenkte es nach rechts und links, damit alle es sehen konnten. Dann ruhten alle Augen auf Guorin. Der betrachtete geistesabwesend die Linien in seiner Hand.

»Haargenau gleich«, bestätigte er verblüfft.

»Ich hatte keinen Zweifel«, erwiderte Redrem mit einem Nicken.

»Und was bedeutet das?«, fragte Leofold und fixierte den Erhabenen erwartungsvoll. Der alte Burfene legte das Pergament auf den hinter ihm stehenden Tisch und antwortete aufgeregt: »Olmen hat einen großen Beitrag zum Überleben dieses Camps geleistet. Er ist ein sehr, sehr kostbarer Freund. Bei seinem ersten Besuch gab er mir dieses Pergament mit den Worten, eines Tages würde mich jemand mit denselben Linien in der Hand aufsuchen und nach ihm fragen. Höchstwahrscheinlich wäre dieser Jemand ahnungslos, worum es sich dabei handelte. Beauftragt sei er von den Mächten der Vorzeit, und auch das Treffen mit mir würde von diesen eingefädelt werden. Olmen nahm mir das Versprechen ab, diesen Jemand wie meinen besten Freund zu behandeln und ihm jedwede Unterstützung zu gewähren. Was das Muster auf dem Pergament bedeutete, verriet er mir nicht, das bräuchte ich nicht zu wissen. Ich sollte nur dafür sorgen, dass es bei ihm ankomme. Es macht mich unendlich glücklich, diesem Menschen, dem ich mehr schulde als mein Leben, das zu bringen, worauf er so lange gewartet hat. Und den Mächten der Vorzeit zu dienen, natürlich! Ich bin euch so dankbar, dass ihr gekommen seid!«

»Befindet er sich hier im Camp?«, fragte Guorin voller Hoffnung. Je früher er diese in sein Fleisch eintätowierten Linien los wäre, desto besser würde es ihm gehen. Redrems Antwort kam sofort und machte Guorins Hoffnungen zunichte. »Nein, er ist nicht hier. Er weilt nicht einmal auf Fuoli. Aber er kommt regelmäßig bei uns vorbei. Bis zu seinem Besuch können wir euch im Camp beherbergen. Das nächste Mal kommt er, glaube ich …«

Der Erhabene verstummte abrupt. Wieder wurde er kreidebleich.

»Um der Mächte der Vorzeit willen«, murmelte er, dann schlurfte er rückwärts zu seinem Stuhl und ließ sich hineinfallen. »Bis zu seinem nächsten Besuch sind es noch zwei Wochen. Das könnte für uns alle zu spät sein!«

KAPITEL X

DIE GEHEIMNISSE VON FUOLİ

»Ich verstehe eure Verwirrung. Aber Fuoli hat sich in letzter Zeit wirklich in ein Chaos verwandelt. Wenn ihr mir erlaubt, euch alles von Anfang an zu erzählen, werdet ihr mich bestimmt besser verstehen können.

Vor allem solltet ihr eines wissen; Wir Burfenen leben normalerweise nicht in solchen Zelten. Ganz im Gegenteil – wir sind sehr auf unsere Bequemlichkeit bedacht. Unser Volk verteilt sich auf zwei Städte, Anageh und Telinos. Sie sind größer und schöner als viele Orte in fernen Ländern wie zum Beispiel Durs. Regiert werden sie jeweils von einem Emir, der alle Machtbefugnisse auf sich vereint. Bei uns geht das Emirat vom Vater auf den Sohn über. Ich glaube, das gilt auch für eure Lords und Khane. Dieser Tradition sind wir stark verbunden und haben trotz zahlreicher Angebote den Beitritt zur Föderation abgelehnt. Mit der Idee, uns der Führung von Repräsentanten zu unterwerfen, konnten wir uns einfach nicht anfreunden.

Wir Burfenen orientieren uns an unserem Glauben und unseren Traditionen. Vor vielen, vielen Jahren glaubten wir an die Mächte der Vorzeit. Damals wurde Fuoli mit Gerechtigkeit und Liebe gelenkt und war ein Ort, an dem es sich zu leben lohnte. Sogar diese stinkenden Sümpfe waren in unseren Augen schön. Da aber Machthaber wie Hiver einer nach dem anderen die Position von Göttern einnahmen, waren wir nicht mehr imstande, uns vor dieser Krankheit zu schützen, die über ganz Perg hereinbrach. So kam es, dass bei Ausbruch des Kriegs der Götter die Städte an verschiedenen Fronten kämpften. Das Volk von Anageh stellte sich auf die Seite des Himmelsgotts Dermense. Telinos wiederum schloss sich den Armeen des Meeresgotts Junderan an. Fuoli und die Burfenen schienen auf ewig geteilt.

Es war ein langer Krieg mit großen Verlusten. Je mehr die Völker von Anagehs und Telinos einander umbrachten, desto intensiver wurde die Feindschaft. Selbst als der Kriegsgott Tshermon die Übermacht an allen Fronten verkündete, kam es in Fuoli zu keiner Einigung. Nachdem der Gott der Unschuld, Asret, Tshermon vernichtet hatte, flammte die Schlacht mit neuer Hoffnung auf. Ohne den Kriegsgott schien die Wahrscheinlichkeit größer, dass einer ihrer eigenen Götter die Vorherrschaft übernahm. Der ganze Irrsinn fand erst ein Ende, als alle Götter Perg den Rücken kehrten. Diese unvorhergesehene Entwicklung führten ihre Anhänger auf die Opferbereitschaft der Götter zurück, die Perg vor einem Krieg bewahren wollten. Die wenigen wie ich, die auch weiterhin an die Mächte der Vorzeit glaubten, denken, dass sie aus Perg verbannt wurden.

Wie auch immer – bei Kriegsende schien es kaum möglich, das Eis zwischen den beiden Städten zu brechen. Das Volk von Anageh akzeptierte seinen eigenen Emir als einzigen Vetreter Dermenses auf Fuoli und schützte damit seine Kinder vor dem Sturz in ein Glaubensvakuum. Telinos tat das Gleiche für Junderan. Männer, die bis dato den Titel eines Emirs innegehabt hatten, fanden sich plötzlich in der Position von Gottesvertretern wieder. Und wenn man ehrlich sein will – sie hatten keine Mühe, sich damit zu identifizieren.

Die Jahrhunderte zogen ins Land. Mit dem Emirat ging nun auch die Vertreterschaft des Gottes vom Vater auf den Sohn über. Zur Vermeidung eines Bruderzwists trennten sich die Emire nach der Geburt des ersten Sohns von ihren Gattinnen und rührten fortan nie mehr eine Frau an. Die Thronfolger wussten nicht, wer ihre Mütter waren. Wenn sie keine Bekanntschaft mit der Mutterliebe machten, so glaubte man, würden sie stärkere Persönlichkeiten entwickeln. Ihre Erziehung übernahmen Frauen, die ihr ganzes Leben im Palast verbracht hatten und nur für diese Aufgabe ausgebildet worden waren. Sollte ein Emir sterben, bevor er Vater eines Sohnes wurde, sollte sein Nachfolger aus den Abgeordneten des Stadtrats gewählt werden Doch dazu kam es nie. Bis zum heutigen Tag wurde das Emirat in beiden Städten stets vom Vater an den Sohn übergeben. Die Erben der Vertreterschaft des Gottes wurden mit

Sorgfalt erzogen und von den größten Weisen und Erhabenen ausgebildet. Man lehrte sie, ihre Herzen einzig und allein ihrem Gott anzuvertrauen. Eine solche Lehre war für das Funktionieren der Ordnung vielleicht unumgänglich, führte mit der Zeit allerdings auch zur Anwendung gewaltnaher Methoden.

In jeder Gesellschaft tauchen gelegentlich Personen auf, die den bestehenden Glauben in Frage stellen. In Anageh und Telinos war es nicht anders. Manche zweifelten daran, dass es richtig war, den eigenen Glauben an den Geburtsort zu binden. Andere wiederum waren beseelt von dem Wunsch, ihren Familien und der Gesellschaft zuwiderzuhandeln. Und wieder andere lehnten Götter und irgendeine Glaubenszugehörigkeit schlichtweg ab. Manche taten dies aus Überzeugung, manche nur aus dem Impuls, aus der Herde auszubrechen. In Anageh waren heimliche Anhänger Junderans zu beobachten und in Telinos Verfechter der Lehren Dermenses. Mit deren steigender Zahl wuchs auch die Unruhe in den Städten. Am unangenehmsten war das natürlich für die Emire, die ihren Göttern aufs Innigste verbunden waren.

Nach dem Krieg wurden Reisen zwischen den Städten untersagt. Auch ein Umzug in die jeweils andere Stadt war nicht möglich. Bei Bedarf legten die Vertreter der beiden Städte einen Treffpunkt fest, um sogar ihre Zusammenkünfte an einem neutralen Ort abzuhalten. Angesichts dieser Situation war fraglich, was man mit denen machen sollte, die in der einen Stadt geboren, aber dem Glauben der anderen Stadt verbunden waren. In ihrer Heimatstadt waren sie nicht geliebt und wurden ausgeschlossen, in der anderen Stadt wurden sie nicht akzeptiert. Sie saßen zwischen den Stühlen.

So war die Lage in meiner Jugend. Ich gehörte zu den wenigen, die an die Mächte der Vorzeit glaubten. Niemand kam uns in die Quere, weil man unseren Glauben für rückständig hielt und uns nicht ernst nahm und weil es uns gelungen war, im Krieg neutral zu bleiben. Manchmal gestattete man uns, die andere Stadt zu besuchen, auch wenn es nicht gern gesehen wurde. Ich litt Höllenqualen, wenn ich mitansehen musste, wie Unschuldige wegen ihres Glaubens und ihrer Überzeugungen misshandelt wurden. Ich dachte, man müsse etwas unternehmen. Doch weder das Volk noch die Emire schenkten mir Gehör. Deshalb kam ich auf die Idee, mit Unterstützung einiger Freunde, mit denen wir uns heimlich trafen, ein Camp zu errichten, in dem jeder Glaube respektiert und frei ausgeübt werden sollte. Als ich dazu bei Jayoferm, dem Emir meiner Stadt Telinos, um Genehmigung bat, stieß ich auf heftige Ablehnung. Allein an einen solchen Ort zu denken hielt Jayoferm für höchst gefährlich. Er war der Meinung, dass so etwas abweichenden Glaubensrichtungen und Tendenzen Tür und Tor öffnen würde. Ich diskutierte nicht mit ihm, denn irgendwie hatte er auch recht.

Mit Poreturn, dem Emir Anagehs, habe ich nicht einmal zu sprechen versucht. Poreturn war bekanntermaßen ein viel härterer Emir als Jayoferm. Ich hörte oft, dass er mit großer Gewalt gegen Andersdenkende vorging. Die Chance, dass meine Idee, die in Telinos abgelehnt wurde, in Anageh auf offene Ohren stoßen würde, war doch sehr gering. Aber ich war wild entschlossen, dieses Camp zu verwirklichen, auch ohne die Erlaubnis oder Unterstützung der Emire. Natürlich wusste ich, dass ich mich damit in die Nesseln setzte. Aber es quälte mich, einfach untätig dazusitzen.

In Gesprächen sicherte ich mir die Unterstützung einiger mächtiger Leute, die zwar ihrem eigenen Glauben treu verbunden, aber bereit waren, auch anderen Glaubensrichtungen eine Existenzberechtigung zuzubilligen. Zwar wollten sie sich unserem Camp nicht anschließen, aber uns materiell unter die Arme greifen. Sie besorgten uns Zelte und andere Bedarfsgüter. Wir nannten unser Camp ›Freie Zone‹, denn das Gefühl, das uns verband, war der Respekt vor der Freiheit. Ob man an Dermense, Junderan oder die Mächte der Vorzeit glaubte oder jeglichen Glauben ablehnte – jeder, der Andersdenkende respektierte, war willkommen. Anfangs kamen nur wenige. Doch je mehr sich die Existenz der Freien Zone herumsprach, desto mehr stießen zu uns. Einer nach dem anderen kamen sie und verzichteten für die Freiheit auf den Komfort des Stadtlebens. Nicht nur Andersgläubige waren darunter, sondern auch Burfenen, die aus Unzufriedenheit über die Entscheidungen der Emire den Anschluss an die Föderation befürworteten, oder solche, die dem Emir zwar treu ergeben waren, ihn aber nicht als Gottesvertreter akzeptierten – sprich: alle, die zu Themen, deren Diskussion in den Städten verboten war, eine unterschiedliche Auffassung hatten. Aus Anageh kamen nicht weniger als aus meiner Stadt. Inzwischen waren wir mehrere Hundert.

Anfangs nahmen die Emire uns nicht ernst. Sie hielten das Ganze für eine vorübergehende Laune und meinten, dass wir inmitten der Sümpfe nicht lange überleben könnten und früher oder später reuig in unsere Städte zurückkehren würden. Unsere Anhänger betitelten sie abfällig als hitzige Jugendliche. Als sie einsehen mussten, dass sie sich geirrt hatten, drehten sie völlig durch und beschlossen, uns zu vernichten, bevor wir eine ernstzunehmende Kraft darstellten. Das wäre ein Leichtes für sie gewesen. Wäre da nicht Olmen rechtzeitig aufgetaucht.

Olmen war der erste Mensch, den ich kennenlernte. Ich wusste nicht, woher er kam und was er vorhatte. Offen gestanden weiß ich es immer noch nicht. Anfangs war ich ihm gegenüber misstrauisch, doch als er mir einen Haufen Diamanten vor die Füße kippte, nahm ich mir trotz meiner Zweifel vor, gut mit ihm auszukommen. Denn damals war das, was ich am notwendigsten brauchte, materielle Unterstützung. Die meisten unserer Freunde in den Städten hatten aus Angst vor dem Zorn der Emire den Kontakt zu uns abgebrochen. Der wenige Proviant, den man uns schickte, machte die wachsende Bevölkerung nicht mehr satt. Manchmal muss ein Burfene für seine Ideale etwas entgegen seiner Überzeugung tun. So begann meine Beziehung zu Olmen.

Olmen schloss ein Abkommen mit uns. Ein seltsames Abkommen, um ehrlich zu sein. Wir sollten Kontakt zu den Seeräubern aufnehmen und den Verkauf von lebensgefährlich verletzten oder todkranken Sklaven an ihn vermitteln. Dafür würde er uns bei jedem Besuch eine Handvoll Diamanten zahlen. Obwohl es mir schwerfiel, mit Leuten wie Pertub zu tun haben zu müssen, stimmte ich dem Abkommen zu. Denn wie gesagt, wir brauchten die Diamanten. Gleichzeitig gab Olmen mir dieses Pergament und nahm mir den Schwur ab, mit niemandem darüber zu reden.

Olmen hielt sein Versprechen. Er nahm die kranken und verwundeten Sklaven und zahlte mit Diamanten. Ich weiß weder, was er mit den Sklaven anstellte, noch wo er die Diamanten her hatte, aber ich war nicht in der Position, danach zu fragen. Denn ohne Olmen hätte das Camp nicht überlebt. Die Diamanten verwendeten wir einerseits, um mittels unserer Unterstützer das Camp zu versorgen, und andererseits, und das war noch wichtiger, um der Gefolgschaft der Emire Schmiergeld zu zahlen. Wann immer sich eine Einheit aus Anageh oder Telinos auf den Weg machte, um die Freie Zone zu finden und zu zerstören, erfuhren wir stets früh genug davon, um das Camp verlegen zu können. Das Bestechungssystem funktionierte wirklich hervorragend, und zwar so gut, dass nicht einmal von den Vier Inseln herbeorderte Zauberer uns finden konnten. Nur so ist es uns gelungen, den Ort geheimzuhalten. Wir hatten nicht einmal Probleme, als der Krieg gegen Asuber zu Ende war, die Föderation die meisten Piraten vernichtet hatte und dementsprechend auch die Anzahl der Sklaven zurückging, mit denen wir Olmen hätten versorgen können. Olmen hatte uns nämlich bei jedem seiner Besuche dem Pergament und der erwarteten Person zuliebe genügend Diamanten zur Erhaltung des Camps gezahlt. Später erfuhr ich dann, dass jene Person von den Mächten der Vorzeit beauftragt worden war, was all meine Zweifel an dem Abkommen beseitigte.«

Redrem verstummte. Er musste Luft holen. Die Erinnerung an die Vergangenheit hatte ihn erschöpft. Er sah, wie beeindruckt seine Gäste von seiner Geschichte waren. Alle starrten ihn an. Er erhob sich, ging an einen der Tische und nahm einige Schlucke Wasser aus dem Trinkbecher. Als er zu seinem Stuhl zurückkehrte, schien er wieder bei Kräften.

Tatsächlich waren alle tief beeindruckt vom Geheimnis des Camps. Vor allem Nume. Denn auch er war ausgesprochen freiheitsliebend. Der Schmerz, seine Rasse als Sklaven von Kaufleuten zu sehen, war immer noch frisch. In Numes Blick lag auch eine Spur Scham, weil er diesen opferbereiten Mann für einen Möchtegern-Erhabenen gehalten hatte. Wenn seine Taten nicht genügten, um ihn erhaben zu nennen, was dann?

»Lass mich dir meinen Respekt für das Camp aussprechen und für das, was du getan hast, alter Mann«, betonte der riesige Prom. »Dir ist etwas Großartiges gelungen. Ihr Burfenen scheint ein wenig verrückt zu sein. Nein, ganz schön verrückt sogar. Trotzdem habt ihr mit dem, was ihr mit der Freien Zone erreichen wolltet, meinen vollen Respekt.«

»Haltet ihr dieses Abkommen denn vor allen geheim?«, fragte Nela und hob die Augenbrauen. »Hast du deshalb die Krieger hinausgeschickt?«

Redrem reagierte mit einem Lächeln und nickte.

»Das war eine von Olmens Bedingungen«, sagte er widerstrebend. »Ich bin kein Freund von Heimlichkeiten, aber Olmen bestand darauf. Wir treffen uns immer fernab der Augen anderer. Er spricht mit niemandem außer mir. Und wenn er mit mir spricht, sitzt er immer wie auf heißen Kohlen. Er hat Angst, dass ihm etwas herausrutschen könnte.« Er verengte die Augen zu Schlitzen, sein Blick schweifte ab. »Ich muss zugeben, unser Freund ist ein geheimnisvoller Mann«, meinte er nachdenklich. Nach einer Pause fuhr er mit kräftigerer Stimme fort.

»Bis vor Kurzem ging das Leben auf Fuoli seinen üblichen Gang. Niemand erwartete große Veränderungen. Doch eines Tages wurde die Insel von einer unerwarteten Nachricht erschüttert. Erogmet, der Sohn des Emirs von Anageh, hieß es, sei von Recken aus Telinos entführt worden. Man erzählte, der junge Thronfolger sei unterwegs gewesen, um mit einer Telinoser Delegation über ein Handelsabkommen mit fernen Ländern zu verhandeln. Er war nur in Begleitung seiner Schutztruppe. Als sie am üblichen Treffpunkt ankamen, war noch niemand dort, also bauten sie ihr Lager auf. Während sie auf die Telinoser warteten, wurden sie von einer aus dem Wald hervorstürmenden Bande überrumpelt. Die Leibgarde tat alles, um den Sohn des Emirs zu beschützen, doch die Angreifer waren in der Überzahl. Ein Schutzoffizier nach dem anderen sprang über die Klinge. Erogmet wurde in Ketten gelegt und gewaltsam verschleppt.

All das berichtete einer der Krieger, den die Angreifer für tot gehalten hatten, dem aber, wenn auch schwer verletzt, die Rückkehr nach Anageh gelang. Ihm zufolge hatten die angreifenden Burfenen Telinoser Kittel getragen. Jayoferm wies die Anschuldigungen aufs Schärfste zurück. Er stritt ab, von einem solchen Treffen gewusst zu haben und dass die Attacke auf das Konto seiner Recken ginge. Vielmehr behauptete er, das Ganze sei eine Verschwörung, das Werk böswilliger Kräfte, mit dem Ziel, die beiden Städte gegeneinander aufzubringen. Ich weiß nicht, ob er recht hatte. Tatsache war: Mysteriöse Leute hatten Erogmet entführt.

Auch in den Sümpfen wurde intensiv nach ihm gesucht. Währenddessen waren wir ständig in Bewegung, um nicht zufällig entdeckt zu werden. Das waren schlimme Tage. Als wir irgendwo rasteten, erhielten wir neueste Nachrichten von unseren Unterstützern. Es gab keinerlei Spur von Erogmet, und Poreturn genügte Jayoferms Rechtfertigung nicht. Poreturn hat die hundertneunzig überschritten, er steht gewissermaßen mit einem Bein im Grab. Er hielt das Ganze für eine Falle, denn Jayoferm wusste ja, dass er in dem Alter niemals noch einmal Vater eines Sohnes werden konnte. Falls Erogmet nicht wieder auftauchte, würde Anageh zum ersten Mal nach dem Ableben eines Emirs nicht von jemandem aus dem Geschlecht der Vertreter des Himmelsgottes regiert werden, sondern von einer vom Stadtrat gewählten Marionette. Niemals wäre das Volk jener Marionette derart verbunden wie dem wahren Gottesvertreter, der Glaube in Anageh wäre ernsthaft erschüttert. Danach würde Jayoferm erklären, dass sich Erogmet, der wahre Gottesvertreter, in Telinos aufhielte, und somit die Bevölkerung von Anageh spalten. Poreturn war überzeugt, dass hinter allem ein heimtückischer Plan steckte. Er behauptete, seine Spione hätten ihm hinreichende Beweise geliefert. Welcher Art diese Beweise waren, wurde nicht erörtert, aber es ziemte sich auch nicht, den Gottesvertreter in Frage zu stellen.

Poreturn forderte von Jayoferm die Herausgabe seines Sohns an seine Recken und die öffentliche Hinrichtung der Entführer in seiner Anwesenheit. Sollte man seiner Forderung nicht nachkommen, gälte das für ihn als Kriegserklärung. Jayoferm beteuerte, nichts mit der Sache zu tun zu haben, weswegen ein solches Begehr einfach absurd sei. Doch der Emir von Anageh glaubte ihm nicht. Er gewährte

Telinos eine Bedenkzeit von einem Monat. Gleichzeitig begann er zügig mit Kriegsvorbereitungen.

Bis zu dem scheinbar unabwendbaren Krieg sind es noch zehn Tage. Sollte nicht in letzter Minute etwas Unvorhergesehenes passieren, wird Olmen bei seiner Ankunft in Fuoli höchstwahrscheinlich keinen Stein mehr auf dem anderen vorfinden. Weder die Städte noch die Freie Zone können einen solchen Krieg überleben. Anstatt zu warten wäre es vernünftiger, wenn ihr so schnell wie möglich von hier verschwindet. Ihr könnt versuchen, Olmen später andernorts wieder zu finden.«

Nachdem Redrem verstummt war, herrschte langes Schweigen im Zelt. Die Geschichte hatte alle ins Nachdenken gebracht. Eine Zeit lang sagte niemand ein Wort. Dann fragte Leofold mit Sorge in der Stimme: »Aber warum sollen wir von hier verschwinden, Redrem? Findet der Krieg nicht zwischen den beiden Städten statt? Natürlich ist das schrecklich, und es wird viele unschuldige Opfer geben, aber warum sollte dein Camp davon betroffen sein?«

Redrem stöhnte verdrossen.

»Ich habe euch noch nicht von dem Ritus erzählt, oder?«, antwortete er mit einer Gegenfrage. »Nein, habe ich nicht. Eigentlich gibt es einen Grund, warum man die Emire Gottesvertreter nennt. Die Götter gaben ihnen spezielle Kräfte, die sie im Krieg als letztes Mittel einsetzen sollten. Kräfte, die an einen komplizierten Ritus gebunden sind. Wenn die Emire ihren Ritus buchstabengemäß durchführen, werden an geheimen Orten schlummernde Giganten geweckt, die nicht ruhen, bis sie alle Andersgläubigen getötet haben. Da beide Emire über solche Kräfte verfügen, hat bislang niemand einen solchen Wahnsinn riskiert. In den Kriegen kam diese Methode kein einziges Mal zum Einsatz. Stets entschied man sich in letzter Sekunde dagegen. Meinen Informationen zufolge soll Poreturn allerdings mit den notwendigen Vorbereitungen begonnen haben. Vielleicht ist es nur eine Finte, aber wer weiß? Falls Poreturn in zehn Tagen die Krieger des Himmelsgottes weckt, wird Jayoferm seinerseits mit den Kriegern des Meeresgottes antworten. Dann wird es auf Fuoli ein wahres Massaker geben. Weder die Städte noch die

Freie Zone können diesem Schicksal entrinnen. Ich habe gehört, wie grausam diese Krieger sind.«

Guorin sprang auf die Füße.

»Das ist Irrsinn!«, protestierte er laut. Er schien völlig außer sich. Seine Augenbrauen zuckten vor Zorn. »Kann denn niemand die Emire aufhalten? Werden die Burfenen in den Städten tatenlos zusehen?«

Ratlos schüttelte Redrem den Kopf.

»Du kennst die Burfenen nicht, junger Mann«, erwiderte er müde. »Meine Rasse scheut sich nicht davor, für ihren Glauben zu sterben. Manchmal ist das gut, aber manchmal, wenn sie fehlgeleitet werden, ist das Resultat entsetzlich. Im Moment lässt sich nicht bestreiten, dass sie fehlgeleitet sind. Für das Volk sind die Emire gleichbedeutend mit dem Gott, und niemand wird sich ihnen in den Weg stellen. Ich würde es versuchen, aber ich glaube nicht, dass meine Kraft ausreicht. Mich betrachten sie aufgrund der Freien Zone ohnehin als Feind und Verräter. Sie werden mir kaum zuhören. Wenn nicht ein Wunder geschieht und der verschwundene Junge wieder auftaucht und wenn Poreturn nicht blufft, sind das, das sage ich euch, die letzten Tage von Fuoli.«

»Falls der Junge wirklich in Telinos festgehalten wird«, warf Nela ein, »lassen sie ihn vielleicht frei, wenn sie merken, wie ernst die Lage ist. Das wäre doch möglich, oder?«

Die Zauberin klang betrübt. Die Geschichte nahm sie gehörig mit. Das Gefühl, Teil einer größeren Sache zu sein, besänftigte die Stürme, die Guorin in ihrer Seele entfacht hatte, und ermöglichte ihr, ihre Empfindungen für ihn beiseite zu schieben.

Der Erhabene stemmte die Hände in die Seiten. »Ich denke nicht, dass Erogmet in Telinos festgehalten wird. Jayoferm ist kein allzu schlauer Burfene, aber er kann abschätzen, wozu so etwas führen würde. Und auch wenn er mit ganzem Herzen seinem Glauben verpflichtet ist, ist er doch ein friedfertiger Mann. Ich habe nie erlebt, dass er zu Gewalt griff, wenn es nicht unbedingt sein musste. Mir kann niemand weismachen, dass er den Jungen entführt hat, nur um Anageh zu schaden. Ich meine, Jayoferm hat recht, dass wir es also mit etwas zu tun haben, das nicht direkt von den beiden Städten ausgeht. Jemand wollte Chaos auf Fuoli schaffen, und das ist ihm auch gelungen! Eine andere Erklärung fällt mir nicht ein. Aber ich habe auch keine Idee, wie man Anageh und Poreturn davon überzeugen kann.«

Nela und Korman sahen einander an. Es war, als redeten sie mit den Augen. Dann sprach der Kapitän mit leiser Stimme. »Vielleicht wäre es wirklich gut, wenn wir zur ›Durkgador‹ zurückkehren.« Allzu glücklich wirkte er nicht, aber sein Ton war bestimmt. »Wenn wir uns jetzt auf den Weg machen, können wir Fuoli verlassen, bevor diese kultischen Handlungen beginnen. Zu gegebener Zeit – und wenn diese Dämonen nicht auftauchen – kehren wir zurück. Falls Olmen vor uns eintrifft, wird Redrem ihm erzählen, was passiert ist, und er wird sich ein wenig gedulden. Wenn es um Leute geht, die er seit Jahren sehnsüchtig erwartet, sagt er dazu sicher nicht Nein. Und falls die Dämonen geweckt wurden … gibt es für uns nichts mehr zu tun. Wir kehren gemeinsam nach Turayfor in die Jagdfestung zurück. Ihr werdet alles getan haben, um euer Wort zu halten. Mehr hätte Merderan auch nicht von euch verlangt.«

Korman machte eine kurze Pause und fuhr dann fort. »Wenn die Campbewohner mögen, wäre es mir eine Ehre, sie auf meinem Schiff zu beherbergen. Je nachdem, wie sich die Dinge entwickeln, kann ich sie auch an einen sicheren Ort bringen.«

»Ihr braucht uns bei euren Plänen nicht zu berücksichtigen«, warf Redrem sofort ein. Sein Blick war auf den Kapitän gerichtet, aber gemeint waren alle. »Wir werden unser Land um keinen Preis verlassen. Wir werden bis zum Schluss alles daran setzen, diesen Wahnsinn zu verhindern. Wir werden unsere Suche nach dem Thronfolger fortsetzen. Es gibt einige Orte, an denen wir es noch nicht versucht haben. Wenn der Junge gesund und wohlbehalten zu seinem Vater zurückgebracht wird, ist der Krieg vorbei, bevor er überhaupt angefangen hat. Wenn das nicht klappt, werden wir in die Städte gehen und versuchen, mit den Emiren zu reden. Aber für euch wäre es sicher das Beste, wenn ihr auf euer Schiff zurückkehrt. Ihr dürft weder euer Leben noch das euch anvertraute Gut aufs Spiel setzen.«

Leofold sah Nume an und versuchte, seine Gedanken zu lesen. Auch der riesige Prom hielt Kormans Worte offenbar für vernünftig. Er war zwar nicht begeistert, hatte wohl aber auch keinen besseren Vorschlag. Leofolds Blick glitt hinüber zu dem Leuchter auf dem Tisch. Still beobachtete er eine Zeit lang das Schattenspiel, das die Flammen auf die Zeltplane zauberten. Missmutig öffnete und schloss er seine zusammengeketteten Pranken. Eine unangenehme Entscheidung treffen zu müssen bereitete ihm Unwohlsein. Doch auch wenn es ihm nicht behagte, schien es die sinnvollste Lösung, zum Schiff zu gehen und abzuwarten. Das war nicht ihr Krieg. Weder hatten sie ihn angefangen noch würden sie ihn beenden. Es gab nichts, was er tun konnte. Schließlich blickte er Redrem an und öffnete die Lippen, um seine Meinung kundzutun. Doch Guorin kam ihm zuvor.

»Lasst uns das besprechen«, sagte der junge Mann ruhig. »Aber unter uns.«

Alle starrten ihn an. Scheinbar hatte er eine Idee, die er auch durchzusetzen gedachte. Kerzengerade an seinen Stuhl gelehnt, hielt er die Arme verschränkt und legte die Stirn in Falten. Als Leofold und Nume seinen entschlossenen Blick sahen, wurden in ihrem Geist plötzlich einige Erinnerungen lebendig. So sahen sie Guorin nicht zum ersten Mal. Genauso überzeugt hatte er in den Tunneln gewirkt, als er Leofold zur Schnecke gemacht hatte, der sich als widerliches Monster bezeichnet hatte, oder als er über die Seilbrücken gerannt war, weil er Geryan in Gefahr wähnte. Auch während der hitzigen Diskussion mit Ais über die Prome hatte er ähnlich dreingeblickt. Beinahe gleichzeitig bemerkten sie seine Entschlossenheit. Aber es war Leofold, der losredete.

»Das meine ich auch.« Mit einem Mal war er ganz entspannt. Dankbar sah er Guorin an, weil er ihm die Verantwortung abgenommen hatte. »Redrem wird uns doch ein wenig Zeit geben, um uns zu besprechen, nicht wahr, Redrem?«

Der Erhabene musterte ihn neugierig. Er konnte ihre Überlegungen nicht nachvollziehen. Für ihn war die Entscheidung ganz leicht. Dennoch fand er keinen Grund, ihrem Wunsch nicht zu entsprechen.

»Selbstverständlich, ich lasse euch allein«, sagte er freundlich. »Solltet ihr euch zum Aufbruch entschließen, werden euch meine Recken zum Schiff geleiten. Ich weiß ohnehin nicht, was ihr anderes tun solltet. Olmen werdet ihr früher oder später treffen. Aber hier zu warten wird in der Tat zu gefährlich.«

Dann zeigte er lächelnd auf Leofold und Nela. »Vorher werde ich allerdings jemanden herschicken, um euch von diesen Fesseln und Ketten zu befreien. Ich denke, die brauchen wir nicht mehr. Dann könnt ihr euch gemütlich unterhalten.«

KAPITEL XI

EINE WICHTIGE ENTSCHEIDUNG

»Nun, was geht dir durch den Kopf?« Leofold öffnete und schloss seine Pranken, um nach dem ewigen Angekettetsein die Durchblutung wieder in Schwung zu bringen. »Ich fürchte, du hast mal wieder die Absicht, uns in Schwierigkeiten zu bringen«

Guorin zog eine nicht ernst gemeinte Grimasse. Dann erhob er sich aus seinem Stuhl und trat in die Mitte des Teppichs. Eine Zeit lang schwieg er, die Hände in die Seiten gestützt. Vorsichtig lehnte er sich an die Zeltstange. Schließlich lächelte er und zeigte wieder jenen entschlossenen Gesichtsausdruck.

»Wie kommt ihr auf die Idee, von hier zu verschwinden, Freunde? Das passt doch gar nicht zu euch. Ich kenne euch gar nicht mehr. Wir sollen also zum Schiff zurückgehen und warten, bis diese armen Leute von den Teufeln abgeschlachtet werden? Werdet ihr ruhig schlafen können? Ich bestimmt nicht. Während Schreie in unseren Ohren hallen und Flammen in den Himmel aufsteigen, plaudern wir fröhlich nicht mal eine Kabellänge vor der Küste und genießen unser Abendessen? Spielen Kortoz um Nek-Bier? Macht euch doch nichts vor, das kann keiner von euch!«

Eisiges Schweigen herrschte im Zelt. Dass er einen solchen Ton anschlagen würde, hatte niemand erwartet. Jeder versuchte, die Gedanken des anderen zu lesen. Guorin hatte zwar alle angesprochen, aber es war Korman, der zuerst antwortete.

»Wir können nichts tun, Guorin«, erwiderte er mit gerunzelter Stirn. »Wir können diese Kerle doch nicht zu einem anderen Glauben bekehren. Wir sind Fremde hier. Wir kennen weder die Sitten der Burfenen noch werden wir sie dazu bringen, uns zuzuhören. Nehmen wir an, wir machen uns auf die Suche nach diesem Jungen – wo sollen wir nachsehen? Erinnere dich, dass wir nicht einmal fähig waren, den richtigen Weg zu finden. Wenn du einen Vorschlag hast, wie wir die

Emire von diesem Irrsinn abbringen können, dann sag es, denn ich habe keinen.« Er holte tief Luft und fügte dann traurig hinzu: »Als meine Männer einer nach dem anderen von diesen verfluchten Kreaturen in den Sumpf gezogen wurden, da habt ihr mir gesagt, es sei sinnlos, mit ihnen zu sterben. Und ihr hattet recht. Warum aber sollte ich jetzt in einem Krieg sterben, der mich nichts angeht?«

»Korman hat nicht unrecht«, meinte Nume mit ernster Miene. »Wenn es wirklich zum Krieg kommt, liegt das einzig und allein an der Verbohrtheit der Burfenen. Ich mag diesen Erhabenen und seine Freie Zone. Wenn sie von hier weg wollen, tue ich alles, damit sie sicher zum Schiff kommen. Aber so verkalkt, dass ich Teil dieses blöden Kriegs werde, bin ich noch nicht. Ich würde vorschlagen, dass wir sie überreden, mit uns zu kommen, und uns so schnell wie möglich auf den Weg zur ›Durkgador‹ machen«.

Leofold schüttelte den Kopf. Er drehte sich auf seinem Stuhl zur Seite und blickte dem missmutigen Prom gerade ins Gesicht.

»Sie werden nicht mitkommen, Nume«, sprach er bestimmt. Koleuns Worte klangen ihm noch in den Ohren. »Das ist ihre Heimat, und sie werden sie um nichts in der Welt verlassen. Manche mögen verbohrt sein und manche nicht, aber was sie verbindet, ist ihre Liebe zu ihrer Heimat. Vertrau auf meine Worte.«

»Dann werden sie hier sterben«, meinte Nume achselzuckend. Er hatte eine gleichgültige Miene aufgesetzt. »Glaub mir, sie werden nicht die Ersten sein, die für ihr Land sterben! Ein heldenhafter Tod, damit gewinnen sie meinen Respekt, aber es gibt keinen einzigen Grund, warum ich mich mit ihnen im Sumpf begraben lassen sollte!«

Er breitete die Arme aus und schaute der Bestie in ihr hässliches Gesicht. »Es ist, wie du sagst, mein stämmiger Freund. Das ist *ihre* Heimat. Nicht meine. Sollte ich mich hier in die Nesseln setzen, dann vor allem für meinesgleichen, die von diesen verfluchten Kaufleuten zu Sklaven gemacht wurden. Außerdem hat uns auch keiner dieser Burfenen um Hilfe gebeten.«

Korman nickte heftig, um Numes Worte zu bekräftigen. Die Häscher schienen der Entscheidung ihres Kapitäns zu folgen, etwas anderes hätte man von den treuen Soldaten auch nicht erwartet. Leofold schwieg, noch unschlüssig, auf welche Seite er sich stellen sollte. Nela hatte sich in ihr Schneckenhaus zurückgezogen und war tief in Gedanken versunken. Sie schien nicht gewillt, sich an der Debatte zu beteiligen.

Mit wenigen Schritten war Guorin bei Nume. Obwohl er sich kerzengerade vor ihm aufbaute und der Prom sich auf seinem Stuhl lümmelte, waren sie beinahe Auge in Auge.

»Ich rede nicht davon, sich in den Krieg einzumischen«, sagte Guorin ruhig. »Ich rede davon, einen Weg zu finden, um diesen Krieg zu verhindern. Wir müssen auch etwas für die Prome tun, da stimme ich dir zu, aber das ist im Augenblick nicht das Thema. Und seit wann wartest du auf eine Aufforderung, um jemandem zu helfen?«

Nume runzelte die Stirn.

»Bestimmt warten die Emire nur auf die Bitte eines Menschen oder Prom, um sie von ihrer Entscheidung abzubringen«, fauchte er spöttisch. Den nächsten Satz hatte er bereits auf den Lippen, doch Korman kam ihm zuvor. Mit hastigem Blick bedeutete er seinen neben ihm sitzenden drei Männern, zu schweigen, dann verkündete er mit lauter Stimme: »Sieh mal, Guorin, ich mag dich, das weißt du. Vor allem wegen dem, was du für Perg getan hast, und für mich. Du hast mir das Leben gerettet. Und zwar aus freien Stücken, ohne dass ich dich darum bitten musste. Du kanntest mich nicht einmal; ich hätte ein wahrer Satan sein können, aber das hat dich nicht abgehalten. Anstatt als blutbefleckter Mörder zu sterben, lebe ich nun als Mann, der auf dem Pfad des Guten wandelt. Das habe und werde ich nie vergessen.«

Zur Bekräftigung seiner Worte legte er eine Hand an seine Stirnnarbe, ein Souvenir an jenen Tag.

»Ich glaube allerdings, dass ich meine Schuld beglichen habe, als ich euch vor den Nutelen rettete«, fuhr er dann fort. »Ich habe Ais mein Wort gegeben, euch bei der Suche nach Olmen zu helfen. Nur deshalb sitze ich hier in diesem verfluchten Sumpf. Ich werde weder meine Männer noch die ›Durkgador‹ für ein paar Verrückte riskieren, die einander wegen ihres sturen Glaubens an die Gurgel springen. Du weißt, dass ich Verantwortung für die Jagdfestung trage. Eigentlich nicht nur für die Festung, sondern für ganz Perg. Ich habe viele meiner mutigen Männer im Sumpf verloren, das ist mehr als genug. Wie gesagt – ich bringe die Bewohner der Freien Zone gern auf der ›Durkgador‹ unter, wenn sie vor diesem dämlichen Krieg fliehen wollen. Mehr kann man von mir oder meinen Männern nicht erwarten.«

Nach kurzer Pause fügte er mit einem aufrichtigen Lächeln hinzu: »Tu dir das nicht an, Guorin. In deiner Vergangenheit stehen viele Heldentaten zu Buche, von denen die meisten Menschen nicht einmal träumen können. Wenn du neue hinzufügen willst, werden sich bestimmt sinnvollere Gelegenheiten ergeben, sei dir dessen gewiss.«

Guorin blickte erst dem Kapitän und dann dem Prom verständnisvoll ins Gesicht. Aber ihm war anzusehen, dass er seine Entscheidung nicht ändern würde. Nervös ließ er seinen Blick zu Nela hinübergleiten. Erleichtert sah er, wie sie dasaß, mit gesenktem Kopf, versunken in ihrer eigenen Welt, ohne der Diskussion Beachtung zu schenken. Er lächelte, und sein Lächeln wurde immer breiter. Alle warteten, dass er etwas sagte, er aber ging nur langsam auf den ihm am nächsten stehenden Tisch zu. Während er das Flammenspiel des Kerzenleuchters betrachtete, hätte man eine Stecknadel fallen hören können.

»Leofold«, flüsterte er dann, ohne den Blick von dem Leuchter abzuwenden. Es war, als gäbe es nur sie beide. »Erinnerst du dich, mein Freund? Als wir uns das erste Mal begegneten, floh ich vor einem Krieg. Um nicht kämpfen zu müssen, belog ich sogar meine Liebsten und nahm jegliche Erniedrigung in Kauf. Damals fühlte ich mich unendlich schwach. Wie ein vom Wind mitgerissenes Blatt. Wenn mir jemand gesagt hätte, dass ich Dinge beeinflussen kann, hätte ich das für völligen Blödsinn gehalten. Aber nach allem, was ich mit dir erlebt habe, weiß ich, dass ich etwas verändern kann. Ich habe Ermira nicht vergessen. Wenn auch du zum Schiff zurückkehren willst, werde ich dich dafür niemals verurteilen. Aber ich kann es nicht, und bitte verurteile du mich deswegen ebenfalls nicht. Ich kann unmöglich wegsehen, wenn ich weiß, dass ich etwas tun kann. Ich muss hierbleiben und Redrem und den anderen helfen, diesen Wahnsinn zu verhindern.«

Er holte tief Luft und schloss die Augen. Er streckte die Hand aus und hielt sie so nahe über die Flamme, dass er die Hitze spüren konnte. »Du hast die Burfenen gesehen, wie freundlich sie uns begegnet sind, als wir ins Camp kamen. Du musst auch die Kinder gesehen haben. Die unschuldigen Kinder, die weder für den Fanatismus verantwortlich sind noch für den Krieg. Ich pfeife aufs Heldentum. Ich kann sie einfach nicht ihrem Schicksal überlassen. Wenn ich das tue, nach allem, was ich erlebt habe, werde ich mich mein Leben lang schuldig fühlen.«

Leofold erhob sich und faltete die Pranken im Nacken. Missmutig trat er ein paar Schritte von seinem Stuhl weg. Ihm war, als schlügen zwei Herzen in seiner Brust. Nachdem er Burfenen wie Koleun und Redrem kennengelernt hatte, konnte er über das bevorstehende Massaker nicht einfach hinwegsehen. Was aber konnte er tun? Konnte er wirklich etwas ändern? Korman hatte auf seine Weise recht. Wenn man nichts Nützliches tun konnte, war es sinnlos, sich in Gefahr zu begeben. Es warteten noch so viele Aufgaben und Verantwortungen auf ihn. Hatte er das dem Kapitän nicht selbst gesagt?

Leofold warf Guorin einen sanften Blick zu. Der junge Mann wartete auf eine Antwort. Leofold erinnerte sich an den Tag, an dem er Srenah darum gebeten hatte, die Bewohner des Dorfs der Verfluchten zu retten. Das Paradies des weisen Vogels zurückzuweisen war einfacher gewesen, als in ihrer derzeitigen Lage die richtige Entscheidung zu treffen. Denn sein Opfer damals versprach den sicheren Erfolg. Er hatte nicht im Mindesten daran gezweifelt, dass Srenah die Dorfbewohner retten würde. Wenn er davon nicht überzeugt gewesen wäre, so erinnerte er sich, hätte er das Dorf seinem Schicksal überlassen. Denn in jeder Sekunde, die er dort vergeudete, erlebten viele Dörfer in Perg eine Katastrophe, und da war es nur logisch gewesen, seinen Weg fortzusetzen. Jetzt aber begriff er, dass Guorin an seiner Stelle die Bewohner niemals allein gelassen hätte. Guorin hätte über die Logik einer solchen Aktion nicht nachgedacht und bis zur letzten Sekunde nach einer Lösung gesucht. Missmutig öffnete und ballte Leofold seine Pranken. Er trat in die Mitte des Teppichs und starrte auf die Zeltstange. Manchmal fragte man eben nicht danach, was richtig war und was falsch; man riskierte alles, um nicht erdrückt zu werden von der Frage: *Und wenn ich es versucht hätte?* Dafür war er selbst ein gutes Beispiel. Hatte er sich nicht mit nur einem Funken Hoffnung auf den Weg gemacht, um Ermira zu finden?

Leofold atmete tief durch. Mit einem Mal wünschte er sich, Srenahs kräftige Stimme würde ihm sagen, was er tun sollte. Diesmal war es nicht dasselbe, wie in den Tunneln eingesperrt zu sein. Hier zu bleiben, obwohl man sich flugs in Sicherheit bringen konnte, war keine einfache Wahl. Doch das Echo in seinem Kopf blieb aus. Der Riesenvogel sprach nur, wenn er es für nötig hielt. Diesmal schien Srenah die Entscheidung ihm zu überlassen.

»Können wir es schaffen, Guorin?«, fragte Leofold unvermittelt. Seine Augen wirkten matt.

Gleich darauf hallte Guorins freundliche Stimme im Zelt wider. »Das weiß ich nicht, Leofold. Aber müssen wir es nicht versuchen?«

»Blödmänner, Möchtegern-Helden, dickköpfige Bauerntölpel!«, meckerte Nume, als er wütend aus dem Zelt stürmte. Guorins und Leofolds Entscheidung, im Land der Sümpfe zu bleiben, ließ ihn völlig aus der Haut fahren. Seine Fäuste zitterten, als er sich auf die Lippen biss. Sowohl er als auch der Kapitän hatten sich den Mund fusselig geredet, aber die beiden Kameraden hatten ihnen nur lächelnd zugehört. Sie waren verrückt. Nume wunderte sich, dass er das nicht längst bemerkt hatte. Was sie vorhatten, war keine Heldentat, denn was eine Heldentat war, wusste er besser als sie! *Er* war Thema inbrünstiger Lieder und tausendundeiner Legenden. Die beiden wiederum waren nichts weiter als neunmalkluge Kinder. Niemand hatte sie um Hilfe gebeten, und ohne sich überhaupt Gedanken zu machen, was sie tun könnten, würden sie, nur um sich aufzuspielen, in diesem widerlichen Sumpf untergehen. Und wofür?

Für ein paar Eiferer, die sich für ihren fanatischen Glauben gegenseitig die Haut abzogen. Und niemand außer sie selbst würden von ihren Taten wissen. Auch diese Begebenheit wäre dazu verdammt, nicht erzählt zu werden, wie damals, als sie für Perg den Göttern die Stirn boten. Denn niemand würde eine solche Geschichte glauben. Zornig trat Nume gegen einen Stein, der pfeilschnell auf einen Pilz zuflog, am Stiel abprallte und im Schlamm liegen blieb.

Korman und seine Männer hatten ihre Waffen zurückerhalten und waren damit beschäftigt, ihre Provianttaschen zu schultern. Für den schwerverletzten Häscher hatten die Burfenen eine Trage aus Pilzstengeln geflochten. Der Kapitän hatte eigentlich gehofft, Nela könnte den Mann heilen, doch diese Hoffnung wurde enttäuscht. Die Zauberin hatte ihm erklärt, sie könne mit ihren Kräften offene Wunden schließen, einem derart geschundenen Körper aber könne sie nicht helfen. Daher hatten sie beschlossen, ihn zum Schiff zurückzubringen. Falls der arme Mann starb, sollte er wenigstens wie jeder heldenhafte Seemann zu Hause, also im Schoß des kühlen Hunsa, sein Grab finden. Korman hatte darauf verzichtet, mit Leofold und Guorin zu diskutieren, als ihm klar geworden war, dass dies zu nichts führte. Er sagte nur, dass die »Durkgador« zwei Wochen lang auf sie warten würde und sie jederzeit auf das Schiff zurückkehren könnten. Er vergass auch nicht hinzuzufügen, dass sie so viele Gäste mitbringen könnten, wie ihnen beliebte.

Der betagte Erhabene reagierte mit Erstaunen auf Guorins und Leofolds Entscheidung, auf Fuoli zu bleiben. Zuerst widersprach er; dann, als er ihre Entschlossenheit sah, akzeptierte er sie. Es behagte ihm nicht sonderlich, aber bei all den Problemen wollte er sich nicht auch noch Sorgen um die Sicherheit dieser Fremden machen. Und vielleicht waren sie ja wirklich zu etwas nutze. Er kannte einen Ort, an den er sie schicken konnte. Den Rückkehrern stellte er zwei Recken an die Seite. Sie würden sie nicht nur führen, sondern auch für ihre Sicherheit sorgen. Statt Proviant sollten sie Glaskugeln mit verschiedenfarbigem Gift mit sich führen. Sie planten zwar, die ruhigsten Pfade zu nehmen, aber die Sümpfe steckten eben doch voller Überraschungen.

Während die anderen ihren Abmarsch vorbereiteten, saß Nume fern von allen und zermartete sich das Hirn. Der riesige Prom schien den Abschied nicht so leicht hinzunehmen wie der junge Kapitän. Nume war nicht derjenige, der seine Freunde verließ. Ganz im Gegenteil – er fühlte sich wie der Verlassene. Alle wussten, dass er die gefährliche Reise in den Jenseitswelten nur unternommen hatte, um sich frei in Perg bewegen zu können. Um Haaresbreite waren sie dem Tunnellabyrinth entkommen. Da konnte er doch nicht akzeptieren, in einem ekelhaften Sumpf einen dämlichen Tod zu sterben. Er hatte in seinem Leben genug Heldentaten vollbracht. Man konnte nicht erwarten, dass er für diese sturen, besserwisserischen Burfenen, die sich nicht einmal herabließen, ihn um Hilfe zu bitten, auch nur einen Finger krümmte. Bei Leofold machte es ihm nicht viel aus, aber dass Guorin diese Zwerge ihm vorzog, würde er niemals vergessen. Selbst wenn es dem dummen Jungen gelänge, dieser Hölle zu entfliehen und zum Schiff zurückzukehren, wäre ihre Freundschaft nicht mehr die alte, und Nume würde seinen Weg allein fortsetzen, sobald er festen Boden unter den Füßen hatte. Genau das würde er tun.

›Ja, genau so werde ich es machen, ihr verdammten Kerle!‹

Diese Gedanken gingen Nume durch den Kopf, während er auf einem Stein saß. Er litt. Dass Guorin sich von ihm abwendete, weil er seine Entscheidung nicht unterstützte, und nur diese eklige Bestie als Ansprechpartner gewählt hatte, hatte ihn zutiefst verletzt. Nicht mit einem Wort hatte Guorin versucht, ihn zu überzeugen. Tja, so war es, ihre Freundschaft war nur aus Notwendigkeit entstanden; nun brauchte Guorin ihn nicht mehr, es gab ja Leofold, und es gab Nela und diese Burfenen, denen er schnurstracks sein Herz geöffnet hatte.

Wütend stöhnte Nume auf. Gut, er hatte nicht wie Leofold sofort zugestimmt, und wenn schon, warum hatte Guorin nicht wenigstens versucht, ihn zu überzeugen? Er konnte ihm doch nicht vorwerfen, dass er die Burfenen und ihren Fanatismus nicht ertrug. Sollte er sich für diesen stinkenden Sumpf gedankenlos und ohne zu zögern in Gefahr begeben? Es war sicher kein Verbrechen, nicht so gutherzig zu sein wie Guorin. Wie plötzlich er sich gegen ihn gestellt und ihn weggeschoben hatte! Wahrscheinlich hatte er Nume nie wirklich gemocht.

Einen Augenblick lang fühlte Nume sich einsam in einer endlosen Leere. Ein fast tausend Jahre alter Mann in einer völlig neuen Welt. Ein abgehalfterter Held, dessen Legenden bereits in Vergessenheit geraten waren. Der letzte stolze Repräsentant einer Rasse, die zu Sklaven verkommen war. Er hatte weder einen Zufluchtsort noch eine Schulter zum Anlehnen noch gab es einen Platz, an dem man ihn respektierte. Sogar die einzige Person, die er als Freund bezeichnen konnte, wandte sich bei ihrer ersten Meinungsverschiedenheit von ihm ab. Warum zum Teufel hatte er die Jenseitswelten verlassen?

Nume stützte die Ellbogen auf die Knie und nahm den Kopf zwischen die Hände. Still wartete er ab, in der Hoffnung, sich mit der Zeit zu beruhigen. Als eine Hand ihn an der Schulter antippte, dachte er zunächst, der Kapitän wolle ihm sagen, es sei Zeit zum Abmarsch. Doch dann merkte er verwundert, dass die Hand zu winzig war, um Korman zu gehören, und hob den Kopf.

Vor ihm stand ein Burfenenknabe und musterte ihn. Seine Augen waren weit aufgerissen, sein Mund stand offen vor Verblüffung, weil er zum ersten Mal in seinem kurzen Leben einen Prom sah. Seine Neugier hatte über seine Angst obsiegt, doch zöge Nume nur minimal die Augenbrauen zusammen, würde er sich in Windeseile aus dem Staub machen.

Nume zog die Augenbrauen nicht zusammen. Ganz im Gegenteil – nachdem er dem Jungen eine Weile gedankenverloren ins niedliche Gesicht geschaut hatte, musste er sogar schmunzeln. Der Junge trug ein lustiges Trägergewand. Seine Haut war noch weißer als die der Erwachsenen. Er sah ihn an wie ein Fabeltier. Von Numes Schmunzeln ermutigt, drückte er sich kichernd an ihn heran und begann, ihn von Kopf bis Fuß zu inspizieren. Er staunte über die kräftige Körperbehaarung des Kriegers. Zuerst hatte er Nume für einen umherspazierenden Baum gehalten, und er hatte noch immer so seine Zweifel, ob er nicht doch einer war. Er nahm all seinen Mut zusammen, streckte seine Hand aus und strich mit seinen Fingern über die Haare auf Numes Schulter. Seine Angst verflog. Zumindest hatte dieser umherspazierende Baum freundliche Augen.

Vor dem Zelt verfolgten Guorin und Leofold schweigend die Vorbereitungen des Kapitäns und seiner Männer. Allein an diesem fremden Ort zu bleiben behagte ihnen gar nicht. Leofold konnte nicht umhin, sich immer wieder zu fragen, ob ihre Entscheidung richtig war. Er wusste, dass er Guorin nicht allein lassen konnte, und es stimmte, dass die Burfenen Hilfe brauchten, aber dennoch fühlte er sich unwohl. Auch wenn er es für die einzige Person tat, die Mirtayeks Platz in seinem Herzen eingenommen hatte und ihn auf dieser elenden Welt mit all seiner Hässlichkeit akzeptierte, war ihm doch mulmig bei dem Gedanken, sich zu einer vermutlich erfolglosen Heldentat aufzuschwingen. Was, wenn sie den entführten Jungen nicht fanden? Höchstwahrscheinlich wurde er außerhalb von Fuoli gefangen gehalten. Wäre er selbst anstelle dieser Verbrecher gewesen, hätte er ihn viele Meilen entfernt vom Land der Sümpfe versteckt. Was würden sie tun, wenn diese Dämonen tatsächlich aufwachten? Der Erhabene hatte sie als wahrlich grauenvolle Kreaturen beschrieben. Hier festzusitzen, anstatt nach Ermira zu suchen, war Leofold zuwider. Seine über alles geliebte Verlobte brauchte ihn womöglich ebenfalls. Aber er hatte keine einzige Idee, wie er Guorin von seinem Vorhaben abbringen könnte. Tief in seinem Inneren bereute Leofold seine Entscheidung eigentlich nicht. Auch wenn er es nicht laut aussprach, so würde es ihn doch glücklich machen, diesen Krieg zu verhindern. Was ihm zusetzte, war, zwischen zwei Stühlen zu sitzen: zwischen seiner Verantwortung für Ermira und dem Schutz von Unschuldigen.

Eine sanfte Frauenstimme holte ihn aus seinen Gedanken. Er wandte sich der Stimme zu und entdeckte Nelas freundliches Gesicht.

Die Zauberin hatte sich der Diskussion enthalten und ihnen still zugehört. Sie hatte auch als Erste das Zelt verlassen, als die Atmosphäre hitziger geworden war. Leofold war sich sicher gewesen, dass sie mit den anderen zum Schiff zurückkehren würde. Aber sie schien nicht gerade mit Reisevorbereitungen beschäftigt.

»Habt ihr mit Redrem gesprochen?«, wiederholte Nela ihre unbeantwortet gebliebene Frage. Sie hatte bemerkt, dass die grübelnden Männer ihr nicht zugehört hatten. »Wir müssen so schnell wie möglich entscheiden, wo wir die Suche beginnen. Wir haben nur wenig Zeit. Es genügt nicht, den Jungen zu finden, wir müssen ihn auch noch nach Anageh bringen, bevor der Ritus beendet ist. Falls es einen Ort gibt, an dem noch nicht gesucht wurde, müssen wir dort anfangen.«

»Gehst du nicht zum Schiff?«, fragte Leofold verblüfft. Seine Stimme klang nervös. »Du kannst hier nicht viel tun; es wäre besser, wenn du zurückkehrst. Wenn der Erhabene sich nicht irrt, wird es hier bald drunter und drüber gehen.«

»Ah, klar, wieder dieses Lass-uns-die-junge-Dame-beschützen, nicht wahr, Leofold?«, erwiderte die Zauberin mit süßem Spott. Sie schüttelte den Kopf. »Danke, aber das brauche ich nicht mehr. Seit ich denken kann, treffe ich meine Entscheidungen selbst. Und meine Entscheidung steht fest – ich bleibe hier.«

Sie verzog einen Mundwinkel zu einem Lächeln, was sie noch hübscher aussehen ließ. »Was du gerade gesagt hast, ist völliger Unsinn. Ich bin Zauberin, erinnerst du dich? Ich kann nützlicher sein als ihr beide. Du hast wohl unsere Abmachung vergessen. Ihr bringt mich zur Merderan-Statue, und ich helfe dir, deine Verlobte zu finden. Das war ernst gemeint, das war nicht gelogen wie anderes, das ich gesagt habe. Der Findezauber ist einer der Zauber, die ich am besten beherrsche. Dazu müssten wir natürlich näher an den Jungen herankommen, aber das ist kein Problem. Ich werde einfach die Zauberformel häufig wiederholen, dann brauchen wir in den Sümpfen nicht jeden Zoll abzusuchen. Wenn ich euch allein lasse, müsst ihr hinter jedem Baum nachsehen.«

Nela bemerkte, dass Leofold drauf und dran war, etwas zu erwidern, und stopfte ihm entschlossen den Mund. »Ich habe meine Wahl getroffen und keine Zeit für leeres Gerede. Während ihr Herren im Streit lagt, habe ich die Zeit mit Nachdenken verbracht.

Daher möchte ich behaupten, dass ich diejenige bin, die ihre Entscheidung am bewusstesten getroffen hat. Meine Gründe will ich nicht erörtern, aber ob es euch gefällt oder nicht: Ich bleibe. Die Diskussion ist beendet.« Mit einem Mal wurde ihr Lächeln breiter. »Wenn du mir weiter auf die Nerven gehst, verwandle ich dich in ein kleines Kätzchen, nur damit du's weißt. Ich empfehle dir, meine Kräfte nicht zu unterschätzen.«

Leofold lachte laut auf.

»Eigentlich wollte ich dich nur unter uns willkommen heißen«, log er. Es war nicht zu leugnen, dass ihre Entscheidung ihm Kraft gab.

Guorin versuchte gleichgültig zu wirken, während er wie erstarrt dem Gespräch zwischen Leofold und der Zauberin lauschte. Nie wäre er auf die Idee gekommen, dass Nela bleiben würde. Ganz kurz dachte er, dass das auch ein wenig mit ihm zu tun haben könnte, verwarf diesen Gedanken aber schnell als zu egozentrisch. Wie er wollte die junge Frau nur das Richtige tun, mehr nicht. Ihm wäre lieber gewesen, wenn Nela an einem sicheren Ort gewartet hätte, aber was hier geschah, war wichtiger als seine Gefühle. Und bestimmt konnte die Zauberin die Burfenen viel mehr unterstützen als er.

Traurig fiel Guorins Blick auf den einsam weitab sitzenden Nume. Seit der Prom das Zelt verlassen hatte, hatte er nicht mehr mit ihnen gesprochen. Zweifellos war er seht wütend. Aber warum? Leofold hatte ihn doch nicht allzu sehr bekniet, bei ihnen zu bleiben. Er hatte ihn nur nach seiner Meinung gefragt und seine Entscheidung respektiert. Beleidigt auseinanderzugehen gefiel Guorin gar nicht. Die Trennung an sich war schon schwer genug.

Ohne den anderen etwas zu sagen, ging Guorin auf Nume zu. Dabei scherte er sich nicht weiter um die Burfenen, die sich vor den Zelten tummelten und ihn neugierig und misstrauisch beobachteten. Da war etwas neben dem Prom, das allmählich Gestalt annahm und sich als quirliger, lachender Burfenenknabe entpuppte. Kaum hatte er Guorin entdeckt, da rannte er auch schon erschrocken davon. Auch Nume erschrak, doch dann bemühte er sich um einen gleichgültigen Blick in die Ferne.

»Geht es dir gut, Nume?«

Nume spürte Guorins Interesse; weil er aber unbedingt seine Wut lebendig halten wollte, zuckte er bloß mit den Schultern. »Klar. Warum sollte es mir nicht gut gehen? In ein paar Tagen werde ich allen Verrückten und Verrückheiten den Rücken gekehrt haben.«

Lächelnd überhörte Guorin die Anspielung. »Das freut mich. Von Weitem sah es nämlich so aus, als hättest du Sorgen.«

Der riesige Prom antwortete nicht. Er legte sich seinen Bogen auf den Schoß und begann, ihn vom Schlamm zu befreien. Es war unschwer zu erkennen, dass er das nur tat, um sich vor dem Gespräch zu drücken.

»Ich möchte, dass du das hier nimmst«, sagte Guorin plötzlich. »Ein kleines Geschenk. Ich hoffe, du weist es nicht zurück.«

Nume erschrak, als er sah, dass Guorin ihm den Häscherhandschuh hinhielt. Überrascht glitten seine Augen über die Wappen hinüber in das freundliche Gesicht seines Kameraden.

»Was fällt dir ein?«, brummte er. »Dieser Handschuh ist ein Geschenk von Ais an dich. Den hat er dir nicht einfach so zum Spaß gegeben, sondern um Merderans Vermächtnis vor fremden Augen zu verstecken. Zwar bist du beim ersten Versuch bereits gescheitert, aber was soll's. Wenn ich dir einen Rat geben darf, dann zieh diesen Handschuh niemals aus. Zumindest nicht, bis du diese verdammten Linien los bist. Sonst sitzt du früher oder später ganz schön in der Tinte. Manchmal handelst du wirklich unüberlegt.«

»Ich will, dass du ihn nimmst«, meinte Guorin beharrlich. »Es stimmt, was du sagst, aber ich werde schon einen Handschuh finden. Etwas Persönlicheres kann ich dir nicht geben, deshalb nimm ihn bitte an. Falls etwas schiefgeht und wir uns nicht wiedersehen, sollst du etwas haben, das dich an mich erinnert.« Er machte eine kurze Pause und fuhr dann fort. »Ich brauche doch nichts, was mich an dich oder Ais erinnert. Ich werde stets an euch denken.«

Guorin sah, dass der Prom unentschlossen war, und suchte nach einem Satz, mit dem er ihn überzeugen konnte. »Hör mal, Nume – wenn du dich wegen der Debatte im Zelt über mich geärgert haben solltest, tut es mit leid. Ich respektiere deine Entscheidung.

Vielleicht habe ich dich zu sehr bedrängt, aber das war mir nicht bewusst, glaub mir. Natürlich bist du frei in deiner Wahl. Es stimmt, ich hätte nicht insistieren dürfen.«

Nume stieß einen tiefen Seufzer aus. Voller Zuneigung sah er in Guorins aufrichtige Augen. Er war drauf und dran zu sagen, dass er eben genau das erwartete hätte, dann aber erschien es ihm unsinnig. Sein Blick fiel auf den immer noch lächelnden Burfenenjungen, der nur darauf wartete, dass Nume wieder allein war, um sich wieder zu ihm zu gesellen. Der Kleine war nicht nur so niedlich, dass man ihn einfach in den Arm nehmen musste, nein, er wirkte gleichzeitig so zerbrechlich, dass man ihn einfach beschützen musste.

Der riesige Krieger stand auf und warf sich seinen Bogen schwungvoll über die Schulter.

»Zieh den Handschuh an«, murrte er bestimmt. »Wenn ich noch einmal sehe, dass du ihn ablegst, binde ich ihn mit einem Knoten an deinem Handgelenk fest, den du nie wieder aufkriegst. Um all der Götter willen … In meinem Alter werde ich die Gelegenheit zu Heldentaten doch nicht Anfängern wie euch überlassen! Wenn ihr bleibt, bleibe ich auch!«

Er musterte Guorin, dem der Mund offen stand, von oben bis unten und schüttelte mit ernster Miene den Kopf. »Ohne mich schafft ihr das sowieso nicht!«

KAPITEL XII

DER EMIR VON ANAGEH

Dies war für den Anageh-Palast ein besonderer Tag. Die reguläre Stadtratssitzung am Morgen bildete natürlich nicht den einzigen Grund für die in der Geschichte der Stadt bis dato nie dagewesenen Sicherheitsvorkehrungen. Niemand redete darüber, als sei es verboten, darüber zu sprechen. Aber aufgrund der Vorbereitungen der letzten zwei Tage wurde allgemein vermutet, dass der Ritus noch vor Sonnenuntergang beginnen würde.

Erstes Zeichen dafür war, dass man die monumentalen Kerzen, die seit Ewigkeiten in der Palastschatzkammer gehütet wurden, in den Kultraum trug. Seit dem Krieg der Götter, so war allseits bekannt, waren die prachtvollen Kerzen, die jeweils von vier Kriegern geschultert werden mussten, nicht mehr angezündet worden. Halkaren, rechte Hand des Emirs und zweitmächtigster Mann in Anageh, hatte daraufhin umgehend eine Verstärkung der Sicherheitsvorkehrungen angeordnet. Die Wachen wurden verdoppelt, die Tore zu den Hauptplätzen mit Ketten belegt, das Betreten und Verlassen des Palasts untersagt. Man munkelte, dass die großen Holztruhen, die, von Recken mit blanken Schwertern eskortiert, in den Kultraum transportiert wurden, jene berühmte Goldschalen enthielten. Da die Statue des heiligen Dermense allerdings nicht in aller Öffentlichkeit herumgetragen werden durfte, würde sie, so die einhellige Überzeugung, den Weg durch einen Geheimtunnel nehmen.

Auch wenn alle darüber spekulierten, so wusste außer dem Emir nur einer mit Gewissheit, dass heute der endgültige Schritt getan würde, von dem es kein Zurück gab. Halkaren, der sich nach Erledigung seiner Routineaufgaben bei der Stadtratssitzung in sein Arbeitszimmer zurückzog, als sei alles beim Alten, wurde, weil die Teilnahme an der religiösen Veranstaltung zu seinen Pflichten gehörte, vom Emir höchstpersönlich über den baldigen Beginn des Ritus informiert.

Die Stunden schlichen dahin. Während Halkaren ruhte, um sich auf die schwierige Aufgabe vorzubereiten, fand er auch Gelegenheit, seine täglichen Gebete zu sprechen. Der Zufall hatte es gewollt, dass er zwei Tage zuvor hundert Jahre alt geworden war. Die Tage, die sie gerade erlebten, schienen nicht nur für ihn, sondern auch für Fuoli den Beginn einer neuen Epoche einzuläuten. Hätte man ihn nach seiner ehrlichen Meinung gefragt, so hätte er geantwortet, dass das weder für ihn noch für Fuoli etwas Gutes verhieß.

Kaum hatten die Wachen den herannahenden Ratspräsidenten bemerkt, stellten sie sich entlang des Korridors auf und kreuzten die Arme vor der Brust. Die Lanzenträger hoben ihre Waffen bis in Gesichtshöhe. Die Schwertträger legten beide Hände über die prankenförmigen Griffe. Ihr Respekt war nicht nur Pflicht, sondern auch aufrichtig gemeint. Mit seiner friedfertigen, liebenswerten und prinzipientreuen Art hatte der betagte Burfene die Anerkennung des Volks und der Soldaten gewonnen. Es war bekannt, dass er das strenge Gemüt des Emirs auszugleichen wusste. Gleichgültig schritt der Ratspräsident zwischen den jungen, kräftigen Soldaten hindurch. Den Blick auf den Boden gerichtet, war er so in Gedanken vertieft, dass ihm die Respektsbezeugungen völlig entgingen. Nur einmal, als er durch den Vorraum ging, der den großen Saal mit dem zum Kultraum führenden Korridor verband, hob er den Kopf, um sich die herrlichen Bleiglasfenster der Kuppel anzusehen. Im Gedenken an den Großmeister Lofton, der Glasstücke in tausend Farben und Formen in solch göttlicher Harmonie zusammengefügt hatte, betete Halkaren zum Himmelsgott Dermense, wie jedesmal, wenn er dieses Meisterwerk sah.

Als der Kultraum in der Ferne auftauchte, lief Halkaren ein Schauer über den Rücken. Er verkürzte seine Schritte. Eigentlich galt er als mutiger Mann. In Palastkreisen war er berühmt für seine Vernunft und Beherrschtheit. Ohne jedwede Unterstützung, nur mit Talent und Zielstrebigkeit hatte er es zum Ratspräsidenten gebracht. Kein Burfene hatte ihn jemals ängstlich gesehen. In einem Moment wie diesem aber hätte man nur vom Himmelsgott Besonnenheit erwarten können.

Nach und nach ließ Halkaren die gedrungenen, mit Kriegerreliefs verzierten Säulen hinter sich. Vor der Doppelflügeltür, die so hoch war wie vier Burfenen, blieb er stehen und betrachtete interessiert die sattgrünen Baummotive auf der ganz aus Milchglas gefertigten Tür. Jeder einzelne Baum war in einen Blattgoldrahmen eingefasst. Dazwischen gestreut waren kleine Sonnen und blutrote Perlen. Nun schenkte Halkaren seine Aufmerksamkeit dem riesigen blütenförmigen Kronleuchter. Das Licht Hunderter Kerzen spiegelte sich prachtvoll in dem zumeist blauen Bleiglas an den Wänden. Nach einer Weile bemerkte Halkaren, dass Warten sinnlos war, denn statt nachzulassen, wurde seine Anspannung mit jedem Augenblick, der verging, nur noch größer. Er holte tief Luft, nahm all seine Kräfte zusammen und pochte zwei Mal mit der Faust gegen die Tür.

Während die Türen sich zu beiden Seiten öffneten, hielt Halkaren den Atem an. Er wusste, dass das Herunterdrücken eines Hebels einen Mechanismus aus Ketten und Gewichten auslöste, was wiederum die Türen in Bewegung versetzte. In seiner seelischen Verfassung aber war ihm, als erlebte er einen atemberaubenden Zauber. Eigentlich kannte er so ziemlich jeden Winkel des Palasts wie seine Westentasche. Die Fallen auf dem Weg zu den Reliquien hatte er höchstpersönlich anbringen lassen. Spielend konnte er die Geheimgänge zwischen den Palasträumen und den unterirdischen Fluchttunneln aufzählen. Die Sicherheit im Palast war die eigentliche Aufgabe des Ratspräsidenten. Diesen Raum hatte er vorher schon besucht, doch damals war er leer gewesen. Mit Missfallen dachte Halkaren an das, was sich nun dort befand.

Das düstere Licht im Inneren jagte ihm noch einmal Schauer über den Rücken. Es brannte nur ein schwaches Kerzenlicht, und so düster würde es bleiben, bis die monumentalen Kerzen angezündet wurden. Und wenn sie brannten, gab es kein Zurück mehr.

Mit der Ruhe eines Mannes, der sich seinem Schicksal ergeben hatte, schlüpfte Halkaren in den Raum. Ehrfürchtig schritt er auf die burfenengroße Dermense-Statue zu, von der man im zittrigen Kerzenschein nicht recht erkennen konnte, ob sie Traum war oder Wirklichkeit. Vor der Statue kreuzte Halkaren seine Arme in Brusthöhe und sprach seinen Treueschwur. Die Statue ruhte auf einem zylinderförmigen Sockel. Dieser stand inmitten eines Halbkreises aus acht Kerzen, die einige Handbreit höher waren als die Figur. Fest schloss Halkaren seine Augen und wiederholte im Geist die Regeln der kultischen Handlungen, die er auswendig kannte. Die Statue, der wertvollste Schatz in Anageh, musste von vier auserwählten Erhabenen aus dem Reliquienraum durch einen der Geheimtunnel hergebracht worden sein. Voller Respekt betrachtete Halkaren den an eine Fledermaus erinnernden Kopf, die vier muskulösen Arme mit breiten Schwingen und die Sterne, die Dermense anstelle von Brustwarzen trug. Wie majestätisch er aussah im Vergleich zu dem Meeresgott, der angeblich nichts anderes war als ein gewöhnlicher Prom. Halkaren betrübte der Gedanke, dass er als Nichterhabener die Statue niemals mit nackter Hand berühren durfte. Doch sogleich fürchtete er, diese Trauer könnte dem Neid Vorschub leisten, und rief eilig den Himmelsgott um Fürbitte an.

Eine schwache Stimme drang durch die Dunkelheit. Wie ein kleines Kind sprang Halkaren auf der Stelle.

»Zünde die Kerzen an …«

Hätte der Ratspräsident nicht gewusst, dass nur der Vertreter des Himmelsgotts Befehlsgewalt über ihn hatte, hätte er niemals geglaubt, dass diese Stimme, die dem Tod näher war als dem Leben, Emir Poreturn gehörte. Mit einem Mal überkam Halkaren ein Gefühl von Zärtlichkeit. Die Last des bevorstehenden Ereignisses erdrückte den betagten Emir bestimmt mindestens so sehr wie ihn. Zudem litt der Emir unter dem Verlust seines einzigen Kindes. Mit ganzem Herzen hatte Halkaren miterlebt, welch tiefe Liebe der Emir für seinen Sohn empfand. Seit der Entführung des Thronfolgers siechte der arme Mann und war eher tot als lebendig.

Schleppend bewegte sich der Ratspräsident auf den Tisch mit dem Kerzenleuchter zu. Dort lag eine armlange Fackel, die er aufnahm und in die Kerzenflamme hielt. Mit der brennenden Fackel ging er herum und entzündete nacheinander die Kerzen. Mit jeder Kerze wurde es heller im Kultraum; die Details kamen besser zur Geltung. Im Gegensatz zur legendären Pracht des Palasts mit seinen

Glasfiguren und dem bunten Bleiglas herrschte hier eine Schlichtheit, wie sie einem Kultraum gebührte. Nahe bei den Kerzen stieg Rauch friedlich aus einem Weihrauchgefäß aus billigem Kupfer, wie man es bei jedem gewöhnlichen Burfenen zu Hause finden konnte. Kein überflüssiges Objekt, das eine Respektlosigkeit vor dem Gott Dermense dargestellt hätte. Der bescheidene Raum faszinierte Halkaren mehr als alle die prachtvollen Meisterwerke, die er kannte, ja sogar mehr als die Flügel des Hunsa, die er einmal hatte sehen dürfen. Als er den greisen Emir im fahlen Licht auf einem einfachen Holzstuhl in der entferntesten Ecke des Raums ausmachte, entbot Halkaren ihm einen respektvollen Gruß.

Poreturn blickte ihn an, schien ihn aber nicht zu sehen. Der Greis war in seinen Gedanken weit weg. Der Glanz in seinen Augen war erloschen, seine Haut fahl. Am eingefallenen Gesicht konnte man leicht erkennen, wie stark er gealtert war. Bekleidet war er mit dem feuerroten Kultgewand, das er zum ersten und letzten Mal in seinem Leben tragen würde. Es dauerte nicht lange, bis er sich aus seinem Stuhl erhob und sich mit kleinen Schritten der Statue näherte. Er ging an Halkaren vorbei, als gäbe es ihn gar nicht. An dem Platz, den er während des Ritus einnehmen sollte, sank Poreturn langsam in den Schneidersitz. Er hatte sich von der Realität Pergs abgekapselt und war in einer ganz anderen Welt.

Poreturn begann, das Kultgebet zu murmeln, und Halkaren lauschte ihm entrückt. Jahre zuvor hatte er diese Sätze anlässlich seiner Übernahme der Ratspräsidentschaft gelernt, aber nie geglaubt, dass er sie jemals hören würde. Er nahm sich ein wenig Zeit, um sich die Abläufe exakt ins Gedächtnis zu rufen. Am Ende des ersten Gebets trat er an die Goldschalen heran, die unter den Kerzen platziert waren. Dabei zwang er sich, nicht über die Konsequenzen ihres Tuns nachzudenken. Mit jedem neuen Gebet, das der Emir sprach, ging Halkaren eine Schale weiter und goss jeweils das darin befindliche geweihte Wasser behutsam über den Sockel, sorgfältig darauf bedacht, keinen einzigen Tropfen zu vergießen. Als er die letzte Schale nahm, brach ein Sturm in ihm los. Die Schale lag so schwer in seiner Hand, dass er meinte, sie sei gefüllt mit all dem Blut, das schon bald in Fuoli vergossen werden würde. Doch dann fiel sein Blick auf den Gottesvertreter, der andächtig sein Gebet sprach. Seine Entscheidung war Dermenses Entscheidung, und so fand Halkaren schließlich die Kraft, die Schale bis zum Sockel zu tragen. Während er das geweihte Wasser an die Füße der Statue goss, bat er den Himmelsgott aufrichtig um Vergebung, denn er konnte nicht verhindern, dass er feuchte Augen bekam.

Licht …
Dunkel …
Licht …
Dunkel …
Wörter.
Eine bekannte Stimme.

Zum ersten Mal in seinem viele Jahrhunderte währenden Schlaf träumte Heratokol. Zuerst bemerkte er ein schwach blinkendes Licht. An seine sternförmigen Ohren drangen Wörter, deren Bedeutung er nicht kannte. Er verstand sie nicht, aber er kannte die Stimme. Sogar besser als seine eigene. Das war auch ganz natürlich, denn in den ewigen Zeiten in den Tiefen des Sumpfs hatte er keine Gelegenheit gehabt, die eigene Stimme zu hören. Jene vertrauenerweckende, unwiderstehliche Stimme aber hatte ihm in dem Moment, als er erschaffen wurde, ins Ohr geflüstert.

Zum ersten Mal in seinem viele Jahrhunderte währenden Schlaf rührte sich Heratokol. Unmerklich zitterte er im Schlick. Die sensenförmigen Pranken an seinen sieben Armen verkrampften sich ganz leicht. Der gekrümmte riesige Schwanz bewegte sich minimal, sodass nur ein aufmerksames Auge es bemerkt hätte. Die Pupillen zuckten ein paar Mal hinter fest geschlossenen Augenlidern. Doch für eine Kreatur von den Ausmaßen der Merderan-Statue war das nicht wenig. Denn das daraus resultierende Aufwallen des Sumpfs genügte, um umherfliegende Olopos in die Flucht zu schlagen.

Was nun gesagt wurde, mussten die letzten Worte eines Gebets sein. Heratokol wusste das. Er wusste nicht, woher, und er wusste auch nicht, was ein Gebet war und wer es sprach. Aber so war es ihm gesagt worden, im Augenblick seiner Erschaffung, vom Himmelsgott höchstselbst, direkt in sein Ohr. Am Ende des Gebets würde er zum Aufwachen bereit sein. Wenn das Licht dauerhaft brannte, würden er und Hunderte andere, die mit ihm gemeinsam ihre nicht enden wollende Wache hielten, die Augen aufschlagen, um die Pflichten zu erfüllen, für die sie geschaffen worden waren.

Licht. Dunkel. Licht. Dunkel. Das war eine Warnung. Aber kein Aufruf. Heratokol wusste es. Es war noch Zeit.

Müde verließ Halkaren den Kultraum und stieß beinahe mit einem stämmigen Burfenen zusammen, der ungeduldig vor der Tür auf und ab ging. Fast hätte er sich wie aus Gewohnheit entschuldigt, doch dann erkannte er ihn und zog ein langes Gesicht.

»Was hast du um diese Zeit hier zu suchen?«, zischte er zwischen den Zähnen hervor und sah den einzigen Mann in Anageh, den er hasste wie die Pest, möglichst feindselig an. Beinahe geringschätzig musterte Gulpes, der Anführer der Weißen Flamme, den Ratspräsidenten. Er schob die Finger in seinen Ledergürtel, an dem zwei scharfe Schwerter baumelten, und erwiderte spöttisch: »Bislang habe ich Euch noch nie Rechenschaft abgelegt, Herr«, wobei er die Anrede *Herr* allzu bissig betonte. »Und ich habe auch nicht vor, heute damit anzufangen.«

Halkaren wurde puterrot im Gesicht. Er wusste natürlich, dass Gulpes dem Emir direkt unterstand, aber er hatte ihn auch nicht um Rechenschaft gebeten. Ihn machte nur die Tatsache nervös, dass nirgendwo eine Wache zu sehen war. Man konnte nie wissen, was dieser Teufel im Schilde führte. Trotzdem konnte er sich nicht beherrschen und fauchte wütend: »Du weißt, was da drinnen los ist. Und sicher kannst du dir vorstellen, wie es dem Emir geht. Er ist nicht in der Lage, dich oder deinen Unsinn zu ertragen. Falls du gekommen bist, um Ärger zu machen, hast du dir den falschen Zeitpunkt ausgesucht, du Lump!«

Gulpes lachte kopfschüttelnd.

»Noch seid Ihr nicht Emir von Anageh, geschätzter Halkaren«, sagte er ruhig. Eine Hand auf seinen aus Derokan-Armknochen gefertigten Schwertgriff gelegt, fuhr er fort: »Und es ist zu bezweifeln, dass Ihr es je werdet. Daher schlage ich vor, mir gegenüber vorsichtig zu sein. Ich bin hier auf besonderen Wunsch des Emirs. Ihr wisst es vielleicht nicht, aber meine Männer und ich kämpfen für die Rettung unseres geliebten Thronfolgers. Um des heiligen Glases willen – Ihr werdet niemanden finden, der mehr dafür tut als wir! Wir werden uns in Kürze nach Telinos schleichen und versuchen, ihn zu befreien. Ihr haltet uns zwar alle für Mörder, aber ich hoffe, Ihr stellt eines Tages fest, dass wir Helden sind, die alles für den Himmelsgott riskieren.«

Halkaren zog eine Grimasse. Der arme Emir wusste wohl auch nicht mehr, wem er vertrauen konnte. Wenn er sogar bei dieser Mörderbande um Hilfe ansuchte, war die Vollendung des Ritus nicht zu vermeiden. Natürlich konnten Gulpes und seine Männer nach Telinos gehen, das hatten sie auch früher schon getan. Aber niemand würde glauben, dass sie jemanden dort lebend herausbringen würden. Was sie taten, war töten, das war das Einzige, was sie beherrschten.

Mit einer wegwerfenden Handbewegung trat Halkaren von Gulpes weg und eilte durch den Korridor mit dem Bleiglasdekor. Er fühlte sich unendlich müde.

Sorglos und entspannt ging Gulpes am Kultraum vorbei. Er war kein allzu religöser Mann. Offen gestanden beschränkte sich sein Glauben seit jeher nur auf die eigenen Fähigkeiten und auf die Weiße Flamme. Den gelöschten Kerzen, den leeren Schalen und dem Sockel, der wahrscheinlich bis eben noch die Statue des ruhmreichen Dermense getragen hatte, konnte er denn auch nichts Rechtes abgewinnen. War die Weiße Flamme der gefürchtetste Geheimbund in Anageh, so war er deren gefürchtetstes Mitglied. *Giganten der Götter*, murmelte er lächelnd. Er war zu wichtig, als dass er an solche Kindermärchen glaubte.

Bevor er den privaten Audienzsaal des Emirs betrat, trödelte er noch ein wenig und rückte dann seine Uniform zurecht. Für die Weiße Flamme unterschied sich diese Operation ganz erheblich von den vorherigen. Ein einziger Erfolg, und ihr Leben war gerettet. Mit dem Gold, das dabei für sie herausspringen würde, könnten sie sich fern der verfluchten Sümpfe eine Existenz aufbauen, so herrlich wie die der Emire. Eine andere Chance hatten sie auch nicht. Sie würden das Blut vieler mächtiger Männer vergießen, so dass ihnen danach ein Leben in Sicherheit hier nicht mehr möglich sein würde. Er musste den Emir davon überzeugen, dass sie die Richtigen für diese Mission waren; ansonsten würde er seinen Männern nie wieder in die Augen blicken können.

Der an den Kultraum anschließende Audienzsaal war von einer Pracht, wie sie dem Vertreter des Gottes alle Ehre machte. Den Boden schmückten zwei hellgraue Bärenfelle. Dabei gab es auf Fuoli kein einziges Exemplar dieser schreckenerregenden Kreaturen, Geyfor-Bären genannt. Sie mussten aus fernen Ländern hergebracht worden sein, mit denen man Glashandel betrieb. Die Kuppel bestand aus Loftoner Bleiglas. Überall standen herrliche Glasstatuen. Am besten gefiel Gulpes die zwei Burfenen hohe Nutel-Statue, die eine Ecke komplett ausfüllte. Sie stellte das bezaubernde Geschöpf in der Pose dar, in der es aus dem Wasser sprang, und Gulpes konnte sich nicht erinnern, je ein so beeindruckendes Werk gesehen zu haben. Die kunterbunten Flügel des Geschöpfs waren weit geöffnet, der filigrane Schwanz stand unter Spannung. Ein angedeutetes Lächeln zierte das engelsgleiche Gesicht. Gulpes dachte an das Gerücht, Nutele seien überaus gefährliche Wesen. Fasziniert betrachtete er die Statue und wunderte sich wieder einmal, an welchen Unsinn die Burfenen glaubten.

Er hüstelte, um den Emir auf sich aufmerksam zu machen, der vor einem der runden Fenster stand und still nach draußen schaute. Unmerklich, doch ohne ein Wort nickte der Emir als Zeichen, dass er ihn bemerkt hatte. Nach einer Weile des unangenehmen Wartens drehte der greise Emir sich behäbig um.

»Heute ist ein sehr kalter Tag«, sagte er zerstreut. Er wirkte erschöpft.

»Stimmt, Herr«, erwiderte Gulpes eifrig. »Auf dem Weg in den Palast habe ich gefroren wie ein Schneider. Dafür ist die Luft frisch und klar. Normalerweise folgt auf so ein Wetter kräftiger Regen, aber man weiß ja nie.«

Poreturn hatte das Thema selbst angeschnitten, verzog aber den Mund, als plauderte er mit dem Burfenen über belangloses Zeug. Dann schlurfte er zu dem breiten, eleganten Sessel hinter dem ovalen Tisch und nahm Platz.

»Wir haben gerade die erste Stufe des Ritus beendet«, sagte er wie zu sich selbst. »Ab jetzt ist es nur noch eine Frage der Zeit. Wir haben vier Tage. Dann läuft die vom Himmelsgott gesetzte Frist ab, und wir können uns die letzte Stufe vornehmen. Kerzen, Statuen und all das wird es nicht geben. Nur ein kurzes Gebet. Danach treten die unbesiegbaren Armeen des Himmelsgotts für die letzte Schlacht an die Oberfläche Pergs. Für die letzte Schlacht und den letzten Sieg. Denkst du, vier Tage genügen der Weißen Flamme zur Erfüllung ihrer Mission?«

Gulpes zuckte mit den Schultern.

›Wo warst du eigentlich vorher mit deinen Gedanken, du seniler Trottel‹, ging ihm durch den Kopf. Während ihrer Unterredung in der letzten Woche hatte er eindringlich um Erlaubnis gebeten, sofort in Aktion treten zu dürfen, doch der Emir hatte ihm befohlen abzuwarten. Vielleicht hatte er auf ein Wunder gehofft. Trotzdem hatte die Situation auch ihr Gutes.

»Leicht wird es nicht, Herr«, antwortete er und setzte eine vertrauenerweckende Miene auf. »Für eine erfolgreiche Operation muss von nun an mit höherem Risiko und höheren Kosten gerechnet werden. Wenn Ihr aber fragt, ob es möglich ist – ja, der Weißen Flamme ist alles möglich.«

Der Emir nickte. Er schien begriffen zu haben, worauf Gulpes anspielte. »Das Risiko ist eure Sache. Das Finanzielle gehört heute nicht zu den vorrangigen Themen. Was immer es kostet, wird gezahlt.«

Gulpes lächelte unmerklich, um seiner Dankbarkeit Ausdruck zu verleihen. Er packte seinen Schwertgriff aus Derokan-Knochen und verkündete lautstark: »Die Mission wird erfüllt, Herr! Möge der Himmelsgott mit uns sein!«

Langsam erhob sich der Emir aus seinem Sessel. Er schien von Gulpes' Worten nicht allzu beeindruckt. Er drehte sich um und trat schweigend ans Fenster. Abwesend betrachtete er die riesige Pyramide, die sich auf dem Hauptplatz der Stadt erhob. Man hatte mit dem Bau der Glaspyramide während der Feierlichkeiten anlässlich der Geburt des künftigen Vertreters des Himmelsgotts – sprich: des Emirs einzigen Sohns – begonnen und ihn kurz vor seinem ersten Geburtstag beendet. Die Pyramide galt als eines der bemerkenswertesten Monumente von Anageh. Im Tageslicht glänzten die fliederfarbenen Oberflächen wie ein heiliges Symbol. Kurz gesagt: Sie war perfekt. Wenn alles vorbei war, würde der Emir den Befehl geben, die Pyramide an einen Ort zu verlegen, wo er sie nie wieder sehen musste. Nichts, was ihn an seinen Sohn erinnerte, würde er länger ertragen können. Sein glitt Blick zu der beschlagenen Fläche an der unteren Hälfte des Fensters. Mit einem tiefen Seufzer malte er mit dem Zeigefinger ein kleines Muster hinein.

»Immer, wenn Erogmet eine beschlagene Scheibe sah, malte er dieses Zeichen hinein«, flüsterte er wie zu sich selbst. »Er sagte immer, das sei ein Schmetterling. Auf Fuoli habe ich nie einen gesehen, aber in Altıf soll es viele geben. Dieser Schmetterling ähnelt einem winzigen Vogel und ist sehr freiheitsliebend. Leider lebt er nur einen Tag. Erogmet sagte immer, er würde lieber einen Tag in Freiheit leben als Hunderte von Jahren in Sklaverei. Ein tapferer Junge. Wenn er doch nur ein wenig auf mich gehört hätte.«

Gulpes war berührt von der Liebe, die in der Stimme des Emirs mitschwang. Nie hatte er eine solche Zuneigung oder Überzeugung verspürt, weswegen ihn derartige Gefühle ziemlich befremdeten. Er hatte bewusst den Entschluss gefasst, sein Herz vor solchen Schwächen zu verschließen. Wenn er daran dachte, was diese Gefühle aus dem starken Poreturn und dem friedlichen Anageh gemacht hatten, bedauerte er es nicht im Geringsten.

»Wenn wir ihn gefunden haben …«, begann er, um den Emir ein wenig zu beruhigen.

Er fand nicht den Mut zu sagen: Wenn wir ihn töten … Das musste auch er nicht extra betonen. Bei früheren Unterredungen hatte der Emir selbst einige Male ausdrücklich wiederholt, dass der Junge sterben müsse.

»… werden wir alles tun, damit er nicht leidet«, vervollständigte er seinen Satz. »Seid Euch dessen gewiss.«

Poreturn erwiderte nichts. Wieder streckte er die Hand aus und begann, einen weiteren, größeren Schmetterling neben den ersten zu malen. Gulpes fand, dass es Zeit war zu gehen, und begab sich zur Tür. Während er diese vorsichtig öffnete und wieder hinter sich schloss, war der Emir immer noch sorgfältig mit den Details des Schmetterlings beschäftigt.

KAPITEL XIII

IN RICHTUNG BERGE

Das winzige Hoepoh riss vier gleich große Stücke aus dem Pilzstengel heraus und verspeiste sie nacheinander. Bei jedem Bissen spannten und entspannten sich die etwa hundert haarfeinen Beine unter dem Bauch. Pilz war nicht gerade seine Leibspeise, aber am leichtesten zu finden. Aus Furcht vor dem Wald, in dem es vor gefährlichen Tieren nur so wimmelte, hatte es sein Nest zwischen den sicheren Pilzen gebaut. Sein Leibgericht, leckeres Schilfgras, wuchs in den Tiefen des Waldes, wenigstens drei Tagesetappen von hier. Auch wenn es nur einmal pro Woche Hunger verspürte, begnügte es sich in der Regel mit den trockenen Pilzen, da ihm die Reise zu riskant erschien.

Derjenige seiner vier runden Köpfe mit dem Ohr vernahm ein herannahendes Geräusch und warnte sogleich die drei anderen. Der Kopf, in dem das große Gehirn steckte, befahl den übrigen zwei Köpfen, die je über ein kleines Auge verfügten, zu prüfen, ob da eine Gefahr im Anmarsch war. Lustlos ließen sie vom Pilz ab und beäugten die Umgebung.

Dünne Beine, von denen sie nicht wussten, wem sie gehörten, stelzten an ihnen vorbei und versanken dabei im Schlick. Die Beine erinnerten an Schilfstengel und schienen in den Himmel zu wachsen. Ihre Laufrichtung aber ließ darauf schließen, dass sie nicht an ihm interessiert waren. Das Gehirn entschied, dass keine Gefahr herrschte, vor der es zu fliehen galt, und erlaubte den anderen Köpfen, zu ihrer Mahlzeit zurückzukehren. Genüsslich machten sie sich wieder über den Pilz her.

Leofold, der recht unbequem auf der Riesenspinne hockte, zeigte dem neben ihm sitzenden Koleun das Hoepoh, das er am Fuß eines Pilzes entdeckt hatte.

»Die gibt es hier in rauen Mengen«, entgegnete Koleun nach einem kurzen Blick auf das niedliche Wesen. »An manchen Orten begegnen sie dir auf Schritt und Tritt. Wenn sie nur schmecken würden! Sie sind nämlich ziemlich träge und dementsprechend leichter zu fangen als Olopos.«

Lächelnd sah Leofold den gefräßigen Burfenen an, der bei der Präsentation interessanter Tiere und Pflanzen immer erst einmal über deren Geschmack sprach. Dann widmete er sich wieder dem putzigen Hoepoh, das sie von tief unten musterte.

Genau ein Tag war vergangen, seit sie die Freie Zone verlassen hatten. Redrem hatte ihnen jedwede Unterstützung zugesagt, als er hörte, dass sie ihnen bei der Suche nach Erogmet ihre Hilfe anboten. Er bat sie, zunächst die Tabu-Berge abzusuchen. Gewöhnliche Burfenen durften diese Berge aus Glaubensgründen nicht betreten. Daher erschien es Redrem logisch, dass sich die Verbrecher dort versteckt halten könnten. Der Erhabene hätte wetten mögen, dass die Recken aus Anageh den Bergen nur einen oberflächlichen Besuch abgestattet hatten, um sich gleich wieder aus dem Staub zu machen. Nun, sie selbst hatten noch nicht einmal *das* getan. Bislang war noch niemand aus der Freien Zone in den Tabu-Bergen gewesen.

Bedrückt dachte Leofold an das, was sie über die Tabu-Berge gehört hatten. Um die Verantwortung für jegliche Eventualitäten von sich weisen zu können, hatte Redrem ihnen ausführlich berichtet. Man glaubte, dass Recken, die einstmals den Mut gehabt hatten, dort hinzugehen, verflucht und in Dämonen verwandelt worden waren. Kaum jemand bezweifelte, dass jeden Burfenen, der sich lange in den Bergen aufhielt, dasselbe Schicksal erwartete. In der Tat erinnerte die Geschichte stark an das, was Leofold widerfahren war. Es hätte ihn nicht gewundert, wenn das Land der Sümpfe die Heimat von Kreaturen wie Asherta gewesen wäre. Hatte sich der verfluchte Tunnel, in dem er gefangen gehalten worden war, nicht inmitten eines Berges befunden? Es würde ihn also nicht überraschen, wenn ihm in den Tabu-Bergen ein Asherta-ähnliches Wesen begegnete. Diese Möglichkeit ängstigte und beflügelte ihn zugleich: zum einen, weil es ihn an seine leidvolle Vergangenheit erinnerte, zum anderen, weil sich ihm eine zweite Gelegenheit bot, sich zu rächen.

Die Riesenspinne geriet für einen Moment aus dem Gleichgewicht, weil eines ihrer vier etwa zwanzig Fuß langen Beine tief im Sumpf versank. Um nicht herunterzufallen, krallten sich die Bestie und der Burfene in ihren Haaren fest. Hastig knickte die Spinne die anderen drei Beine ein, um ihren Körper wieder in eine gerade Position zu bringen, dann befreite sie ihr Bein aus dem Sumpf und stellte es auf dem festeren Schlick ab. Gleich nachdem sie ihre Balance wiedergefunden hatte, setzte sie ihren Weg fort.

Zunächst waren ihnen diese Geschöpfe ziemlich beängstigend vorgekommen. Selbst als sie hörten, dass es sich bei den Spinnen um das sicherste Fortbewegungsmittel auf Fuoli handelte, mussten sie erst überzeugt werden, auf ihren Rücken zu steigen. Dass sie vor vielen Jahrhunderten domestiziert worden waren, machte ihr furchterregendes Aussehen nicht wett. Eine Zeit lang hatte Guorin versucht, sie zu überreden, doch lieber zu Fuß zu gehen; er wurde jedoch von den anderen daran erinnert, dass es seine Idee gewesen war, auf der Insel zu bleiben. Zähneknirschend musste er sich geschlagen geben.

Die Burfenen nannten sie Porengore, für Leofold aber waren sie nichts anderes als riesige vierbeinige Spinnen. Jedes einzelne Exemplar konnte drei schwergewichtige Passagiere samt ihrem Gepäck mit Leichtigkeit transportieren. Mit ihren Beinen, die viermal so hoch waren wie ein Pilz, war es ihnen ein Leichtes, die Sümpfe zu durchqueren, was der Gruppe zu Fuß niemals gelungen wäre. Da ihre breiten Körper weit oberhalb der Pilzköpfe blieben, konnten sie beinahe ohne Unterbrechung marschieren. Bei ihrem Wettlauf mit der Zeit musste Leofold wohl oder übel einsehen, dass sie auf diese Tiere angewiesen waren.

Die aus fünf Spinnen bestehende Karawane zog weiter. Drei Recken ritten an der Spitze, für den Fall, dass vor ihnen eine Gefahr auftauchen sollte. Einer führte das Porengor, die beiden anderen behielten die Umgebung im Auge, giftgefüllte Kugeln in der Hand. Leofold und Koleun folgten direkt hinter ihnen. Guorin saß auf der dritten Spinne, Nela und Nume ritten auf der vierten. Auch sie wurden von Porengor-Führern begleitet. Das Schlusslicht bildeten drei erfahrene Krieger, die wiederum für die Sicherheit verantwortlich waren.

Die Burfenen hatten bereits zu Beginn der Reise strikt verkündet, dass sie die Tabu-Berge nicht betreten würden. Geplant war, dass sie die Gruppe nur bis an den Fuß der Berge eskortieren, am ersten Hang ein Camp errichten und dort auf sie warten würden. Leofold fand es hochinteressant, wie rigoros die Burfenen sich auch in einer so lebenswichtigen Angelegenheit an ihre Tabus hielten. Sie mussten eine völlig andere Denkweise haben als Menschen und Prome. Er hatte große Lust, mehr über sie zu erfahren, und warf dem neben ihm sitzenden Koleun einen Seitenblick zu.

»Du hast mir so viel über Fuoli erzählt, aber gar nichts über dich. Ich würde gern deine Geschichte hören, wenn das in Ordnung ist«, sagte er freundlich.

Der junge Kämpfer kräuselte die Lippen und sah ihn an. Er schien nicht zu verstehen, was Leofold meinte.

»Zum Beispiel, aus welcher Stadt zu stammst, wann du in die Freie Zone gekommen bist, solche Sachen eben«, präzisierte Leofold denn auch seine Frage.

Koleun überlegte kurz. »Ich habe mich vor vier Jahren Redrems Camp angeschlossen. Ich komme ursprünglich aus Anageh. Ich war jahrelang Offizier bei der Leibgarde von Anageh. Deswegen übertrug man mir ja auch die Verantwortung für die Sicherheit der Freien Zone. Ich lebte allein, musste also keine Familie zurücklassen. Außerdem verfügte ich auch über nur wenig Besitz. Noch eine Frage?«

»Dann hast du dich also auch von deinem ursprünglichen Glauben abgewandt«, meinte Leofold. »Interessant, dass ein Mensch – entschuldige, ich meine: ein Burfene – sich für einen anderen Gott entscheidet als sein Volk. Das ist sicher nicht leicht.«

Koleun lächelte und sah Leofold von der Seite an. »Nein, leicht ist es nicht. Ich habe in der Freien Zone Leute kennengelernt, die das getan haben. Das war eine schwere Zeit für sie. Ich traf andere, die sich dem Druck beugten und ihre Überzeugung begruben. Meine Situation aber war eine andere. Ich habe nie aufgehört, an den Himmelsgott zu glauben.«

Leofold musterte den Recken erstaunt.

»Warum hast du dann deiner Stadt den Rücken gekehrt?«, fragte er nach einer Weile des Nachdenkens mit ungläubigem Blick. »Weil du den Fanatismus nicht ertragen konntest?«

»Darauf würde ich gern mit Ja antworten«, erwiderte Koleun ernst. »Aber leider bin ich kein Erhabener. Ich habe großen Respekt vor Redrem, aber ich bin nicht so idealistisch wie er. Seit ich im Camp bin, durfte ich miterleben, dass Individuen mit unterschiedlichstem Glauben friedlich zusammenleben können. Deshalb verabscheue ich heute den Fanatismus, der in den Städten herrscht. Als ich meine Stadt verlassen musste, galt meine Sorge allerdings etwas anderem. Über Glaubensdinge zerbrach ich mir ehrlich gesagt nicht den Kopf.« Er machte eine kurze Pause, dann fuhr er lächelnd fort. »Du wirst es vielleicht komisch finden, aber ich musste weg, weil ich so ein Schürzenjäger war. Ich hatte einem gefährlichen Kerl die Freundin ausgespannt. Ein gewöhnlicher Gauner, dem mächtig viel Blut an den Händen klebte. Unser Abenteuer war nur von kurzer Dauer und blieb nicht lange geheim. Der Kerl hatte geschworen, mich umzubringen, und ich wusste, er würde es früher oder später auch tun. Mein Status als Sicherheitsoffizier hätte nicht genügt, um meine eigene Sicherheit zu garantieren. Deshalb musste ich aus der Stadt fliehen. Ich hatte vorher bereits einige Male Schmiergeld von Unterstützern der Freien Zone angenommen. Mit ihrer Hilfe fand ich Zuflucht im Camp, denn ich wusste, dass ich im Sumpf allein nicht würde überleben können. Redrem war sehr freundlich zu mir, obwohl er meine Geschichte kannte. Er behielt sie für sich und behandelte mich genauso wie die anderen. Ich habe unendlich viel von ihm gelernt und schulde ihm viel. Ich glaube nicht, dass ich ihn oder das Camp verlassen könnte, selbst wenn man mir die Nachricht vom Tod meines Widersachers in Anageh brächte.«

Leofold sah den Krieger voller Sympathie an. Seine Verbundenheit zu Ermira machte es ihm leicht, Koleun zu verstehen. Was Leidenschaft bedeutete, wusste er nur zu gut. Angesichts der Gewalt und des Fanatismus erschien ihm Koleuns Schwäche recht harmlos. Und nach dem, was er über Redrem gehört hatte, empfand er umso mehr Respekt für ihn.

Noch einmal musste die Spinne beim Durchqueren eines Sumpfs in die Knie gehen, und wieder krallte er sich in ihren dicken Körperhaaren fest. Dabei benutzte er seine Pranken mit Vorsicht, um dem Tier nicht wehzutun. Er wollte nicht unbedingt Zeuge sein, wenn ein Porengor einen Wutausbruch bekam. Danach blickte er zu der Gebirgskette, die allmählich in der Ferne auftauchte, und hing wieder seinen Gedanken nach.

Nach einer weiteren Stunde, in der sie gut vorankamen, rief Koleun den Recken an der Spitze zu, sie sollten stehenbleiben. Er gab ihnen ein Zeichen, woraufhin sie die Spinnen unverzüglich niederknien ließen. Während ihr eigenes Porengor die Beine an den vier Gelenken einknickte und sich auf den Boden setzte, begriff Leofold nicht recht, was vor sich ging, Warum legten sie eine Pause ein, wo sie den Bergen doch so nah waren? Als er Koleun danach fragte, zeigte der Burfene auf die grauen Wolken, die allmählich am Himmel aufzogen.

»Es wird Regen geben, Leofold. Einen Regen wie den hiesigen hast du noch nicht gesehen. Wir müssen uns alsbald einen Unterschlupf bauen.«

Leofold sah zuerst in die Wolken und dann in Koleuns Gesicht. Er verstand nicht. Wie konnte man in solchen Zeiten davor Angst haben, nass zu werden? Es war doch nur ein bisschen Regen. Er dachte an Ermiras Spruch, wenn sie ihn überreden wollte, im Regen spazierenzugehen. »Wir sind doch schließlich nicht aus Zucker«, pflegte sie zu sagen. Wäre sie jetzt hier gewesen, hätte sie es bestimmt wiederholt. Beinahe hätte er es Koleun erzählt. Doch dann ließ er es. Es war wohl vernünftiger, in fremden Ländern auf einen Einheimischen zu hören. Die Burfenen machten ohnehin nicht den Eindruck, als würden sie ihn nach seiner Meinung fragen.

Die Krieger begannen, Eisenstangen und dicke Holzbretter abzuladen. Währenddessen sah Leofold nach seinen Freunden, mit denen er schon eine ganze Weile nicht gesprochen hatte. Die ungewohnte Art des Reisens hatte sie erschöpft, aber es schien ihnen gut zu gehen.

»Habt ihr euch prima mit der kleinen Spinne verstanden?«, fragte er Guorin lächelnd. Gelangweilt hob der junge Mann die

Schultern und zeigte mit dem Kopf auf ihren Spinnenführer, der sich zu den anderen Burfenen gesellt hatte.

»Jedenfalls besser als mit ihm. Stundenlang sitzen wir nebeneinander, und er redet kein einziges Wort mit mir. Eine Nervensäge, was sonst. Zwei Mal habe ich versucht, einen Witz zu machen, aber er hat mich nur eisig angesehen. Verglichen mit ihm war mir sogar die Spinne sympathischer.«

»Sag so etwas nicht, Guorin«, meinte Leofold lachend und drückte ihm sanft die Schulter. »Die meisten Burfenen sehen Fremde wie uns zum ersten Mal. Da ist es nur natürlich, dass sie unruhig sind. Hab ein bisschen mehr Verständnis.«

Dann nickte er Nela und Nume zum Gruß zu. »Und wie geht es euch?«

Nume nickte zurück. »So so lala. Seit die Berge zu sehen sind, geht's mir prima. Und noch besser wird's mir gehen, wenn wir den Jungen gefunden haben. Ich hoffe, dass Redrem recht behält und wir die Räuberbande in die Enge treiben können. Ich habe die Nase voll vom Rumsitzen, da wird es mir guttun, ein paar Leute zu vertrimmen!«

Nela ging wortlos an ihnen vorbei, setzte sich auf einen größeren Stein und massierte sich die nackten Beine. Ihr Missmut war nicht zu übersehen.

»Die Haare von diesem verdammten Tier«, erklärte sie, als sie die Blicke der anderen auf sich spürte. »Meine Beine jucken wie verrückt! Ein paar Mal wäre ich beinahe runtergesprungen. Es könnte mir nicht einer der Herren seine Hose leihen?«

Alle lachten laut los. Und Nela lachte mit ihnen.

Nume rückte seinen Bogen zurecht, der ihm von der Schulter zu rutschen drohte, und wandte sich mit grüblerischer Miene an die Bestie.

»Ich hatte unterwegs viel Zeit zum Nachdenken, Leofold. Diese vielen Zufälle in letzter Zeit fangen an, mich zu beunruhigen. Dass wir auf der Suche nach Merderans Freund Koleun treffen, dass der uns zu dem einzigen Ort bringt, an dem wir diesen Olmen finden können … Es ist schon seltsam. Allein hätten wir dieses Camp nie gefunden. Überleg doch, – selbst die beiden Städte haben keine Spur davon entdecken können, obwohl sie seit Jahren danach suchen.«

Leofold verzog den Mund und dachte nach.

»Ich glaube, du hast recht«, erwiderte er. »Im Leben passieren Zufälle. Aber das ist schon sehr merkwürdig. Vor allem soll Olmen Redrem unser Kommen angekündigt haben, eingefädelt von den Mächten der Vorzeit. Eigentlich würde ich brennend gern wissen, wie das funktioniert. Koleun ist uns zufällig unterwegs begegnet – wie sollen die Mächte der Vorzeit da die Finger im Spiel haben? Aber um die Antwort auf diese Fragen zu finden, müssen wir wohl erst mit Olmen sprechen.«

»Ich hoffe, dass wir uns nicht übernehmen«, murmelte der Prom. »Es ist, als spielten wir ein Spiel, dessen Regeln wir nicht kennen. Ständig treiben wir irgendwohin, und das gefällt mir gar nicht.«

Die Sorge in seiner Stimme war nicht zu überhören. Mit einem Achselzucken setzte er sich auf einen großen Stein. Die Holpertour hatte ihn ziemlich angestrengt, und er war nicht in der Verfassung, Rätsel zu lösen.

Als Koleun ihnen den Unterschlupf zeigte, konnten sie nicht umhin, die Burfenen zu loben. Sie hatten Stangen fest in den Schlamm gerammt, Bretter zusammengenagelt und so zwei wandlose Unterstände gebaut. Einer diente für die Porengore, die, wie sie so mit ihren zusammengefalteten Beinen im Schlick saßen, aussahen wie behaarte Felsen. Es dauerte halbe Ewigkeiten, bis man sie unter Schieben und Drücken in den einen Unterschlupf befördert hatte. Dann suchten sich alle in dem zweiten einen Platz und teilten die Brote mit Olopo-Fleisch und Pilzen aus den Proviantttaschen. Koleuns Vorhersage trat ein, als wenig später nach Blitz und Donner die ersten Regentropfen fielen.

Beim Anblick der faustgroßen Tropfen begriff Guorin, warum die Burfenen die Maßnahme mit den Unterständen für notwendig gehalten hatten. Ein Tropfen genügte, um heftige Kopfschmerzen auszulösen. Von den Brettern dröhnte es, als würde jemand sie mit einem Vorschlaghammer bearbeiten. Es war also überaus vernünftig gewesen, anstelle von normalen Zelten diese Verschläge aufzubauen.

»Diese Regenfälle sind einer der Gründe, warum Fuoli mit so viel Schlick und Sumpf bedeckt ist«, erklärte Koleun, nachdem auch er dem Regen eine Weile zugesehen hatte. »Von Reisenden habe ich gehört, dass bei euch Regentropfen nur so groß sind wie mein Fingernagel. Das kann ich mir gar nicht vorstellen.«

Guorin lachte.

»Doch, meistens ist es so«, entgegnete er und nickte heftig mit dem Kopf. Mit Staunen beobachtete er die neben ihm niederfallenden riesigen Tropfen. »Du wirst es nicht glauben, aber manche Liebespaare finden einen Regenspaziergang sogar sehr romantisch.«

Nun lachte auch Koleun.

»Ich bin kein großer Romantiker«, meinte er mit einem Augenzwinkern. »In der Regel beginnen meine Beziehungen zu Frauen im Schlafzimmer und enden dort auch wieder. Und meine Frauen hielten es nicht anders. Die jungen Miezen denken auch nur ans Fummeln!« Während er sich über seinen eigenen Witz schief und krumm lachte, fiel sein Blick auf Nela, woraufhin ihm das Lachen im Halse steckenblieb. Feuerrot im Gesicht beeilte er sich, sich zu entschuldigen. »Verzeih, dich hatte ich völlig vergessen. Ich reise zum ersten Mal in Begleitung einer Frau.«

Diesmal lachten alle außer ihm. Nela beließ es bei einem Achselzucken.

Interessiert musterte Leofold den jungen Burfenen, der in seiner Beschämtheit noch kindlicher wirkte. Wie alt er wohl war? Vermutlich recht jung für einen Burfenen. Dann erinnerte er sich, dass der greise Redrem auch nicht älter aussah.

»Koleun, wie um der Götter willen könnt ihr Burfenen erkennen, wie alt ihr seid?«, fragte er laut, um seine Neugier zu stillen. »Für mich seht ihr alle aus wie Jugendliche.«

Alle warteten gespannt auf die Antwort, denn sie waren mindestens genauso neugierig wie Leofold.

»Warum sollten wir das wissen wollen?«, lautete die zögerliche Gegenfrage des jungen Burfenen. Ein Lächeln zierte sein glattes Gesicht. »Dass dir das komisch vorkommt, ist nicht verwunderlich; auch frühere Reisende wunderten sich darüber. Aber für uns ist es ganz normal. Ab siebzig verändern sich unsere Gesichter kaum noch. Wer aus einem bestimmten Grund sein Alter kenntlich machen möchte, heftet sich blaue Streifen an die Schulter. Jeder Streifen steht für zwanzig Jahre. Aber offen gestanden hatte ich noch nie das Bedürfnis zu wissen, wie alt ein Burfene ist. Die ganz alten kennen wir ohnehin, wie Redrem etwa, aber ob jemand siebzig ist oder hundertvierzig, ist uns egal.«

»Ist es aber nicht wichtig zu wissen, wie erfahren oder wissend jemand ist?«, fragte Guorin erstaunt. »Etwa um zu wählen, wer die letzte Entscheidung trifft, oder an wen ihr euch mit Fragen wenden könnt.«

Koleun lachte. »Eure Altershierarchie finden wir nicht unbedingt sinnvoll. Manchmal ist ein Siebzigjähriger, der ein erfülltes Leben geführt hat, weiser als ein Hundertvierzigjähriger. Wir stützen uns bei unserer Wahl nicht aufs Alter, sondern auf Worte und Taten. Und bisher sind wir damit gut gefahren.«

»Ihr macht es richtig, Junge«, stimmte Nume laut zu. »Ich bin ungefähr achthundert Jahre alt, aber die meiste Zeit meines Lebens habe ich in der Eintönigkeit eines dreckigen Gefängnisses verbracht. Fast alle meine Erfahrungen verdanke ich den vierzig Jahren vor dieser Haft. Alles, was ich erlebt habe, passierte in dieser kurzen Zeitspanne. Ich fühle mich ganz und gar nicht wie ein weiser Mann von achthundert Jahren.« Er schüttelte den Kopf. »Den Göttern sei Dank!«, fügte er dann mit lautem Gelächter hinzu.

Mit dem Regen hatte auch der Wind aufgefrischt; mit einem Mal war es kalt. Niemand schlug vor, Feuer zu machen, denn die Riesentropfen zerplatzten auf dem Schlamm und spritzten überall hin. Wer ein Hemd trug, hatte den Kragen hochgestellt. Alle rieben sich die Arme und hauchten sich in die Hände. Guorin hatte seine nackte Hand in die andere gelegt und jammerte insgeheim, warum der Anführer der Häscher ihm nicht beide Handschuhe überlassen hatte. Nur Nela schien die Kälte nichts auszumachen. Die Zauberin wirkte zudem recht nachdenklich. Nicht zu frieren erinnerte sie wieder an ihre zurückgewonnenen Kräfte. Was aber nicht bedeutete, dass sie gegen alle Empfindungen gefeit war, wie sie bemerkt hatte, als sie mit juckenden Beinen auf der Spinne saß. Kummer bereitete ihr vielmehr, dass sie sich nicht genau einschätzen konnte.

Einmal hatte sie das Gefühl, dass Guorin sie beobachtete, und sie blickte in seine Richtung. Doch entweder hatte sie zu spät reagiert oder es sich bloß eingebildet. Der junge Mann sah zerstreut nach draußen und beobachtete den Regen, der vom Himmel prasselte. Er schien sie gar nicht wahrzunehmen. Einen Augenblick lang war Nela gekränkt. Wieso behandelte er sie seit seinen Worten in dem Lichtpanzer so frostig? Dann ärgerte sie sich über sich selbst, weil nun wirklich nicht die Zeit war für solche Gedanken, und wandte sich an Nume.

»Bevor wir die Berge hinaufklettern«, sagte sie so, dass nur er es hören konnte, »werde ich einen Findezauber sprechen. Das ist der stärkste Zauber, den ich kenne. Ich beherrsche ihn ziemlich meisterhaft; mein Vater sagte immer, ich sei eine der Besten. Manchmal vertue ich mich natürlich, aber nur ganz selten. Wenn nötig, werde ich ihn ein paar Mal wiederholen, bis ich mir sicher bin. Wenn der Junge dort oben ist, werden wir ihn früher oder später finden. Es gibt viele Berge, da wäre es gut, wenn wir von Anfang an wüssten, auf welchem wir suchen müssen. Unsere Zeit ist begrenzt, da wird uns dieser Zauber bestimmt nützen.«

Nume nickte zustimmend. Es wunderte ihn nicht, dass die Zauberin ohne triftigen Grund mit ihm sprach. Vor dem Krieg der Götter hatten Prome und Menschen zusammengelebt. Deshalb kannte er die Menschen wie seine eigene Rasse. So sehr sich Prom-Frauen durch Besonnenheit und Verschwiegenheit auszeichneten, so sehr hatten Menschenfrauen das Bedürfnis, sich mitzuteilen. Er lächelte die Zauberin an und schwieg.

Es regnete über Stunden hin. Sobald das Donnern verstummte, hörte der Regen mit einem Mal auf. Die letzten riesigen Tropfen fielen in den Schlamm, die Sonne schlüpfte zwischen den Wolken hindurch und schien in all ihrem Glanz. Die Burfenen bauten die Unterstände ab und luden Stangen und Bretter ordentlich auf die Porengore. Nachdem jeder seinen Platz eingenommen hatte, machte die Kolonne sich wieder auf in Richtung Berge. Wahrscheinlich würden sie nicht noch einmal anhalten müssen. Niemand sprach, besorgt, was sie in den Tabu-Bergen erwartete. Das Einzige, was man hörte, war das schmatzende Geräusch der Spinnenbeine im Schlamm.

Wenn sie gewusst hätten, mit welchem Vorhaben eine andere Truppe zur selben Zeit in dieselbe Richtung unterwegs war, wäre ihre Sorge noch viel größer gewesen.

KAPITEL XIV

DIE WEISSE FLAMME

In jeder bestehenden Ordnung gedeihen Organisationen, die diese Ordnung ausnutzen. Diese Tatsache ist so bekannt, wie man um die Notwendigkeit einer bestehenden Ordnung weiß. Diejenigen, die die Räder zu ihrem eigenen Nutzen drehen wollen, finden einander dabei ebenso schnell wie Ratten den Geruch von Abfall. Anfangs sind sie Rivalen, doch dann kooperieren sie, um neue Mülltonnen umzukippen.

Ein abgebrühter Gauner namens Onutem war der Erste gewesen, der in Anageh eine solche Organisation gegründet hatte. Mit Dieben und Mördern an seiner Seite wurde er in kürzester Zeit ein gefürchteter Mann, der von der Mehrheit der Reichen Schutzgeld erpresste. Jeder wusste, dass er auch hilflose Straßenkinder für seine Zwecke benutzte. Manchmal versprach er ihnen Gold, und manchmal sprach er offene Drohungen aus. Bevor Poreturn die Position des Emirs und Gottesvertreters übernahm, erlebte »König Onutem« seine Blütezeit. Der gesamte Glashandel wurde von ihm kontrolliert. Kaum ein Laden, der kein Schutzgeld an ihn zahlte. Poreturns Vorgänger war von ruhiger Natur gewesen und hatte sich aus allen Dingen außer Glaubensfragen herausgehalten, weswegen Onutem tun und lassen konnte, was er wollte. Poreturn hingegen war ein unnachgiebiger Emir, der in der Stadt alle Fäden selbst in der Hand halten wollte. Er war unerschrocken genug, zu beschließen, es Onutem und seiner Bande mit gleicher Münze zurückzuzahlen, nachdem sie die Sicherheitstruppen der Stadt immer wieder bezwungen hatten. Er war auch die treibende Kraft bei der Gründung einer neuen Organisation, für die er die routiniertesten Mörder unabhängiger Banden rekrutierte. Eine Gruppierung, die seiner Kontrolle unterstand und Bereiche, die ihm wichtig waren, nicht antastete, erschien ihm weniger gefährlich als eigenmächtig agierende Verbrecher.

Inspiriert von der speziellen Glasherstellung der Burfenen nannte sich die Gruppe Weiße Flamme. Die Mitglieder legten ebenso viel Wert auf Geheimhaltung ihrer Organisation wie die Burfenen auf die Geheimhaltung jener Glastechnik. Im Alltag lebten sie wie ganz normale Leute. Ein Glasmeister oder ein Kneipenwirt konnte durchaus ein blutrünstiger Schlächter der Weißen Flamme sein. Die Mitglieder kannten sich nicht alle untereinander, was verhindern sollte, dass ein möglicher Spion die ganze Organisation zerschlug. Mit Unterstützung der Palastspitzel und der Sicherheitstruppe war es für die Weiße Flamme ein Leichtes, Onutems Imperium binnen Kurzem in die Knie zu zwingen. Ihr Vorgehen war denkbar simpel und blutig, weswegen Poreturn Wert darauf legte, dass seine Beziehung zu der Organisation vor dem Palastrat penibel geheim gehalten wurde. So unangefochten seine Macht als Dermenses Stellvertreter in Anageh auch war, so wusste er nur zu gut, dass im Fall von Entgleisungen eines Emirs der Himmelsgottglaube über Mechanismen verfügte, sich selbst zu schützen.

Natürlich blieb diese Verbindung nicht allen in gleichem Maß verborgen. Der Ratspräsident Halkaren etwa wusste von Unterredungen zwischen dem Palast und der Weißen Flamme und dass man sich zur Vermeidung des einen oder anderen Skandals der Mörder bediente, auch wenn ihm nicht bekannt war, dass die Organisation vom Emir persönlich gegründet worden war. Da der getreue Burfene das wahre Ausmaß der Beziehung nicht kannte, versuchte er sie dem krisengeschüttelten Emir zuliebe zu ignorieren. Hätte er gewusst, dass hinter dem mysteriösen Ableben manch wichtiger Persönlichkeit in jüngster Zeit die Weiße Flamme steckte, hätte er natürlich kein Stillschweigen bewahren können. Wobei der Emir die Weiße Flamme nicht nur im Kampf gegen Onutem eingesetzt hatte, sondern sie immer noch rücksichtslos gegen andere ihm zuwider laufende Gesinnungen und Bewegungen verwendete.

Gulpes, der Anführer der Weißen Flamme, war gleichzeitig auch ihr Architekt. Als Poreturn ihn entdeckte, war er Mitte sechzig, für einen Burfenen also noch recht jung. Damals war er ein intelligenter, starker Krieger und mauserte sich mit der Zeit auch zum hervorragenden Anführer. In Anageh galt er nach dem Emir als zweitgefürchtetster Mann. Da er seinen Ruhm mehr als liebte, scheute er auch nicht die Öffentlichkeit wie seine Konkurrenten. Aufgrund des Grauens aber, das die unbekannten Mörder verbreiteten, erlaubte sich kaum jemand, ihn auch nur von der Seite anzusehen.

Als Gulpes seine Männer mit der neuen Aufgabe vertraut machte, waren sie zunächst mehr als befremdet. Wobei man nicht sicher sagen konnte, was sie mehr wunderte: dass der Thronfolger, den alle in Gefangenschaft in Telinos wähnten, sich höchstwahrscheinlich in den Tabu-Bergen versteckte oder dass der Emir ihnen persönlich befohlen hatte, ihn zu finden und zu töten. Trotzdem nahmen sie den Auftrag ohne langes Zögern an. Solange sie bezahlt wurden, so ihre wichtigste Berufsregel, stellten sie keine Fragen.

Die neunköpfige Gruppe, die in die Berge unterwegs war, wurde von Gulpes angeführt. Gewöhnlich beschränkte er sich auf das Organisatorische und überließ den riskanten Teil seinen Männern. Angesichts der Wichtigkeit der Mission und der Höhe des zu erwartenden Honorars wollte er sich diesmal persönlich vom reibungslosen Ablauf überzeugen. Er war ein wenig angespannt, weil er zum ersten Mal seit Langem eine aktive Rolle spielte. Zu Zeiten, als die Weiße Flamme noch jung und unerfahren war, kam sein Schwert kaum zur Ruhe. Töten und dem Tod ins Gesicht zu lachen gehörte zum Tagesgeschäft. Doch längst hatten seine Männer so viel Geschicklichkeit erworben, dass sie ihn nicht mehr brauchten, und er hatte sich verantwortungsbewusst zurückgezogen. Nun musste er unumwunden zugeben, dass er diesen Nervenkitzel vermisst hatte.

Nach Beendigung der Mission würden sie das ausgelobte Gold nehmen und mit dem Schiff, das sie erwartete, Fuoli unverzüglich verlassen. Das hatte der Emir ausdrücklich verlangt, und sie hatten es widerspruchslos akzeptiert. Eine solche Maßnahme war Poreturn anscheinend eminent wichtig für die Geheimhaltung der Aktion. Ein Vater, der seinen Sohn, beziehungsweise ein Emir, der seinen Thronfolger umbringen ließ … Jedes für sich ein Geheimnis, das unter allen Umständen ein solches bleiben musste. Und besonders erpicht auf diesen ewigen Schlamm waren sie ohnehin nicht.

Gleich nachdem der Regen aufgehört hatte, verteilten sie sich auf vier Porengore und machten sich auf den Weg. Auf dreien der Tiere saßen nur je zwei Männer, wobei der jeweils freie Platz für die Doppellanzen und die speziellen Glaskugeln vorgesehen war, die im Kampf gegen Onutem eine so wichtige Rolle gespielt hatten. In ihrem Metier galten diese Kugeln als wahre Kunstwerke. Ein dünnes Glasplättchen genau in der Mitte teilte eine Kugel in zwei kleine Kammern. In der einen befand sich eine rote, in der anderen eine blaue Flüssigkeit. Wie bei allen anderen Glaskugeln wurden diese Mischungen mittels spezieller Kanülen in die Kammern gefüllt und die punktgroßen Einspritzlöcher mit einer Paste geschlossen. Die Kugeln der Weißen Flamme aber unterschieden sich elementar von denen, die die Krieger gegen Derokane oder Udeforen einsetzten. Bei den Flüssigkeiten handelte es sich nämlich nicht um Gift. Wenn die Kugeln beim Aufprall zersplitterten, entstand, sobald je ein Tropfen der roten und blauen Flüssigkeit sich mischten, ein riesiger Feuerball. Eigentlich war die Verwendung der explosiven Stoffe per Vertrag zwischen Anageh und Telinos untersagt worden. Aber die Weiße Flamme hatte die Bühne zu Zeiten betreten, in denen eine Lockerung solcher Verbote notwendig geworden war.

Während Gulpes nach Jahren wieder einmal unbequem auf seinem Porengor saß, dachte er an die guten alten Zeiten. In den Tagen von Onutems Imperium war Anageh ein aufregender Kriegsschauplatz gewesen. Jeder neue Tag bot ihm neue Abenteuer. Wenn er den Sonnenaufgang beobachtete, war er nie sicher, ob er auch den Sonnenuntergang erleben würde. Doch seit ihm der Sieg nicht mehr zu nehmen war, waren anstelle des Nervenkitzels Routineaufgaben und Normalität getreten. Seit Jahren hatte man nichts von Onutem gehört. Entweder war er tot, oder er hatte sich in ferne Länder geflüchtet. Eine Ewigkeit schon forderte sie niemand mehr heraus. Seine Männer, Meister ihres Fachs, erledigten sogar die schwierigsten Aufgaben wie am Schnürchen. Dementsprechend war das Leben in Anageh mittlerweile wie Suppe ohne Salz. Mit dem versprochenen Gold könnten sie sich endlich in fernen Ländern in neue Abenteuer stürzen. Diese Zeiten wünschte er sich sehnlichst herbei.

Der strenge Tonfall des Porengor-Führers riss ihn aus seinen Gedanken. Gulpes wusste um die Angewohnheit dieses begnadeten Mörders, herrisch zu reden, und so blickte er ihn recht sorglos mit fragenden Augen an.

»Da vorne zwischen den Pilzen sind ein paar Udeforen«, fuhr der Porengor-Führer im selben Ton fort. »Sollen wir anhalten, oder drücken wir ein Auge zu?«

Gulpes streckte sich ein wenig und sah nach unten. Zunächst konnte er nichts erkennen. Dann entdeckte er grüne Knäuel, die von Pilz zu Pilz sprangen. In der Luft waren sie zwar alle gleich grün, doch kaum saßen sie auf einem Pilz, nahmen sie seine Farbe an. In der Tat bewegte sich da vorne eine kleine Udefor-Herde. Normalerweise waren diese Wesen nicht allzu gefährlich. Sie waren ziemlich klein und hatten stumpfe Zähne. Aber sie verfügten über eine erstaunliche Sprungkraft. Wenn sie über die Pilze hinweg hüpften, konnten sie bis auf Körperhöhe eines Porengors springen. Eine durch Udefor-Bisse hervorgerufene Panik unter den Porengoren konnten sie überhaupt nicht gebrauchen. So gut abgerichtet die Tiere auch waren, war es in einem solchen Fall doch schwer, sie im Zaum zu halten.

»Halten wir an, Adek«, befahl Gulpes ruhig. »Räumen wir zuerst die Hindernisse weg, und dann ziehen wir weiter. Wir sollten kein Risiko eingehen.«

Adek hatte nichts dagegen. Ihrem Anführer zu widersprechen kam für Mitglieder der Weißen Flamme nur dann in Frage, wenn sie selbst die Führung beanspruchten. Denn angesichts einer solchen Meinungsverschiedenheit wäre Gulpes' normale Reaktion gewesen, ihn zu einem Duell bis zum Tod herauszufordern. Adek war kein von Ehrgeiz beseelter Burfene. Und selbst wenn dem so gewesen wäre, war ihm doch klar, dass er Gulpes weder mit der nackten Faust noch mit dem Schwert besiegen konnte. Offen gestanden hatte er noch niemanden getroffen, der es mit Gulpes aufnehmen konnte. Ohne weitere Nachfrage stoppte er das Porengor. Während die Spinne in den Beinen einknickte, hatte Gulpes sich aus einer neben ihm stehenden Truhe bereits einen Korb mit Glaskugeln gegriffen.

»Wenn Ihr es wünscht, Herr, kann ich einige mit der Lanze erledigen«, sagte Adek treu ergeben. »Das dürfte nicht allzu schwierig sein, das weiß ich aus Erfahrung. So sparen wir uns die Glaskugeln für später auf.«

Gulpes warf dem stämmigen Burfenen einen anerkennenden Blick zu. Ein Udefor war weniger gefährlich als ein Derokan, aber wenn sie in Herden auftauchten, erforderte der Nahkampf schon einigen Mut.

»Nicht nötig, Adek«, meinte er voller Respekt. »Danke, aber wir haben Kugeln für eine ganze Armee dabei. Schließlich jagen wir nur einen kleinen Jungen. Keine Ahnung, was in den Bergen auf uns zukommt, bis wir ihn gefunden haben, aber wir werden damit fertig.« Nach einer kurzen Pause fügte er mit ehrlichem Lächeln hinzu: »Außerdem brauche ich dich mehr als ein bisschen Glas.«

»Wie Ihr meint«, erwiderte Adek mit einem Achselzucken. »Ein wenig Üben wäre gar nicht so schlecht gewesen. Seit wir diese Kugeln verwenden, hatte ich keine Lanze mehr in der Hand. Ich fühle mich ziemlich eingerostet.« Er schürzte die Lippen und blickte ins Leere. »Aber es ist natürlich besser, kein unnötiges Risiko einzugehen. Ein Udefor-Biss kann ziemlich unangenehm sein.«

Gulpes und Adek ließen sich von der Spinne in den Schlamm gleiten. Mit achtsamen Schritten liefen sie in Richtung Pilze. Sie bewegten sich nur langsam, um die Udeforen nicht zu erschrecken. Auch die anderen Porengore waren stehengeblieben, hatten sich aber nicht hingesetzt. Ein Dritter erschien den erfahrenen Kriegern der Weißen Flamme für diese kleine Herde nicht erforderlich. Gulpes' und Adeks Treffsicherheit war hinlänglich bekannt.

Die beiden Burfenen brauchten einander nicht zu erinnern. Als sie nah genug an den Pilzwald herangekommen waren, blieben sie gleichzeitig stehen. So oft hatten sie die Kugeln eingesetzt, dass sie genau wussten, von wo aus sie werfen mussten. Die Udeforen schienen unbeeindruckt und flogen weiterhin von Pilz zu Pilz. Schwer zu sagen, wie viele es waren. Sobald diese krabbenartigen Tierchen auf einem Pilz landeten, waren sie beinahe unsichtbar. Nur die in unmittelbarer Nähe waren zu erkennen. Die beste Methode war, sie aufzuschrecken und abzuschießen, bevor sie wieder irgendwo landeten. Der Genuss eines guten Wurfs war mit kaum etwas anderem aufzuwiegen.

Gulpes nahm eine Kugel und wog sie in der Hand. Wie vor jedem Gemetzel wackelte seine Nase auf und ab. Er hasste diesen Tic, aber er ignorierte ihn, weil niemand den Schneid hatte, sich darüber lustig zu machen. Er fixierte einen Udefor und wartete geduldig, dass er aufflog. Als das Tierchen auf einen etwa sechs Fuß entfernten Pilz sprang, schleuderte er die Kugel mit atemberaubender Geschwindigkeit in seine Richtung. Er zielte nicht exakt auf den Udefor – das taten nur die Anfänger –, sondern auf einen Punkt seiner gedachten Flugbahn. Nur wenig später traf die Kugel ihr Ziel exakt in der Mitte.

Unter lautem Krachen explodierte der Udefor in der Luft. Der Feuerball ließ die anderen Tierchen entsetzt in alle Winde stieben. Und die Kugeln stiebten mit ihnen. Eine Explosion nach der anderen färbte die Umgebung rot. Überall regnete es glimmende Teilchen von Zangen und Schalen. Als die überlebenden Udeforen sich entfernten, hatten Gulpes und Adek jeder mindestens vier erfolgreiche Würfe auf ihrem Konto.

Unter den Applaus der übrigen Mitglieder der Weißen Flamme kehrten die beiden Burfenen zufrieden zu ihrem Porengor zurück. Gulpes lachte in sich hinein. Der Ruf dieser Mörderbande war über Fuolis Grenzen hinaus bekannt, aber trotzdem benahmen sie sich manchmal wie ein Haufen wilder Kinder. Solange sie ihren Spaß hatten, hatte er nichts dagegen einzuwenden.

Auf nun sicherer Route machten sie sich wieder auf den Weg. Schnell ritten sie über lichterloh brennende Pilze hinweg und setzten ihre Reise in die Berge fort. Obwohl keiner an dieses Tabu glaubte, war noch niemand von ihnen dort oben gewesen. Keiner hatte die geringste Ahnung, was sie erwartete, und das machte sie etwas nervös. Aber sie hatten einen Auftrag, und der ging vor. Die Weiße Flamme machte keine halben Sachen.

Nach geruhsamer mehrstündiger Reise standen sie vor der letzten Hürde. Etwa zwei Stunden vor den Bergen erstreckte sich ein breiter, spiegelglatter Sumpf und schien sie herausfordernd anzusehen. Natürlich hätten sie auch den sicheren Weg nehmen und um den Sumpf herumgehen können, was sie allerdings mindestens drei Tage kosten würde. Da war es doch vernünftiger, der Information der Kartographen von Anageh zu vertrauen. Von ihnen hatten sie erfahren, dass der Sumpf von hier bis zu den Bergen so flach war, dass Porengore ihn bequem durchqueren konnten. Sollte die Information falsch sein und auch nur einer seiner Männer zu Schaden kommen, würde Gulpes nach seiner Rückkehr in Anageh einigen Kartographen ordentlich zu Leibe rücken.

Wieder zogen sie weiter. Tödliche Risiken waren in ihrem Beruf völlig normal. Bei jedem Schritt tauchten die Porengore ein wenig mehr im Sumpf ein. Nacheinander verschwanden die Beingelenke. Gulpes fuhr der Schreck in die Glieder, als er die klebrige Masse unter seinen Füßen spürte, aber er biss die Zähne zusammen. Zum Glück hatte der Tauchgang der Porengore genau hier sein Ende. Die Körper über dem Morast, schleppten sie sich gemächlich voran. An manchen Stellen tauchten sie mehr aus dem Sumpf heraus, an manchen versanken sie wieder. Der strenge Geruch nach Sumpfgas überzeugte die Schlächter der Weißen Flamme, dass sie sich das Gold mehr als verdient hatten. Am Ende gelang es ihnen, dem Sumpf ohne Verluste zu entkommen.

Nachdem Gulpes sich überzeugt hatte, dass alle wohlauf waren, richtete er seinen Blick auf die vor ihm aufragenden Berge. Er rieb seinen rechten Fuß an den Spinnenhaaren und säuberte ihn oberflächlich von dem Morast, in den er ein paar Mal eingetaucht war. Da befanden sie sich nun also am Fuße der berüchtigten Tabu-Berge. Er glaubte kein einziges Wort von diesen Gerüchten, aber was stand ihnen bevor? Er wusste nur, dass kein einziger Recke von hier zurückgekehrt war. Zwar erwartete er nicht, mit einem Dämon oder irgendwelchem Teufelswerk zusammenzutreffen, aber Vorsicht war geboten. Er war nervös, weil er zum ersten Mal einen Ort betrat, wo er die Zügel nicht in der Hand hielt. Wären die Zauberer, die Poreturn heimlich von den Vier Inseln herbeordert hatte, nicht überein gekommen, dass der Thronfolger sich in diesen Bergen versteckte, hätte keine Macht der Welt Gulpes hier hergebracht.

»Im Namen der Weißen Flamme, hiermit fordere ich euch mächtige Berge heraus«, flüsterte Gulpes, eine Hand am Schwertgriff. »Bislang hat mich niemand bezwingen können. Mal sehen, ob es euch gelingt?«

Mit dem seltsamen Gefühl, von irgendwoher könnte eine Antwort ertönen, sperrte er die Ohren weit auf. Doch das Einzige, was er hörte, war das Heulen des Windes zwischen den schroffen Bergen.

KAPITEL XV

ABMACHUNG

»Verehrter Terolon,

ruhmreicher Vorsitzender unserer Föderation, für die wir ohne zu zögern in den Tod gehen,

diesen Brief schickt Euch der ratlose Vorsteher des wunderschönen Dorfs Olpun in Altıf. Ihr seid ein vielbeschäftigter Mann, und es tut mir in der Seele weh, Euch Eure wertvolle Zeit zu stehlen, aber wir brauchen Eure Hilfe. Vor etwa einer Woche versiegten aus unerfindlichem Grund zwei unserer drei lebenswichtigen Wasserquellen. Obwohl wir alles daransetzten, eine neue Wasserquelle ausfindig zu machen, schlugen all unsere Bemühungen fehl. Unsere Aussaat vertrocknet zusehends, unsere Kinder erkranken und sterben uns weg. Wenn uns nicht rasch Hilfe erreicht, wird Olpun binnen Kurzem nur mehr ein Symbol des Leids und des Verderbens auf der Landkarte von Perg sein.

Ihr fragt Euch bestimmt, warum wir im Angesicht einer solchen Katastrophe nicht die Hilfe unseres Gouverneurs, unseres Lords oder unseres Repräsentanten bei der Föderation höchstselbst erbitten. Da habt Ihr recht, ruhmreicher Herr. Doch leider stammt Yoluen, der Repräsentant Altıfs, aus Dorese. Wie jedem sind sicher auch Euch die endlosen Animositäten zwischen Dorese und Olpun zu Ohren gekommen. Jeder ist sich bewusst, dass Euer gerechtes Auge die Entwicklungen überall in der Föderation gewissenhaft verfolgt. Jene unsäglichen Animositäten sind der Grund, warum sich unser Repräsentant nicht für unsere Probleme interessiert und uns jedes Mal unserem Schicksal überlässt. Unseligerweise unterliegen auch unser Gouverneur und unser Lord dem Einfluss des Hochwohlgeborenen. Bitte fasst das nicht als Beschwerde auf, aber das ist die Realität.

Wir bedauernswerten Bauern hegen nicht den geringsten Zweifel, dass der ruhmreiche Terolon unsere Kümmernis aus der Welt schaffen kann. Unser Dorf hat bei der Gründung der Föderation viele Märtyrer geopfert. Söhne und Töchter aus Olpun haben im Kampf gegen den Teufel Asuber ihr Leben aufs Spiel gesetzt. Ohne mit der Wimper zu zucken haben sie all ihr Hab und Gut gegeben, um die Wunden Pergs, das ihnen heiliger ist als ihr eigenes Leben, zu verbinden. Da wird die Föderation doch bestimmt nicht tatenlos zusehen, wie diese ihre treuen Kinder zugrunde gehen!

Ich bete von ganzem Herzen für Euer Wohlergehen. Wir erwarten Eure unverzügliche Nachricht, möget Ihr uns Eure wohlwollenden Hände reichen, bevor es zu spät ist.

Mit tiefstem Respekt und meiner größten Hochachtung,

Dorfvorsteher und Euer ergebenster Diener, Edehok.«

Terolon starrte, nachdem er diese mit ungelenker Hand niedergeschriebenen Sätze gelesen hatte, eine Weile ausdruckslos auf das Pergament. Er lehnte sich kerzengerade an die Stuhllehne, streckte die Beine unter dem Tisch aus und reckte sich. Um wieder Schwung in die eingeschlafenen Füße zu bekommen, bewegte er seine Zehen auf und ab. Er wirkte müde, als er den Brief nahm und zu den anderen Pergamenten auf dem dicken Stapel legte.

»Nun muss ich auch noch die Wasserprobleme in den Dörfern lösen?«, murmelte er verdrossen. Wie es seine Angewohnheit war, griff er nach seinem dünnen Schnauzbart und zwirbelte ihn. »Na, dann schnapp' ich mir doch am besten eine Schnaufel und spurte los …«

Mit langem Gesicht schielte er auf den Pergamentstapel. Eigentlich war dieses Anliegen noch erträglich. Viel grausamer war ihm das erschienen, was er im vorletzten Brief gelesen hatte. Es hatte ihn ziemlich erschüttert zu erfahren, dass ein Mann es wagte, ihn um Hilfe zu bitten, weil eine Familie ihre Tochter, also das Mädchen, das er liebte, vor ihm versteckte. Er war ratlos. In letzter Zeit trug jeder seine Probleme an ihn heran. Leute, die behaupteten, sie würden geschäftlich übers Ohr gehauen, solche, die meinten, sie hätten eine wunderbare Geschäftsidee, Paranoiker, die glaubten, es formierten sich ständig neue Prom-Organisationen. Terolon hatte die Nase gestrichen voll. Seit seiner Amtsübernahme las er die eingehenden Briefe selbst, um aus erster Hand zu erfahren, wie sich die Beamten der Föderation um die Belange des Volkes kümmerten. Wenn es allerdings so weiterging, würde er nicht umhin können, diese Aufgabe, so wie die anderen Repräsentanten es taten, einem möglichst vertrauenswürdigen Mitarbeiter zu übertragen. Hoffnungslos schüttelte er den Kopf.

›Zum Glück ist noch kein Irrer auf die Idee gekommen, ich solle ihm ein Mädchen suchen‹, dachte er mit schiefem Lächeln.

Ihm fiel ein Brief ein, den er in eine andere Ecke gelegt hatte. Mit gerunzelter Stirn ließ er den Blick auf das nicht unterzeichnete Schreiben gleiten, in dem behauptet wurde, in Omnif würden die Bauern den Samdor, den Zufluss des Ose-Sees, extrem verschmutzen. Die Beschwerde war recht vernünftig formuliert, und er nahm sie sehr ernst, weil er Ähnliches bereits aus anderer Quelle gehört hatte. Das traditionelle Wettschwimmen im Ose-See zu Ehren der Föderation stand kurz bevor, also musste er alsbald eine Untersuchungsdelegation vor Ort schicken. Am Tag des Wettbewerbs würden alle Repräsentanten dort sein, da wollte er auf keinen Fall irgendwelche Probleme erleben. Ja, das würde er heute in Angriff nehmen. Doch vorher musste er noch etwas Wichtigeres erledigen.

Aufmerksam betrachtete er die kolossale Sanduhr, die in einer Ecke des Raums auf einem Sockel thronte. Der im oberen Kolben verbliebene Sand hatte beinahe die dritte der fünf in regelmäßigen Abständen auf das Glas gemalten grünen Linien erreicht. Es blieb also nur noch wenig Zeit bis zu der Sitzung, die er seit Tagen mit Hoffnung und mit Sorge erwartete.

Seufzend erhob er sich von seinem Stuhl. Dabei stieß er gegen den Tisch; der Briefstapel fiel auseinander, aber er ignorierte es. Langsam trat er an das hohe Fenster. Das herrliche Hunsa lag vor ihm und zerstreute seinen Missmut zumindest ein wenig.

Jedes Zimmer im Föderationsgebäude bot einen wunderbaren Ausblick. Der schlichte, aber elegante Bau erinnerte an eine gedrungene Säule, seine Besonderheit aber lag, zumindest für die Meister, in seinem Standort. Der siebenstöckige Steinbau erhob sich inmitten eines liebevoll gepflegten Blumengartens. Die Rückseite zeigte zum farbenfrohen Durser Wald hin, und vor der Front erstreckte sich das Blaue Hunsa in all seiner Pracht. Seitlich umarmten zwei rauschende Flüsse den Garten. Manchmal stieg Terolon allein aufs Dach, um all diese Schönheit auf einmal genießen zu können. Dabei legte er besonderen Wert darauf, dass dies ein Geheimnis zwischen ihm und seinem Diener Guon blieb, denn in den Augen der Repräsentanten entsprachen solche Handlungen nicht der Etikette, die ein Föderationsvorsitzender zu beachten hatte.

Während Terolon das sanfte Wellenspiel des Meeres betrachtete, musste er an seine Kindheit denken. Sein Vater war ein bekannter Kapitän gewesen und hatte unzählige Schiffe der Turayforer Marine befehligt, bis er in einer Schlacht seinen rechten Arm verlor. Gelegentlich hatte er den Sohn auf lange Reisen mitgenommen. Doch so sehr Terolon das Meer auch liebte, hatte er sich doch nie für die Idee erwärmen können, sein Leben auf Schiffen zu verbringen. Zwar hatte diese Entscheidung seinen Vater verletzt, doch im Rückblick bedauerte Terolon nicht, die Regierungsgeschäfte den Kapitänswürden vorgezogen zu haben. Dafür eignete er sich einfach am besten. Sonst wäre er wohl kaum bereits in so jungen Jahren vom Dorfvorsteher zum Regenten über ganz Perg avanciert.

Plötzlich hörte er ein heftiges Klopfen an der Truni-Holz-Tür. Guons dünnes Stimmchen verkündete, der erwartete Gast sei eingetroffen. Unbewusst blickte Terolon wieder auf die Sanduhr. Eigentlich war es noch nicht die verabredete Zeit, aber das störte ihn mitnichten. Je früher sie die Angelegenheit beendeten, desto beruhigter würde er sein.

Er setzte die ernste, entschlossene Miene auf, die er bei solchen Unterredungen bevorzugte. Er war es gewohnt, Rollen zu spielen, das war die Essenz seiner Arbeit, aber jedesmal benötigte er ein wenig Zeit, um sich vorzubereiten. Dann drehte er sich zur Tür und rief energisch: »Er soll hereinkommen.«

Die Tür ging auf. Zuerst erschien Guon und hinter ihm der junge Krieger, dessen athletischer Körper selbst unter der schlichten Kleidung sofort ins Auge fiel. Er war noch hübscher als in Terolons

Erinnerung. Für den Bruchteil einer Sekunde beneidete Terolon ihn, doch sogleich verhöhnte er sich insgeheim. Wie alle Durser war Terolon klein gewachsen und ein wenig beleibt. Das schüttere Haar machte ihn älter. Der Schnauzbart, den er stur nicht abrasierte, stand ihm nach einhelliger Meinung nicht. Selbst der schicke Umhang machte aus ihm keine Schönheit. Aber nirgendwo stand geschrieben, dass ein Föderationsvorsitzender attraktiv zu sein hatte.

»Willkommen bei der Föderation«, empfing er denn auch unbeirrt seinen Gast. »Welch Ehre, ruhmreicher Anführer unserer tapferen Häscher!«

Ais blickte prüfend durch den Raum, kaum dass er ihn betreten hatte. Er erwiderte den Gruß nicht, bis er sich vergewissert hatte, dass niemand anderes im Raum war, dass nicht ein Attentäter, der ihm nach dem Leben trachtete, sich in irgendeiner Ecke versteckte.

»Nett, dass Ihr mich willkommen heißt, wenn auch der Anlass nicht sehr nett ist«, brummte er ein wenig beruhigt, jedoch mit unverändert unzufriedener Miene. »Das wisst Ihr so gut wie ich.«

Der Vorsitzende hob die Augenbrauen.

›Und er nimmt noch weniger ein Blatt vor den Mund als in meiner Erinnerung‹, dachte er, während er Ais verständnisvoll anblickte. Auch darum beneidete er ihn, sah jedoch diesmal keinen Grund, sich deswegen zu verhöhnen.

»Beruhigt Euch, Ais«, sagte er freundlich und zeigte auf jenes der beiden eleganten Sitzmöbel direkt vor seinem Schreibtisch, das näher an der Tür stand.

»Nehmt Platz und atmet einmal tief durch. Lasst mich Euch etwas Kühlendes bringen. Wie wäre es mit einem eiskalten Nek-Bier? Es stimmt, es gibt eine Menge zu besprechen, aber so eilig haben wir es nun auch wieder nicht.«

Gegen einen Krug Bier hatte Ais nichts einzuwenden. Während er in Richtung Tisch schritt, fiel sein Blick auf die interessante Statuette in der Mitte des Raums. Ein zorniger Drache mit vielen Beinen, platziert auf einem hohen Sockel. Offenbar aus purem Gold. Ais zählte nicht nach, aber er vermutete, dass der imposante Drache über sechzehn Pranken verfügte, als Symbole für die sechzehn Länder

der Föderation. Der wütende Kopf verkörperte natürlich den Vorsitzenden. Ais glaubte nicht, dass es diese legendären Drachen wirklich jemals gegeben hatte, aber dem Mythos nach waren sie mächtige Geschöpfe. Er seufzte unmerklich, als er an der Statuette vorbeiging. Nichts als eine dumme Statue war das. Damit konnte man vielleicht das Volk blenden. Ais aber kannte die Föderation nur allzu gut.

Obwohl er wusste, dass es unsinnig war, setzte er sich nur um des besseren Gefühls willen in den anderen Sessel. Terolon registrierte es, verkniff sich aber jeglichen Kommentar.

Der Vorsitzende nahm die Glocke vom Tisch und läutete zweimal. Höflich bat er den Diener um zwei Nek-Biere. Sein Tonfall klang eher wie der eines Freundes und nicht wie der eines Vorgesetzten. Guon war nicht nur sein Diener, er war Vertrauter, Spion und Leibwächter. Gleichzeitig war er der Einzige, auf den Terolon sich von ganzem Herzen verlassen und mit dem er ehrlich über alles reden konnte. Seit wie vielen Jahren war er bei ihm? Zwanzig. Vielleicht sogar dreißig. Als Guon, ein Mann von kleiner, aber stämmiger Statur, mit stillem Nicken den Raum verlassen hatte, wandte Terolon sich wieder seinem Gast zu.

»Wie war Eure Reise, lieber Ais? Ich hoffe, Ihr hattet nicht mit Widrigkeiten zu kämpfen. Das Wetter ist bestens, ich nehme an, Ihr wurdet nicht vom Regen überrascht.«

»Wenn man von den zweihundert dämlichen Soldaten absieht, die die Jagdfestung umzingelt halten«, erwiderte Ais mit ruhiger Miene. »Nun, auch sie sind nicht unbedingt ein Problem. Ein paar Bären unterwegs hätten mir mehr Angst eingeflößt, aber nun … Das Wetter aber war wirklich angenehm.«

Der Anführer der Häscher beobachtete unbeeindruckt, wie sich das Gesicht des Vorsitzenden verfärbte. Ais hatte sich nun einmal in die Höhle des Löwen begeben, da hatte er nicht die Absicht, den Klugscheißer auch noch bei Laune zu halten.

»Was ist – bin ich etwa der Erste, der Euch sagt, dass Eure Soldaten dämlich sind? Das wundert mich ein wenig. Darüber spricht doch ganz Perg. Sogar die berühmten Saufbolde von Durs machen sich über sie lustig. Und die Soldaten, die Ihr zur Festung abkommandiert habt, müssen wohl die schlimmsten Grünschnäbel gewesen sein. Ich ging zwischen ihnen hindurch, hob nur die Augenbrauen, und schon zerstreuten sie sich in alle Winde. Ich hoffe nicht, dass sie meine Häscher ärgern, während ich hier bin. Wäre doch schade um die seltsamen Vögel – bestimmt hat jeder eine Familie, nicht wahr?«

Anfangs hätte Terolon sich beinahe über seinen unverfrorenen Gast geärgert, doch dann musste er lächeln. Dieser Ais war ein mutiger Mann, und ganz unrecht hatte er nicht. Terolon nickte zustimmend. Als er Ais' Staunen darüber bemerkte – dieser hatte eher einen Wutanfall erwartet –, klopfte er sich im Geiste auf die Schulter.

»Stimmt, geschätzter Ais. Unsere tapferen Häscher sind einzigartig in Perg, und zweihundert gewöhnliche Soldaten vermögen natürlich nicht, sie aus der Ruhe bringen. Genau deshalb habe ich auch nur zweihundert geschickt. Die Atmosphäre anzuheizen wäre das Letzte, was mir vorschwebt. Die Aufgabe meiner Soldaten besteht einzig und allein in der Beobachtung und Berichterstattung. Ihr und Eure Häscher wisst ja sicher, dass ich über weitere zwanzigtausend Mann verfüge, die ich im Fall einer unerwünschten Situation schicken könnte, nicht wahr?«

Ais zuckte zusammen. Finster musterte er den Föderationsvorsitzenden, der ihm mit gleichbleibend freundlicher Miene zu drohen vermochte. Die Fähigkeit der Repräsentanten, ihre Mimik zu kontrollieren, hatte ihn schon immer irritiert. Schließlich nickte er mit einem Achselzucken. War sein Wissen um die Truppenstärke nicht exakt der Grund, warum er hergekommen war?

Dennoch wollte er nicht gleich einen Rückzieher machen.

»Seid Ihr sicher, dass Euch jeder dieser zwanzigtausend Soldaten treu ergeben ist?«, fragte er mit hochgezogener Augenbraue. Er wusste, dass er mit dem Feuer spielte, aber er musste es versuchen.

Der Vorsitzende lächelte noch breiter.

»Wenn ich davon überzeugt wäre, würden wir dieses Gespräch nicht führen müssen, nicht wahr, mein lieber Ais?«, entgegnete er ruhig.

»So ist es«, gestand der junge Häscher ein. »Höchstwahrscheinlich läge ich in Ketten, und Ihr hättet bereits begonnen, die Jagdfestung als Attraktion für Reisende herzurichten. Aber wir wissen beide, dass Ihr einen Großteil Eurer Soldaten und des Volkes gegen Euch haben werdet, wenn Ihr die Jagdfestung antastet. Ihr werdet es nicht nur mit den Häschern zu tun bekommen. Nennen wir das Kind beim Namen: Durtemen ist weitaus beliebter als Ihr …«

Ais hörte, dass die Tür sich öffnete, und verstummte sogleich. Die Hand auf dem Schwertgriff, prüfte er, wer da hereinkam. Er war auf seinem Sessel nach vorne gerutscht, bereit, bei jedweder Gefahr aufzuspringen. Als er Guon ihre Biere hereintragen sah, ließ er sich entspannt zurücksinken.

Nachdem der Diener die Gläser abgestellt und sich wieder zurückgezogen hatte, schenkte der Vorsitzende dem Anführer der Häscher ein liebenswürdiges Lächeln.

»Ihr werdet in ganz Perg keinen Meister finden, der ein so geschmackvolles Nek-Bier braut wie der unsere, geschätzter Ais. Wir brachten ihn aus Uzroy hierher. Ihr werdet davon gehört haben, dass Uzroy berühmt ist für seine Braukunst. Der Mann ist ein wahrer Magier! Ich habe überall in Perg von diesem Teufelszeug getrunken, aber nirgends erreichen sie den optimalen Geschmack. Bei Nek-Bier denkt man doch vor allem, dass es ein wenig herb sein muss, nicht wahr? Probiert erst einmal, wenn Ihr mögt, und lasst uns dann fortfahren.«

Ais nickte. Er nahm das lange Kristallglas und betrachtete eine Zeit lang die feine Verarbeitung, ein Zeichen, dass es aus der Hand eines Telinoser Glasmeisters stammte. Beinahe jeder reiche Haushalt in Perg besaß Glasware aus Fuoli. Solch kostspieligen Glasobjekte sein Eigen zu nennen war ein regelrechtes Privileg. Denn niemand stellte so perfektes Glas her wie die Burfenen. Stets hatte Ais sich gefragt, wo diese seltsamen Kreaturen den notwendigen Sand herbekamen. Möglicherweise holten sie ihn aus den Tiefen der Sümpfe, aber sie legten so viel Wert auf Geheimhaltung, dass es zweifelhaft war, ob das stimmte. Beim Gedanken an Fuoli und die Burfenen fielen Ais seine Freunde ein, die dorthin unterwegs waren.

Missmutig widmete er sich wieder dem komplizierten Problem, das es zu lösen galt.

Bevor er das Glas an den Mund führte, schnupperte er an dem Bier. Würde er es bemerken, wenn es vergiftet wäre? Nein, er glaubte nicht, dazu imstande zu sein. Er dachte an Nume. Wie gern hätte er jetzt dessen empfindliche Spürnase gehabt! Dennoch scheute er sich nicht, einen tiefen Schluck des dunkelgrünen Getränks zu nehmen. Sollte der Vorsitzende ihn umbringen wollen, gelänge es ihm sowieso.

»Wirklich köstlich«, sagte er, während er das Glas auf dem Tisch abstellte.

Terolon lachte und faltete die Hände über dem Bauch.

»Ich mag Durtemen auch sehr«, meinte er. Ais sah ihn misstrauisch an, aber diesmal meinte der Föderationsvorsitzende es wirklich ehrlich. »Ich mochte ihn immer … und tue es noch. Ich wende die gemeinsamen Beschlüsse der Repräsentanten an, geschätzter Ais. Würde ich nur auf meine innere Stimme hören, könnte ich über die Ereignisse hinwegsehen. Aber es wurde eine Entscheidung gefällt, und es ist meine Pflicht, sie durchzusetzen. Darüber kann ich nicht diskutieren. Auch Ihr seid ein Kommandant, deshalb werdet Ihr mich sicher verstehen. Es ist nichts Persönliches.«

»Und meine Pflicht ist es, meinen Vorgesetzten und Onkel zu schützen«, entgegnete Ais prompt. Er sprach ziemlich laut. »Auch daran gibt es nichts zu diskutieren. Und es ist mehr als persönlich.«

»Wir werden uns doch trotz allem einig, oder?«

Ais hob eine Augenbraue.

»Und wie soll das gehen?«, fragte er. »Ihr habt überall in Perg die Lüge verbreitet, mein Onkel hätte den Prom-Khan aus dem Fausturm entführt. Ihr habt ihm Hausarrest erteilt und die Festung mit zwei Einheiten umstellt. Zudem habt Ihr den Sicherheitskommandanten der einzelnen Länder befohlen, Häscher, die zu ihnen stoßen, bis zu einem neuen Befehl *als Gäste* zu betrachten. Ist das der richtige Anfang, wenn man eine Einigung erzielen möchte?«

Der Vorsitzende erhob sich langsam aus seinem Sessel. Den Bierkrug in der Hand, ging er um den Tisch und stellte sich neben Ais.

Seine Miene war traurig geworden, die Schultern hingen leicht herab. Als er sprach, klang es, als schüttete jemand sein Herz aus.

»Ein Krieger und ein Oberhaupt betrachten Dinge stets aus unterschiedlichen Blickwinkeln«, sagte er mit schwacher Stimme. »Wir haben nicht behauptet, dass Durtemen Yuvgot aus dem Turm verschleppt hat. Möglicherweise wurde die Geschichte beim Weitererzählen nicht immer ganz korrekt wiedergegeben. Wir sagten, dass Durtemen ihn aus dem Turm befreit hat. Das ist nicht gelogen, geschätzter Ais. Indem Durtemen Yuvgot das Leben nahm, hat er ihn aus der Gefangenschaft befreit und gleichzeitig uns unseres größten Druckmittels gegen die Prome beraubt. Das war ein derber Schlag gegen die Föderation. Einige Repräsentanten forderten von mir, mit noch größerer Gewalt auf diesen Verrat zu reagieren, aber ich trat ihnen entgegen. Natürlich unterstützten mich auch manche meiner Freunde. Hätte ich das Ausgehverbot nicht verhängt, hätten manche mich für passiv gehalten und wären selbst aktiv geworden. Meine Kontrolle über die Repräsentanten hat leider ihre Grenzen. Was die Belagerung durch die Soldaten anbelangt: Sie sind nicht nur dort, um ein Verschwinden Durtemens zu verhindern, sondern auch, um ihn vor der eigenmächtigen Bestrafung durch andere zu schützen. Ihr könnt mir glauben oder nicht, teurer Ais. Aber ich bemühe mich, damit dieses traurige Ereignis möglichst wenig Probleme nach sich zieht.«

Erstaunt sah Ais den Vorsitzenden an. Er wusste nur zu gut, welch hervorragende Schauspieler die Repräsentanten bei Bedarf sein konnten. In Terolons Ton aber lag etwas, das Vertrauen erweckte. Nicht nur seine Stimme, sondern auch seine Miene strahlte Aufrichtigkeit aus. Ais war nicht gerade ein Menschenkenner, auf diese Fähigkeit konnte er nicht bauen. Er hatte selbst Guorin und seine Freunde lange Zeit für Feinde gehalten. Sollte er den Worten des Vorsitzenden wirklich glauben? Schließlich kam er zu dem Schluss, dass es eigentlich keinerlei Bedeutung hatte. Wichtig war, eine vernünftige Abmachung zu erzielen.

»Auf welche Weise gedenkt Ihr die Repräsentanten zu besänftigen?«, fragte er, darauf bedacht, seine Worte abzuwägen. Mittlerweile war er nicht mehr so überzeugt, dass der Vorsitzende böse Absichten hegte, und ließ es gut sein mit dem anmaßenden Benehmen.

Terolon trank vom Bier und ließ es eine Weile genüsslich durch seinen Mund fließen. Er wirkte nachdenklich, spielte abwesend mit seinem Schnauzer. Dann schluckte er das Bier hinunter und sagte laut: »Ich werde nicht zulassen, dass Durtemen etwas passiert. Er ist der einzige wahre Held von Perg. Der Mann, der die Dämonen vertrieb. Ihm verdanken wir unsere Freiheit, ja sogar die Föderation. Manche Repräsentanten haben das vergessen, ich aber nicht. Und wie Ihr sagtet: Er genießt die Liebe unseres Volkes. Ich möchte keinesfalls in die Geschichte eingehen als der Vorsitzende, der die Föderation und das Volk gegeneinander aufbrachte. Von nun an aber ist es unmöglich, dass die Festung ihre Funktion weiter erfüllt. Die Repräsentanten werden nicht mehr an die Loyalität der Häscher glauben. Ohnehin setzt man mich seit geraumer Zeit unter Druck, Euer Budget zu reduzieren. Wie Ihr wisst, haben wir damit bereits begonnen. Für mich besteht die einzige Lösung in der baldigen Pflichtenthebung der Festung und der Auflösung der Häscher. Das ist es, was die Repräsentanten seit Langem vorhaben, nur über das Wie waren sie sich unschlüssig! Wir geben ihnen, was sie wollen, und verlangen im Gegenzug, dass sie Durtemen vergessen. Ihr nehmt Euren Onkel und findet einen Ort, wo er friedlich seinen Lebensabend verbringen wird. Die Soldaten, Zauberer und Erfinder der Festung gliedern wir in die Sicherheitstruppen eines Landes ihrer Wahl ein. Offen gestanden fällt mir keine bessere Lösung ein. Wenn Ihr mir Euer Wort gebt, innerhalb einer Woche die Festung zu verlassen und die Häscher aufzulösen, verspreche ich Euch, eine Dringlichkeitssitzung einzuberufen und die Repräsentanten, was Durtemen anbelangt, zu überzeugen. Selbstverständlich erhalten alle Häscher so viel Geld, dass sie ihr Leben lang ein Auskommen haben. Diesbezüglich dürfte es in Anbetracht der Situation keinerlei Schwierigkeiten geben.«

Ais lachte bitter. Unterwegs hatte er sich überlegt, welche Vorschläge er sich wohl würde anhören müssen. Das nun war der am ehesten zu akzeptierende. Nach allem, was passiert war, würde die

Föderation den Fortbestand der Jagdfestung nicht länger zulassen. Sie würde doch kein Konstrukt finanzieren, das sie als Bedrohung ansah. Ais hätte allerdings nie gedacht, dass man die Auflösung der Häscher verlangen würde. Aus Sicht des Vorsitzenden aber erschien es ihm nun überaus logisch. So würde die Föderation ihre Autorität über das Volk untermauern. Selbst wenn man die Festung abriss, wären die Häscher als Einheit ein Magnet für die Gegner der Föderation, und dessen waren sich die Repräsentanten bewusst. Er stöhnte. Was würde es schon ändern? Sollten die Repräsentanten doch denken, was sie wollten – letztlich hatten die Häscher nie im Sinn gehabt, die Herrschaft in Perg zu übernehmen. Niemals würden sie den Grund für einen Konflikt liefern wollen, der zur Spaltung des Volks führen könnte. Das Problem lag darin, dass die Repräsentanten glaubten, jeder habe es, so wie sie selbst, auf die Macht abgesehen.

»Ich nehme Euren Vorschlag an«, verkündete er müde. »Erwartet allerdings keine Hilfe von uns, falls Euch wieder einmal Monster auf den Pelz rücken. Oder die Prome es wagen, sich aufzulehnen. Ab sofort kümmert Ihr Euch selbst um Eure Angelegenheiten. Bis heute haben wir uns bemüht, Perg mit größter Loyalität zu dienen. Doch Ihr habt bei allem, was wir taten, Hintergedanken gewittert. Wie dem auch sei … Was Ihr dachtet, ist völlig unerheblich. Mein Gewissen ist rein. Ich gebe Euch mein Wort, dass wir die Festung vor Ablauf einer Woche geräumt haben werden. Ihr wisst, dass Ihr auf mein Wort vertrauen könnt.«

»Dafür danke ich Euch«, erwiderte Terolon erleichtert. Allerdings versuchte er, sich nicht anmerken zu lassen, wie sehr. Es stimmte, was sie besprochen hatten. Und er wollte die Angelegenheit so reibungslos wie möglich erledigen. Seinen Wunsch, die Föderation möge tunlichst wenig Schaden nehmen, hatte er allerdings für sich behalten. Als Ais sagte, Durtemen sei beliebter als die Föderation, war er der Realität näher gekommen, als er ahnte. Laut Informationen von Terolons Spitzeln hatte diese Liebe des Volkes trotz der Gerüchte, die die Föderation gestreut hatte, kaum gelitten. Sollte es zu einem Konflikt zwischen den Häschern und der Föderation kommen, würde sich nicht nur ein Teil, sondern die Mehrheit des Heeres und des Volkes auf die Seite der Festung stellen. Daran hatte Terolon keinerlei Zweifel. Sein einziger Vorteil lag darin, dass Ais sich dessen nicht bewusst war. Was er selbst allerdings nicht wissen konnte, war, dass sich der junge Mann nicht anders verhalten hätte, auch wenn es ihm bewusst gewesen wäre.

»Und ich werde die Repräsentanten noch heute Abend zu einer Dringlichkeitssitzung einbestellen«, erklärte er mit fester Stimme. »Ich werde ihnen Eure Entscheidung mitteilen und sie informieren, dass Durtemen ab sofort unter meinem Schutz steht. Dabei werde ich ihnen zu verstehen geben, dass ich Einzelaktionen, die nicht im Einklang mit unserer Abmachung stehen, mit harten Sanktionen beantworten werde. Alle wissen, wie konsequent ich bei Bedarf vorzugehen imstande bin. Ich versichere Euch, dass Euch keinerlei Probleme entstehen werden. Euer Onkel wird bis zu seinem letzten Atemzug in Sicherheit sein. Niemand wird seinen Frieden stören. Ich muss gestehen, dass mir eine schwere Last von den Schultern genommen wurde. Erlaubt mir, Euch noch einmal meine Dankbarkeit dafür auszusprechen, dass wir die Angelegenheit in höchstem Maße vernünftig beilegen konnten.«

Teilnahmslos erhob sich Ais aus seinem Sessel. Aus dem Augenwinkel sah er die ausgestreckte Hand des Vorsitzenden, aber er ergriff sie nicht. Stattdessen nahm er sein Glas vom Tisch und trank den letzten Schluck Nek-Bier. Als er sich wieder umwandte, hatte Terolon seine Hand längst gesenkt. Kein Anzeichen von Missbilligung in seinem Gesicht.

»Da wäre noch ein letzter Punkt unserer Abmachung«, sagte Ais in einem Ton, der keine Diskussion zuließ.

Terolon runzelte die Stirn. Damit hatte er nicht gerechnet.

»Ich fordere, dass Ihr noch jemanden Eurem Schutz unterstellt. Es handelt sich um einen jungen Mann namens Guorin und seine Freunde. Eure Männer werden ihn an einem Häscherhandschuh erkennen. Meine Häscher werden vor Verlassen der Festung alles zerstören, was mit ihnen im Zusammenhang steht, daher wird es außer ihm niemanden mit einem solchen Handschuh geben. Trotzdem schicke ich Euch in Bälde eine Beschreibung. Vielleicht lasse ich auch von einem Meister eine Portraitzeichnung anfertigen, ich weiß es noch nicht. Guorin und seine Begleitung, wer oder was immer es auch ist, werden wie Durtemen unter Eurem Schutz stehen. Ihnen wird jede Art von Schutz und Unterstützung gewährt. Akzeptiert Ihr auch das?«

Terolon sah Ais verwirrt an. Er wusste nicht, wovon der junge Häscher sprach.

›Wer oder was auch immer‹, wiederholte er im Geiste.

»Ja, natürlich. Nicht der Rede wert. Ich lasse alle Sicherheitskommandanten informieren, und sie leiten es an ihre Soldaten weiter. Wenn Ihr mir ein Bild zusendet, lasse ich es vervielfältigen und verteilen. Solange sie niemandem Schaden zufügen, werden sie überall in Perg meinen Schutz genießen.« Er hielt inne und murmelte dann nachdenklich: »Aber, mein geschätzter Ais, ich muss schon sagen, dass mir dieser Wunsch recht seltsam erscheint.«

Seufzend drehte Ais sich um. Unruhig massierte er sich das Kinn. Wie sollte er dem Föderationsvorsitzenden die Lage erklären? Wenn sein Onkel diese Sache überleben sollte, dann nur, weil er als der Held galt, der Perg vor den Dämonen gerettet hatte. Auf dieser Lüge basierte die Liebe des Heers und des Volks. Sollte sich herumsprechen, dass ein gewöhnlicher Bauer, ein gesetzloser Prom und eine Bestie die wahren Retter waren, würde niemand Durtemen vor dem Zorn der Repräsentanten retten können. Es quälte ihn, dieses Geheimnis für sich behalten zu müssen, aber was blieb ihm anderes übrig?

»Ich hoffe, ihr verzeiht mir«, sagte er leise zu sich selbst. Er betete zu allen ihm bekannten Göttern, dass seine Freunde ihn verstehen würden, falls sie sich eines Tages wiedersehen sollten. Während er sich müde zur Tür schleppte, kam ihm etwas in den Sinn, das ihn besorgt den Kopf schütteln ließ. »Ich hoffe, du hältst Geschenke so in Ehren, wie ich es mir erhoffe, lieber Guorin.«

KAPITEL XVI

IN DEN BERGEN

Zuerst wurde es stockfinster, dann tauchte in der Dunkelheit unmerklich ein blinkendes Licht auf. Mit jeder Wiederholung der Worte wuchs der Lichtpunkt und verwandelte sich schließlich in einen blassen Ring. Der Ring drehte sich um die eigene Achse, leuchtete mit jeder Drehung ein wenig stärker und setzte sich allmählich in Bewegung. Ziellos glitt er durch die endlose Leere. Abrupt blieb er stehen. Stieg ein wenig auf. Als hätte er etwas entdeckt. Plötzlich beschleunigte er und näherte sich einem Punkt im Nichts, als hätte er ihn im Visier.

Je näher er seinem Ziel kam, desto deutlicher wurde, dass es sich dabei ebenfalls um einen Lichtring handelte. Beide waren etwa gleich groß. Er drehte sich auf der Stelle, flog pfeilschnell heran und dockte exakt an seinen Zwilling an. Die Ringe wurden eins und bewegten sich nun gemeinsam in eine andere Richtung.

Die Ringe streiften eine Weile durch die Finsternis. Dabei änderten sie immer wieder ihre Geschwindigkeit. Unterwegs trafen sie auf zahlreiche andere Ringe, die sich zu ihnen gesellten und das Licht immer kräftiger leuchten ließen. Dutzende Lichtsamenkörnchen verschmolzen miteinander, wuchsen und wuchsen und ähnelten schließlich einer schneeweißen Sonne. Mit zunehmendem Umfang wurde sie langsamer und hielt kurz darauf inne. Die winzigen Ringe in der Umgebung erlagen ihrem Sog und schlossen sich ihr an. Mit jedem Ring wurde die Sonne ein wenig größer, bis sich ein Spalt in der Dunkelheit öffnete. Dahinter tauchte das Gesicht eines jungen Mannes auf. Konturlos, manchmal völlig verschwommen. Anstelle der Augen saßen schwarze Punkte. Hin und wieder wurden jedoch Gesichtszüge sichtbar und verwandelten den identitätslosen Schatten in das Antlitz einer ganz bestimmten Person.

Er war es. Und er war nicht allzu weit entfernt.

Mit einem Mal hörte Nela auf zu sprechen. Die Zauberformeln verhallten, und mit ihnen verschwanden die Sonne und die Finsternis im Nichts und nahmen das Gesicht des Mannes mit. Eine Leere entstand, die sogar die Finsternis hätte verschlucken können. Langsam öffnete die junge Frau ihre Augen. Entrückt blickte sie zu Koleun, dessen Kopf sie in ihren Händen hielt. Sie sah müde aus.

»Ich habe ihn gesehen«, flüsterte sie, dann sank sie zu Boden.

Als Nela die Augen wieder aufschlug, war sie umringt von ihren Freunden, die sie sorgenvoll betrachteten. Guorin kniete neben ihr, ihre rechte Hand zwischen den seinen. Unmerklich streichelte er sie. Unzählige Gefahren hatten sie erlebt, doch zum ersten Mal sah sie ihn derart bekümmert. Die Zuneigung in seinen Augen wärmte ihr das Herz. Sie bemühte sich um ein Lächeln. Dann wurde sie wieder ohnmächtig.

Als sie das nächste Mal aufwachte, schien sie halbwegs gefasst. Diesmal saß sie; bestimmt hatten die anderen sie zu den Felsen gezogen und angelehnt. Die Steine im Rücken störten sie, aber sie fand nicht die Kraft, sich zu bewegen. Nume hielt ihr seine Feldflasche an den Mund und träufelte ein paar Tropfen Wasser zwischen ihre Lippen. Die Frische, die ihre Kehle hinunterrann, tat ihr gut.

»Warum hast du nicht gesagt, dass dieser verdammte Zauber so schwierig ist, du dummes Mädchen?«, hörte sie Nume schimpfen. Sie schwieg. Sie hatte es doch selbst nicht gewusst.

Eigentlich war es nicht das erste Mal gewesen, dass sie den Findezauber anwendete. Aber noch nie war sie so weit gekommen. Früher waren ihr höchstens ein paar Lichtringe gelungen. Davon, eine Sonne zu schaffen, hatte sie nicht einmal geträumt. Sie hatte nur ein paar Ringe erwartet, in deren Licht sie einen winzigen Hinweis auf den verschwundenen Jungen zu entdecken hoffte. Diesmal aber war es ihr sogar gelungen, die gesuchte Person zu sehen. Wahrscheinlich handelte es sich um eine jener neuen Kräfte, deren Grenzen sie nicht kannte und die sie beinahe das Leben gekostet hätten. Sicher hatten die anderen bemerkt, dass etwas nicht stimmte, aber dass die grauenvolle Sonne ihr beinahe das Bewusstsein weggebrannt hätte, konnten sie natürlich nicht wissen. Das sollten sie auch nicht. Damit musste sie allein fertigwerden.

Als sie sich ein wenig erholt hatte, zwang sie sich zu einem Lächeln. Dem ratlos vor ihr knienden Guorin schenkte sie einen zärtlichen Blick. Dann setzte sie sich ein wenig auf.

»Ihr geratet viel zu schnell in Panik«, machte sie sich über die Männer lustig. »Ab sofort werde ich in eurem Beisein nicht mehr zaubern, sonst kriegt einer von euch noch einen Herzinfarkt.«

»War das normal?«, fragte Leofold misstrauisch. »Du warst beinahe ohnmächtig.«

»So ist das beim Findezauber«, log Nela. Schließlich war sie die einzige Zauberin weit und breit, daher konnte niemand das Gegenteil behaupten. »Anstrengend, aber mit konkretem Ergebnis. Ich habe den Jungen gesehen. Er ist nicht allzu weit weg. Höchstwahrscheinlich in den Bergen – oder zumindest in deren Umgebung, das wette ich.«

Sie verstummte, atmete tief durch, um Kraft zu schöpfen, und fuhr dann fort: »Ich bin sicher, dass er lebt. Wir haben also die Chance, ihn zu finden, bevor es zu spät ist.«

Koleun massierte sich die Schläfen. Zum ersten Mal war er bei einem Zauber dabei gewesen. Und nicht nur das, er war sogar Teil davon. Da er als Einziger von ihnen Anagehs Thronfolger kannte, hatte sich die Zauberin seines Gedächtnisses bedient und das, was in seiner Erinnerung verborgen war, in sich aufgesogen. Er war stolz, hatte sich aber auch ziemlich gefürchtet.

»Dann lasst uns keine Zeit verlieren«, sagte der Burfene laut und stemmte die Hände in die Seiten. »Während ihr in den Bergen nachseht, suche ich mit meinen Männern die Umgebung ab. Wir stecken unsere Nasen bis ins letzte Mauseloch. Es ist gut, die Suche in zwei Gruppen durchzuführen. Damit mildern wir auch ein wenig unser schlechtes Gewissen darüber, euch alleinzulassen.« Er zeigte mit dem Finger hoch hinauf in die Felswände. »Ich hoffe, dort oben läuft alles wie am Schnürchen.«

Leofold hob den Kopf und inspizierte den ziemlich verlassen aussehenden Gipfel. Sollten sich dort, wie er vermutete, Ashertaähnliche Monster verstecken, würde sicher nichts wie am Schnürchen laufen. Er schloss auch die Möglichkeit nicht aus, dass sich der Junge inzwischen in ein Monster verwandelt haben könnte. Aber das behielt er lieber für sich. Es hatte wenig Sinn, die anderen zu beunruhigen, wenn er sich selbst nicht sicher war.

»Du hast recht«, stimmte er dem Burfenen zu. »Wir haben keine Zeit zu verlieren. Wäre doch schade, wenn die ganze Mühe umsonst gewesen wäre. Mach dir um uns keine Sorgen. Wir haben so viele schwierige Situationen gemeistert, das kannst du dir gar nicht vorstellen. Wir werden das Kind schon schaukeln.«

Koleun lächelte. Er gab seinen Männern mit der Hand ein Zeichen, ihre Porengore zu besteigen.

»Möge der Himmelsgott meinen Freunden beistehen!«, rief er laut hinaus.

Er sprang auf eine Spinne, die ihre Beine streckte und flugs ihre normale Höhe erreichte. Einzeln verabschiedete sich der Burfene von den anderen und inspizierte dann die Berge mit einem nachdenklichen Blick. »In fünf Tagen treffen wir uns genau an dieser Stelle. Wer zuerst da ist, wartet auf die anderen. Sollten wir aus irgendeinem Grund nicht erscheinen, müsst ihr selbst zusehen, wie ihr weiterkommt. Am besten kehrt ihr zu eurem Schiff zurück, denn die Freie Zone ohne Führer zu finden ist kein Kinderspiel.«

Er wendete das Porengor und ritt auf die Pilze zu. Die anderen Burfenen folgten ihm auf dem Fuß.

»Ab jetzt sind wir auf uns allein gestellt, was?«, sagte Guorin und sah den Spinnen nachdenklich hinterher. »Ich hoffe, ihr seid nicht böse auf mich, weil ich euch in diesen Schlamassel gezogen habe.«

Nume gab ihm einen freundschaftlichen Klaps auf die Schulter. »Wir tun das Richtige. Auf geht's, bringen wir's zu Ende.«

Sie kletterten. Stundenlang, ohne Pause; sie kletterten, bis sie völlig außer Atem waren. Die Steigung war nur mäßig, weshalb sie schneller vorankamen als erhofft. Je höher sie stiegen, umso kälter wurde es und umso beißender schlug ihnen der Wind ins Gesicht. Aber sie klagten nicht, denn nach dem feuchten, modrigen Gestank in den Sümpfen tat ihnen die frische Luft gut. An dieser Wand gab es kaum Bäume, nur schroffe Felsen. Scheinbar war das kein gutes Versteck für die Räuber. Dementsprechend entspannt bewegten sie sich. Nume hatte seinen Bogen über der Schulter hängen, Guorins Schwert steckte in seinem Gürtel. Bis sie die Rückseite des Bergs erreicht hatten, war die Wahrscheinlichkeit, jemandem zu begegnen, äußerst gering. Dessen waren sich alle bewusst.

Leofold kletterte vorneweg. Dank seiner kräftigen Arme und Pranken kam er in den Felsen am leichtesten voran. Allerdings hatte er sich nicht nur deshalb an die Spitze der Gruppe gesetzt. Falls seine Instinkte ihn nicht täuschten und sie wirklich einem Monster wie Asherta begegneten, wollte er niemandem die Freude überlassen, es zu töten. Bei jedem Blick auf seine Pranken wurde dieser Wunsch ein wenig stärker. Die Erinnerung an das Leid, das ihm im Tunnel widerfahren war, spornte ihn an. Nume ging direkt hinter ihm. Der riesige Prom verfügte zwar nicht gerade über spezielle Bergsteigerqualitäten, vermochte aber dank seiner Bärenkräfte mit Leofold mitzuhalten. Er fühlte sich recht wohl in seiner Haut, denn er genoss es, nach dem klebrigen Morast der Sümpfe endlich wieder den gewohnten festen Boden unter den Füßen zu spüren. Die beiden mussten oft anhalten und auf die anderen warten. Das taten sie ohne Groll, denn sie beobachteten voller Respekt, wie sowohl Guorin als auch Nela sich anstrengten, mit ihnen Schritt zu halten.

Während des Aufstiegs wich Guorin Nela nicht von der Seite. Er war ihr weit mehr als ein etwas groß geratener Wanderstock. Die junge Frau hatte die Nachwirkungen des Zaubers noch nicht ganz abgeschüttelt. Ihr Blick war zerstreut, ihr Körper müde. Sie stolperte häufig, und jedesmal fasste Guorin sie am Arm und half ihr, die Balance zu halten. Immer, wenn er sie berührte, verspürte sie einen warmen Schauer – ein Gefühl, an das sie nicht gewöhnt war. An vieles aus der letzten Zeit war sie nicht gewöhnt, doch wohlig war nur dieses Gefühl.

Guorin bemerkte, dass Nela am Ende ihrer Kräfte war, und rief den anderen zu, es sei Zeit für eine Pause. Nume hatte nichts dagegen, sank auf den Boden und massierte sich die von den Steinen maltrātierten Füße. Auch ihm würde ein Luftholen guttun. Leofold verschwand mit den Worten, er würde gern einen Blick hinter den Berg werfen.

Unbewusst lehnte Nela sich an Guorins Schulter. Eigentlich tat sie das nur aus Erschöpfung und weil es in der Umgebung nichts Weicheres gab. Dann aber spürte sie, dass es ihr auf seltsame Art gefiel. Es war angenehm, Guorins Atem ganz nah an ihrem Ohr zu hören. Seine Wärme zu fühlen. Nachdem sie dieses Gefühl eine Weile genossen hatte, streckte sie sich und flüsterte ihm sanft ins Ohr: »Danke. Allein hätte ich es niemals bis hierher geschafft. Ich stehe in deiner Schuld.«

Guorin antwortete nicht, er lächelte bloß.

Mit Freude sah Nume die beiden jungen Leute aneinander geschmiegt dasitzen. Er mochte sie beide, und es gefiel ihm zu sehen, dass sie einander näherkamen. Beide hatten im Leben viel Leid erfahren. Unzählige Opfer gebracht. Sicher gab es nur wenige in Perg, die es so sehr verdient hatten, glücklich zu sein. Dann machte Nume ein langes Gesicht. Der Gedanke, dass es zu einem Blutbad kommen würde, wenn sie den Thronfolger nicht rechtzeitig fänden, verhagelte ihm die gute Laune. Dann kam es nur noch darauf an, am Leben zu bleiben. Aufkeimende Gefühle würden dann nicht mehr von Bedeutung sein. Dabei hatten sie alle ein wenig Frieden bitter nötig. Zornig spuckte er auf den Boden. Perg hatte sich in letzter Zeit in einen Ort verwandelt, an dem es sich kaum noch leben ließ. Sogar in den verfluchten Jenseitswelten war er weniger Gefahren ausgesetzt gewesen. Wenn er doch nie von dort weggegangen wäre! Oder hatte er es selbst darauf angelegt? Er seufzte. Wieder fiel sein Blick auf die beiden jungen Leute. Wenigstens war er hier nicht allein. Zerstreut begann er, mit einem Zweig in der Erde zwischen seinen Füßen herumzurühren.

Leofold begab sich unverzüglich auf die andere Seite des Bergs. Er verspürte keinerlei Müdigkeit und wollte nicht untätig herumsitzen. Manchmal musste man sich eben die Fähigkeiten dieses verhassten Körpers zunutze machen. Schnell kletterte er voran und inspizierte dabei die Gegend. Der Berg wirkte verlassen, was ja auch völlig normal war. Ein ziemlich eintöniger Ort, wäre nicht ab und zu ein Hase erstaunt hinter einem Stein hervorgehoppelt und vor Schreck wieder in einem Winkel verschwunden. Nach einer Weile entdeckte Leofold die erste Höhle. Seine Aufregung wuchs. Der Eingang war recht breit, drinnen war es dunkel. Doch für ihn war Dunkelheit ja kein Hindernis. Vorsichtig ging er weiter und durchforstete die Höhle eilig nach Räubern, die sich dort versteckt halten könnten. Als er niemanden entdeckte, trat er enttäuscht ins Freie.

Die Pranken in die Seiten gestemmt, schaute er sich um, um zu entscheiden, welchen Weg er einschlagen sollte. Genau in diesem Augenblick bemerkte er, dass sich zwischen den Felsen etwas bewegte. Ihm war, als sähe er vor den Höhlen an einem Steilhang zu seiner Linken einen größeren Schatten, der zuerst herumhuschte und dann plötzlich in einer der Höhlen verschwand. Die riesige Bestie hielt den Atem an und hoffte, der Schatten möge wieder auftauchen. Doch nichts dergleichen geschah.

Kurz darauf war Leofold so unvermittelt wieder zurück, wie er verschwunden war.

»Ich habe mir ein paar Höhlen angesehen«, erklärte er atemlos. »Leider habe ich nichts gefunden. Von Hasen, die ich aufgeschreckt habe, einmal abgesehen. An einem Steilhang in der Nähe gibt es noch mehr Höhlen, ziemlich große sogar. Ich denke, dort sollten wir zuerst suchen. Sie scheinen geeignete Verstecke für Räuber zu sein. Manche haben genügend Platz für eine größere Gruppe. Und ich bin mir nicht sicher, aber ich meine, ich hätte einen Schatten in einer Höhle verschwinden sehen. Vielleicht war es nur ein Geyfor-Bär, aber wer weiß?«

Nume riss den Bogen von der Schulter und sprang erregt auf die Füße.

»Ich hoffe, du hast recht«, brummte er mit zusammengekniffenen Augen. »Ich habe schon lange auf niemanden mehr gezielt und fürchte, dass meine Talente allmählich verkümmern. Lasst uns die verfluchten Kerle finden, auf dass ich ein wenig üben kann.«

Guorin stöhnte und schüttelte hilflos den Kopf. Hätte sich dieser Leofold nicht etwas mehr Zeit lassen können? Die Räuber würden doch nicht weglaufen. Mit Nela an seiner Schulter, ihrem weichen Haar an seinem Hals hatte er sich so glücklich gefühlt, wie er es nur früher mit Rumin gewesen war. Wie gut Nela roch! Vielleicht träumte er es nur, aber ihm war, als säße er inmitten eines Blütenmeeres. Er wollte dieses Gefühl nicht so schnell wieder verlieren.

Die Zauberin aber rückte, kaum dass sie Leofolds Worte vernommen hatte, von Guorin ab; sie stand auf und zupfte ihren Umhang zurecht.

»Ich fühle mich auch schon viel besser«, sagte sie bestimmt. »Zeigen wir diesen Verbrechern, was es heißt, unschuldige Kinder zu entführen. Ich kann es ehrlich gesagt kaum erwarten. Wenn wir sie erst einmal in die Zange genommen haben.« Mit den Händen malte sie Muster in die Luft, als bereitete sie sich auf einen Zauber vor. »Dann weiß ich schon, was ich mit ihnen anstelle!«

Mit freudloser Miene richtete Guorin sich auf. Noch immer spürte er die Wärme ihres weichen Haars in seinem Nacken. Sanft strich er über Gorba.

»Ich habe nicht viel dazu zu sagen«, murmelte er. »Wenn es so weit ist, wirst du an meiner Stelle sprechen, alter Freund.«

Der Gang auf die andere Seite des Bergs erwies sich als weitaus einfacher als der Aufstieg. Nela kam bequem allein voran. Auch verflog allmählich ihre Erschöpfung. Guorin wusste nicht, ob er sich darüber freuen sollte. Zwar beruhigte ihn zu sehen, dass ihr Gesicht wieder Farbe bekam, aber nun hatte er keinen Vorwand mehr, in ihrer Nähe zu bleiben. Er war ein wenig verstimmt.

Bei den ersten Bäumen mussten sie an ihre Heimat denken. Anders als die kränklichen, verkrüppelten Gewächse in den Sümpfen hatten diese mehr Ähnlichkeit mit den vertrauten Truni-Bäumen. Als Nume auf einen großen Vogel zeigte, der auf einem der riesigen Blätter saß, blieben sie stehen und sahen ihm eine Weile liebevoll zu. Sie fühlten sich beinahe wie zu Hause. Nun, die Olopos mit ihren Propellern oder die vierköpfigen Hoepohs waren schon sehr niedlich gewesen, hatten sie aber eben doch daran erinnert, dass sie hier fremd waren. Dieser nachtblaue Vogel jedoch kam ihnen vor wie ein alter Bekannter aus ihrer Kindheit.

»Da vorne sind die besagten Höhlen«, rief Leofold und wies mit einer Pranke in jene Richtung. Niemandem entging die Anspannung in seiner Stimme. Nume zog einen Pfeil aus seinem Köcher und legte ihn in seinen Bogen. Er trat ein paar Schritte zur Seite und schätzte mit den Augen die Entfernung.

»Ich denke, ich könnte von hier aus einen Pfeil hineinschießen«, meinte er. »Sollte sich jemand in der Höhle befinden, wird er herauskommen, um nachzusehen, was los ist. Jeder, der sich zeigt, kriegt einen Pfeil von mir zu spüren, und am Ende werden sie sich ergeben müssen.«

Nela schüttelte den Kopf.

»Sie könnten genug Verpflegung für mehrere Tage dabei haben«, widersprach sie. »Uns verrinnt die Zeit. Ich bin für einen Überraschungsangriff. Allzu viele werden es nicht sein, wir werden mit ihnen fertig.«

Guorin verschränkte die Arme vor der Brust. Er wirkte nachdenklich.

»Sie zu vertrimmen löst unser Problem nicht«, entgegnete er mit Bestimmtheit. »Vergessen wir bitte nicht, warum wir hier sind. Wir müssen den Thronfolger unversehrt nach Anageh zurückbringen. Wenn unter den Ganoven eine Panik ausbricht, könnten sie dem Jungen Schaden zufügen. Deshalb sollten wir zunächst einmal ihren Aufenthaltsort ausfindig machen und uns bei unserem Plan auf die Rettung des Jungen konzentrieren.«

Er hielt inne und schaute Nume lächelnd von der Seite an: »Wenn wir ihn in Sicherheit gebracht haben, gehören die Räuber euch.«

Niemand hatte etwas gegen diesen Vorschlag einzuwenden. Nume murmelte zwar etwas von einem »langweiligen Plan«, behielt seine Meinung mangels Alternative jedoch für sich.

»Hast du eine Idee?«, fragte Leofold Guorin skeptisch. »Wie sollen wir feststellen, ob sie drinnen sind?«

»Überlasst das am besten mir«, erwiderte Guorin nicht allzu vergnügt. »Bleibt, wo ihr seid, und behaltet mich im Auge. Auf mein Zeichen kommt ihr zu mir.«

Guorin machte sich in Richtung Höhlen auf. Kleiner als die anderen, war er der Einzige, der sich dem Eingang unauffällig nähern konnte. Auch Nela hätte es versuchen können, aber sie wäre einer Gefahr wehrlos ausgesetzt gewesen. Selbst für den simpelsten Zauber brauchte sie wenigstens einige Zeit. Guorin aber hatte Gorba im Gürtel. Falls er einem Räuber begegnete, brauchte er sich bestimmt nicht zu fürchten.

Während er sich der ersten Höhle näherte, musste er unwillkürlich an jenen seltsamen Tabu-Berge-Mythos denken, von dem Redrem erzählt hatte. Bisher hatte er die beunruhigende Geschichte verdrängen können, doch nun, da er allein war, drängte sie wieder an die Oberfläche. Zuerst waren ihm die Berichte über die verschwundenen Krieger lächerlich erschienen, doch dann, als sein Blick auf Leofold fiel, wurde ihm klar, dass so etwas nicht unmöglich war. Mit einem Mal überkam ihn die Angst, in der Höhle könnte sich nicht ein gewöhnlicher Räuber, sondern eine Bestie verbergen, die so unbezwingbar war wie Leofold. Er blickte sich um; seine Freunde befanden sich in einiger Entfernung. Im schlimmsten Fall musste er sich behelfen, bis sie bei ihm waren. Unbewusst verkürzte er seine Schritte. Natürlich vertraute er auf Gorba, aber womöglich befand sich drinnen eine Horde jener Dämonen. Der Erhabene Redrem hatte von mehr als hundert Kriegern berichtet, die nicht zurückgekehrt waren.

Kurz vor der Höhle blieb Guorin stehen. Er legte seine Faust in die behandschuhte Hand und knetete sie. Warum war ihm dieser Gedanke nicht gekommen, bevor er den Vorschlag gemacht hatte, allein hier herzugehen? Wie sollte er jetzt umkehren? Was würde er den anderen sagen? Wieder drehte er sich um zu seinen Freunden. Er selbst hatte sie überredet, dort zu bleiben. Die Verantwortung lag bei ihm. Er fluchte und ging drei Schritte vor. Am Eingang fiel er auf die Knie, zwang sich, an nichts zu denken, und blickte vorsichtig hinein.

Zum Glück. Da war nichts.

Obwohl er alle Höhlen absuchte, stieß Guorin weder auf Verbrecher noch auf den Jungen. Auch fand er keinerlei Hinweise auf einen früheren Aufenthalt wie Essensreste oder Überbleibsel eines Lagerfeuers. Am Ende kamen auch die anderen und halfen ihm bei der Suche, aber sie kehrten ebenfalls unverrichteter Dinge zurück. Unwillig musste Leofold zugeben, dass jener Schatten wahrscheinlich nur eine optische Täuschung gewesen war. Er war wohl einfach zu müde gewesen. Dabei war er sich so sicher, dass er dort jemanden gesehen hatte. Er nahm sich vor, sich nicht länger damit aufzuhalten. Dass er anfing, Gespenster zu sehen, war kein gutes Zeichen. Besser, so zu tun, als wäre nichts geschehen.

Dabei war Leofold sich so sicher, dass er diesen Schatten gesehen hatte …

KAPITEL XVII

EIN UNERWARTETES EREIGNIS

»Ich denke, das reicht für heute, was meint ihr?«

Leofold drehte sich um. Es war Guorin, der zu ihnen gesprochen hatte. Zusammengekauert hockte er da, die Hände auf den Knien, und schnaufte. Leofolds Blick glitt zu der Zauberin direkt neben Guorin. Sie wirkte ebenfalls recht erschöpft, wenngleich sie sich aufrecht zu halten versuchte.

»Das denke ich auch«, pflichtete Nume ihm bei. Auch er atmete schwer und stützte sich auf sein Schwert, das er schon eine Weile als Wanderstab benutzte. Er zeigte auf den dunkler werdenden Himmel. »In der Finsternis herumzugehen könnte gefährlich sein. Ihr wisst ja, was man über die Berge erzählt.«

Leofold widersprach nicht. Er selbst war nicht allzu müde, aber er hatte nicht das Recht, die anderen anzutreiben. Hätte er zu Zeiten, als er noch ein Mensch gewesen war, diesen Berg erklommen, wäre er längst fix und fertig gewesen. Er schaute sich um. Die Gegend schien geeignet zum Rasten. Zumindest gab es hier etliche Truni-Bäume. Falls nachts wieder dieser für Fuoli typische Hundsregen niederginge, könnten sie unter den riesigen Blättern Schutz suchen. Leofold nickte, um zu zeigen, dass er einverstanden war, und hockte sich im Schneidersitz hin. Auch die anderen ließen sich auf dem Boden nieder.

Diesmal lehnte Nela sich nicht an Guorins Schulter. Nicht, dass sie nicht daran gedacht hätte, aber sie hielt es für falsch. Sie musste sich voll und ganz auf ihre Aufgabe konzentrieren. Sie hatten den Jungen noch nicht gefunden, und die Zeit verrann. Allmählich schwand ihre Hoffnung. Wenn der Erhabene recht hatte, blieben ihnen nur noch wenige Tage. Sie verzog das Gesicht und schnippte einen kleinen Kiesel weg, der zwischen ihren Beinen lag. Der rollte davon, prallte an einen größeren Stein und blieb liegen.

Unzählige Höhlen hatten sie abgesucht, und nichts hatten sie gefunden. Das beunruhigte sie am meisten. Vielleicht hatte man den Jungen aus Fuoli weggeschafft. So hätte sie es anstelle der Räuber getan. Vielleicht waren sie bis vor Kurzem hier gewesen und hatten dann das Weite gesucht. Manchmal machte der Findezauber einen Fehler, vielleicht war das die logischste Erklärung. Ob sie es noch einmal versuchen sollte? Was aber, wenn sie diesmal diese Sonne nicht unter Kontrolle bekam? Beim letzten Mal war es schon schwer genug gewesen. Bestimmt war das auch den anderen nicht entgangen, denn seit sie in die Berge aufgebrochen waren, hatten sie sie nicht noch einmal um den Findezauber gebeten.

»Könnten wir etwas übersehen haben?«, fragte sie in die Runde, aber es war Nume, der sich angesprochen fühlte.

»Unmöglich«, erwiderte er ruhig. In seinem Gesicht lag nicht der geringste Zweifel. Er drückte den Rücken durch und fixierte die Zauberin. »Ich verwende alle Techniken der Spurensuche, und es gibt sicher keine, die ich nicht kenne! Wenn in jüngster Zeit jemand hier gewesen wäre, hätte ich es bemerkt. Aber wir sollten noch nicht das Handtuch werfen, Kleine, wir haben noch nicht überall nachgesehen. Außerdem liegt da vor uns ein mächtiger Berg, auf dem wir noch gar nicht gesucht haben.«

»Ich fürchte, um dort alles auszukundschaften, bleibt uns nicht genügend Zeit«, sagte Guorin mit matter Stimme. Mit der Hand, die im Häscherhandschuh steckte, massierte er sich den Nacken. »Wir haben verabredet, uns am Ende des fünften Tags mit Koleun im Tal zu treffen. Das dürfen wir nicht verpassen. Die Burfenen werden sicher lange auf uns warten. Bevor der Krieg beginnt, sollten wir im Camp sein. Dann können wir uns wenigstens auf die Dämonen vorbereiten.«

»Glaubst du wirklich, dass so etwas passiert, Guorin?«, fragte Nela bekümmert.

»Eigentlich weiß ich gar nicht, was ich glauben soll«, erwiderte Guorin mit traurigen Augen. »Aber wir müssen trotzdem gewappnet sein. Und natürlich brauchen wir einen Evakuierungsplan. Die Burfenen mögen ja stur sein, aber da sie keine Alternativen haben, sollten sie uns wenigstens erlauben, die Kinder aufs Schiff mitzunehmen.« Er verstummte und verzog die Lippen. »Koleun und seine Männer suchen ja auch gerade nach dem Jungen«, erinnerte er dann hoffnungsfroh. »Vielleicht haben sie mehr entdeckt als wir. Ich sage nur *vielleicht*, aber es könnte doch sein.«

Nela nickte zustimmend. Sie war nicht sicher, ob der Junge *in* den Bergen versteckt wurde, das hatte sie bereits gesagt. Der Zauber hatte ihr nur gezeigt, dass er in der Nähe war. Es war durchaus möglich, dass man den Thronfolger in der Umgebung der Berge festhielt. Wie schön, wenn sie ins Tal stiegen, und er wäre bei Koleun und seinen Männern! Aber groß war ihre Hoffnung nicht. Ihre innere Stimme sagte ihr, dass die Soldaten von Anageh überall jeden Stein umgedreht hatten, nur nicht in den Bergen. Womöglich waren sie sogar in den Bergen gewesen, und nun hoffte Nela nur, dass sie des Fluchs wegen bloß oberflächlich gesucht haben mochten. Plötzlich riss sie etwas aus ihren Gedanken. Der blutige Stofffetzen an ihrem Fuß war verrutscht. Seufzend beugte sie sich hinunter und zupfte ihn unauffällig zurecht. Ein paar Stunden zuvor war sie auf einen spitzen Stein getreten und hatte sich leicht verletzt. Wäre Guorin nicht aufgeregt herbeigeeilt, um sie auf den blutenden Fuß hinzuweisen, hätte sie es zunächst gar nicht bemerkt. Es hatte gar nicht weh getan, oder vielleicht doch, und es hatte sie nicht gestört. Genau das hatte ihr Angst gemacht. Schmerz als etwas Normales anzusehen war gefährlich, dessen war sie sich bewusst. Schmerz würde sie nicht töten, Blutverlust schon. Was wäre bei einer schlimmeren Verletzung? Der Gedanke beunruhigte sie. Zum Glück war da jemand, der auf sie aufpasste und sie nicht aus den Augen ließ. Leicht beschämt sah sie zu Guorin. Es erstaunte sie nicht, dass sein Blick auf ihr ruhte.

»Magst du?«, fragte er und hielt ihr die Feldflasche hin. Nela schüttelte lächelnd den Kopf.

»Trink du zuerst«, sagte sie liebevoll.

»Nein, zuerst du«, insistierte Guorin. Er hielt ihr immer noch die Flasche hin und lächelte.

»Ich will aber nach dir trinken, Guorin«, tat Nela scherzhaft, als sei sie wütend. Sie runzelte die Stirn, lachte aber dabei.

Guorin wollte einen dritten Anlauf nehmen, da sah er, wie sich eine haarige Hand nach der Flasche streckte. Nume schnappte sie sich und trank sie zur Hälfte leer.

»Diese Jugend«, meckerte er, während er sich mit dem Arm die dicken Lippen trocknete. Er blickte ernst drein, und wäre da nicht der schelmische Ausdruck in seinen Augen gewesen, hätte man tatsächlich glauben können, er ärgerte sich.

Nume warf Leofold die Feldflasche zu, und der fing sie auf. Wortlos trank er das restliche Wasser in zwei Schlucken leer. Dann wandte er sich an Guorin und Nela, die ihn beide verwirrt anschauten.

»Is' was?«, fragte er, bemüht, sich das Lachen zu verkneifen. »Ihr saht nicht besonders durstig aus, oder haben wir uns etwa geirrt?«

Guorin zog Gorba aus dem Bund und fuchtelte der Bestie damit vor den Augen herum, verkniff sich aber eine Antwort. Nela errötete und hielt den Kopf gesenkt, bis Leofold den beiden seine Feldflasche zuwarf. Diesmal debattierten sie nicht, wer zuerst trinken sollte.

»Wer übernimmt die erste Wache?«, fragte Guorin lustlos, nachdem er die Flasche zurückgeworfen hatte. Wie schön, wenn der Kelch an ihm vorbeiginge. Mittlerweile war es stockfinster. Längst waren seine Augenlider schwer wie Blei.

»Sollen wir wieder zu zweit wachen?«, ergänzte Nela die Frage. Allzu motiviert schien auch sie nicht zu sein, aber sie ließ es sich weniger anmerken als Guorin. Wortlos sahen Leofold und Nume einander an. Erfahrene Krieger verständigten sich in solchen Situationen mit Blicken.

»Zu zweit ist sicher besser. Wir sollten nichts riskieren«, meinte der Prom nachsichtig. »Am meisten hasse ich, als Jäger zum Gejagten zu werden. Die erste Wache übernehmen Leofold und ich. Ihr könnt euch derweil ein wenig ausruhen.«

Nela und Guorin warfen zunächst dem Prom und dann dem nachdenklich die Umgebung inspizierenden Leofold einen dankbaren Blick zu. Guorin nahm sich einen größeren Stein und platzierte ihn wie ein Kissen. Nela rollte sich ein und legte den Kopf auf ihren angewinkelten Arm. Bevor sie die Augen schloss, wünschte sie allen herzlich eine gute Nacht. Wenig später schlummerten die zwei tief und fest.

Leofold wartete, bis er sicher war, dass sie eingeschlafen waren.

»Eigentlich halten sie sich ganz gut«, sagte er zu dem Prom. Nume sah freundlich zu ihnen hinüber und nickte.

Unausgeruht machten sie sich am nächsten Morgen auf den Weg. Alle hatten nur die halbe Nacht geschlafen. So ging es, seit sie sich in die Berge aufgemacht hatten. Sowohl Müdigkeit als auch Unsicherheit trübten ihre Laune. Sie redeten kaum, jeder war in sich gekehrt und hing seinen Gedanken nach. Nela und Guorin gingen wie immer nebeneinander her; das war für sie inzwischen ganz normal. Hätten sie bemerkt, dass Leofold und Nume es manchmal so einfädelten, wären sie bestimmt ziemlich wütend geworden.

Auch dieser Berg unterschied sich kaum von den anderen. Nur die Truni-Bäume standen hier dichter. Und mehr Bäume bedeuteten natürlich auch mehr umherfliegende Vögel. Die Spannung wuchs, als Nume weiter oben auf drei nebeneinander liegende Höhlen zeigte. Bisher hatten sie keinen Erfolg gehabt, aber man sollte die Hoffnung nicht aufgeben.

Diesmal wartete Guorin nicht einmal auf ein Zeichen. Vorsichtig kletterte er die Felsen hinauf. Dies war vielleicht ihre letzte Chance, und so betete er, etwas zu finden. Inzwischen wäre er sogar beinahe mit Dämonen zufrieden gewesen. Bei den Höhlen angekommen, näherte er sich der ersten. Er kniete nieder und spähte mit angehaltenem Atem nach drinnen. Als er weder ein Feuer noch einen Wachposten endecken konnte, stöhnte er. Der Reihe nach kontrollierte er auch die übrigen Höhlen.

Er erhob sich, beugte sich hinunter zu seinen Freunden, die auf ein Zeichen von ihm warteten, und fuchtelte verneinend mit den Armen. Sogar aus der Distanz konnte er die Enttäuschung in ihren Gesichtern erkennen. Ihm ging es nicht anders. Er hatte alles getan, was in seiner Macht stand. Er machte einen Schritt nach unten, um sich wieder zu seinen Freunden zu gesellen. Doch sein Abstieg sollte sich schneller gestalten als geplant.

Zu spät bemerkte er, wie sich der Stein unter seinen Füßen löste. Er hatte nicht einmal genügend Zeit zu schreien. Zwischen Taumeln und Fallen verging höchstens ein Lidschlag. Nume und Nela standen wie angewurzelt und beobachteten ungläubig das Geschehen. Untätig mussten sie zusehen, wie Guorin sich auf den Felsen überschlug und den Berg hinabstürzte. Nela schrie gequält auf. Fast im selben Moment rannten Leofold und Nume in seine Richtung. Doch all das sollte dem jungen Mann nicht viel nützen.

Am Ende blieb Guorin erst einmal einige Minuten reglos liegen. Zuerst dachte er, er sei tot, doch dann vermeldeten ihm unerträgliche Schmerzen, dass er noch lebte. Unzählige scharfe Messer schienen auf seinen Körper einzustechen. Er fühlte sich, als säße kein Knochen mehr an seinem Platz. Er bemühte sich, die Fassung wiederzugewinnen. Dabei hörte er, dass seine Freunde nach ihm riefen, aber er verstand nicht, was sie sagten oder warum sie nicht zu ihm kamen. Wo war er? Trotz aller Schmerzen setzte er sich langsam auf. Seine Kleider waren völlig zerschlissen. Seinem Körper ging es nicht anders, wenn man die blutigen Striemen betrachtete, die unter dem zerrissenen Hemd hervorlugten. Im Teller seiner nackten Hand steckte ein Stein. Zum Glück hatte der aus festem Leder gefertigte Häscherhandschuh seine andere Hand geschützt. Als er den Stein herauszog, kamen ihm vor Schmerz die Tränen. Er wischte sich den Staub aus dem Gesicht, das glücklicherweise kaum etwas abbekommen hatte. Von den blauen Flecken einmal abgesehen.

Als er aufstand, drehte sich ganz Perg. Er wollte sich übergeben, aber er konnte nicht. Er hatte einen fetten Klumpen im Hals. Hilflos sah er sich um und stellte mit Schrecken fest, dass er am Rand eines Abgrunds stand. Nur wenige Fuß Abstand hatten ihn vor dem sicheren Tod bewahrt. Er wand den Kopf und fand sich vor einer weitläufigen Höhle wieder. Ein Blick nach oben, und er erkannte leidvoll, warum seine Freunde nicht längst bei ihm waren.

Er selbst stand auf einem Felsvorsprung von etwa fünfzehn Fuß Durchmesser. Die anderen wiederum befanden sich an einer Stelle, von der aus es unmöglich war, zu ihm hinabzusteigen. Er konnte ihre Stimmen hören, verstand aber immer noch nicht, was sie sagten. Kurz darauf verstummte das Brummen in seinen Ohren. Als er ein »Geht's dir gut?« hörte, musste er unwillkürlich lachen. Er war aus einiger Höhe über Felsen gekugelt, er blutete überall, und er konnte sich nicht erinnern, jemals solche Schmerzen gefühlt zu haben. Konnte man da sagen, dass es ihm gut ging? Nun, zumindest lebte er. Und gebrochen hatte er sich wohl nichts. Mit Mühe hob er eine Hand und rief: »Es geht mir gut.«

Nume machte Anstalten, hinabzusteigen, doch Leofold hielt ihn an der Schulter fest. Der riesige Prom fuhr herum und warf ihm einen wütenden Blick zu.

»Ich weiß, Nume«, sagte Leofold voller Verständnis. »Ich hatte auch höllische Angst. Aber so können wir da nicht runter. Es nützt ihm nicht, wenn du so etwas Verrücktes machst. Ich denke, wir sollten dein Seil benutzen. Wir binden es an einem Felsen fest und du kletterst daran hinunter.«

Seufzend nahm Nume Leofolds Vorschlag an. Der Abhang war in der Tat recht steil, wie er selbst bemerkt hatte. Außerdem ging es dem Jungen gut, er konnte also noch ein wenig warten. Er sah Leofolds besorgte Miene und ärgerte sich über sich selbst, weil er so wütend reagiert hatte. Leofold liebte Guorin mindestens so sehr wie er. Und er hatte einfach nur vernünftig sein wollen, mehr nicht.

Nela beugte sich vor und blickte ängstlich in die Tiefe. Guorin so hilflos und lädiert zu sehen tat ihr in der Seele weh. Sie wollte bei ihm sein, aber das schien unmöglich. Während Leofold und Nume das Seil befestigten, rief sie mit lieblicher Stimme: »Wir holen dich hoch, Lieber, jetzt gleich.«

Guorin setzte sich, senkte den Kopf und begann zu warten. Noch immer schwankte Perg vor seinen Augen, ihm war schwindelig. Wie schön es wäre, wenn sie alsbald kämen und ihn hinaufbrächten. Nela fand bestimmt einen Weg, seine Schmerzen zu lindern. Wie schnell sie Leofold geheilt hatte, als die messerscharfe Scheibe ihn an der Schulter verletzt hatte. Kopfschüttelnd musterte er das Blut an seiner Hand, auf seiner Brust und an den Beinen. Diesmal würde es nicht ganz so einfach sein.

Plötzlich spürte er, dass sich jemand vor ihm aufbaute. Er war verblüfft, denn eben noch hatte er hinaufgeschaut, und da hatte noch niemand mit dem Abstieg begonnen. Seltsam, dass es so schnell gegangen sein sollte. Zufrieden hob er den Kopf, um festzustellen, wer der Erste war. Doch der Anblick, der sich ihm bot, verwirrte ihn nur noch mehr.

Konnte das riesige Monster, das zwischen ihm und der Höhle stand, Leofold sein? Es sah ihm eigentlich nicht ähnlich, war aber mindestens so furchterregend wie er. Leofold allerdings trug keine Waffen, und dieses Exemplar hielt eine Lanze mit sichelförmiger Spitze in der Hand. Lag es etwa an dem Schock, dass er so merkwürdige Dinge sah? So musste es sein, und bei diesem Geschöpf handelte es sich entweder um Leofold oder um Nume. Wer sonst sollte es sein?

Er streckte dem Wesen die Hand entgegen.

»Hilf mir, mein Freund«, bat er mit matter Stimme. Er spürte, wie zwei kräftige Pranken ihn an den Händen packten, und ließ seinem Bewusstsein, das er ohnehin nur mit Mühe beisammen gehalten hatte, freien Lauf. Friedlich schloss er die Augen.

KAPITEL XVIII

IM INNEREN DES BERGES

»Um der Götter willen!«

Leofold und Nume hörten Nelas entsetzten Schrei und blickten vom Seil hoch, mit dessen Verknoten sie immer noch beschäftigt waren. Stutzig betrachteten sie Nelas entgeisterte Miene. Sie hatte die Hände vors Gesicht geschlagen und starrte mit offenem Mund hinab. Leofold reagierte als Erster. Er eilte an den Abgrund, um zu sehen, was Nela derart erschreckte. In ihm zerbrach etwas, weil er befürchtete, Guorin könnte von dem Felsen abgerutscht und tödlich in die endlose Tiefe abgestürzt sein. Zum Glück war das nicht passiert. Der Anblick war allerdings keineswegs beruhigend.

Ein riesiges Monster hatte sich neben Guorin aufgebaut. Bei den Göttern, so war es. Von oben betrachtet konnte man es schwer abschätzen, aber es schien etwa so stämmig zu sein wie Leofold selbst. In der Hand hielt es eine Lanze mit einer seltsam geformten Spitze. Leofold hatte keine Ahnung, woher es so plötzlich aufgetaucht war, und es wäre ihm lieber gewesen, es hätte sich um ein Trugbild gehandelt, auch wenn das bedeutete, dass er im Begriff war, den Verstand zu verlieren. Aber so war es nicht, das sah er an Nelas Reaktion. Unter ihren ratlosen Blicken legte das Monster seine Lanze beiseite, bückte sich und nahm Guorin wie ein Kleinkind auf den Arm. Dann drehte es sich um und verschwand im Berg.

Leofold überlegte, welches Teufelswerk er wohl gerade mit angesehen hatte. Mit einem Mal ging ihm ein Licht auf. Fuolis Asherta existierte wirklich! Er lebte in diesen Bergen, und dieses Monster war nichts anderes als sein verfluchter Hüter.

Wer wusste schon, wer diese arme Kreatur einmal gewesen war, vielleicht sogar der Thronfolger höchstselbst. Aber was sie nun war, das wusste Leofold ganz genau. Und was sie mit Guorin anstellen würde.

In Windeseile traf Leofold seine Entscheidung. Er würde nicht zulassen, dass man seinen Freund Asherta zum Fraß vorwarf. Das würde er nicht dulden. Der verfluchte Hüter hatte sich die falsche Beute für seinen verfluchten Herrn ausgesucht. Das würde er in Bälde erfahren. Seine Familie hatte Leofold nicht beschützen können, aber Guorin würde er retten, koste es, was es wolle.

Nume verpasste die Ereignisse um Haaresbreite, denn als er am Rand des Abgrunds eintraf, war das Monster längst mit Guorin verschwunden. Er begriff nicht, was los war. Zuerst befürchtete auch er, Guorin sei abgestürzt, aber hätte er den Sturz nicht sehen müssen? Dann beobachtete er mit Staunen, wie Leofold sich hinunterfallen ließ. Die hässliche Kreatur sprang einfach so ins Leere! In einem Satz war er bei Nela und packte sie an den Schultern. Er schüttelte sie heftig, damit sie ihm erzählte, was passiert war.

Leofolds Fall währte nur wenige Augenblicke. Aber ihm kam es vor wie eine Ewigkeit. Mit jedem Augenblick, der verging, würde dieses verfluchte Monster seinen hilflosen Freund ein wenig näher zu Asherta bringen. Er fürchtete, zu spät zu kommen. Hart landete er auf dem Felsvorsprung. Er verlor das Gleichgewicht und fing sich mit einigen Schritten ab. Mit letzter Not kam er am Rand zu stehen und blickte hinab in die Tiefe. Hätte er nicht rechtzeitig gebremst, wäre sein Ende unvermeidlich gewesen. Selbst für jemanden mit seiner stabilen Konstitution hätte das den Tod bedeutet. Er riss sich zusammen, drehte sich um und sah den breiten Eingang einer Höhle. Ohne zu zögern stürmte er hinein.

»Es … es hat ihn mitgenommen«, wimmerte Nela völlig außer sich. Hilflos sah sie Nume ins Gesicht, der sie noch immer schüttelte.

»Lass mich hinunter!«, schrie sie erregt. Allmählich platzte Nume der Kragen. Nicht zu verstehen, was los war, brachte ihn endgültig auf die Palme. »Wer hat hier wen mitgenommen, du dumme Nuss, wovon redest du?«, fauchte er sie an. Beinahe hätte er sie geohrfeigt.

»Ein Geschöpf. Ein gewaltiges Geschöpf. Plötzlich war es da und packte Guorin. Dann verschwand es. Es sah schrecklich aus. Um der Götter willen! Lass mich bitte hinunter.«

Nume stand da wie versteinert. Er musste an Redrems Geschichte denken. Beim Zuhören hatte er kein einziges Wort geglaubt, doch jetzt sah er ein, dass er sich geirrt hatte. Anders konnte er sich Nelas und Leofolds Reaktion nicht erklären. Er schaute hinab; auch Leofold war mit einem Mal verschwunden. Zuerst wunderte Nume sich, dann hatte er eine Vermutung. Es gab dort entweder eine Felsspalte oder eine Höhle, die man von oben nicht einsehen konnte. Wutentbrannt zog er an dem Seil und überzeugte sich von der Festigkeit des Knotens. Er wickelte das Seil fest um seine Hände und befahl Nela in strengem Ton: »Halt dich an meinem Hals fest, wir gehen runter. Und zwar sofort.«

Widerspruchslos tat die Zauberin wie geheißen. Panik stand ihr ins Gesicht geschrieben. Erst jetzt bemerkte sie, wie verbunden sie Guorin war. Sie wollte ihn auf keinen Fall verlieren. Sie stellte sich vor, wie er sie liebevoll ansah, und beugte sich an Numes Ohr. »Ich flehe dich an, beeil dich.«

Als Leofold die Höhle betrat, umfing ihn tiefste Dunkelheit. Doch das bremste ihn in keiner Weise. Diese Höhle war viel gewaltiger als alle, die sie bisher durchforstet hatten. Sie war leer, in einem Winkel aber entdeckte er den Eingang zu einem Tunnel. Dieser Anblick rief schmerzvolle Erinnerungen an seine Vergangenheit in ihm wach. Fuchsteufelswild rannte er in jene Richtung.

Im Tunnel rannte noch jemand. Leofold konnte ihn nur vage ausmachen, aber den Dimensionen nach musste es das Monster mit Guorin auf dem Arm sein. Obwohl Leofold spurtete, so schnell er konnte, gelang es ihm einfach nicht, aufzuholen. Zuerst war er aufgebracht, doch dann erschien es ihm mit einem Mal völlig normal. Schließlich durfte es zwischen den Hütern der Ashertas keine Unterschiede geben, und wahrscheinlich verfügte jener Hüter über dieselben Fähigkeiten wie er.

An einer Gabelung blieb Leofold stehen und sah sich um. Er versuchte herauszufinden, welchen Gang das Monster genommen hatte, aber es gelang ihm nicht. Gerade noch war der verfluchte Hüter vor ihm gewesen. Doch jetzt schien er wie vom Erdboden verschluckt. Voller Grauen dachte Leofold, dass eben genau das passiert sein konnte. Kadis Asherta hatte nicht in dem Tunnel des Gurç-Bergs gelebt, sondern darunter. Das hatte Leofold nicht vergessen, wie hätte er auch! Der hiesige Asherta hatte sich womöglich ein ähnliches Heim gebaut, damit man ihn nicht so leicht aufspüren konnte. Eine andere Erklärung fiel Leofold nicht ein. Wütend betrat er einen der Gänge; zum Glück war er nicht allzu lang. Bis er an eine Felswand gelangte, wartete er förmlich, dass sich der Boden unter seinen Füßen auftun und er in Ashertas Nest stürzen würde. Als nichts dergleichen geschah, kehrte er im selben Tempo zurück und nahm den anderen Gang. Er musste sich bücken, denn er passte gerade so hindurch. Auch hier ging er bis zum Ende, doch keine Spur von dem Monster oder einer Klappe. Nun geriet Leofold noch mehr in Panik. Vielleicht hatte der Hüter Guorin Asherta längst zum Fraß vorgesetzt. Ohnmächtig, wie er war, wäre der arme Junge ihm schutzlos ausgeliefert. Und Gorba steckte hilflos in seinem Hosenbund. Als Leofold sich ausmalte, wie jenes widerwärtige Wesen seine Zähne in das Fleisch seines Freundes schlug, verlor er beinahe die Beherrschung. Mit Tränen in den Augen kehrte er zur Gabelung zurück. Plötzlich wurde er von einem Licht geblendet. Ohne recht zu wissen, was er tat, stürmte er darauf zu. Nichtsahnend prallte er gegen eine stämmige Kreatur und presste sie an die Wand. Schon wollte er dem Wesen mit der Pranke ins Gesicht schlagen, da vernahm er eine vertraute und geliebte Stimme, die ihn daran hinderte.

»Tu's nicht!«, schrie Nela verzweifelt, nur einen Lidschlag, bevor Leofold Numes Antlitz zerfetzt hätte. Er hielt inne und zog sich, als er das Gesicht dicht vor seiner Nase erkannte, stöhnend zurück. Hart schlug der Prom Leofold seine Fackel auf die Schulter, Flammen stoben in die Luft.

»Du hättest mich beinahe umgebracht, du Trottel!«, brüllte der alte Krieger zornig und holte mit der Fackel zu einem weiteren Schlag aus.

»Hört auf!«, flehte Nela. »Anstatt euch gegenseitig die Köpfe einzuschlagen, solltet ihr lieber Guorin suchen. Weit kann er nicht sein, er muss sich hier in der Nähe befinden.«

Wütend boxte Leofold mit der Faust gegen die Wand und brach sich dabei beinahe die Pranke.

»Er hat ihn mir weggenommen«, murmelte er verzweifelt. »Ich konnte ihn nicht aufhalten.«

Nume lehnte sich an die Wand. Die Fackel rutschte ihm aus der Hand und fiel zu Boden. Er konnte sich mit der Lage einfach nicht abfinden und war vollkommen ratlos. Er sah, dass Nela sich hinkniete. Manche Worte, die er vor Kurzem gehört hatte, hallten in seinen Ohren wider, und mit Spannung dachte er, dass sie vielleicht eine Chance hatten.

Auch Leofold war sich dessen bewusst.

Diesmal tauchte Nela viel schneller in die Finsternis ein. Sie hatte viel dazugelernt und würde sich diese Erfahrungen zunutze machen. Schnell hatte sie den Lichtring gezaubert, und gleich darauf setzte sie ihn in Bewegung. Nacheinander schuf sie weitere Lichtringe. Sie fürchtete sich nicht, als die Sonne sich in all ihrem Glanz präsentierte. Ihr Selbstvertrauen resultierte nicht aus dem Wissen, die Sonne kontrollieren zu können, sondern vielmehr aus dem Wissen, sie kontrollieren zu müssen. Sie durfte Guorin nicht verlieren, das war ihr in jenem Moment klar geworden.

Die Sonne wurde größer und größer. Ihr Strahlen war beinahe unerträglich. Die Dunkelheit brach auf, diesmal sogar an drei Stellen zugleich. An der ersten gab es nichts als Licht, doch an der zweiten fand die Zauberin das, was sie suchte. Nach einer Weile schlug sie die Augen auf und lächelte.

»Er lebt«, atmete sie erleichtert auf. »Bist du bis ans Ende des rechten Tunnels gegangen, Leofold?«

»Ich habe den ganzen verdammten Tunnel abgesucht«, klagte er. »Wenn es dort einen Geheimgang gäbe, hätte ich ihn bestimmt gefunden.«

»Bist du sicher, dass du überall nachgesehen hast?«, fragte Nume zweifelnd. Er schien nicht recht überzeugt. Zwar wusste er, dass Leofold im Dunkeln ebenso gut sah wie bei Tageslicht, aber trotzdem vertraute er eher auf die Instinkte einer Zauberin. Er wollte sich schon in den Tunnel begeben, da hinderte ihn Nela mit einer Geste.

»Ja, ich habe überall nachgesehen, verdammt und zugenäht«, fauchte Leofold zornig. »Versuch es doch selbst. Ich halte dich nicht auf. Im Boden gibt es keinerlei Klappen. In den Wänden auch nicht. Würde ich das behaupten, wenn ich mir nicht sicher wäre?«

Dann brüllten alle drei wie aus einem Mund: »Die Decke!«

Gemeinsam betraten sie den Tunnel. Die Decke war recht niedrig, so dass sie sie leicht abtasten konnten. Nela und Nume hatten im Fackellicht nur mäßige Sicht, daher entdeckte Leofold als Erster die Felskante, die nach unten herausragte und nicht natürlichen Ursprungs sein konnte. Sie sah aus wie ein laienhaft angefertigter Griff. Leofold packte ihn und zog ihn hastig nach unten. Staub und Erde rieselten auf sie herab, und als sich die Staubwolke verzogen hatte, fanden sie sich vor einer Art Treppe wieder, die nach oben führte.

Leofold preschte sofort los. Nicht wissend, was ihn erwartete, streckte er die Pranken nach vorne. Nume griff beim Hinaufsteigen nach Pfeil und Bogen. Er ahnte, dass ihnen ein schwieriger Kampf bevorstand. Nela murmelte bereits die notwendige Zauberformel für eine mächtige Feuerwelle. Zuerst bemerkten sie nicht, wie seltsam es war, dass es in der riesigen Höhle verhältnismäßig viel Licht gab. Dann entdeckten sie die Fackeln, die in regelmäßigen Abständen an den Wänden angebracht waren. Plötzlich schrie Nela auf. Nume und Leofold fuhren herum, bereit, einen Angriff zu parieren, und sahen in die Richtung, in die sie zeigte.

Dort war das Geschöpf. Es stand vor dem bewusstlos auf dem Boden liegenden Guorin und warf ihnen drohende Blicke zu. Auch wenn es kaum Ähnlichkeit mit Leofold hatte, war es doch von derselben Statur. Die Fäuste geballt, wirkte es, als sei es bereit zum Kampf. Die Augen, nichts als zwei feuerrote Linien, waren auf die Gegner geheftet und schienen sie zu taxieren. Offenbar gefiel ihnen nicht, was sie sahen. Urplötzlich warf das Wesen den Kopf in den Nacken und begann zu brüllen. Der markerschütternde Schrei hallte von den Wänden der halbkugelförmigen Höhle wider. Es dauerte nicht lange, da wurde Leofold klar, dass diese wiederholten Schreie kein Echo sein konnten. Sie schienen aus unterschiedlichen Mündern zu tönen. Leider sollte er recht behalten.

Gleichzeitig taten sich neue Klappen im Boden auf. Offensichtlich hatte das Wesen seine Kameraden zu Hilfe gerufen. Schnell füllten sie die Höhle, stellten sich vor Guorin auf und bildeten eine schier undurchdringliche Mauer. Sie wirkten zornig. Und sie trugen Lanzen mit sichelförmigen Spitzen. Die Schärfe ihrer Klingen war sogar im faden Schein der Fackeln leicht zu erkennen. Leofold wunderte sich nicht, als er sah, dass manche von ihnen Kittel anhatten, wie Recken sie trugen. Bestimmt handelte es sich bei diesen Wesen um die Krieger, die einst in die Berge gegangen und verflucht worden waren. Aber es waren so viele! Hier konnte es nicht nur einen Asherta geben. Vielleicht war das hier sogar ihre Heimat. Auch wenn man die Ashertas nicht sehen konnte, so beobachteten sie sie bestimmt aus einem versteckten Winkel. Koste es, was es wolle – er würde nicht ruhen, bis er Perg endlich von all diesen widerwärtigen Kreaturen gesäubert hatte.

Nume warf einen schnellen Blick über die Horde und verzog das Gesicht. Zwanzig waren es mindestens, und alle gleich groß. Noch nie hatte er gleichzeitig gegen zwanzig Wesen von Leofolds Kaliber gekämpft. Eigentlich hatte er noch gegen kein einziges Wesen von Leofolds Kaliber gekämpft. Ihre Körper ähnelten Bronzestatuen, ihre Augen aber wirkten verletzlich. Wenn er seine Pfeile richtig einsetzte, konnte er sie vielleicht von seinem Platz aus erlegen. Wären es nicht so viele gewesen, hätte er sich kaum Sorgen gemacht. So aber war er unentschlossen. Er brummte vor sich hin, während er einen Pfeil einspannte. Ohne den Blick von ihren Gegnern abzuwenden, sprach er zu Leofold, der direkt neben ihm stand.

»Denkst du, wir schaffen es?«

Leofold öffnete die Pranken und spannte die Muskeln an. Er wusste zuerst nicht, was er antworten sollte. Dann fiel ihm die Diskussion wieder ein, die er mit Guorin in der Freien Zone geführt hatte.

»Ich weiß nicht, Nume«, antwortete er möglichst ruhig. »Aber versuchen müssen wir es.«

Nela machte sich bereit, die letzten Worte der Zauberformel zu sprechen. Sie spürte die immer stärker werdende Kraft. Zwischen den Beinen der Wesen hindurch warf sie einen liebevollen Blick auf Guorin. Wenn man bedachte, welch riesige Feuerwelle sie auf dem Schiff geschaffen hatte, konnten sie mit diesen Kreaturen durchaus fertig werden. Falls die Welle aber wieder gigantischer ausfiel, als sie vorhatte, würden sie alle gemeinsam im Feuer verbrennen. Und diese Wahrscheinlichkeit war nicht einmal so gering.

Trotzdem würde sie es versuchen. Sie durfte den Mann, den sie liebte … Moment: den Mann, den sie liebte? Ja, so war es wohl, also, sie wusste es nicht, was änderte es schon? Wie auch immer. Sie hatte nicht vor, Guorin der Barmherzigkeit dieser verfluchten Wesen zu überlassen.

Mit erhobenen Händen sprach sie die letzten Worte der Zauberformel. Langsam konzentrierte sich die Kraft in ihren Fingerspitzen. Sie spürte die aufkommende Hitze. Nicht mehr lange, und sie würde unerträglich sein. Gerade, als sie die Feuerwelle losschicken wollte, vernahm sie eine junge Stimme und hielt inne.

Die Stimme gehörte weder Guorin noch Nume noch gehörte sie Leofold. Aber feindselig klang sie auch nicht.

»Beruhigt euch!«, rief jemand aufgeregt auf Pergisch. Ein kleines Männlein tauchte auf und flitzte durch die düstere Höhle. Es musste durch eine der Bodenklappen gekommen sein, hatte aber mit den Kreaturen so gar nichts gemein.

Als das Männlein zwischen den beiden Fronten stehenblieb, stellte Nela mit Staunen fest, dass es sich um einen sympathischen Burfenen handelte, in zerschlissenen Kleidern, die früher bestimmt einmal sehr elegant gewesen waren. Er war unbewaffnet. Noch verblüffender war allerdings, dass er die Arme schützend in die Höhe hob.

»Im Namen des Himmelsgotts, in meinem Namen, im Namen des Volkes von Anageh … Verflucht seien sie alle! An wen immer ihr glaubt: Ich flehe euch an in seinem Namen!«, wimmerte der Burfene verzweifelt. »Ich weiß nicht, wer ihr seid. Oder was ihr hier zu suchen habt. Aber als einziger Thronfolger Anagehs und zukünftiger Vertreter des Himmelsgotts rufe ich euch zu: Bitte tut meinen Freunden nichts Böses!«

KAPITEL XIX

GEHEIMNISSE WERDEN OFFENBART

»Ein Fluch? Ach was … Oder habt ihr etwa auch daran geglaubt?«

Teilnahmslos starrte der junge Burfene ins Feuer. Abgesehen von den für seine Rasse typischen kindlichen Gesichtszügen wirkte er äußerst betrübt. Leofold saß ebenfalls am Feuer und hatte die Pranken ineinander gelegt. Tausende Gedanken gingen ihm durch den Kopf, als er Anagehs Thronfolger beobachtete. Die tiefe Narbe auf seiner Wange stammte sicher von einem Schwerthieb. Hatte sie etwas damit zu tun, dass er hier Zuflucht suchte? Die jüngsten Ereignisse hatten Leofold restlos verwirrt. Für manches hatte er sich eine Erklärung zurechtgelegt, doch der Einzige, der die Wahrheit kannte, war Erogmet.

Anfangs hatte der Thronfolger sich sehr vor ihnen gefürchtet. Erleichtert vernahm er, dass sie aus der Freien Zone kamen und von Redrem geschickt worden waren. Als sie auch noch einwilligten, die Waffen abzulegen, erklärte er sich bereit, mit ihnen zu sprechen.

Leofold blickte zu Nume hinüber, der schweigend neben ihm saß. Ihn dazu zu bewegen, im Angesicht der grauenvollen Kreaturen seinen Bogen wegzulegen, hatte einiges mehr an Mühe gekostet, als das Vertrauen des Thronfolgers zu gewinnen. Der alte Krieger hatte zunächst nicht geglaubt, tatsächlich den verschwundenen Thronfolger vor sich zu haben. Immer wieder befragte Nume Nela, ob sie sich exakt an das Gesicht erinnerte, das sie in Koleuns Gedächtnis gesehen hatte. So oft, dass sogar die Zauberin leichte Zweifel bekam. Aber er war es. Die Person, die sie in der Finsternis gesehen hatte, war niemand anders als dieser niedliche Burfene. Das verkündete Nela mit voller Überzeugung. Leofolds Blick fixierte die roten Strichaugen der Kreatur, die gleich in seiner Nähe stand. Dann wanderte sein Blick zu der Lanze mit der Sichelspitze, die auf einem scheinbar aus Bronze gefertigten Knie ruhte. Er seufzte unmerklich.

Der riesige Prom hatte in der Tat genügend Gründe, auf der Hut zu sein.

Gütig betrachtete Erogmet die zwanzig gewaltigen Kreaturen, die ihn in ihre Mitte genommen hatten.

»Sie sind die wahren Besitzer dieser Berge«, sagte er laut und lächelte. Aber ein glückliches Lächeln war es nicht. »Sie sind weder armselige Opfer eines Fluchs noch sind sie Monster mit teuflischen Seelen. Vergesst bitte alles, was ihr über diese Berge gehört habt. Diese Geschöpfe sind Dezdomete. Fuolis älteste einheimische Rasse.«

Er hielt kurz inne und seufzte. Mit dem Finger malte er ein kleines Bild in die Erde. Nela betrachtete es, konnte es aber nicht recht deuten. Es ähnelte einem Schmetterling.

»Außerdem verdanke ich ihnen mein Leben. Mein Leben, das die, die ich am meisten liebe, mir zu nehmen trachten.«

»Wie wäre es, wenn du von Anfang an erzählst?«, fragte Nela. Offensichtlich hatte der junge Burfene eine schwere Zeit hinter sich. Die noch nicht ganz verheilten Wunden an seinen Händen waren Nela nicht entgangen. Seine Kleidung sah recht mitgenommen aus. Wenn er sprach, schwang Trauer in seiner Stimme mit.

»Für die Burfenen ist der Fluch der Tabu-Berge ein Faktum, über das nicht diskutiert wird«, begann Erogmet. »Wenn schon Fremde wie ihr daran glauben, muss es wohl eine glaubwürdige Geschichte sein. Doch eigentlich verhält es sich ganz anders. Seit vielen Jahrhunderten leben die Dezdomete hier auf den Bergen. Sie gehören mindestens so sehr nach Fuoli wie die Burfenen. Bereits lange vor dem Krieg der Götter wählten sie diese Höhlen als Behausung. Um die Höhlen miteinander zu verbinden, bohrten sie Tunnel. Auf diese Weise entstand eine ganz eigene Stadt. Mit dem Eintreffen der Burfenen auf Fuoli kam es anfangs zu Reibereien. Die Urahnen setzten sich zusammen und trafen eine Abmachung. Die Burfenen versprachen, die Berge nicht zu betreten, unter der Bedingung, dass die Dezdomete nicht ins Tal kamen. Tatsache ist, dass die Dezdomete sich getreuer an ihren Teil der Vereinbarung hielten als die Burfenen. Über Jahrhunderte setzte kein einziger Dezdomet seinen Fuß in die Sümpfe, daher hatten wir auch keine Ahnung von ihrer Existenz. Dagegen sah man schon hin und wieder Burfenen, die versuchten, die Berge zu erklimmen. Ihr habt sicher die Geschichte von den Recken gehört. Es kamen auch noch andere, die meisten waren auf der Flucht vor dem Gesetz. Gemäß dem Abkommen betrachteten die Dezdomete jeden, der bewaffnet in die Berge kam, als Feind, und sie glauben, dass es immer noch gültig ist. Tatsache ist auch, dass sie mit ihren Feinden nicht gerade zimperlich umgehen.«

»Und was hat es mit den Kitteln auf sich?«, fragte Leofold neugierig. Seine Sorge hatte er immer noch nicht ganz abgeschüttelt, und er wusste nicht, ob er sich freuen sollte, dass er doch niemanden von Ashertas Rasse getroffen hatte. War es nicht ungerecht, dass es in ganz Perg genau einen einzigen Asherta gab und ausgerechnet er ihm begegnet war? So durfte er nicht denken, aber er konnte nicht anders. Zum Glück brachte die Freude, Erogmet gefunden zu haben, seine Gefühle ins Gleichgewicht. »Diese Kittel gehörten doch euren verschwundenen Recken, oder? Wieso tragen sie jetzt diese Kittel? Genau das hat uns irritiert.«

»Kriegsbeute«, lautete Erogmets knappe Erklärung. »Die Schlacht gegen gut einhundert Recken war das größte Gefecht seit Langem. Wer seinen Anteil an der Schlacht und am Sieg hatte, trägt natürlich demonstrativ die Uniform des Unterlegenen. Das darf man ihnen nicht übelnehmen. In der Schlacht fielen auch viele Dezdomete, es blieben nur einige wenige übrig. Aber sie betrachten die Burfenen nicht generell als ihre Feinde. Sie halten es für unsinnig, die Burfenen heute für Ereignisse zu hassen, die in der Vergangenheit passiert sind.«

»Verstehst du, was sie sagen?«, fragte Leofold skeptisch.

»Können sie überhaupt sprechen?«, fuhr Nume spöttisch dazwischen. Streng musterte er die still dasitzenden Kreaturen. »Das Einzige, was wir bisher gehört haben, war ihr Gebrüll.«

»In der Regel denken sie«, antwortete Erogmet besonnen, als hätte er den Seitenhieb des Prom gar nicht gehört. »Ihr Art zu denken unterscheidet sich stark von der unseren. Sie kennen nur Schwarz und Weiß. Grautöne zu verstehen fällt ihnen schwer. Mit Betrug und

Intrigen haben sie nichts im Sinn. Darüber hinaus – ja, sie können sprechen. Aber sie sprechen nur, wenn es nötig ist. Was sie sagen, ist stets bedeutsam. Sie verständigen sich in einer Sprache aus der Zeit vor dem Krieg der Götter. Als sich die Urahnen auf Pergisch einigten, dachten sie nicht an die Dezdomete.« Er verstummte und heftete seinen Blick auf Nume. »Vielleicht war es auch besser so. So können sie wenigstens gegen sie gerichtete Grobheiten nicht verstehen.«

Nume verzog das Gesicht, enthielt sich aber eines Kommentars.

»Ich habe die alten Sprachen studiert«, fuhr Erogmet mit leiser Stimme fort. »Die Weisen im Palast waren der Meinung, ein Emir sollte die Geschichte aus Originaltexten lernen, weil er ansonsten manipuliert werden könnte. Auch mir erschien das logisch, obwohl ich nicht ahnen konnte, dass mir diese Sprachkenntnisse einmal von Nutzen sein würden. Ich verstehe also das meiste von dem, was sie reden.«

»Und warum haben sie Guorin verschleppt?«, fragte Leofold mit gerunzelter Stirn. Sein Blick wanderte hinüber zu seinem Freund, der immer noch ohnmächtig auf dem Boden lag. Bevor sie sich zur Unterredung hingesetzt hatten, hatte Nume Guorins blutige Wunden verbunden, und Nela hatte einen Heilzauber ausgeführt, auf dass er möglichst schnell wieder gesund werde. Trotzdem würde es eine Weile dauern, bis er wieder zu sich käme. Leofold musste lächeln bei dem Gedanken an die Überraschungen, die seinen Freund nach dem Aufwachen erwarteten.

»Um ihm zu helfen«, erklärte der Thronfolger kurz und knapp. »Auch mich fanden sie verletzt, brachten mich in diese Höhle und heilten mich. Mit primitiven Mitteln zwar, aber hätten sie mich mir selbst überlassen, wäre ich sicher gestorben. Da ich keine Waffen trug, sahen sie mich nicht als Feind. Nachdem sie meine Geschichte gehört hatten, nahmen sie mich unter ihre Fittiche. Euer Freund trägt zwar ein Schwert, aber wegen seines erbärmlichen Zustands hatten sie wohl keine Angst vor ihm. Und Tusark – der Dezdomet, der ihn fand – muss verstanden haben, dass er ihn um Hilfe bat.«

»Und was hast du hier zu suchen?«, fragte Nela nachdenklich. Sie hatte dem Thronfolger zugehört, konnte sich aber keinen rechten

Reim auf seine Worte machen. Sie brauchte eine Erklärung. Außerdem wurde die Zeit knapp. »Weißt du, dass man annimmt, du seist entführt worden? Deshalb haben sich Anageh und Telinos überworfen. Bald wird es Krieg geben, und in Fuoli wird kein Stein auf dem anderen bleiben. Dein Vater erzählt überall herum, dass er euren vielzitierten Ritus einläuten wird. Du musst so schnell wie möglich zurück nach Anageh, dahin, wo du hingehörst.«

Erogmet erschauerte.

»Der alte Teufel«, zischte er zwischen den Zähnen hervor. »Das ist es also, was er eigentlich vorhat.« Abrupt änderte sich seine Miene. Leid stand ihm ins Gesicht geschrieben.

»Ich habe keinen Vater«, fauchte er streng. »Für mich ist er schon lange gestorben. Wenn ich erst einmal erzählt habe, was alles passiert ist, werdet ihr mir recht geben. Ob der Krieg verhindert werden kann, weiß ich allerdings leider nicht. Mit meiner Entführung hat das nämlich nichts zu tun. Ganz im Gegenteil – wenn mein Vater überzeugt wäre, dass ich tot bin, würde er den Krieg wahrscheinlich nicht mehr für notwendig halten.«

Leofold und Nume sahen einander erstaunt an. Sie hatten geahnt, dass hinter allem ein furchtbares Geheimnis steckte. Beim heimlichen Inspizieren von Erogmets Gesichtsnarbe war Leofold der Gedanke gekommen, es könnte sich um das Ergebnis eines verfehlten Hiebs handeln. Wenn man einem Schwert, das auf den Hals zielte, etwas zu spät auswich, wurde eben die Wange getroffen. Bei diesen Dingen kannte er sich bestens aus.

»Ich war mit meinen Recken unterwegs in den Wald, um mich mit einer Telinoser Delegation zu treffen«, fuhr der junge Burfene fort. Es schien, als erlebte er die Ereignisse aufs Neue, und sein Mienenspiel wechselte je nach Situation. Nie aber wirkte er vergnügt.

»Ich erwartete ganz normale Handelsgespräche. Wir trafen uns regelmäßig zu einem Gedankenaustausch mit den Repräsentanten, um eine gemeinsame Politik bezüglich des Glashandels außerhalb von Fuoli zu entwickeln. In Friedenszeiten liefen die Beziehungen zwischen den beiden Städten ziemlich reibungslos. Ich unterstützte diese Entwicklung mit all meinen Kräften. An jenem Tag warteten wir lange auf die Delegation, aber niemand erschien. Wie aus heiterem Himmel sprangen schwer bewaffnete Burfenen zwischen den Bäumen hervor. Meine Recken waren völlig überrumpelt. Ausnahmslos alle fielen den Schwertern zum Opfer. Mir gelang während des Gemetzels die Flucht. Sie verfolgten mich lange Zeit, vermochten aber nicht, mich zu fangen. Ich war verwundet, aber nicht lebensgefährlich. Eine Weile versteckte ich mich im Sumpf. Ich war ratlos, denn die, die es auf mein Leben abgesehen hatten, waren Soldaten der Leibgarde meines Vaters. Das wusste ich mit Gewissheit, denn ich kannte die Kommandanten gut. Mit den Telinos-Kitteln konnten sie mich nicht täuschen. Wäre ich nach Anageh zurückgekehrt, hätte man mich umgebracht, bevor ich mit dem Palastrat hätte sprechen können. Man kann viel über meinen Vater sagen; dass er etwas dem Zufall überlassen würde, gehört allerdings nicht dazu. Als ich sah, wie die Soldaten den Sumpf durchkämmten, beschloss ich, mich auf den Bergen zu verstecken. Dort wäre es schwieriger, mich zu finden, das hoffte ich zumindest. Nicht, dass ich mich nicht vor dem Fluch gefürchtet hätte, aber ich hatte nichts zu verlieren. Unterwegs wurde ich von einigen Udeforen angegriffen. Als ich hier ankam, war ich halbtot. Dann fanden mich die Dezdomete, den Rest der Geschichte kennt ihr.«

»Aber wieso sollte dein Vater dich umbringen wollen?«, fragte Nela völlig befremdet, die schmalen Augenbrauen zusammengekniffen. »Bist du nicht sein einziger Sohn, der einzige Thronfolger? Vielleicht hat jemand anderer dieses Komplott arrangiert und die Leibgarde gekauft – wäre das nicht möglich?«

»Der Kommandant der Truppe ist keiner, der sich kaufen lässt«, antwortete Erogmet mit Bestimmheit. »Er ist mindestens so fanatisch wie mein Vater. Ihr könnt ihm mit dem Tod drohen, aber niemals würdet ihr ihn so weit bringen, seinen Emir zu verraten. Dazu kommt, dass es außer meinem Vater niemanden geben kann, der meinen Tod wünscht. Ich habe keine Feinde. Er muss irgendwie von meinen Plänen Wind bekommen haben. Wahrscheinlich haben sie den Erhabenen Yuolin vor seiner Ermordung gefoltert und zum Reden gebracht. Das wäre die einzige logische Erklärung, die mir einfällt.«

Erogmet sah die verwirrten Blicke der Fremden.

»Der Erhabene Yuolin«, erklärte er, »war einer der wichtigen Glaubensgelehrten Anagehs. Ihr wart in der Freien Zone, da habt ihr bestimmt Redrem kennengelernt. Yuolin war einer seiner Unterstützer in Anageh. Er war begeistert von dem, was Redrem in der Freien Zone auf die Beine gestellt hatte, und nahm ihn sich zum Vorbild. Das Komische an der Sache war, dass nicht einmal Redrem davon wusste. Aus Angst vor meinem Vater arbeitete Yuolin im Geheimen, und seine Angst war durchaus berechtigt. Allerdings war Yuolin von der Idee, ein Camp wie die Freie Zone zu errichten und mitten im Sumpf zu leben, nicht sonderlich angetan. Er verfocht die Idee, dass Freiheit in den Städten gelebt werden müsse. Er glaubte an die Mächte der Vorzeit, war aber kein Bekehrer. Er setzte sich nur dafür ein, dass in Anageh auch der Glaube an den Meeresgott in Sicherheit gelebt werden könnte und niemand seines Glaubens wegen herumgestoßen und gefoltert wurde. Er war ein begnadeter Redner. Binnen kurzer Zeit hatte er viele Anhänger, und wichtige Persönlichkeiten strömten in seine Versammlungen.«

Erogmet hielt abrupt inne. Betrübt seufzte er auf und fuhr dann mit lauter Stimme fort. »Und einer von ihnen war der zukünftige Vertreter des Himmelsgotts.

Ja, auch ich gehörte zu Yuolins Anhängern. Anfangs war ich nur neugierig, was die Burfenen an ihm fanden. Während mein Vater sich ausschließlich mit Regierungsgeschäften und der Organisation von Riten beschäftigte, war es meine Aufgabe, ein Auge auf das Volk zu haben. Ich bekam mit, wie sich ein Kreis um Yuolin scharte. Ich kannte das Temperament meines Vaters und wollte ihn deshalb erst dann informieren, wenn sich herausstellte, dass es sich um eine regierungsfeindliche Strömung handelte. Er pflegte nämlich erst alles zu zerstören und dann zu fragen. Ich kleidete mich wie ein gewöhnlicher Burfene und nahm so an Yuolins Versammlungen teil. Seine Vorträge beeindruckten mich zutiefst, aber das lag auch daran, dass ich innerlich ohnehin bereit war. Das Grauen, das mein Vater verbreitete, und die Unantastbarkeit des Himmelsgotts bereiteten mir seit jeher Unbehagen. Über diese Fragen diskutierte ich aufs Heftigste mit unseren Gelehrten. Yuolin gelang es in kurzer Zeit, mich in seinen Bann zu ziehen. Ich beschloss, ihm meine wahre Identität preiszugeben. Der arme Mann kriegte fast einen Herzinfarkt, als er den Sohn des Emirs vor sich sitzen sah. Mich zu akzeptieren fiel ihm nicht leicht. Ich glaube, er ahnte, was ihm zustoßen würde. Und ihm wurde klar – wenn auch spät –, dass es kein Entrinnen gab. Wir vereinbarten, uns zusammenzutun und nach meiner Übernahme des Emirats Anageh in eine riesige Freie Zone zu verwandeln. Das hätte ich tun können, denn es widersprach nicht den Grundsätzen des Himmelsgottglaubens. Der Rat hätte sich mir nicht widersetzt. Die derzeit gültigen Verbote sind nicht Gotteswunsch, sondern Resultat vergangener Kriege. Ich wusste, dass ich nicht mit heftigen Widerständen gegen eine Lockerung dieser Verbote zu rechnen hatte. Der mächtigste Widerstand waren bis dato die Emire selbst.

Eines Tages aber wurde Yuolin in seinem Haus tot aufgefunden. Man hatte ihn ermordet. In seinem Bauch steckte eine dicke Eisenstange. Das Ganze sah aus wie das Werk eines Einbrechers, wir aber vermuteten, dass Mörder aus dem Palast dahinter steckten. Ich stellte meine eigenen Nachforschungen an und fand heraus, dass wir recht hatten. Seit Langem verfolgte man unsere Versammlungen. Palastspitzel beobachteten das Geschehen aus nächster Nähe. Den Befehl zu Yuolins Ermordung gab mein Vater höchstpersönlich. Er beauftragte eine Geheimorganisation namens Weiße Flamme. Eine Dreckshorde von Auftragsmördern. Ihr könnt euch vorstellen, dass es seitdem keine Versammlung mehr gegeben hat. Niemand brachte den Mut auf, den Platz des Erhabenen einzunehmen. Ich für meinen Teil fuhr fort mit meinen Plänen, aus Anageh eine Freie Zone zu machen. Ich hatte nicht die Absicht, diese Idee aufzugeben. Yuolins Ermordung spornte mich sogar noch an. Ich war mehr als überzeugt, das Richtige zu tun. Leider hatte ich keine Ahnung, was man mit mir vorhatte.«

»Deinen Namen haben sie bestimmt von dem Erhabenen«, meinte Nume wütend. Diese Geschichte brachte ihn schier zur Weißglut. Am liebsten hätte er sich sofort nach Anageh begeben, um diesem verdammten Emir an die Gurgel zu springen. Aber er wusste auch, dass das keine allzu vernünftige Idee war. Eine riesige Armee würde sie erwarten. Nela musterte Erogmet mit sanften Augen. Ein Vater, der seinen eigenen Sohn für seinen Glauben opferte … Das war eine sehr, sehr traurige Geschichte.

»Vielleicht«, erwiderte Erogmet. »Das ist sogar ziemlich wahrscheinlich. Vielleicht erkannte mich auch einer der Spitzel, die sich in die Versammlungen einschlichen. Ich verkleidete mich, so gut es ging, und trug meistens eine Kapuze. Das taten fast alle von uns, weswegen auch niemand befremdet reagierte. Man darf die Palastspitzel aber nicht unterschätzen. Sie sind alle speziell ausgebildet.«

»Was sollte es dir bringen, dich hier zu verstecken?«, warf Leofold ein. »Warum hast du nicht versucht, die Freie Zone zu finden? Du musst doch wissen, dass Redrem dich nicht abgewiesen hätte.«

»Es ist nicht leicht, sie zu finden«, antwortete Erogmet mit traurigem Lächeln. »Mein Vater hat viele Jahre nach ihr gesucht, unter Einsatz aller Möglichkeiten des Palasts, und es ist ihm trotzdem nicht gelungen. Wie sollte ich sie da allein finden? Außerdem musste ich mich schnell entscheiden, mein Vater hatte seine Hunde längst auf mich angesetzt.«

Leofold nickte verständnisvoll. Der Junge hatte recht. Ohne einen Führer an seiner Seite war es schier unmöglich, in Redrems Camp zu gelangen. Plötzlich kam ihn ein erschütternder Gedanke. Wenn dem so war, dann hatte der bevorstehende Krieg tatsächlich nichts mit Erogmet zu tun. Und dann war er auch nicht zu verhindern.

»Warum will dein Vater deiner Meinung nach diesen Ritus beginnen?«, fragte er wenig hoffnungsvoll. »Wenn es doch eine Lüge ist, dass Telinos dich entführt hat.«

Der Thronfolger überlegte eine Weile.

»Er muss wissen, dass ich noch am Leben bin«, lautete seine Antwort. »Er weiß, dass ich noch lebe und dass er nicht mehr viel Zeit hat. Burfenen, die zweihundert Jahre alt geworden sind, gibt es nicht mehr als Finger an einer Hand. Nicht mehr lange, und er wird in die Ewigkeit eingehen. Nach seinem Tod kann mich nichts mehr daran hindern, nach Anageh zurückzukehren und meine Regentschaft zu verkünden. Die Soldaten, die ihm heute noch treu ergeben sind, werden vor mir katzbuckeln. Ihre Ergebenheit rührt einzig daher, dass er der Vertreter des Himmelsgotts ist, und das weiß er. Wenn sie ohne jegliche Diskussion den Befehl annehmen, seinen Sohn zu ermorden, dann kann es nur daran liegen, dass sie sein Wort als das Wort Gottes begreifen. Das gilt zumindest für die ungebildeten Soldaten. Wenn die Ratsmitglieder das wüssten, hätten sie ganz anders reagiert. Deswegen will mein Vater vor seinem Tod jegliche Möglichkeit unterbinden, aus Anageh eine Freie Zone zu machen.«

Erogmet hielt inne und atmete tief durch. Er schaute durch seine Zuhörer hindurch und starrte in die Ferne.

»Um des Himmelsgottes willen … Er wird diese grauenerregenden Krieger wecken und auf Telinos loslassen. Der Emir von Telinos wird es ihm natürlich mit gleicher Münze heimzahlen. Wir werden einen Krieg von nie dagewesener Brutalität erleben. Auf beiden Seiten wird es unendlich viele Tote geben. Selbst wenn mein Vater nicht siegen kann, ahnt er doch, dass die Feindschaft zwischen den beiden Glaubensrichtungen gespenstische Ausmaße annehmen wird. Egal, was ich nach einem solchen Krieg mache: Anhänger verschiedener Glaubensrichtungen werden in Anageh niemals zusammenleben können.«

»Kann er das wirklich tun?«, fragte Nela kreidebleich. »Kann der Emir ein solches Blutvergießen tolerieren, nur um eine Schwächung des Glaubens in der Stadt zu verhindern?«

»Er hat versucht, mich umzubringen«, entgegnete Erogmet. »Seinen eigenen Sohn. – Natürlich kann er das. Ich habe kein einziges Mal erlebt, dass mein Vater geblufft hätte. Wir könnten glauben, dass er es möglicherweise tut, aber damit würden wir uns nur selbst betrügen. Dieser Krieg ist unvermeidlich.«

»Solange ein Krieg nicht angefangen hat, ist er nicht unvermeidlich«, erwiderte Nume streng und sprang auf die Füße. Seine Miene war entschlossen. »Ich habe viele Kriege erlebt, und kein einziger hat mir Spaß gemacht. Es muss bis zur letzten Sekunde nach einem Weg gesucht werden, diesen Wahnsinn zu verhindern. Du kommst jetzt mit uns in die Freie Zone. Lasst uns mit Redrem reden. Vielleicht hat er eine Idee, wenn er die Hintergründe kennt. Schließlich ist er ein Erhabener, oder? Und sollte es uns nicht gelingen, den Krieg zu verhindern, solltest du lieber im Camp sein als hier. Diese Dämonen hören doch nicht auf diesen Fluch. Ich habe großen Respekt vor den Dezdometen, aber sie dürften dich nur schwerlich beschützen können. Du versteckst dich ein paar Tage im Camp, und falls sich die Lage zuspitzt, bringen wir dich zu unserem Schiff, das vor der Küste auf uns wartet.«

Erogmet warf dem Prom einen dankbaren Blick zu. Numes Mut ließ zumindest ein wenig Hoffnung in ihm aufkeimen. Vielleicht hatten sie doch eine Chance. Er sah, wie die Bestie und die schöne Menschenfrau zustimmend nickten. Führten die Fremden ihn etwa hinters Licht? Waren auch sie nichts anderes als eine von seinem Vater engagierte Mörderbande? Trotzdem würde er ihnen lieber vertrauen, anstatt hier zu verrotten. Was hatte er noch zu verlieren? In einer Höhle auf das Ende zu warten, das war doch kein Leben!

Er musterte die Dezdomete.

»In Ordnung«, sagte er leise und schlug sich auf die Knie. »Lasst uns gehen. So lerne ich wenigstens Redrem kennen. Vielleicht hat er ja eine Idee. Gebt mir aber ein wenig Zeit. Ich muss den Dezdometen erklären, warum ich gehe. Sie haben kein Wort von dem verstanden, was wir besprochen haben. Ich lebe nun eine ganze Weile bei ihnen, und sie haben mich behandelt, als wäre ich einer von ihnen. Da kann ich nicht einfach ohne Erklärung verschwinden.«

»Biete ihnen doch an, mit uns zu kommen«, schlug Leofold zögerlich vor. »Sie sehen auch nicht schlimmer aus als ich. Niemand in der Freien Zone wird sich an ihnen stören.«

Erogmet schmunzelte und sah Leofold verständnisvoll an. Was war die Geschichte dieses furchterregenden Wesens? Zu gern würde er sie unterwegs hören.

»Ich brauche sie nicht zu fragen, denn ich kenne bereits die Antwort«, erwiderte er ruhig. »Das hier ist ihr Zuhause. Sie haben sich geschworen, bis in alle Ewigkeit in diesen Bergen zu bleiben, und sie brechen niemals einen Schwur. Sie kämen nicht einmal auf den

Gedanken. Ich sagte bereits, dass sie kein Grau kennen, Leofold. Nur Schwarz und Weiß.«

Während Leofold sich erhob, nickte er, um zu zeigen, dass er verstanden hatte. Er streckte die Pranke aus, um Nela beim Aufstehen zu helfen. Dabei wanderte sein Blick zu Guorin, der sich langsam bewegte. Scheinbar war er im Begriff, aufzuwachen. Es würde sicher nicht leicht werden, ihm von den Entwicklungen zu berichten. Der Grund, warum sie sich auf den Weg gemacht hatten, war ein völlig anderer gewesen als der, aus dem sie nun zurückkehrten. Sie hatten einen Jungen zu seinem Vater zurückbringen wollen, und nun mussten sie ihn vor seinem Vater schützen. Offen gestanden würde Leofold nicht nur Zeit brauchen, um die Geschichte Guorin zu erklären, sondern auch, um sie selbst zu verdauen. Er lächelte. Zum Glück kannte er Grau nur zu gut.

KAPITEL XX

GEFECHT

Das Porengor spürte in dem empfindlichen Wulst links außen auf seinem Rücken einen leichten Druck und blieb abrupt stehen. Das war das Zeichen, sich nach rechts zu wenden. Viele Male war diese Übung während der monatelangen Dressur wiederholt worden. Gelang es ihm nicht im gewünschten Tempo, würde man ihm sehr weh tun. Tat es wie geheißen, würde man ihm früher oder später leckere Pilze vorsetzen. Die Entscheidung war simpel: Es gehorchte ohne Murren. Gemächlich drehte es sich und richtete die Beine in die neue Richtung aus. Treu wartete es auf das nächste Kommando. Ein harter Klaps auf einen anderen Wulst, und schon rannte es los.

Grübelnd lenkte Koleun das Porengor. Seit Tagen waren sie unterwegs. Trotz intensiver Suche hatten sie Erogmet nicht gefunden. Umsonst waren sie durch die Pilze und Bäume gestreift. Nicht die geringste Spur von dem verschwundenen Thronfolger oder der Bande. Die Zeit war abgelaufen. So schnell wie möglich mussten sie mit den Reisenden zurück ins Camp und sich auf den scheinbar unausweichlichen Krieg vorbereiten. Vielleicht konnten sie einen Wall um das Camp errichten. Nur notdürftig hochgezogen, aber immer noch besser als nichts. Zumindest gewännen sie genügend Zeit für die Flucht. Denn früher oder später würden sie fliehen müssen. Er nahm sich vor, mit Redrem darüber zu sprechen.

Während das Porengor über die Pilze stieg, die ihm im Weg standen, blickte der junge Burfene teilnahmslos in den Himmel. Haufenwolken zogen gemächlich vorbei. Was der Himmelsgott angesichts der Ereignisse wohl dachte? Redrem hatte vor der Verbannung des Himmelsgottes aus Perg die Gelegenheit gehabt, ihn zu sehen. Wie der Erhabene berichtet hatte, war Dermense kein strenger Gott. Zwar hatte er im Krieg der Götter viel Blut vergossen, aber besonders glücklich sollte er darüber nicht gewesen sein. Ja, er hatte unerbittliche

Krieger zurückgelassen, aber er hatte auch dringend geraten, sie bloß in allerhöchster Not zu wecken. Sie sollten nur zum Einsatz kommen, wenn es keinen anderen Weg gab, die Gläubigen zu schützen. Es würde Dermense sicher nicht gefallen, wenn man sie jetzt aus einem so nichtigen Grund aufweckte. Koleun verzog das Gesicht. An dem, was passierte, hatte der Gott keine Schuld. Es lag einzig und allein an der Sturheit der Emire. Diese als Vertreter der Götter zu akzeptieren war der größte Fehler, den ihre Vorfahren hatten begehen können.

Um in eine schnellere Gangart zu wechseln, drückte Koleun sanft auf den größten der Wulste. Die dünnen, aber kräftigen Beine des Porengors bewegten sich nun in einem rascheren Takt. Koleun drückte den Rücken durch und krallte sich in den Haaren der Spinne fest. Vielleicht hatten die Reisenden den Jungen auf dem Berg gefunden, die Möglichkeit bestand ja. Sie waren schon eine ganze Weile dort und schienen fähige Leute zu sein. Vor allem dieses haarige Wesen – er würde seinen Kopf darauf verwetten, dass er ein hervorragender Spurenleser war. Koleun war nicht entgangen, wie aufmerksam er sich während ihrer gemeinsamen Reise umgesehen und auf welche Details er geachtet hatte. Verdrossen schüttelte er den Kopf. Trotz allem war die Chance, dass sie Erogmet gefunden hatten, gering. Er wollte sich keine unnötigen Hoffnungen machen. Angeblich sollte es sich bei den Entführern ebenfalls um Burfenen handeln. Es wollte ihm einfach nicht in den Kopf, dass sie so verrückt sein könnten, einen Verschleppten in den Tabu-Bergen zu verstecken. Und selbst wenn sie den Mut aufgebracht hatten, würde nicht viel von ihnen übrig bleiben. Mit einem Thronfolger zurückzukehren, der sich in ein Monster verwandelt hatte, machte die Lage nicht einfacher.

Koleun war tief in Gedanken versunken. Die Freie Zone, die ihm viele Jahre ein Zuhause gewesen war, brauchte ihn zum ersten Mal, und er war vollkommen ratlos. Er war Soldat, er wusste zu kämpfen, die größten Meister hatten ihn ausgebildet, und genauso hatte er seine Männer geschult. Sollte aber nur die Hälfte dessen stimmen, was man sich erzählte, hatten gegen jene erwachenden Dämonen weder er noch seine Krieger eine Chance.

Er sah sich um und warf seinen vor und hinter ihm reitenden Kämpfern gütige Blicke zu. Sie wirkten genauso nachdenklich wie er. Schweigsam und in sich gekehrt saßen sie auf ihren Spinnen. Für ein Leben in Freiheit hatten diese Männer ihr bequemes Leben in der Stadt aufgegeben. Ihre Häuser verlassen, ihre Arbeit und vielleicht sogar ihre Familien. Damit auch andere in den Genuss dieser Freiheit kamen, sorgten sie nun für die Sicherheit des Camps. Er hatte größten Respekt vor ihrem Durchhaltevermögen. Sie waren allesamt tapfere Männer. Nur mit Tapferkeit aber ließ sich kein Krieg gewinnen.

Mit unwirschem Stöhnen senkte der junge Burfene den Kopf. Geistesabwesend fuhr er mit einer Hand durch die Spinnenhaare. Er fing an zu überlegen, wie er seinen Freunden, die mit letztem Hoffnungsschimmer im Camp auf gute Nachrichten warteten, die Lage erklären sollte.

Wäre Koleun mit seinen Gedanken nicht anderswo gewesen, hätte er den Zusammenhang zwischen der ohrenbetäubenden Explosion und der Verwandlung des vor ihm reitenden Porengors in einen Feuerball bestimmt schneller erkannt. Rasch breiteten sich Flammen, die aus der zerschellenden Glaskugel schlugen, auf dem Spinnenrücken aus. Unversehens fanden sich die zwei Burfenen in einem mächtigen Feuer wieder, ohne zu begreifen, was vor sich ging. Einer konnte nicht schnell genug reagieren und fiel schreiend den Flammen zum Opfer. Der andere vermochte von der Spinne herunterzugleiten, aber seine beiden Arme hatten Feuer gefangen. Er rollte sich im Schlamm, um die Flammen zu löschen. Doch bevor es ihm gelang, zerstampfte ihn die vor Schmerz wildgewordene Spinne und setzte seinen Qualen ein Ende.

Die zweite Glaskugel zielte auf das Schlusslicht der Kolonne und war ebenso treffsicher geworfen worden wie die erste. Die Spinne ging samt ihren Reitern in Flammen auf, raste wie wild los und prallte gegen das vor ihr laufende Porengor. Völlig überrumpelt, verlor das arme Tier die Balance und stützte sich mit seinem gesamten Gewicht nach vorne ab. Zwei Beine brachen gleichzeitig; das Porengor fiel um wie ein Turm und warf dabei die Reiter ab, denen es nicht gelang, sich festzuhalten. Das war auch besser für sie. Denn gleich darauf sollte auch ihr Reittier die detonierenden Kugeln zu spüren bekommen.

Erst nach der dritten Explosion begriff Koleun, was passierte. Doch sein Staunen währte nur einen Augenblick.

»Springt runter!«, brüllte er, so laut er konnte, und ließ sich ins Leere fallen. Das ließen sich seine von Panik ergriffenen Recken nicht zweimal sagen, denn genau das hätten sie auch ohne seinen Befehl getan. Quasi gleichzeitig sprangen sie von den verbliebenen beiden Porengoren.

Koleun fiel in ein Schlammloch, überschlug sich mehrere Male und landete schließlich auf Händen und Knien. Sofort sah er sich nach seinen Männern um. Sie waren in eine Falle getappt, das wahre Ausmaß der Gefahr aber war ihm noch nicht klar. Sie waren völlig überrascht worden und hatten vier Mann verloren. Aber sie waren immer noch zu fünft und hatten vielleicht eine Chance.

Er entdeckte im Schlamm einen Recken, der um Hilfe flehte. Er würde nicht mehr viel ausrichten können, also waren sie nicht mehr zu fünft, sondern nur noch zu viert. Wenn die Spinnen aufrecht standen, waren sie doch recht hoch, und von ihnen herunterzuspringen war normalerweise keine so gute Idee. Wahrscheinlich hatte sich der Bedauernswerte den Fuß verstaucht.

Die drei brennenden Porengore rannten wie verrückt durch die Gegend und sahen aus wie gigantische Feuerbälle mit Füßen. Pilze, die sie rammten, fingen ebenfalls Feuer. Die beiden noch unversehrten Spinnen bekamen es mit der Angst zu tun und suchten panisch nach einem Versteck. Zornig spuckte Koleun auf die Erde. Um sie herum herrschte totales Chaos. Sollten sie nun zuerst darauf achten, nicht zertreten zu werden, oder die Verursacher dieses hinterhältigen Überfalls parieren? Leidvoll musste er feststellen, dass beides gleichzeitig vonnöten war – eine Glaskugel flog auf ihn zu. Glücklicherweise hatte er sich genau im richtigen Moment tiefer hinuntergebeugt. Die Kugel prallte hinter ihm gegen einen Pilz und zerbrach unter großem Getöse. Funken stoben, manche landeten auf seinem Rücken. Aufgeregt kontrollierte er seinen Kittel, aber zum Glück hatte er sich nicht entzündet. Koleun war kreidebleich. Wer immer diese Kerle waren, Soldaten waren sie jedenfalls nicht. Weder Anageher noch Telinoser Recken verwendeten diese verbotene Waffe. Sie hatten es ganz offensichtlich mit einer Räuberbande zu tun. Allerdings mit einer, die über die Mittel verfügte, sich diese explosiven Kugeln zu kaufen. Für eine einzige musste man eine schöne Stange Gold hinlegen. Eine harte Nuss galt es zu knacken, aber Koleun würde bis zu seinem letzten Atemzug kämpfen. Das Schwert in der Hand, rannte er in die Richtung, aus der die Kugeln kamen.

Koleun stockte der Atem, als ein brennendes Porengor auf ihn zukam. Er fürchtete schon, die vor Qualen achtlos umherrasende Spinne könnte ihn zertrampeln. Doch er bekam seine Ängste in den Griff und entging durch schnelle Manöver – ein paar Vorwärtsrollen unter dem Porengor hindurch – den todbringenden Beinen. Als er sich, über und über mit Schlamm beschmiert, wieder aufrichtete, war die Gefahr vorüber. Doch die nächste lauerte bereits.

Ein stämmiger Burfene mit einer Doppellanze stürmte direkt auf ihn zu. So, wie er die Lanze hielt, war er ein ziemlich erfahrener Kämpfer. Seine Miene signalisierte die Bereitschaft zu töten. Wie vermutet trug er weder den Anageher noch den Telinoser Kittel. Koleun duckte sich unter dem Hieb weg und holte zu einem kräftigen Schlag in den Magen seines Gegners aus. Der aber wich ihm meisterhaft aus und zielte diesmal auf Koleuns schutzloses Gesicht. Koleun parierte mit seinem Schwert, drehte sich auf dem Absatz um und stürzte sich auf seinen Kontrahenten. Mit voller Wucht rammte er ihm das Knie zwischen die Beine. Der Gegner klappte zusammen, und Koleun hieb ihm sein Schwert mitten in den Hals.

Er fuhr herum und entdeckte einen weiteren Angreifer. Erstaunlich war jedoch, dass er mit bloßen Händen dastand. Sein Schwert mit dem Griff aus Derokan-Armknochen ruhte friedlich in seinem Gürtel. Gewandet in einen schlichten weißen Kittel, musterte er Koleun mit spöttischer Miene. Dabei wackelte er immer wieder seltsam mit der Nase.

Die Abgebrühtheit des Mannes erschreckte Koleun. Unwillkürlich drehte er den Kopf und sah nach seinen Leuten. Doch der

Anblick war nicht gerade erfreulich. Die unverletzten Porengore hatten sich entfernt, das Chaos lichtete sich. Zwischen den toten Spinnen entdeckte er acht Burfenen, von denen aber nur zwei zu seinen Männern gehörten. Die kämpften nach Leibeskräften, hatten aber gegen den überzähligen Feind kaum eine Chance. Von ihnen war also keine Unterstützung zu erwarten. Wenn es Koleun gelang, mit diesem arroganten Kerl kurzen Prozess zu machen, konnte er vielleicht seinen Männern zu Hilfe eilen.

Wie ein Tiger stürzte er sich auf seinen Gegner und schlug mit voller Wucht mit seinem Schwert auf ihn ein. Anstatt mit seinem Schwert zu parieren, machte der Mann einen Schritt zur Seite und trat kräftig gegen Koleuns Kniescheibe. Das tat er so schnell, dass der junge Burfene nicht ausweichen konnte. Er verlor die Balance, torkelte ein paar Schritte und fiel mit dem Gesicht nach unten in den Schlamm. Hastig stand er wieder auf. Der Tritt war äußerst schmerzhaft gewesen, hatte jedoch seine Kniescheibe nicht zertrümmert. Allein sein Selbstvertrauen war erschüttert. Sein Kontrahent stand da, noch immer unfassbar ruhig, und sah ihn mit mildem Lächeln an. Er schien keinen Kampf auf Leben und Tod zu führen, sondern wirkte, als spielte er mit seinen Freunden ein vergnügliches Spiel. Sein Schwert steckte noch immer in seinem Gürtel.

Koleun startete einen neuen Angriff. Zuerst kassierte er einen Faustschlag aufs Kinn und dann einen kräftigen Hieb auf die Schulter. Sein Schwert flog in unerreichbare Ferne, er selbst kugelte erneut durch den Schlamm. Diesmal würde er sich nicht so schnell wieder aufrappeln können.

Die Schläge waren exakt geführt. Er spürte sofort, dass seine Schulter ausgekugelt war. Heftige Schmerzen hinderten ihn daran, sich zu bewegen. Der Schlag aufs Kinn hatte seine Sinne benebelt. Dieser Mann schien unbesiegbar; in ihm hatte Koleun seinen Meister gefunden. Trotzdem wollte er nicht so schnell aufgeben. Halb rutschend, halb kriechend versuchte er, an seine Waffe zu gelangen. Jede Bewegung ließ ihn beinahe aufschreien vor Schmerz. Nur wenige Fuß von seinem Schwert entfernt, wollte er sich daraufstürzen. Doch vergebens. Sogleich war sein Gegner bei ihm, brach ihm durch einen Tritt auf seine Hand alle Finger und sprang ihm mit voller Wucht in den Rücken. Diesmal hielt er sein Schwert in der Hand und drückte Koleun die Spitze in die Wange.

»Genug gespielt«, murmelte Gulpes, immer noch mit derselben ruhigen Miene. »Du bist ein prima Kämpfer. Und mutig bist du auch, das muss ich zugeben. Aber ich darf keine Zeit verlieren. Nur zu deiner Beruhigung: Selbst die größten dir bekannten Meister wären nicht mit mir fertig geworden.«

Gulpes fuhr mit der Schwertspitze über Koleuns Wange und hinterließ eine schwache Blutspur. Dann wischte er die Klinge ein paar Mal an Koleuns Kittel ab, um sie vom Schlamm zu befreien.

»Du kämpfst wie ein Soldat. Du und deine Männer, ihr seid ein typischer Spähtrupp. Offensichtlich gut ausgebildet. Aber manche tragen die Telinoser Uniform und manche die Anageher. Hm, sehr interessant. Wirklich sehr interessant.«

Gulpes beugte sich vornüber und kam nah an Koleuns schmerzverzerrtes Gesicht heran. Aus zu Schlitzen geformten Augen sah er ihn an, als wollte er in die Tiefe seiner Seele vordringen. Dabei presste er ihm sein Schwert fest aufs Herz, jedoch ohne dass es blutete.

»Anageher und Telinoser Recken Seite an Seite … Unvorstellbar! Würde ich so etwas im Traum sehen, wäre das bestimmt kein gutes Omen! Es sei denn, sie kommen von diesem einzigen möglichen Ort. Ich meine – diese berühmte Freie Zone! Oder willst du etwa behaupten, sie sei ein Mythos? Gibt es einen solchen Ort vielleicht gar nicht? Du kannst dir nicht vorstellen, wie sehr ich danach gesucht habe. Natürlich nicht etwa, um dort Zuflucht zu suchen. Ich frage mich, ob du mir verraten willst, wo sich diese Freie Zone befindet?«

Koleun zitterte vor Wut. Jäh spuckte er blutigen Speichel in die grinsende Visage. Der Räuber sprang auf und wischte sich mit dem Handrücken übers Gesicht. Anschließend verpasste er dem Recken einen festen Tritt gegen die Schläfe.

»So ist das also!«, brüllte Gulpes mit blutunterlaufenen Augen. »Bist ein harter Typ, was? Was soll's, im Moment interessiert mich diese Freie Zone nicht die Bohne. Zum Teufel damit! Ein ganz anderes Thema hat jetzt Vorrang. Keine Ahnung, was ihr hier zu suchen habt, aber vielleicht ist euch ja irgendwo unser verschollener Thronfolger begegnet? Das fände ich wirklich prima. Unsere Nachforschungen haben nämlich nicht viel ergeben. Wir sind sogar auf diese verdammten Berge geklettert, haben aber nichts gefunden. Vielleicht ist dir ja etwas aufgefallen, wo du schon so lange in diesen widerlichen Sümpfen herumstiefelst.«

Koleun wich dem Blick des Räubers aus. Er richtete sich halb auf und betastete seine blutende Lippe. Die ausgekugelte Schulter bereitete ihm höllische Schmerzen. »Klar hab ich ihn gesehen. Und er hat mich auch nach dir gefragt. Er wollte wissen, ob ich ein trotteliges Sackgesicht gesehen hätte, das in der Gegend herumrennt.«

Gulpes blieb stumm. Er wirkte nicht einmal verärgert. Er verzog bloß den Mundwinkel zu einem spöttischen Grinsen, als wäre ihm etwas in den Sinn gekommen. Er drehte sich um und beobachtete den Kampf, der seinem Ende entgegenging. Er wartete, bis seine Männer auch dem letzten verbliebenen Recken den Garaus gemacht hatten. Dann betrachtete er Koleun nachdenklich.

»Ich weiß, dass du nicht reden wirst«, sagte er ruhig. In seinen Augen stand beinahe Güte. Koleun wusste nicht, wie er diese plötzliche Veränderung deuten sollte.

»Du bist ein mutiger Mann. Das beweist schon dein Anschluss an die Freie Zone«, fuhr Gulpes mit Bestimmtheit fort. »Aber ich muss dich irgendwie zum Reden bringen. Und ich weiß seht gut, wer dazu in der Lage ist.« Er hob eine Hand und rief laut: »Aderok!«

Die Schlächter der Weißen Flamme fuhren herum und sahen zu ihm hinüber. Dann versammelten sie sich eilig um ihren Anführer. Das Gefecht hatte sie scheinbar nicht sonderlich beansprucht. Die meisten hatten nicht einmal einen Kratzer abbekommen. Neugierig betrachteten sie den Burfenen, der in jämmerlichem Zustand auf der Erde saß. Schließlich trat der Größte vor. In seinem Gürtel steckte eine Reihe verschiedener Messer.

»Zu Befehl, Herr«, donnerte er, nachdem er salutiert hatte.

»Ich will wissen, ob der Mann etwas über diesen Jungen weiß«, sagte Gulpes in halbem Flüsterton. »Wir müssen ganz sicher sein. Du verstehst, was ich meine, nicht wahr?«

Wortlos nickte Aderok, als Zeichen, dass er verstanden hatte.

Gulpes wandte sich wieder Koleun zu und setzte ein zynisches Lächeln auf. »Ich möchte dich mit einem engen Freund bekanntmachen. Vielleicht ist dir der Name Aderok bereits zu Ohren gekommen. Mancherorts kennt man ihn nur zu gut.«

Der Recke schüttelte den Kopf und musterte Gulpes mit Besorgnis. Dessen Lächeln war derart eisig, dass Koleun zum ersten Mal echte Angst überkam.

»Sturen Burfenen gegenüber ist Aderok sehr überzeugend«, fuhr Gulpes gelassen fort. »Der Beste auf diesem Gebiet. Hör zu, mein Lieber, sperr deine Ohren weit auf. Denn das könnten die letzten Worte sein, die sie zu hören kriegen. Aderok wird dir so viele Schmerzen zufügen, dass du darum betteln wirst, sterben zu dürfen. Du wirst es sogar selbst versuchen. Aber das wird Aderok nicht zulassen. Er wird zumindest dafür sorgen, dass du viele Stunden am Leben bleibst. An einem gewissen Punkt wird deine Willenskraft gebrochen sein. Wenn du etwas über den Jungen weißt, dann sag es jetzt, das ist deine einzige Rettung. Denn dein Schmerz wird nicht enden, bevor du es uns nicht erzählt hast. Du kannst natürlich darauf warten, zu sterben, aber wie gesagt, der Tod wird später kommen als erwartet. Ich verrate dir ein kleines Geheimnis. Bisher ist es niemandem gelungen, bis in den Tod zu schweigen. Denn jeder wusste, dass er sich von diesem Schmerz befreien konnte, und das machte den Schmerz noch unerträglicher. Du solltest Respekt haben vor Aderoks Fähigkeiten, er hat sogar die tugendhaftesten Erhabenen zum Sprechen gebracht. Du kannst natürlich nichts tun, wenn du wirklich nichts weißt. Dann bist du gezwungen, bis zum Schluss auszuhalten. Wenn du es aushältst, bis du stirbst, werde ich sicher sein, dass du tatsächlich nichts weißt. Wenn du allerdings etwas weißt, das mich zufriedenstellen könnte, dann sag es und erspare dir das Ganze. Denn wie gesagt, früher oder später wirst du reden. Glaub mir, jemanden foltern zu lassen bereitet mir kein Vergnügen. Für mich bedeutet es nichts als Arbeit. Und je leichter ich meine Arbeit verrichten kann, desto glücklicher bin ich.«

Koleun hielt den Atem an. Zuerst sah er zu Gulpes, dann zu dem direkt hinter ihm stehenden Burfenen, der ihn mit frostigen Augen musterte. Der Anführer dieser Bande bluffte nicht. Sie würden ihn wirklich foltern. Dieser Aderok wirkte wie ein Kenner seines Fachs, ausgesprochen kaltblütig; gerade ging er seine Messer durch, als überlegte er, mit welchem er anfangen sollte. Ein eiskalter Schauer durchfuhr Koleun bis in die Zehenspitzen. Nie zuvor hatte er sich so hilflos gefühlt. Er hatte eine Höllenangst davor, die durch die Tabu-Berge streifenden Reisenden zu verraten. Sie waren die einzige Hoffnung, die dem Camp und Fuoli noch geblieben waren. Er wusste nicht, ob es ihm gelingen konnte, bis zum Schluss zu schweigen. Aber eines wusste er: Er würde seine Freunde nicht billig verkaufen.

Gulpes stieß einen tiefen Seufzer aus, als er Koleuns ausweichenden Blick bemerkte. Der Recke würde also nicht reden. Vielleicht hatte er ja tatsächlich keine Ahnung. Aber dessen musste Gulpes sich einfach sicher sein. Achselzuckend trat er einen Schritt zurück und drehte sich um.

»Er gehört dir«, sagte er brummend zu Aderok. »Ich gehe ein wenig spazieren. Lass mich rufen, wenn du fertig bist.«

KAPITEL XXI

TELINOS

»Um eine gute Yale zuzubereiten, muss man den Sirup im richtigen Moment zur Creme hinzufügen. Man erkennt den Zeitpunkt daran, dass Bläschen aufsteigen. Und am intensiveren Geruch. Auf das erste Bläschen musst du gut achten, meine Kleine. Sobald wir es sehen, müssen wir den Sirup dazugießen, keine Sekunde früher und keine Sekunde später. Sonst wird unsere Yale nicht perfekt!«

Peole lächelte ihre Tochter an, die sich auf zwei dicke Ziegelsteine gestellt hatte, um in den Kessel hineinsehen zu können. Mit weit aufgerissenen Augen starrte die Kleine auf die rote Creme. Dabei war sie so konzentriert, dass man meinen konnte, es ginge um Leben oder Tod. Eigentlich war sie noch zehn Jahre zu jung, um zu lernen, wie man eine gute Yale kochte. Selbst die begabtesten Mädchen nahmen die Kelle nicht vor dem zwanzigsten Lebensjahr in die Hand. Aber seit Tagen drängte sie so sehr, dass Peole ihr am Morgen versprochen hatte, sie in alle Geheimnisse einzuweihen. Natürlich mogelte sie. Allein mit den Bläschen war es nicht getan. Vielmehr erforderte die Zubereitung der Crème und des Sirups meisterliches Geschick. Ihr Töchterlein aber sollte glücklich sein in dem Gedanken, sie hätte diese Feinheit nun gelernt, und das war das Wichtigste.

»Da ist es!«, schrie das Mädchen eifrig und klatschte aufgeregt in die Händchen. Der Saum des knöchellangen Kleidchens mit dem Blumenmuster flatterte. Angesteckt von ihrem Eifer kippte Peole die Glasflasche mit dem langen Hals aus, die sie in der Hand hielt. Der Rosensirup verteilte sich in dem cremigen Pilzpüree, ein herrlicher Duft breitete sich aus.

»Jetzt geh mal hier weg«, verscheuchte die Frau ihre Tochter. Das Mädchen hüpfte von den Ziegeln herunter, trat zwei Schritte zurück und beobachtete seine Mutter neugierig. Peole legte neues Brennholz auf das Feuer unter dem Kupferkessel und sagte: »Wir werden das Ganze eine Weile erhitzen. Dann machen wir das Feuer aus und lassen die Yale abkühlen. In weniger als einer halben Stunde ist sie fertig.«

Diesmal mogelte sie nicht.

»Mama, darf ich morgen auch eine Yale machen?«, fragte die Kleine geschäftig. Sie hatte die Wangen aufgepustet und warf der Mutter einen unschuldigen Blick zu. Begeisterung stand in ihren Augen. Doch jedes Spiel hatte irgendwann einmal ein Ende.

Peole legte ihrer Tochter die Hände an die roten Wangen.

»Später, Schätzchen«, sagte sie liebevoll. »Später darfst du. Du wirst eine der größten Meisterinnen. Wenn du es so sehr willst. Aber nicht morgen. Du kennst jetzt alle Geheimnisse. Das muss fürs Erste reichen, einverstanden?«

Das Mädchen hob die Achseln und nickte mit einem glücklichen Lächeln. Von draußen ertönte ein Glockenläuten. Peole und ihre Tochter kannten das Zeichen – der Schulaufseher war im Anmarsch. Jeden Morgen ging der arme Mann von Haus zu Haus, holte die Kinder eines nach dem anderen ab und brachte sie zum Unterricht. Peole beugte sich hinunter und küsste ihre Tochter auf die Stirn. Dann ließ sie die Kleine los, und das Mädchen stürmte nach draußen.

Als sich der Aufseher mit etwa zwanzig Kindern entfernte, schaute Peole ihnen gedankenverloren hinterher. Alle wirkten so fröhlich. Ihre morgendliche Schlaftrunkenheit hatten sie längst abgeschüttelt. Peole dachte an ihre eigene Kindheit und erinnerte sich beschämt, dass sie nie so begeistert zur Schule gegangen war. Sie öffnete das Fenster, um frische Luft hereinzulassen. Es würde ein schöner Tag werden. Nicht zu kalt und nicht zu heiß, und regnen würde es auch nicht. Am Haus gegenüber bewegte sich etwas. Der Besitzer des Gemüseladens war heute aber früh auf den Beinen. Wahrscheinlich putzte er den Laden. Lächelnd beobachtete sie zwei kräftige umherstreunende Katzen. Alles war wie immer.

Eine Trupp Soldaten bog in die Straße ein. Etwa zwanzig Mann marschierten im Gleichschritt in Zweierreihen an ihr vorbei. Sie waren bis an die Zähne bewaffnet und wirkten ausgesprochen ernst.

Sie gingen schnell, das Schlusslicht bildete ein auffällig großer einzelner Fanfarenbläser. Stolz hielt er das Instrument mit dem weiten Mundstück in beiden Händen, als trüge er eine tödliche Lanze. Gedankenlos beobachtete Peole die Truppe, bis sie aus ihrem Blick verschwunden war. Seit einigen Tagen erschien es ihr sogar normal, dass Soldaten um diese Zeit auf Patrouille waren.

Sie schloss das Fenster. Dann ging sie zum Kessel, nahm den langen Holzlöffel und rührte langsam in der eindickenden Crème. Ob es wirklich zum Krieg kommen würde? Der Nachtwächter Olep hatte von Vorbereitungen der Armee gesprochen. Ihm konnte man trauen, denn sein jüngerer Bruder war Offizier. Der Alte hatte erzählt, dass immer häufiger Truppenübungen abgehalten würden. Die Waffenschmiede produzierte auf Hochtouren. Seit Längerem schon war offenbar einiges im Gange. Die Patrouillen waren verdoppelt worden, den Nachbarsjungen hatte man einberufen, obwohl er das notwendige Alter noch gar nicht erreicht hatte. Peole hatte überall herumgefragt, aber niemand hatte recht verstanden, warum es den Krieg geben sollte, der in aller Munde war. Lange Zeit war ihr nichts von einem Problem zwischen den beiden Städten zu Ohren gekommen, zumindest von keinem so großen, das zum Krieg führen könnte. Kopfschüttelnd brummte sie vor sich hin. Wahrscheinlich gab es wieder einmal Reibereien zwischen denen da oben. Und leiden würden wie immer die ganz unten. Bisher hatte sie noch nie erlebt, dass in einem Krieg die vornehmen Herrschaften selbst zu den Waffen gegriffen hätten. Sie hielt inne und kniff die Augen zusammen.

›Zum Glück habe ich keinen Sohn‹, dachte sie bei sich. Sie hätte es nicht ertragen, ihn so wie ihren Mann in einem unsinnigen Krieg zu verlieren.

Die Yale war beinahe fertig. Peole nahm ein Einmachglas mit Rosenmuster aus dem Schrank. Um zu probieren, fischte sie mit dem Löffel ein wenig von der Süßspeise aus dem Kessel. Es schmeckte genau richtig. Sie füllte das Glas randvoll und verschloss es fest. Anschließend setzte sie sich auf einen Stuhl mit Blick nach draußen und begann auf ihren reichen Kunden zu warten.

Die Pferdekutsche kam diesmal etwas später als sonst. Peole störte sich nicht daran. Ihr Kunde zahlte ihr neun Goldstücke für ein einziges Glas. Das war mehr, als sie unter normalen Umständen in einer Woche verdiente. Bestimmt war der Mann ein großzügiger Adliger aus dem Reichenviertel. Nie kam er selbst, stets schickte er einmal im Monat seine Diener, um die Süßspeise abzuholen. Viele Male hatte Peole die Diener daran erinnert, dass der Preis eigentlich nur ein Goldstück betrug. Die Männer jedoch verkündeten, dass ihr Herr ihr für seine Lieblingssüßspeise so viel zahlen wollte, wie sie seiner Meinung nach verdiente. Und sie hatte nichts dagegen einzuwenden.

Der größere der Dienstboten nahm das Einmachglas und übergab ihr einen gelben, bestickten Beutel. Dann fragte er sie nach ihrer niedlichen Tochter. Er erinnerte sie daran, dass sein Herr ihr jederzeit unter die Arme zu greifen bereit sei, sollte sie etwas benötigen. Peole dankte höflich mit einem scheuen Lächeln. Wie es sich schickte, zog sie sich rückwärts gehend zurück ins Haus. Es dauerte keine Minute, da bog die von zwei kräftigen Pferden gezogene Kutsche um die Ecke und verschwand aus dem Blick.

Hoasek hob das Glas auf Augenhöhe und betrachtete es aufmerksam. Die Yale war wie immer perfekt. Das Können dieser Frau verschlug dem Burfenen jedes Mal den Atem. Seit Jahren hatte er nie erlebt, dass ihr die Yale misslungen wäre.

»Wenn die arme Frau wüsste, wer ihr Kunde ist, wäre sie ganz schön erstaunt, was?«, fragte er Oleren, der neben ihm saß und schweigsam die Kutsche lenkte. Oleren, von kleiner, aber kräftiger Statur, nickte mit dem Kopf.

»Besser, wenn sie es nicht weiß«, meinte er.

Hoasek widersprach nicht. Es war wirklich besser, dass sie es nicht wusste.

Schnell holperte die Pferdekutsche übers Pflaster. Es war noch früh am Morgen und auf den Straßen außer der berittenen Patrouille niemand unterwegs.

»Überall klotzen sie diese hässlichen Dinger hin«, meckerte Hoasek mit finsterer Miene, als sie an der Baustelle für ein Wasserbassin vorbeifuhren. Oleren wandte den Kopf zu dem halbfertigen Gebilde hinüber. Sah aus, als würde es ein sternförmiges Becken werden.

»Sie bauen beinahe jeden Monat ein neues«, pflichtete er seinem Freund bei. »Um ehrlich zu sein, anfangs gefielen sie mir. Ich fand sie schön. Mittlerweile schießen sie allerdings übers Ziel hinaus. Angeblich würde uns Gott dafür mit Reichtum belohnen. Meines Wissens ist Junderan der Gott der Meere und nicht der Wasserbecken! Was glauben sie, wen sie da übers Ohr hauen …«

»Das entspringt alles den Köpfen dieser niederträchtigen Erhabenen«, lautete Hoaseks Erklärung. Plötzlich verstummte er. Die Kutsche war über einen lockeren Stein geholpert, und beinahe wäre ihm das Einmachglas aus der Hand geglitten. Aufgeregt umklammerte er es. Er wischte sich mit dem Handrücken über die Stirn und lachte nervös. Wenn er das Glas nicht heil bei seinem Herrn ablieferte, würde er ein echtes Problem haben.

»Ja, daran sind nur die Erhabenen schuld«, fuhr er fort. »Also die palasttreuen. Die setzen dem Emir solchen Unsinn in den Kopf. Ich habe gehört, und zwar von einer sicheren Quelle, dass die Baumeister der Bassins die Erhabenen kräftig mit Gold bestochen haben. Sei dir gewiss, dass die Sache bald auffliegen wird.«

Oleren zuckte mit den Achseln. »Wenn der Krieg losbricht, ist das alles vergessen. Dann ist jeder nur noch mit sich selbst beschäftigt. Und diese Betrüger kommen ungeschoren davon. Ich bin mir sicher, dass manche sogar beten, es möge Krieg geben.«

Hoasek schwieg, denn darauf wusste er nichts zu erwidern.

Die Kutsche fuhr eine weite Strecke durch die Stadt. Sie ließ das Viertel des einfachen Volks hinter sich und gelangte in die Gegend mit den schönen, glasverkleideten Häusern, in denen die Adligen wohnten. In den in Palastnähe gelegenen Stadtteilen durften keine zwei benachbarten Häuser Glas derselben Farbe verwenden. Dementsprechend bot dieses Stadtviertel einen atemberaubenden Anblick. Nachdem sie auch diese Gegend passiert hatten, erreichten sie den Palast, der auf einer künstlichen Insel inmitten eines gigantischen Wasserbeckens errichtet worden war. Oleren liebte den Palast. Das elegante Bauwerk hatte einen niedrigen und einen hohen Turm und zeigte eine Art femininer Schönheit. Beinahe jedes einzelne Detail war rund und grazil. Damit unterschied sich der Palast architektonisch von den in der Stadt vorherrschenden strengen Linien. Blumenornamente verzierten den Bau über und über. Die Riesenkuppel über dem Hauptgebäude war vollständig mit Glas verkleidet, die untere Hälfte violett, die obere dunkelrot. Im Sonnenschein glänzte die Kuppel wie ein Juwel. In dem kreisförmigen Bassin um den Palast herum lebten zwölf Delphine, die man eigens aus fernen Welten hergebracht hatte. Oleren war ganz begeistert von diesen schönen und gutmütigen Tieren. Manche rückständigen Hinterwäldler kamen nicht in ihre Nähe, weil sie sie für heilig hielten. Er aber hatte oft am Beckenrand gesessen und mit ihnen gespielt.

Als die Kutsche sich näherte, wurde die Brücke, die einzige Zufahrt auf das Inselchen, langsam heruntergelassen, um gleich nach der Einfahrt des Wagens wieder hochgezogen zu werden.

Sofort sprang Hoasek vom Kutschbock und grüßte den groß gewachsenen Soldaten am Tor. Er kannte den Wachposten, er hatte vorher schon gelegentlich ein paar Worte mit ihm gewechselt. An diesem Morgen aber erschien der Soldat ihm missgelaunt, also hielt Hoasek lieber den Mund. Der Krieger nahm ihm das Einmachglas ab, als wäre es ein wertvoller Schatz, und eilte unverzüglich in den Palast. Hoasek kletterte wieder neben seinen Freund auf den Kutschbock. Gemeinsam fuhren sie zu den Stallungen, um die Pferde abzuspannen.

Nachdenklich ging der Soldat durch den Korridor mit der üppigen Bleiglasverkleidung. Während er auf die Kutsche gewartet hatte, war einer der Kommandanten zu ihm gekommen und hatte ihn aufgefordert, am Nachmittag an der Truppenübung teilzunehmen. Das war keine gute Nachricht, denn es bedeutete, dass man ihn bald in den aktiven Dienst berufen würde. Wenn man den Palastschutz zu den Übungen rief, stand der Krieg quasi vor der Tür. Seit seinem Eintritt in die Armee war das seine größte Angst gewesen: ein Krieg gegen Anageh. Es würde immenses Blutvergießen geben. Einen unschuldigen Burfenen zu töten erschien ihm ebenso grauenvoll, wie sinnlos zu sterben.

Wäre sein Vater nicht ein berühmter Kommandant gewesen, hätte er sich jetzt nicht hier befunden, sondern die viermonatige Militärpflicht abgeleistet und wäre dann wieder nach Hause zurückgekehrt, um sich ein völlig anderes Leben aufzubauen. Nur um des Vaters Anerkennung zu gewinnen, war er Berufssoldat geworden. Hätte er auf die Stimme seines Herzens gehört, wäre er Glasmeister geworden und hätte jeden Ort mit prächtigem Bleiglas verziert. In seiner Lehrzeit hatte er herrliche Stücke angefertigt und sich dadurch das Lob seiner Meister verdient. Mit dieser Gabe hätte er ebenso bedeutend werden können wie Lofton, der übrigens nur berühmt war für seine Abbildung des Himmels. Er selbst aber beherrschte auch die Darstellung von Porträts.

Während er weitereilte, schlug sein Schwert gegen sein Knie und holte ihn aus seinen Träumen. Er war Soldat. Das war die Realität. Zum Teufel mit den Verursachern dieses Krieges; die Zeiten, in denen er sein Schwert würde einsetzen müssen, waren anscheinend nicht mehr allzu fern.

Mit einem Mal wurde er traurig. Das Wäschermädchen mit dem liebreizenden Gesicht kam ihm in den Sinn. Gleich am ersten Tag hatte er sich in sie verguckt. Vor ein paar Tagen hatte er sich entschieden, ihr seine Gefühle zu gestehen, aber noch keine Gelegenheit dazu gefunden. Vielleicht war es besser so. Er musste zumindest so lange warten, bis die Sache mit dem Krieg geklärt war. Es wäre doch eine Gemeinheit, wenn das arme Mädchen auf einen Heimkehrer warten müsste. Ihr das anzutun passte einfach nicht zu ihm.

Vor den mächtigen Türen zum Thronzimmer stellten sich ihm zwei Leibgardisten in den Weg. Er kannte sie über seinen Vater; sie hatten einige Male bei ihnen daheim zu Abend gegessen. Die Ernsthaftigkeit ihrer Aufgabe erforderte jedoch, dass sie so taten, als würden sie ihn nicht kennen. Ganz offiziell fragten sie ihn nach dem Losungswort und nahmen ihm wortlos das Einmachglas ab. Schweigend blickten sie hinter ihm her, als er sich wieder entfernte.

Der schlankere der beiden Offiziere sah den anderen von der Seite an. »Hast du schon gehört? Kommandant Perlok hat befohlen, ihn der Fronteinheit zuzuteilen.«

»Ja«, antwortete Urenel mit einem Nicken. Missmutig formte er die Augen zu Schlitzen. »Der arme Junge. Ich bin wirklich froh, dass mein Vater kein höherer Offizier ist.«

Ersukeb nickte ebenfalls. Dann stellte er das Glas auf den Tisch an der Tür. Vorsichtig öffnete er den Deckel und nahm mit einem zierlichen Goldlöffel, der auf einer Serviette ruhte, ein wenig von der Süßspeise. Sein Blick glitt hinüber zu Urenel, der ihn aufmerksam betrachtete. Dann steckte er den Löffel in den Mund und versuchte, an nichts zu denken.

Als der köstliche Geschmack der Yale sich auf seinem Gaumen ausbreitete, überkam ihn ein Anflug von Sorge. Seit Jahren waren sie Vorkoster. Im Wechsel mit Urenel probierten sie, ob die Süßspeise womöglich vergiftet war. Bislang war Ersukeb eher sorglos gewesen, doch seit diesem Gerede über den bevorstehenden Krieg waren alle von Verfolgungswahn getrieben. Überall war die Rede von feindlichen Spionen, die sich in Telinos eingeschlichen hatten. Wahrscheinlich war das nur Klatsch, aber sicher sein konnte man nie. Sollte die Kunde jedoch stimmen und die Feinde erfahren haben, dass der Emir sich diese besondere Speise von draußen bringen ließ, könnten sie versuchen, sie für ein Attentat zu nutzen. Als er nach ein paar Sekunden keine Veränderung verspürte, war seine Angst wie verflogen. Ein glückliches Lächeln machte sich auf seinem Gesicht breit.

»Köstlich wie immer«, sagte er zu seinem nervös dreinblickenden Freund. »Lass uns heute Abend bei dieser Frau vorbeifahren und jeder ein Glas kaufen. Natürlich nur für ein Goldstück pro Glas.«

Urenel lachte.

»Wir haben noch nicht einmal das vom letzten Mal aufgegessen«, meinte er abwehrend. »Meine Kinder sind krank und haben keinen großen Appetit. Tja, das passiert, wenn man jeden Abend bis in die Nacht hinein Operol spielt. Und nicht nur, dass sie sich erkältet haben, sie haben auch völlig zerkratzte Arme und Knie. Wenn sie so weitermachen, kriegen die Schlingel eines Tages ordentlich etwas von mir hinter die Ohren.«

Ersukeb verzog wie zum Spaß das Gesicht.

»Wir waren doch auch nicht anders, wieso bist du so verärgert? Sie kommen halt nach ihren Vätern«, neckte er ihn. »Immer, wenn wir Operol spielten, warst du der Anführer. Und alle zwei Wochen lagst du krank im Bett. Wie schnell du diese Tage vergessen hast!« Dann fragte er lächelnd: »Und Elia? Isst sie auch keine Yale mehr? Hat sie genug davon?«

Urenel gab einen lauten Seufzer von sich. »Ach, frag nicht, das ist noch so ein Problem. Meine Frau versucht abzunehmen, deshalb hat sie zu Hause das Regiment übernommen. Sie isst kaum etwas Vernünftiges, und mir erlaubt sie's auch nicht. Manchmal stehe ich nachts auf und esse heimlich einen Löffel Yale, aber früher oder später wird sie merken, dass es immer weniger wird. Aber das bleibt unter uns, sonst werde ich zum Gespött des ganzen Bataillons!«

Ersukeb lachte und tätschelte seinem Kameraden die Schulter. ›Wie du meinst‹, schien er mit seinem zur Seite gelegten Kopf zu sagen. »Wenn das so ist, gehe ich heute Abend allein zu der Frau. Ich habe meinem Sohn versprochen, ihm ein Glas mitzubringen. Das hat er sich verdient, bei seiner letzten Prüfung war er nämlich Klassenbester. Du solltest seine Glasskulpturen sehen. Dieser Rotzlöffel! Wenn er so weitermacht, wird er einmal ein ganz Großer.«

Urenel nickte.

»Gut, dass er noch so jung ist«, sagte er leise und zog plötzlich ein langes Gesicht. Ersukeb Laune verdüsterte sich, denn er verstand sofort, dass Urenel auf den Krieg anspielte. Es stimmte, dass sein Sohn noch zu jung war, um eingezogen zu werden. Doch das allein beruhigte ihn nicht. So sehr er sich auch bemühte, nicht daran zu denken – der Krieg traf auch die Kinder.

Ersukeb leckte den Löffel ab und legte ihn wieder auf die Serviette. Er verschloss das Glas fest, richtete seine Uniform und schlug mit dem Handrücken zweimal gegen die Tür. Gemeinsam mit Urenel wartete er auf die knappe Aufforderung von drinnen. Dann drückten sie beide Türflügel auf und traten ein.

Der Emir empfing sie im Stehen, mitten im Raum, auf einem dicken runden Teppich. Er trug einen hellgelben Morgenrock und wirkte verschlafen – nicht ungewöhnlich angesichts der frühen

Stunde. Urenel musterte den Emir aufmerksam und entdeckte eine kleine Schnittwunde über seinem rechten Auge. Er wusste, dass dem Emir aufgrund einer seltenen Krankheit an verschiedenen Stellen im Gesicht schwarze Haare wuchsen. Insbesondere die Haare über den Augen glichen, wenn er ihnen nicht Einhalt gebot, fast menschlichen Augenbrauen. Vor dem Volk konnte er ein solches Geheimnis vielleicht verbergen, nicht aber vor seiner Leibgarde. Da der Emir niemanden mit einem Rasiermesser an sich heranließ, nahm er sich selbst des Problems an. Heute morgen war er beim Rasieren wohl ein wenig nachlässig gewesen.

Jayoferm lächelte seine Männer an, die in vier Schritt Entfernung nebeneinander standen und seine Befehle erwarteten. Er vertraute den beiden Offizieren, die seit vielen Jahren in seinem direkten Umfeld arbeiteten. Er strahlte, als er das Einmachglas in der Hand des schlankeren Mannes entdeckte.

»Wer war diesmal an der Reihe?«, fragte er ruhig.

»Ich, Herr«, antwortete Ersukeb lautstark.

»Ich danke euch, dass ihr euer Leben für mich aufs Spiel setzt«, sagte Jayoferm.

»Stets zu Diensten, Herr«, erwiderte Ersukeb in gleichbleibendem Tonfall, dabei hob er die gekreuzten Arme zum respektvollen Gruß.

Auf ein Zeichen des Emirs traten die beiden Soldaten an den halbmondförmigen Tisch. Dabei bewegten sie sich geradezu wie siamesische Zwillinge. Ersukeb stellte das Glas auf dem Tisch ab. Dann gingen sie an ihren alten Platz zurück und nickten leicht zum Gruß.

»Habt Ihr noch einen Befehl, Herr?«

Jayoferm schürzte die Lippen und überlegte eine Weile. Eigentlich gab es noch einiges zu erledigen. Er brauchte Informationen über den Stand der Kriegsvorbereitungen. Es musste geprüft werden, ob die Schatzkammer über genügend Mittel verfügte, um eines der Bataillone mit explosiven Kugeln auszustatten. Die Substanzen für die Mischungen wurden aus fernen Ländern hergebracht und waren sehr kostspielig. Womöglich würde sogar eine Krisensteuer eingehoben werden müssen. All das wollte er allerdings lieber nach dem Frühstück besprechen, wenn er richtig wach war. Vielleicht waren seine Kommandanten keine Frühaufsteher wie er. Angesichts der harten Zeiten wollte er sie auch nicht unnötig früh aus dem Bett werfen. Daher schüttelte er den Kopf und fragte seine Offiziere: »Möchtet ihr noch irgendetwas sagen?«

Die Soldaten blickten einander an.

»Der Botschafter, den Ihr nach Anageh entsendet habt, ist gestern Abend zurückgekehrt, Herr«, erklärte Urenel. »Er sagte, er habe wichtige Informationen. Vielleicht möchtet Ihr ihn sehen.«

Mit einem Mal war der Emir in heller Aufregung. Das nannte er eine positive Entwicklung, die ihm helfen würde, vor seiner Unterredung mit den Kommandanten seine endgültigen Entscheidungen zu treffen.

»Bringt ihn her«, sagte er. »Je schneller wir die Sache erledigen, desto besser.«

Noch einmal hoben die Offiziere die gekreuzten Arme zu einem letzten Gruß an den Vertreter des Gottes. Dann machten sie in soldatischer Manier auf dem Absatz kehrt und verließen mit langen Schritten den Raum.

Jayoferm wartete, bis sich die Tür schloss. Begierig ging er zum Tisch, hob das Glas in Richtung Fenster und betrachtete es. Die dunkelrote Farbe der Yale war genau so, wie sie sein musste. Er öffnete den Deckel und beschnupperte sie lange. Eine glückliche Miene machte sich auf seinem Gesicht breit. Diese Frau konnte wirklich zaubern. Er hatte schon daran gedacht, sie in den Palast aufzunehmen, aber er traute sich nicht, aus Furcht, sie könnte ihr Zauberhändchen einbüßen. Manche Dinge gelangen eben nur in Freiheit. Noch einmal dankte er für den Tag, an dem er von ihr gehört hatte. Er wählte einen goldenen Löffel und tauchte ihn tief in die köstliche Yale ein. Wie schön das Leben war, dachte er, als er das Einmachglas wieder auf dem Tisch abstellte.

Als er satt war, stellte er sich an eines der Fenster. Interessiert beobachtete er die im Innenhof exerzierenden Soldaten. Bis jetzt war es nur eine kleine Gruppe, die nach Lust und Laune trainierte. Die Truppenübungen begannen erst gegen Mittag. Die Männer warfen mit Gummikugeln auf an langen Stangen montierte Zielscheiben.

Die Glaskugeln konnte man zu Übungszwecken nicht verwenden, denn sie dienten ja naturgemäß nur zum einmaligen Einsatz. Ein groß gewachsener Soldat, der ziemlich exakt zu zielen verstand, fiel ihm auf. Ein wahrlich talentierter Mann. Die Farbe seines Kittels wies ihn als niederen Dienstgrad aus. Sollte er den Krieg überleben, würde er zweifellos in kürzester Zeit eine steile Karriere hinlegen.

Dann sah Jayoferm einen Reiter in den Innenhof kommen. Er kannte ihn, er war einer seiner wichtigsten Kommandanten. Nach einigen Runden im Hof lenkte der Mann sein Pferd in den Hindernisparcours, gab der Stute die Sporen und übersprang die Hindernisse der Reihe nach. Die Perfektion in seiner Haltung erweckte beim Emir ein wenig Neid. Er hatte immer ein guter Reiter sein wollen, war aber von Natur aus leider völlig unbegabt. Zum Glück musste man als Vertreter des Gottes nicht unbedingt gut reiten können.

Er wusste nicht, wie lange er am Fenster gestanden hatte, als ein plötzliches Klopfen ihn zusammenzucken ließ. Die Stimme des Offiziers, der ihm die Yale gebrachte hatte, war zu hören. Sein Befehl fiel ihm wieder ein. Er wandte sich um und stellte sich mitten im Raum an die Stelle, an der er seine Besucher zu empfangen pflegte. Dann bat er sie lautstark herein.

Die Offiziere betraten den Raum, zwischen ihnen ein Burfene von sehr kleiner Statur. Es handelte sich um den Botschafter, den er nach Anageh entsendet hatte. Der Emir gab den Männern ein Zeichen, sie allein zu lassen. Dem kamen die beiden unverzüglich nach.

»Wie geht es dir, Doerub?«, fragte der Emir freundlich. »So lautet doch dein Name, nicht wahr?«

»Ja, ehrenwerter Herr«, antwortete der Burfene mit gebeugtem Haupt. Dass der Emir ihn mit seinem Namen ansprach, versetzte ihn in größte Aufregung.

»Du bist früher zurück, als ich dachte. Ich muss zugeben, das freut mich. Ich hoffe, du hast erfreuliche Nachrichten mitgebracht. Wobei – der Überbringer ist natürlich frei von Verantwortung. Erzähl einfach, was passiert ist.«

Doerub stieß einen tiefen Seufzer aus. Er machte nicht unbedingt einen glücklichen Eindruck.

»Wie Ihr vermutet hattet, ließ man mich nicht in den Palast«, begann er mit ziemlich leiser Stimme. »Ich übergab den Soldaten das Pergament mit Eurem Siegel und wartete. Es dauerte nicht lange, da kam Emir Poreturn höchstpersönlich mit drei Offizieren ans Stadttor und sprach mit mir. Es war noch ein alter Mann bei ihnen, wahrscheinlich ein Mitglied des Stadtrats. Es schien sie zu interessieren, warum ich gekommen war. Ich trug der Reihe nach alles vor, was Ihr mir aufgetragen hattet: dass Ihr den Inspekteuren, die sie schicken werden, um Telinos abzusuchen, Einlass gewähren werdet, dass Emir Poreturn, wenn er es wünscht, selbst kommen und sich davon überzeugen kann, dass sein Sohn nicht in Telinos festgehalten wird.«

Der Botschafter verstummte und atmete ein paar Mal tief durch. Er wirkte betrübt.

»Und was haben sie geantwortet?«, fragte Jayoferm beunruhigt. Die Miene des Burfenen zeigte deutlich, dass etwas nicht in Ordnung war, aber er wollte es mit eigenen Ohren hören.

»Der Emir machte sich lustig über mich. Er fragte mich, wie ich ihn mit einem solchen Ansinnen belästigen könnte. Und wie sie jemanden finden sollten, der irgendwo im riesigen Telinos versteckt gehalten wird. Eigentlich müssten sie mich töten, sagte er, aber ich sei es nicht wert. Außerdem sagte er, Ihr solltet Euren Verstand zusammennehmen, und falls Ihr ihm seinen Sohn nicht binnen weniger Tage wohlbehalten zurückbringt, wäret Ihr allein verantwortlich für das, was dann geschieht.«

Jayoferm schnaufte.

»Ist das alles?«, fragte er den Botschafter.

Der Botschafter überlegte kurz.

»Das ist alles, was der Emir sagte«, betonte er. »Der alte Mann, dieses Ratsmitglied, diskutierte eine Weile mit ihm. Ich konnte sie nicht verstehen, aber es war eine heftige Debatte. Besser gesagt – der Mann sprach respektvoll, aber was er sagte, schien den Emir in Rage zu bringen. Schließlich fing der Emir an zu brüllen, woraufhin der alte Mann verstummte und sich entfernte.«

»Der Rat ist sich des Wahnsinns dieses Krieges ebenfalls bewusst«, meinte Jayoferm. »Die endgültige Entscheidung aber liegt beim

Vertreter des Gottes. So ist es immer gewesen.« Er lachte bitter. Er war der Letzte, der das kritisieren durfte. Kein einziges Mal hatte er nach den Empfehlungen seines eigenen Rats agiert.

Der Krieg war unvermeidlich. Auch sein letzter Versuch, ihn zu verhindern, war gescheitert. Nun galt es nur noch, Vorbereitungen zu treffen, um mit möglichst wenig Verlusten aus diesem Chaos hervorzugehen. Er glaubte nicht, dass eine der beiden Städte die Oberhand gewinnen konnte. Vielleicht plante Poreturn tatsächlich, die legendären Krieger des Himmelsgottes aufzuwecken. Doch auch er selbst würde nicht einfach tatenlos zusehen. Vergangene Woche hatte er mit dem Ritus des Meeresgottes begonnen, die ersten beiden Schritte waren getan. Er würde mit seinem Gegenangriff nicht lange auf sich warten lassen. Stets hatten es die Krieger Junderans mit denen von Dermense aufnehmen können. Das hatten sie im Krieg der Götter mehr als bewiesen.

»Es wird viele Tote geben«, brummte er nachdenklich. Für einen Augenblick hatte er vergessen, dass er nicht allein im Raum war. Doerub verstand nicht.

»Zu Befehl, Herr«, entgegnete er, in der Annahme, dass es sich nur um einen Befehl gehandelt haben konnte.

Jayoferm erschauerte und sah den Burfenen aus zusammengekniffenen Augen an. Wie aus heiterem Himmel bekam er Lust, ihm einen Streich zu spielen.

»Du hast deine Pflicht erfüllt, mein Sohn«, sagte er gütig. »Dafür hast du dir eine Belohnung verdient. Tritt an den Tisch.«

Doerub folgte gehorsam. Er wirkte etwas verwirrt, seine vor dem Körper verschränkten Hände schwitzten. Sein Staunen wurde umso größer, als er sah, wie der Emir ein Einmachglas öffnete, rote Creme auf einen goldenen Löffel füllte und ihm diesen hinhielt.

»Probiere. Ich bin sicher, dass du noch nie eine so leckere Yale gegessen hast. Los, nur zu. Es ist noch viel davon da.«

Doerub war ratlos, als der Vertreter des Gottes ihm den Löffel vor den Mund hielt. Er war hin und her gerissen. So etwas hatte er nicht erwartet. Dann aber erinnerte er sich, dass es der mächtige Emir war, der da vor ihm stand, und verzichtete auf eine Widerrede. Er beugte sich über den Löffel und leckte die Spitze ab. Die Yale schmeckte wirklich köstlich, aber vor Aufregung konnte er sie kaum genießen.

Der Emir stellte das Glas zurück auf den Tisch. Dabei lächelte er spitzbübisch.

»Aus der Hand des Volkes an den Gaumen des Emirs, aus der Hand des Emirs an den Gaumen des Volkes«, murmelte er sanft. Der Vertreter des Gottes zu sein war eine ziemlich langweilige Angelegenheit. Da amüsierte es ihn, hin und wieder überraschende Dinge zu tun. Es machte ihm Spaß, seine Burfenen zu verblüffen. Bevor er sich wieder dem Botschafter zuwandte, wischte er sich das Lächeln aus dem Gesicht und setzte eine ernste, distanzierte Miene auf.

»Du kannst jetzt gehen«, sagte Jayoferm ruhig. »Richte den Wachen an der Tür aus, dass ich die Kommandanten in einer halben Stunde erwarte. Sie sollen mitbringen, was sie an Übungsplänen und Kriegsstrategien vorbereitet haben.«

Der arme Mann staunte noch immer, weil der Vertreter des Gottes ihn mit einer Süßspeise gefüttert hatte. Wenn er das den anderen erzählte, würden sie sicher denken, er nähme sie auf den Arm. Am besten, er vergaß die ganze Sache. Er nickte linkisch zum Gruß und ging rückwärts, bis er meinte, an der Tür angekommen zu sein. Dann drehte er sich hastig um, öffnete sie und ging hinaus.

Wieder blieb der Emir allein in seinem Zimmer. Er sah nachdenklich aus. Die Hand nach dem Einmachglas ausgestreckt, fuhr er mit dem Zeigefinger um den Deckel. Zweimal tippte er mit dem Fingernagel exakt in die Mitte. Dann kratzte er sich an der frischen Wunde über dem rechten Auge. Der Schnitt ziepte noch immer. So viel Schönes es im Leben gab, so viel Hässliches gab es. Man erlebte Freud ebenso wie Leid. Das Wichtigste im Burfenenleben war, die Balance zu finden.

Er seufzte und zog ratlos eine Grimasse. Es war grenzenlos traurig, aber in seinem geliebten Land war das Pendel der Balance kurz davor, in Richtung Leid auszuschlagen.

KAPITEL XXII

JEDER FINDET SEINEN MEISTER

Unbeholfen schwebte das Olopo-Junge zwei Handbreit über dem Sumpf. Das war sein erster längerer Ausflug, denn seine Propeller hatten sich erst vor drei Tagen geöffnet. Das Tierchen war aufgeregt, aber selbstsicher. Auch wenn es unterwegs hin und wieder an Pilzstengel geprallt war, hatte es die Reise bis hierher ohne ernsthafte Blessuren überstanden.

Fliegen zu können war ein herrliches Gefühl. Fliegen gab ihm das Gefühl von Freiheit. Während es gelangweilt im Nest gesessen hatte, hatte es neidisch den ausgewachsenen Olopos beim Umherfliegen zugesehen. Dass es ab sofort nicht mehr von seiner Mutter gefüttert werden würde, betrübte das junge Olopo ein wenig, aber sei's drum. Sich selbst sein Futter zu suchen hatte auch seinen Reiz.

Aufgeregt entdeckte es in der Nähe fünf Exemplare einer Baumart, die es noch nie zuvor gesehen hatte. Sie waren unterschiedlich hoch und sahen ziemlich seltsam aus, und wie sie wohl schmeckten? Es entschloss sich, ein kleines Stück Rinde zu probieren. Wenn es gleich bei seinem ersten Langstreckenflug eine neue Nahrungsquelle ausfindig machen könnte, würde es in seinem Stamm viel Ruhm einheimsen. Seine Eltern wären stolz, die jungen Weibchen würden ihm ihre Herzen zu Füßen legen. Neugierig drehte es sich auf einen Baum zu und fletschte die gerade erst aushärtenden Zähne. Aber es sollte nicht die Gelegenheit haben, von der Rinde zu probieren. Denn bevor es die Hälfte der Strecke zurücklegen konnte, bewegten sich die Bäume. Das kleine Olopo flog aufgeschreckt davon.

Guorin richtete sich an seinem Platz ein wenig auf und reckte die Hand nach dem davonfliegenden Olopo.

»Niedlich, nicht wahr?«

Nela, die neben ihm saß, schenkte ihm ein Lächeln und blickte in die Richtung, in die er zeigte.

»Ja. Ein putziges Wesen. Und noch so klein, wahrscheinlich ein Junges.«

Die Zauberin verstummte und blickte hinüber zu Guorin.

»Hast du dich etwas erholt?«, fragte sie neugierig.

Der junge Mann nickte seufzend. Als er aufgewacht war, hatte er sich am Fuß der Berge wiedergefunden, an dem mit Koleun vereinbarten Treffpunkt. Ziemlich erschüttert hatte er erfahren, was während seiner Ohnmacht alles passiert war. Erfreulicherweise hatte er völlig unerwartet dazu beigetragen, den Thronfolger zu finden. Dass dies jedoch nicht ausreichen sollte, um den Krieg zu verhindern, deprimierte ihn zutiefst. Damit war alles, was sie getan hatten, sinnlos. Dagegen bedeutete das Ziehen seiner allmählich verheilenden Wunden gar nichts.

»Ich hatte schon schlimmere Tage«, sagte er freundlich zu Nela. »Meine Genesung schreitet schnell voran. Ich kann inzwischen meine Glieder wieder bewegen. Ich glaube, ich habe vergessen, mich bei dir zu bedanken. Leofold hat mir von deinem Zauber erzählt, damit diese Schnittwunden schneller verheilen. Ohne dich hätte es ziemlich lange gedauert, wieder auf die Beine zu kommen.«

Er verstummte und fügte dann mit gesenkter Stimme hinzu: »Und danke, dass du bei mir bist.«

»Nicht der Rede wert«, sagte Nela leicht beschämt und wich Guorins Blick aus. »Du hast dich beim Aufstieg so sehr um mich gekümmert, da habe ich mich nur revanchiert«, meinte sie lachend. »Wir sind doch Freunde, nicht wahr?«

Das war natürlich nicht der einzige Grund. Wie aber hätte sie sagen können, wie wichtig er ihr war und wie sehr sie sich davor fürchtete, ihn zu verlieren?

Guorin lachte bitter.

»Klar«, erwiderte er ruhig. »Wir sind Freunde.«

Etwas anderes erwartete er auch nicht. Oder doch? Er biss sich auf die Unterlippe. Schon wieder dachte er unsinniges Zeug.

»Du schuldest mir nichts, denk bitte so etwas nicht«, sagte er leise. »Wir haben dasselbe Ziel, wir folgen dem selben Weg. Da helfen wir einander natürlich.« Er lehnte den Kopf an den Felsen, an dem er saß, und schloss die Augen. Er musste sich ausruhen. Nach einer Weile schmerzte das Gestein in seinem Nacken. Ungehalten änderte er die Position, aber er fühlte immer noch den Schmerz. Nela bemerkte, wie er das Gesicht verzog, nahm seinen Kopf und zog ihn vorsichtig an ihre Schulter.

»Das hast du auch für mich getan«, flüsterte sie, bemüht, ihre Erregung zu verbergen. Guorin war einen Augenblick lang sprachlos. Das Herz schien ihm beinahe zu zerspringen.

»Das tut gut«, sagte er mit unmerklichem Lächeln. »Danke, Nela.«

Und es tat wirklich unendlich gut.

Leofold betrachtete die jungen Leute unauffällig aus dem Augenwinkel, weil er wusste, dass sie sich sonst ärgern würden. Der Anblick machte ihn mehr als glücklich. Gleichzeitig stimmte ihn die Erinnerung an die romantischen Momente, die er mit Ermira erlebt hatte, ein wenig schwermütig. Es war interessant, beide Emotionen gleichzeitig zu erleben. Dann hörte er Nume, der dem Thronfolger eine Frage stellte, und wandte sich von den beiden ab.

»Wie viele Soldaten gibt es in Anageh, das weißt du doch bestimmt, oder?«

Erogmet kniff die Augen zusammen und sah den Prom besorgt an.

»Du hast doch nicht vor, die Stadt direkt anzugreifen?«, fragte er spöttisch. »Es gibt dort mindestens dreitausend ausgebildete Soldaten. Die Stadtmauern sind immens stabil. Und hoch. Um den Erfolg des Angriffs zu gewährleisten, bräuchte man doppelt so viele Männer.«

»Ich denke nur über Optionen nach«, entgegnete Nume in besonnenem Tonfall. »Wird sich die Armee denn nicht spalten, wenn sie dich sehen? Schließlich bist du der Thronfolger. Oder bleiben sie dem Emir treu bis zum Ende?«

»Mit Sicherheit«, antwortete Erogmet. »Die Soldaten stellen den Gottesvertreter nicht in Frage. Solange mein Vater lebt, hat mein Wort bei ihnen nicht den geringsten Wert. Vielleicht würde sich etwas ändern, wenn ich mit dem Palastrat reden könnte. Einem Emir, der vom rechten Weg abgekommen ist, könnten sie sich widersetzen. Sie reagieren nicht so blind wie das Volk. Um das zu verhindern, dürfte mein Vater allerdings schon seine Pläne gemacht haben. Seine Leibgarde ist ihm derart ergeben ... Kein Zweifel, dass sie mich töten würde, noch bevor ich zum Rat vordringen könnte. Sie töten mich und tarnen es als Attentat.«

»Nela könnte dir ein anderes Aussehen verpassen«, mischte Leofold sich plötzlich ein. »Mich hat sie auch in einer Stadt durch Hunderte von Menschen geschleust. Wir können dich heimlich zum Rat bringen.«

»Ja, das stimmt«, meinte Nume hoffnungsfroh. »Und sie könnte einen Findezauber ausführen. So könnten wir, wenn nötig, herausfinden, wo sich der Emir versteckt hält. Mit Freuden würde ich ihm eine ordentliche Gerade mitten ins Gesicht verpassen.«

Erogmet schüttelte verzweifelt den Kopf.

»Wir Burfenen haben mit Magie nicht viel am Hut«, erklärte er. »Allerdings verfügen wir über einige Mechanismen, um uns vor böswilligen Zauberern zu schützen. Im und um den Palast herum gibt es Abwehrzauber, die dazu dienen, sie unschädlich zu machen. Einmal im Monat reisen Magier von den Vier Inseln nach Anageh, um sie aufzufrischen. Natürlich gegen angemessenes Honorar. Ein Versuch wäre daher gleichbedeutend mit Selbstmord. Wir kommen nicht näher als dreihundert Fuß an das Tor heran.«

»Es muss aber doch eine Möglichkeit geben, Erogmet«, murrte der riesige Prom und schlug sich mit den Fäusten auf die Knie. »Kommt man nicht irgendwie heimlich hinein?«

»Nicht, dass ich wüsste«, antwortete der junge Burfene betrübt. »Ihr müsst begreifen, dass der Palast eine Vielzahl von kompetenten Sicherheitsoffizieren beschäftigt. Sie bilden einen Schutzwall gegen jedwede Art von Angriff. Heimlich in den Palast zu gelangen ist daher keine Lösung, denn drinnen wimmelt es von Fallen, und nur der Ratspräsident Halkaren kennt deren Geheimnis. Auch er ist dem Emir – besser gesagt: dem Vertreter des Gottes – treu bis in den Tod. Unter dem Palast befinden sich unzählige Geheimtunnel, die in die abgeschiedenen Gegenden Fuolis führen. Selbst wenn wir Kräfte zusammenziehen könnten, die stark genug wären, um die Armee von Anageh zu zerschlagen, könnten die Wachen den Emir durch diese Tunnel spielend aus der Stadt bringen. Der Krieg wird nicht dadurch aufgehalten, dass wir Anageh in unsere Gewalt bringen. Wir müssen verhindern, dass die schlummernden Krieger geweckt werden. Selbst wenn ich es schaffe, in den Rat vorzudringen und alle zu überzeugen, kann mein Vater, wenn ihm die Flucht gelingt, die Krieger ganz allein aufwecken. Sind sie erst einmal wach, werden sie erst ruhen, wenn sie vernichtet sind. Und das wird nicht einfach; es wird viele Opfer auf beiden Seiten geben. Letzten Endes geschieht genau das, was mein Vater will: Die Städte werden einander bekriegen.«

Der Burfene hielt inne, um durchzuatmen. Er grübelte, dann fuhr er fort. »Mein Vater hat längst mit dem Ritus begonnen. Um ihn abzuschließen, genügt ein kurzes Gebet. Ich denke, er wartet ab, bis die von Gott festgelegte Frist abgelaufen ist. Wenn wir den Wahnsinn aufhalten wollen, müssen wir ihn vor Ablauf dieser Frist ausschalten. Mir ist klar, dass ich von der Ermordung meines eigenen Vaters spreche, doch nach dem, was ich erlebt habe, wird mein Herz unberührt bleiben. Wie gesagt: Sollte die Stadt ernsthaft angegriffen werden, wird er durch die Tunnel an einen unauffindbaren Ort fliehen und dort das letzte Gebet sprechen. Ein Überraschungsangriff ist der einzige Ausweg. Wir dürfen ihm keine Zeit zur Flucht geben. Wenn ihr mich jedoch fragt, wie wir das anstellen sollen – keine Ahnung!«

Nume nahm den Kopf zwischen die Hände. Sein ruheloser Blick glitt auf den Schlick zwischen seinen Füßen. Dieser elende Emir hatte wirklich nichts dem Zufall überlassen. Die Zeit wurde immer knapper, und es war keine Lösung in Sicht. Wenn es ihnen gelänge, so schnell wie möglich in die Freie Zone zurückzukehren, hätte Redrem vielleicht eine Idee. Schließlich war er ein Erhabener! In dem Moment riss Leofolds Schrei ihn aus seinen Gedanken. Er sah hoch und blickte der hässlichen Bestie ins Gesicht. Dann folgte er mit dem Blick seiner Pranke. Starr vor Entsetzen fiel ihm die Kinnlade ihm herunter.

Es stimmt, sie hatten Koleun erwartet. Allerdings nicht, dass er barfuß, in zerrissener Kleidung und mit völlig zerschundenem Körper zwischen den Pilzen auftauchen würde.

Er torkelte über den Schlick auf sie zu. Er blickte in ihre Richtung, schien sie aber nicht zu sehen. Seine blutunterlaufenen Augen starrten in die Ferne. Tiefe Reue stand in seinem Gesicht. Als er die halbe Strecke zurückgelegt hatte, blieb er abrupt stehen. Mit stocksteifem Körper stürzte er kopfüber in den Schlamm.

Leofold und Nume stürmten gleichzeitig auf Koleun zu. Doch nach gerade einmal zwei Schritten vernahmen sie eine laute, unnachgiebige Stimme und blieben wie vom Donner gerührt stehen.

»Nicht bewegen!«

Entsetzt sahen sie sich um. Die Stimme drang aus dem Pilzwald zu ihnen herüber. Auf Nelas Schulter gestützt, stemmte Guorin sich mühevoll auf die Füße. Die Zauberin sprang ebenfalls sofort auf. Reflexartig versteckte sich der Thronfolger hinter ihnen. Nume hatte die Gefahr sogleich erkannt und streckte die Hand nach seinem Köcher aus. Ein zweiter Befehl hinderte ihn jedoch an seinem Ansinnen.

»Komm nicht einmal auf die Idee, du haariger Sack!«

Eine Glaskugel schoss zwischen den Pilzen hervor, von der Größe, wie die Recken sie dabei gehabt hatten. Ihre blau-rote Farbe stach sofort ins Auge. Sie flog durch die Luft und zerschellte an einem Felsen. Die Explosion war so enorm, dass gleich darauf auch der Fels in tausend Brocken zerfiel.

Hastig bückten sich alle, um den umherfliegenden Steinen auszuweichen. Keine Frage, dass sie den Befehlen der ungebetenen Gäste unbedingt Folge leisten sollten.

Sieben Burfenen traten aus den Pilzen hervor. Alle bis auf einen hielten Glaskugeln in der Hand. Ihre Mienen machten unmissverständlich klar, dass sie auch bereit waren, sie einzusetzen. In wenigen Fuß Abstand stellten sie sich in einer Reihe auf. Der Burfene, der nicht mit Glaskugeln bewaffnet war, trug ein Schwert mit einem Griff aus Derokan-Armknochen. Seiner Position in der Mitte der Gruppe und dem herrischen Gehabe nach war er ihr Anführer.

Fünfzehn Schritt vor dem reglos daliegenden Koleun blieb Gulpes stehen und gab ein bitteres Lachen von sich.

»Seid ihm nicht böse«, meinte er gütig und klang dabei erstaunlich ehrlich. »Er war wirklich mutig, der Junge. Ich habe noch niemanden erlebt, der so lange durchhielt. Ich dachte eine Zeit lang, dass er tatsächlich nichts weiß. Anstatt zu reden, versuchte er sogar ein paar Mal, sich das Leben zu nehmen. Unser Aderok aber macht ganze Arbeit. Vielleicht habt ihr schon von ihm gehört, mancherorts ist er sehr berühmt.«

Aderok, der direkt hinter ihm stand, nickte bestätigend. Sein Nicken war auch ein Zeichen des Danks. Sein Ruhm rührte nämlich vor allem daher, dass sein Anführer bei jeder Gelegenheit seine Tugenden lobte. Und berühmt zu sein hatte den Vorteil, dass manche, die seinen Namen nur hörten, sogleich anfingen zu singen, ohne dass er sich großartig anstrengen musste. Mit verkniffenem Mund betrachtete er den auf dem Boden liegenden Recken. Manche hatten eben noch nicht von ihm gehört.

»Zurücktreten«, verscheuchte er die beiden stämmigen Fremden, die ihn musterten, als wollten sie ihn jeden Moment auffressen. Wütend warfen der riesige Prom und die Bestie einander einsichtige Blicke zu und schleppten sich zu den anderen.

»Ah, wen haben wir denn da?«, winkte Gulpes dem Thronfolger, der sich zu verstecken versuchte, fröhlich zu. Seine Nase zuckte einige Male. »Ihr wisst gar nicht, wie sehr wir nach Euch gesucht haben. Mein lieber Kronprinz … Ihr seid wirklich ein ungezogener Junge! Wisst Ihr eigentlich, wie sehr sich Eurer Vater um Euch gesorgt hat?«

Erogmet blitzte den Anführer aus funkelnden Augen an. Zornig spuckte er auf die Erde.

»Wir haben Euch überall gesucht. Ihr werdet es nicht glauben, aber wir waren auch auf den Tabu-Bergen. Ja, sogar das haben wir uns getraut, beseelt von dem Wunsch, Euch wieder mit Eurem Vater zusammenzuführen. Aber wir sind nicht lange dort geblieben. Wir sahen furchterregende Dämonen, die sich dort herumtrieben, und machten uns wieder aus dem Staub, weil wir begriffen, dass der Fluch wirklich existiert. Vielleicht haben wir Euch deshalb verpasst.

Aber Ihr wart dort, stimmt's? Eine andere Erklärung kann es nicht geben. Ihr habt ganz schön Glück gehabt, Jungchen, dass Ihr den Dämonen nicht begegnet seid. Aber natürlich steht Ihr unter dem persönlichen Schutz des Himmelsgottes, schließlich seid Ihr sein künftiger Vertreter!«

Während Gulpes seine spöttische Rede hielt, musterte er die seltsame Truppe mit erfahrenem Blick. Diese Kreatur mit der rindenartigen Haut war ziemlich grauenerregend. Mit den scharfen Pranken sah sie aus wie eine Todesmaschine. Man konnte der Bestie nicht lange ins Gesicht sehen; am unangenehmsten aber waren die kleinen menschlichen Augen. Gulpes hätte gewettet, dass die Kreatur nicht aus Perg stammte. Vielleicht war sie eine von Asubers teuflischen Hinterlassenschaften. Der Prom verfügte über Körpermaße, wie sie Gulpes bis dato nicht begegnet waren. Allein dass ein Arm doppelt so dick war wie der andere, war schon aufsehenerregend. Im Bund trug er ein breites Schwert, auf dem Rücken einen prachtvollen Bogen. Nie hätte Gulpes damit gerechnet, in Perg auf einen bewaffneten Prom zu treffen. Die Föderation musste ihre Gesetze ganz schön gelockert haben. Der junge Mann wiederum wirkte ziemlich schwächlich. Seine Kleidung bestand nur noch aus Fetzen, der Körper war übersät mit verkrusteten Wunden. Er musste ein Gefecht oder einen Unfall hinter sich haben. Sein Kurzschwert hielt er ein wenig stümperhaft. Er hatte so gar nichts von einem Ritter an sich, und falls er einer war, warf das kaum ein Problem auf. Gulpes hatte es bereits zweimal mit berühmten Rittern zu tun gehabt und beide Male einfache Siege errungen. Und zu einem Kampf Mann gegen Mann würde es wohl ohnehin kaum kommen.

Interessiert betrachtete er die schöne Frau mit dem langen Haar. In dem ihre Knie umspielenden Umhang ähnelte sie den Mädchen aus dem Dorf. Vielleicht war sie eine Zauberin, aber eine so junge Magierin konnte ihm sicher nicht viel anhaben. Sie war längst noch nicht in dem Alter, in dem man wichtige Zauber lernte. Sie beherrschte allenfalls ein wenig Hokuspokus.

Der Anführer der Weißen Flamme machte sich nur ungern Feinde aus fremden Ländern. Er tötete auch nicht gern Fremde.

Manchmal erwiesen sie sich nämlich als mächtige Freunde. Ein schreckliches Erlebnis aus der Vergangenheit kam ihm in den Sinn. Er hatte einen Menschen umgebracht, der, wie er zu spät erfuhr, unter dem Schutz der größten Räuberbande Munias stand. Er hatte sich ein Bein ausreißen müssen, um mit ihnen wieder ins Reine zu kommen. Und gerade jetzt, wo er eventuell wegziehen wollte, konnte er ein ähnliches Risiko nicht eingehen. Gut, vielleicht würde es keine Zeugen geben, aber er wollte sich nicht auf die Verschwiegenheit seiner Leute verlassen.

»Ich weiß nicht, wer ihr seid, Reisende«, sagte er deshalb auch in möglichst freundlichem Ton zu den Fremden. »Und ich will es auch gar nicht wissen. Warum auch immer ihr hier seid – ich hoffe, ihr seht ein, dass die ganze Angelegenheit nichts mit euch zu tun hat. Wir sind hier auf Befehl des Emirs von Anageh. Wir wollen nur unseren Thronfolger. Wir nehmen ihn und verschwinden von hier, und ihr geht wohlbehalten eurer Wege. Das ist doch ein recht vernünftiges Angebot, oder?«

Er breitete die Arme aus und zeigte auf seine mit Glaskugeln bewaffneten Männer.

»Ihr seid ohnehin kaum in der Lage, zu diskutieren.«

»Was sollen wir tun?«, flüsterte Leofold Nume kaum hörbar zu. Stirnrunzelnd musterte der riesige Prom nacheinander die einer Antwort harrenden Burfenen. Zwei ihrer Kugeln würden genügen, um sie alle auszuradieren. Sie mussten vor ihnen agieren. So konzentriert ihre Gegner auch waren, so brauchten sie doch einige Augenblicke für die Ausführung ihres Wurf. Ebenso wie ihr Anführer, um den Befehl zu geben. Was könnten sie in dieser Zeit tun?

Sein Blick fiel auf einen Korb, der an der Hüfte eines der Männer hing. Darin lagen zwei weitere blau-rote Kugeln. Plötzlich bekam er eine Idee. Zwar irrsinnig und äußerst riskant, aber einen Versuch war es wert. Er dachte an die Vorstellungen, die er den Seeleuten während ihrer Reisen auf der »Durkgador« geboten hatte. Er stellte sich den Augenblick vor, in dem der Apfel zu fallen begann. Seinen Griff in den Köcher, das Einspannen des Pfeils in den Bogen, den Treffer mitten ins Ziel, und all das, bevor der Apfel den Boden berührte. Ungefähr im selben Tempo würde er vorgehen müssen. Viele Male war es ihm gelungen, und es würde ihm wieder gelingen. Er musste es wenigstens versuchen. Heute würde sich zeigen, ob sich die intensive Arbeit der letzten achthundert Jahre wirklich gelohnt hatte.

»Wir müssen sie ablenken«, antwortete er Leofold. »Zumindest der eine oder andere muss seine Kugel in eine andere Richtung werfen. Gewinnt mir ein wenig Zeit. Dann haben wir eine Chance.«

Nume hatte lauter gesprochen als Leofold, weswegen Nela mitgehört hatte.

»Das kann ich«, flüsterte sie. »Eigentlich könnte ich eine Feuerwelle auf sie loslassen, aber sie stehen zu weit auseinander. Alle auf einmal kann ich nicht ausschalten. Wenn deine Idee die bessere ist, dann folge ich ihr gern.«

»Nun kommt schon«, brüllte Gulpes leicht verärgert. Seine Nase zuckte immer nervöser. »Ich warte auf eure Antwort. Zwingt mich nicht dazu, euch einen sinnlosen Tod sterben zu lassen. Ich habe kein Problem mit euch. Aber wenn ich muss …«

Er setzte eine drohende Miene auf: »… dann werde ich es tun.«

»Jetzt!«, rief Nume so leise, dass nur seine Freunde ihn hören konnten. Wie aus heiterem Himmel erschienen auf der freien Fläche neben den zwei Gruppen sechs Burfenen. Sie trugen Anageher Kittel, ähnlich dem Koleuns, und hatten Glaskugeln in den Händen, die sie jeden Moment auf die Bande abzufeuern drohten. Gulpes war schockiert. Wer waren diese aus dem Nichts auftauchenden Gegner? Es konnte sich doch nur um einen verfluchten Zauber handeln! Die ständig sich bewegenen Lippen der Zauberin bewiesen, dass er recht hatte. Seine Männer allerdings waren weniger schlau.

Beinahe gleichzeitig warfen drei Mörder der Weißen Flamme ihre Kugeln gegen die unerwarteten Feinde. Die Kugeln flogen zwischen den imaginären Burfenen hindurch, trafen auf dem Schlamm auf und explodierten unter ohrenbetäubendem Getöse. Damit waren auch die übrigen Schurken abgelenkt. Gulpes Befehl »Nicht diese Seite, die andere müsst ihr angreifen!« nahmen sie denn auch viel zu spät wahr.

Als Nume seinen Pfeil eingelegt hatte, kam der Burfene, den er ins Visier genommen hatte, gerade erst wieder zu sich. Bis er sich zum Wurf bereit gemacht hatte, hatte der Prom seinen Bogen längst gespannt. Die Kugel verließ die Hand des Burfenen, doch Numes Pfeil war bereits am Ziel, und die Kugeln im Korb flogen gleichzeitig in die Luft. Flammen breiteten sich aus und trafen die auf den Thronfolger abgefeuerte Kugel in der Luft, was die Explosion noch heftiger werden ließ.

Drei in der Nähe stehende Burfenen fingen sofort Feuer. Die Kugeln in ihren Händen detonierten ebenfalls und verwandelten alles um sie herum in eine Hölle. Die anderen bückten sich, um den herumschwirrenden Funken zu entgehen. Nachdem sie sich wieder aufgerichtet hatten, mussten sie erkennen, dass sie einer Gefahr gegenüberstanden, die noch größer war als die Explosionen. Denn mit nur zwei Sprüngen war Leofold bei ihnen und ließ seine scharfen Pranken sprechen.

Während die Bestie die Schurken einen nach dem anderen packte und in die Pilze schleuderte, gelang es nur Gulpes, wegzurennen. Er war erbost, weil er zum ersten Mal in seinem Leben überrumpelt worden war. Niemals würde er zulassen, dass diese Fremden ihn bezwangen. Er würde den verdammten Thronfolger im Sumpf versenken, und wenn es seine letzte Tat sein sollte. Besessen von dieser Idee stürzte er sich auf den jungen Burfenen, aber da stand Guorin. In der Annahme, er hätte leichtes Spiel mit ihm, schwang der erfahrene Mörder sein Langschwert gegen Guorins Hals. Das tat er so schnell, dass niemand in ganz Perg den Schlag hätte parieren können. Aber Gorba war nicht von dieser Welt.

Das Langschwert zerbrach in zwei Teile, und Gulpes begriff, dass es vorbei war. Zum allerersten Mal war jemand schneller als er; für ihn eine schockierende Erfahrung. Ein weiterer Schock war der Stich eines Schwerts tief in seine Brust. Blutüberströmt sank er auf den Schlick. Während seine zitternden Hände an Guorins Beinen herabglitten, starrte er wirr in die ruhigen Augen des Mann, der den erfahrensten Kämpfer auf ganz Fuoli im Handumdrehen zur Strecke gebracht hatte.

Und mit diesem Staunen im Blick schlossen sich Gulpes' Lider, um sich nie wieder zu öffnen.

Leofold warf auch noch den letzten Schergen in den Schlamm und fuhr nervös herum. Erleichtert atmete er auf, als er sah, dass seine Freunde gesund und munter waren. Einen Augenblick lang hatte er befürchtet, alles sei vorbei. Aber sie hatten gesiegt. Er betrachtete die leblos auf dem Boden liegenden Burfenen. Er wusste nicht, wer sie waren, aber wahrscheinlich hatte der Emir auch noch andere losgeschickt, um den Thronfolger zu finden. Sie mussten so schnell wie möglich von hier verschwinden.

Erogmet holte tief Luft. All seine Hoffnung war dahin gewesen, aber seine neuen Freunde hatten sich als tapfere Kämpfer erwiesen. Erneut stand er in ihrer Schuld. Mit Freuden würde er sich ihnen irgendwann in der Zukunft erkenntlich zeigen.

Guorin blickte angewidert auf das Blut an seiner Kleidung. Er ließ sich auf der Erde nieder und schnaufte. Nela eilte aufgeregt zu Koleun, den sie während des Gefechts völlig außer Acht gelassen hatten. Sie fürchtete, zu spät zu kommen. Sie packte den jungen Kämpfer, drehte ihn um und wischte ihm hastig den Schlamm aus dem Gesicht. Damit er besser Luft bekam, öffnete sie seine Lippen und legte dann seinen Kopf in ihren Schoß. Sein Gesicht war von Schlägen gezeichnet, seinem Körper ging es nicht viel besser.

»Was haben sie mit dir gemacht?«, jammerte die Zauberin voller Mitleid. Sanft entfernte sie mit der Fingerspitze den Schmutz, der ihm die Augenlider verklebte.

Koleun hustete. Aus seinem Mundwinkel lief ein feines Blutrinnsal über die Wange. Sein Tod stand unmittelbar bevor. Trotzdem öffnete er mit letzter Kraft die Augen.

Ohne auf ihre Freunde zu achten, die sich um sie herum versammelt hatten, beugte Nela sich an Koleuns Ohr. Es zerriss ihr das Herz, ihn derart leiden zu sehen. Wer kannte die Bedeutung von Schmerzen besser als sie?

»Ich kann dich nicht retten, mein Lieber«, sagte sie zärtlich und so leise, dass nur er es hören konnte. »In diesem Stadium vermag ich deine Wunden nicht mehr zu heilen. Aber ich kann dir ein wenig

Leben einhauchen, damit du noch ein Weilchen durchhältst. Ich weiß, du leidest große Schmerzen, und wenn ich es tue, wirst du noch länger leiden. Aber wir haben den Thronfolger gefunden, Koleun. Wir haben ihn gefunden und müssen ihn in die Freie Zone zurückbringen. Du weißt, dass wir das Camp ohne dich nicht finden können, wir brauchen deine Führung. Allerdings kann ich verstehen, wenn du wünschst, dass ich deinem Leiden ein Ende bereite. Du hast die Wahl, mein Lieber. Egal, wie du dich entscheidest, ich werde es verstehen.«

Koleun hatte heftig zu schnaufen begonnen. Er schien Kraft zu sammeln, um sprechen zu können. Zu den Qualen in seinem Blick hatte sich nun auch Hoffnung gesellt. Schließlich öffnete er die Lippen und flüsterte kaum hörbar: »Lasst uns nach Hause gehen.«

Dann schloss er die Augen und verlor das Bewusstsein.

KAPITEL XXIII

DER AUSWEG

»Wie geht es dir?«, fragte Nela den schwankenden Koleun. »Wir können eine Pause einlegen, wenn es dich zu sehr anstrengt. Ich kann dir auch noch ein wenig mehr Kraft geben. Der letzte Zauber ist etwa eine Stunde her.«

Die junge Frau befürchtete, Koleun könnte wieder ohnmächtig werden, was einen weiteren Zauber viel schwieriger machen würde. Lieber würde sie einen neuen Kräftezauber sprechen, solange er bei Bewusstsein war. Seufzend schüttelte der Recke den Kopf. Er nahm sich ein wenig zusammen, das Schwanken hörte auf. Sein Gesicht war schmerzverzerrt, aber eine Weile würde er noch durchhalten. Er hatte bemerkt, wie sehr sich Nela verausgabt hatte, und brachte es nicht übers Herz, einen Zauber von ihr zu verlangen, wenn es nicht unbedingt sein musste.

Sie hatten die Porengore der Schurken zwischen den Pilzen entdeckt. Wie sie so dasaßen, unterschieden sich die Tiere in nichts von Felsbrocken. Porengore waren keine besonders treuen Tiere, weswegen sie auch keine Schwierigkeiten gemacht hatten, als die Fremden auf ihre Rücken stiegen. Koleun hatte einige Mühe, ihnen zu erklären, wie sie die Spinnen zu führen hatten. Sie wiederum hatten das Prozedere nicht recht verinnerlicht, denn einmal pressten sie die Wulste zu fest und einmal zu leicht, was die Tiere ziemlich verwirrte. Dennoch waren sie, wenn auch gemächlich, auf dem Weg in die Freie Zone.

Koleun und Nela ritten an der Spitze. Der verletzte Held würde ihnen den Weg weisen, solange er die Augen offen halten konnte. Dazu bedurfte es der Künste der Zauberin. Immer, wenn der Arme völlig entkräftet war, wiederholte sie den Zauber und brachte ihn wieder zu sich. Das musste sie mindestens einmal pro Stunde tun. Wäre es ihr nur möglich gewesen, seine Schmerzen zu lindern! Aber sie wusste, dass selbst ihre neu hinzugewonnenen Kräfte dazu nicht ausreichten. Bei dem Versuch, Guorins Wunden zu heilen, war sie an ihre Grenzen gestoßen. Nela wirkte enttäuscht, zärtlich blickte sie zu dem Recken. Sein verzweifeltes Stöhnen erinnerte sie schmerzlich an ihre eigene Vergangenheit.

Nume und Erogmet saßen auf der zweiten Spinne. Aus Furcht vor einem neuerlichen Angriff hielten sie es für vernünftiger, den Thronfolger in die Mitte der Kolonne zu nehmen. Vermutlich hatte der verfluchte Emir noch weitere Mörder losgeschickt, sie mussten also auf der Hut sein. Ein junger Burfene führte ihr Porengor. Er war unerfahren, lernte aber schnell. Nume hielt seinen Bogen bereit; die Augen auf den Pilzwald geheftet, inspizierte er ihn auf mögliche Gefahren. Leofold und Guorin bildeten das Schlusslicht. Der junge Mann lenkte die Spinne, weil Leofold dem Tier mit seinen scharfen Pranken weh tun hätte können. Allzu begeistert war Guorin offen gestanden nicht, aber er machte seine Sache nicht schlecht.

Bei der Durchquerung eines tiefen Sumpfes versanken die Tiere beinahe bis zur Hälfte ihrer Körper. Der klebrige Morast reichte bis an die Füße der Reiter. Sie waren nervös, hatten aber keinen Einfluss auf das Geschehen. Koleun sagte, sie seien auf dem richtigen Weg. Allen war klar, dass aufgrund seines Zustands sein Geist möglicherweise umnebelt war. In dem Fall wäre ein Verschwinden im Sumpfland auf Nimmerwiedersehen nicht zu verhindern gewesen. Einen besseren Führer aber hatten sie nicht. Es blieb ihnen also nichts anderes übrig, als die Nasen vor diesem widerlichen Gestank zu verschließen und im Vertrauen auf die Götter weiterzureiten.

Zum Glück gelang es ihnen, den Sumpf zu überwinden. Es dauerte eine Weile, aber allzu schwierig war es nicht. Guorin atmete erleichtert auf, als sie wieder über Pilze hinwegstiegen.

»Wir kommen gut voran, meinst du nicht?«, wandte er sich an Leofold, der in Schweigen gehüllt neben ihm saß.

»Stimmt«, erwiderte Leofold leise und legte eine Pranke auf die andere. Er wirkte zerstreut und auch ein wenig beunruhigt.

»Denkst du darüber nach, was wir in der Freien Zone tun werden?«, fragte Guorin. »Darüber zerbreche ich mir auch schon die ganze Zeit den Kopf. Ich sehe einfach keinen Ausweg. Ich meine, wir müssen anfangen zu überlegen, wie wir die Bewohner des Camps davon überzeugen, uns zum Schiff zu begleiten.«

Leofold schüttelte den Kopf. »Das wird nicht leicht. Wir müssen ihnen erklären, dass das die einzige Lösung ist.«

»So können wir aber nur die Campbewohner retten«, erwiderte Guorin mit säuerlicher Miene. »Trotz aller Mühen werden wir für Tausende in den Städten nichts tun können. Und das macht mich wirklich wütend.«

Er hob die Hand mit dem Handschuh in Augenhöhe und betrachtete ihn eine Weile. Dann drehte er den Kopf wieder zu Leofold.

»Ich trage eine der stärksten, vielleicht *die* stärkste Kraft von ganz Perg in meiner Hand, aber sie ist vollkommen nutzlos. Das ist ziemlich ärgerlich, findest du nicht?«

Leofold sah zu dem Handschuh hinüber. Hätte Merderan ihnen bloß auch erzählt, wie man ihn benutzte! Dann aber dachte er stirnrunzelnd, dass das vielleicht gar keine so gute Idee war. Bevor Merderan die Linien in Guorins Hand zeichnete, hatte er ihm unmissverständlich gesagt, dass es besser sei, wenn er deren Bedeutung nicht kannte. Seine innere Stimme sagte ihm, dass sie Merderan vertrauen mussten.

»Der Fluch der Berge hat sich als Märchen entpuppt, was soll man davon halten? Eine Zeit lang hatte ich daran geglaubt, und du?«, fragte Guorin und riss ihn aus seinen Gedanken.

»Ich auch«, antwortete Leofold nachdenklich. »Ich hielt die Geschichte ehrlich gesagt für recht glaubwürdig. Vielleicht, weil sie Ähnlichkeit mit meinen eigenen Erfahrungen hat. Eine Weile hoffte ich sogar, sie könnte sich als richtig herausstellen. Ich weiß, es klingt unsinnig, aber ich wäre gern noch einmal einer Kreatur wie Asherta begegnet. Sie einmal zu töten hat mir anscheinend nicht genügt.«

Guorin verzog den Mund, was die Narben auf seinen Wangen noch stärker hervortreten ließ. Trotz Nelas und Numes Fertigkeiten würde es noch eine ganze Weile dauern, bis sie völlig verschwunden waren.

»Weißt du«, rief er mit einem Mal aufgeregt, »dass mich die Geschichte auf eine ganz andere Idee gebracht hat? Ich denke schon seit geraumer Zeit darüber nach, und es erscheint mir ziemlich logisch. Ich meine diesen Fluch, den Asherta, dieser Teufel, vor seinem Tod über dich ausgesprochen hat.«

»Ja?«, erwiderte Leofold und hob neugierig eine Augenbraue.

»Wenn auch das nichts weiter als eine Mär ist, Leofold? Könnte es nicht sein, dass dieser Dämon dir vor seinem Tod einen Bären aufgebunden hat? Wäre das am Ende nicht das Schlimmste, was er dir antun konnte? Vielleicht hat er dir diesen Floh ins Ohr gesetzt, um sich damit für deinen Verrat zu rächen? Verrat aus seiner Sicht, natürlich.«

Leofold erschauerte. Aufmerksam blickte er Guorin in die Augen. An eine solche Möglichkeit hatte er nie gedacht. War das möglich? Wenn der Jahrhunderte alte Fluch der Tabu-Berge eine Mär war, warum dann nicht auch sein Fluch? Wie sehr er sich wünschte, dass es tatsächlich so war! Mit einem Mal wurde er traurig. Er dachte an das Gespräch mit Srenah in den Jenseitswelten. Der weise Vogel hatte ihm gezeigt, was ihn in der Zukunft erwarten könnte. Eine Möglichkeit war, dass er den Verstand verlor und seine Verlobte mit seinen eigenen Pranken tötete. Wenn der Fluch, der auf ihm lag, nur eine Lüge war, warum sollte Srenah ihm eine derart schreckliche Perspektive zeigen? Seine Meinung über den König der Himmel war zwiespältig, aber ein Betrüger war Srenah sicherlich nicht.

»Es gibt Momente, in denen ich glaube, ich werde verrückt«, murmelte Leofold abwesend. »Ich habe Angst, dass ich kurz davor stehe. Noch gibt es keinen Beweis, aber etwas in mir sagt mir, dass dieser Fluch nicht einfach nur Geschwätz sein kann, sondern dass ich womöglich wirklich den Verstand verliere.«

Guorin sah seinen Freund liebevoll an.

»Solange ich bei dir bin, wird das nicht passieren«, sagte er besänftigend. »Vielleicht ist genau das das Geheimnis dieses Fluchs. Dass du an ihn glaubst, ihn für möglich hältst. Seit vielen hundert Jahren hat niemand, der an den Fluch der Tabu-Berge glaubte, einen Fuß auf diese Berge gesetzt. So hatte der Fluch seinen Nutzen, obwohl er gar nicht existierte. Vielleicht hatte Asherta genau das mit dir vor. In dem Glauben, dass du eines Tages verrückt wirst, wird es bestimmt eines Tages auch aus irgendeinem Grund dazu kommen. Wenn du aber an das Gegenteil glaubst, passiert es vielleicht nie.«

Leofold schnaufte laut und vernehmlich. Verdrossen schüttelte er den Kopf.

»Vielleicht, vielleicht, vielleicht«, stöhnte er. »Ich danke dir, mein Freund, ich verstehe, was du vorhast. Kann sein, dass du recht hast. Aber jetzt möchte ich mir darüber keine Gedanken machen. Lassen wir die Zeit entscheiden. Dann sehen wir, was geschieht. Ich habe nicht die Absicht, mich verrückt zu machen. Ich hoffe, dass es wirklich nur Geschwätz war. Nun müssen wir uns aber darauf konzentrieren, wie wir heil hier herauskommen. Und natürlich, wie wir möglichst viele Unschuldige retten können.«

Guorin wollte etwas erwidern, doch dann unterließ er es und massierte mit seiner nackten Hand die andere. Vielleicht hatte Leofold recht. Zumindest wollte er offenbar nicht über die Angelegenheit reden. Also durfte er ihn auch nicht bedrängen. Über manche Dinge sollte vielleicht wirklich die Zeit entscheiden. Sein Blick fiel auf das Porengor an der Spitze und auf Nela. Über manche Dinge sollte am besten die Zeit entscheiden.

Kurz vor Einbruch der Dunkelheit blieb die Kolonne auf ein Handzeichen der Zauberin stehen. Ein Zeichen, dass Koleun erneut im Begriff war, das Bewusstsein zu verlieren. Sie musste ihm neue Kraft geben. Zwar wussten sie, dass sie sich dem Camp näherten, aber es wäre einfach zu gefährlich gewesen, die Reise ohne Koleun fortzusetzen. Zu oft waren sie Zeugen der unangenehmen Überraschungen geworden, die in den Sümpfen schlummerten.

Nela beeilte sich, die Zauberformeln zu sprechen. Zu gern hätte sie den jungen Mann friedlich schlafen lassen. Es widerstrebte ihr, ihn erneut leiden zu sehen.

Aber sie hatte keine andere Wahl. Als ihre Hände in einem blauen Licht zu leuchten begannen, beugte sie sich über Koleun, dessen Kopf auf den Spinnenrücken gesunken war, und flüsterte: »Verzeih mir.«

Dann legte sie ihre Hände auf seine Schultern und flößte ihm ihre Energie ein. Wenig später öffnete der Krieger die Augen, und die Kolonne setzte ihren Weg fort. Trotz aller Risiken reisten sie sogar nachts weiter, denn die Zeit wurde immer knapper. Koleun hatte ihnen erklärt, dass es in dieser Gegend nur wenige Sümpfe gab, was sie mutiger werden ließ. Sie ritten viele Stunden, ohne einer wirklichen Gefahr zu begegnen. Als die ersten Sonnenstrahlen auf Fuoli fielen, tauchten auch die Feuer des Camps in der Ferne auf. Allen fiel ein Stein vom Herzen. Sie waren glücklich, denn sie hatten es geschafft. Ob es tatsächlich ein Erfolg war, daran hatten sie jedoch tiefe Zweifel. Sollte Redrem, wenn er erfuhr, was hinter den Ereignissen steckte, keine Idee haben, um den Krieg zu verhindern, wären all ihre Bemühungen umsonst gewesen.

Am Eingang zum Camp wurden sie von vier Bewaffneten empfangen. Bedrohlich streckten sie die Doppellanzen vor. Als sie die Ankömmlinge erkannten, rannten sie zu Redrems Zelt. Kurz darauf stand der Erhabene in einem schlichten Morgenrock vor ihnen.

»Ich kann nicht glauben, dass ihr es geschafft habt!«, stammelte Redrem mit Blick auf den Thronfolger, der gerade vom Porengor stieg. »Ihr habt ihn gefunden! Den Göttern sei Dank!«

Traurig beobachtete Leofold den alten Burfenen und fragte sich, wie er ihm erzählen sollte, was passiert war. Jetzt, wo der Thronfolger wieder da war, dachte der Erhabene bestimmt, all seine Probleme seien beseitigt. Wie glücklich er wirkte! Leofold wusste nicht, wer ihm erklären würde, dass sich an der Lage nichts geändert hatte, aber eines wusste er mit Bestimmheit: Er wollte nicht derjenige sein.

Redrem sah, wie Nume und Guorin Koleun beim Absteigen helfen mussten. Beim Anblick von Koleuns erbärmlichem Zustand war Redrems fröhliche Miene wie weggewischt. Entsetzt eilte er auf Koleun zu. Sanft fing er den Burfenen auf, der nicht imstande war, sich auf den Beinen zu halten. »Mein Junge! Wer hat dir das angetan?«

Nela stöhnte ergriffen. Sie tätschelte die Schulter des Erhabenen und begann traurig zu erzählen. Schmerzerfüllt hörte er zu und strich dabei dem jungen Recken verzagt über das zerschundene Gesicht.

Plötzlich teilte sich die Menge, die sich inzwischen versammelt hatte, und heraus trat einer, mit dem niemand gerechnet hatte. In zwei Schritten war er bei ihnen.

»Wo bleibt ihr denn? Ich war kurz davor, Wurzeln zu schlagen«, scherzte er mit unverhohlener Freude über ihr Staunen.

»Korman?«, murmelte Nume ungläubig. Wie die anderen starrte er den Kapitän an, als stünde ein Gespenst vor ihm. »Was suchst du …«

Das lautstarke Gelächter des jungen Kapitäns übertönte die Worte des Prom. Bestimmt hatte er Koleuns Zustand noch nicht bemerkt und dachte, es sei alles in bester Ordnung. Mit breitem Grinsen schob er die blonde Haarsträhne aus der Stirn. Die zweite Hand ruhte auf seinem Schwertgriff. »Da staunt ihr, was? Na, wenigstens hat es etwas gebracht, dass ich hier bin. Das ist die schönste Überraschung, die mir seit Langem gelungen ist. Eure Mienen, meine Herren und meine süße Dame, werde ich niemals vergessen.« Glücklich lächelnd sah er zu Erogmet. Nachdem er Redrem zugehört hatte, war ihm sofort klar, dass er es war. »Wie gern hätte ich mich noch nützlicher gemacht! Auf dem Rückweg zum Schiff dachte ich, dass ich nichts dazu beitragen könnte, um den Thronfolger zu finden. Daher machte ich mir keine Vorwürfe. Doch sobald ich meinen Fuß auf die ›Durkgador‹ setzte, begriff ich, dass ich mich geirrt hatte. Mir kam eine Idee, wie wir ihn finden könnten. Und zwar eine hervorragende Idee! Da konnte ich natürlich nicht einfach tatenlos rumsitzen und abwarten. Also kam ich zurück. Meine Führer, die mich zum Schiff gebracht hatten, fanden meine Entscheidung natürlich etwas komisch. Noch komischer aber fanden sie, dass ich das hier mit herbrachte!«

Vergnügt hob Korman den Arm und präsentierte seinen Freunden stolz seine Überraschung, die mitten auf dem Platz stand.

»Damit hoffte ich den Jungen zu finden. Ich dachte, dass manche im Camp den Thronfolger bestimmt kennen, und gemeinsam mit ihnen wollte ich mir Durkgadors Fähigkeiten zunutze machen. Gut, eigentlich funktioniert es nur, wenn der Betreffende in der Nähe ist, aber wir hätten es an unterschiedlichen Orten probieren können. Dann wäre ich der Retter des Tages gewesen! Ihr aber wart offenbar schneller als ich. Ich habe mich also umsonst angestrengt.« Dann blickte er zu Guorin hinüber und lächelte bedeutsam. »Aber wie mein junger Freund im Zelt bereits sagte: Ich musste es zumindest versuchen, nicht wahr?«

Nume vermochte seinen Blick nicht von dem Platz abzuwenden. Gedankenverloren starrte er die Statue an, die dort zwischen den Zelten stand. Die Löwin war nicht mehr an einen Rammsporn festgenagelt. Sie stand ruhig im Schlamm. Sie hierher zu schleppen war bestimmt schwierig gewesen. Dann glitten seine Augen zu der kleinen Holzkiste hinüber. Darin befand sich sicherlich die kleine Statue, die der Kapitän auf dem Schiff erwähnt hatte. Numes Gehirn begann rasend schnell zu arbeiten, und plötzlich hatte er eine hervorragende Idee. Er verschränkte die Arme und nickte. Ja, so könnten sie es machen. Einen Versuch wäre es zumindest wert. Er wandte sich um und musterte Erogmet aus dem Augenwinkel. Der betrachtete sie alle verwundert, bemüht, das alles um ihn herum zu begreifen. Das war kaum möglich, denn er wusste ja nichts über Korman oder die »Durkgador«. Wie er Numes vielsagendes Zwinkern deuten sollte, wusste er ebenfalls nicht.

»Du sagtest doch, dass wir einen Überraschungsangriff auf Anageh tätigen müssen, nicht wahr, Erogmet?«

»J…ja«, stotterte der Thronfolger und versuchte, seine Gedanken zu ordnen. »Aber das wird nicht reichen. Sie werden meinen Vater durch die Geheimtunnel hinausschaffen, und wir werden niemals herausfinden, wo die Tunnelausgänge liegen. Leider muss er zur Beendigung des Ritus nicht im Palast sein. Außerdem …«

»Na wunderbar«, schnitt Nume ihm das Wort ab. Seine Miene war hoffnungsfroh wie schon lange nicht mehr. Mit vor Stolz geschwellter Brust fixierte er die riesige Löwin. Er schlang die Finger ineinander und lachte laut auf.

»Wäre schön, wenn alle mal den Mund hielten und mir zuhörten«, rief der alte Krieger. »Ich glaube, diesmal habe ich wirklich eine glänzende Idee!«

KAPITEL XXIV

DIE RACHE EINER MUTTER

An diesem Morgen waren die wachhabenden Soldaten am Stadtwall besonders auf der Hut. Ein unerwarteter Gast spazierte um sie herum. Anfangs zitterten und zagten sie, als handelte es sich um eine unangemeldete Inspektion. Aufgrund des bevorstehenden Kriegs waren sie eigentlich auf eine intensive Kontrolle gefasst, allerdings nicht auf eine so wichtige Persönlichkeit. Sie zupften ihre Uniformen zurecht und setzten Blicke auf, die der Ernsthaftigkeit ihrer Aufgabe gebührten. Bald begriffen sie, dass der ungebetene Gast sich nicht für sie interessierte. Allein und in Gedanken versunken wanderte er auf der Stadtmauer und hob nur hin und wieder den Kopf.

Halkaren war sehr nachdenklich. Seit seiner Übernahme der Ratspräsidentschaft musste er beinahe täglich Entscheidungen treffen, die über das Leben der Burfenen bestimmten. Dazu gehörten sogar Prozesse, die mit der Todestrafe endeten. Aber noch nie war er derart unschlüssig gewesen. Er war hin und her gerissen zwischen seiner Verbundenheit zum Vertreter des Gottes und der Liebe zu seinem Volk. Eine äußerst zermürbende Erfahrung.

Ständig musste er an die Worte des Telinoser Botschafters denken. Zum ersten Mal seit dem Krieg der Götter hatte die eine Stadt der anderen die Tore geöffnet. Und damit nicht genug – der Botschafter hatte sogar verkündet, sie könnten sich frei bewegen, um in der ganzen Stadt zu suchen. Jayoferm hatte den wichtigsten Schritt getan, um den nahenden Krieg zu verhindern. Poreturn aber hatte es nicht einmal für nötig gehalten, auch nur eine Sekunde darüber nachzudenken.

Halkaren war durcheinander. Er war wirklich völlig verwirrt.

Von Anfang an war er überzeugt gewesen, dass sein Emir diesen Krieg eigentlich nicht wollte, sondern sich nur dazu aufgeschwungen hatte in dem Bemühen, den Glauben an den Himmelsgott zu wahren. Wenn sich nach seinem Tod herausstellte, dass der neue Vertreter des Gottes in Telinos lebte, würde das riesige Probleme zur Folge haben – bis hin zu einer Spaltung der Anhänger des Himmelsgotts, die sich niemals von ganzem Herzen einem vom Rat gewählten Vertreter anschließen würden. Bis zu diesem Tag hatte Halkaren gemeint, es ginge dem Emir nur darum, diese Eventualität aus der Welt zu schaffen. Doch mit Entsetzen hatte er das Gespräch des Emirs mit dem Telinoser Botschafter beobachtet. Poreturn hatte den Botschafter kaum zu Wort kommen lassen, sondern ihm förmlich den Mund gestopft, um ihn schnell wieder loszuwerden. Sorgenvoll kniff Halkaren die Augen zusammen. Sogar ihn hatte der Emir kurz abgefertigt. Dabei hatte Halkaren den Emir gemahnt, diese Gelegenheit zu nutzen, und vorgeschlagen, die mächtigsten Zauberer von den Vier Inseln herzubringen. Mit ihrer Unterstützung hätten sie in Telinos sogar noch in den hintersten Rattenlöchern suchen können. Doch Poreturn hatte seinen Vorschlag nicht ernst genommen. Angeblich gab es gegen die Findezauber überall in Telinos starke Abwehrzauber. Das alles wäre nur ein neues Spiel des Feinds, um Zeit zu gewinnen. Der Emir hatte das Thema mit solcher Entschiedenheit beendet, dass den alten Ratspräsidenten tiefer Argwohn beschlich.

Wusste Poreturn womöglich, dass sein Sohn nicht in Telinos festgehalten wurde?

Seufzend blieb Halkaren stehen und rieb wütend die Hände aneinander. Schon der Gedanke war beängstigend. Das würde nämlich bedeuten, dass der Emir diesen Krieg aus einem ihm unbekannten Grund provozierte. Und dazu hatte er ihn auch noch um Hilfe gebeten. Ohne seine Unterstützung hätte der Emir den ersten Teil des Ritus nicht durchführen können. Natürlich wusste Halkaren, dass es sich nur um eine Eventualität handelte – aber allein auf die Idee zu kommen, dass eine solche existierte, entsetzte ihn.

Angesichts Poreturns Gewaltbereitschaft kam Halkaren nicht umhin, eine solche Möglichkeit in Erwägung zu ziehen. Er wusste, dass der Emir einen Charakter besaß, der ihn, falls er es für notwendig hielt, sogar mit Mördern kooperieren ließ. Er hatte sich nicht wenig angestrengt, seine Beziehung zur Weißen Flamme geheimzuhalten. Wäre der Emir nicht der Vertreter des Gottes gewesen, hätte Halkaren mit diesem Mann nichts zu tun haben wollen. Derzeit aber lenkte er Anageh als Dermenses Schatten, und demensprechend lagen alle Kompetenzen in seiner Hand.

Einen Augenblick lang fühlte Halkaren sich schuldig. Er spürte, wie glücklich er sein würde, wenn der Emir erst einmal tot und an seine Stelle der gutherzige Erogmet getreten sein würde. Für den Bruchteil einer Sekunde wünschte er sich das aus tiefstem Herzen. Dann flehte er eilig im Gebet beim Himmelsgott um Vergebung.

»Tausende Burfenen werden umsonst ihr Leben lassen«, murrte er verdrossen. »Hoffentlich ist das alles nur ein Hirngespinst.«

Sein Blick blieb an einem Recken hängen, der weiter vorne in kerzengerader Haltung seinen Wachdienst verrichtete. Dieser Mann hatte höchstwahrscheinlich eine Familie, die ihn liebte und um ihn trauern würde. Sicher machte er sich Sorgen. Ganz bestimmt sogar, nur dass er es sich nicht anmerken ließ. Mit müden Schritten schleppte Halkaren sich zu ihm.

»Wie geht's dir, Soldat?«, fragte er im Vorbeigehen verbindlich. Der Mann zuckte vor Schreck zusammen. Der mächtige Ratspräsident hatte ihn angesprochen! Er reckte die Lanze in die Luft und erwiderte voller Begeisterung: »Seid gegrüßt, ruhmreicher Herr!«

Väterlich tätschelte Halkaren dem Soldaten die Schulter. Dann zog er sich wieder in seine Gedanken zurück und ging schwerfällig in Richtung der Treppe, die hinunter in die Stadt führte.

Der Soldat war tatsächlich zutiefst besorgt. Seit feststand, dass der Krieg nicht mehr zu vermeiden war, ging er abends nicht mehr nach Hause, sondern schlief in der Garnison. Beinahe täglich fanden Übungen statt, weswegen er völlig erschöpft war. Seine Laune war miserabel, weil er seine Kinder seit Ewigkeiten nicht gesehen hatte. Und die Gefahr, sie nie wieder zu sehen, zernagte ihm das Herz.

Da riss eine Bewegung im Wald ihn aus seinen Gedanken. Die dürren Bäume bogen sich, als wütete dort drüben ein Sturm. Im

Gesicht aber spürte er keinerlei Windhauch. Ganz langsam wanderte der Sturm ein wenig mehr in Richtung Stadt und rüttelte die in ihrer Umgebung stehenden Bäume. Manche entwurzelte er sogar und wirbelte sie durch die Luft. Der Soldat fürchtete sich. Dann sah er, wie ein riesiges Tier zornerfüllt aus dem Wald herausstürmte, und bekam eine Heidenangst.

Außer sich vor Wut zertrümmerte die eiserne Löwin einen im Weg stehenden Baum. Die herumfliegenden Holzstücke genügten nicht, um ihren Zorn zu mildern. Ihre Augen suchten nach einer einzigen Person: dem Mörder ihrer Jungen. Der Schmerz war noch genauso frisch wie an dem Tag, an dem sie ihre Jungen verloren hatte. Noch immer erklangen die hilflosen, schmerzerfüllten Schreie aus den Flammen in ihren Ohren. Ihre Kraft hatte nicht ausgereicht, um ihre Jungen zu retten. Aber ihren Tod würde sie rächen, koste es, was es wolle.

Sie sah das Gesicht des Mörders vor ihren Augen. Am ganzen Körper spürte sie, wo er sich versteckt hielt. Hohe Mauern waren um ihn errichtet worden, um ihn gegen Besucher abzuschotten, aber das sollte nicht genügen. Die Löwin rannte, so schnell sie konnte, über den Schlamm. Aus größerer Distanz setzte sie zum Sprung an. Die Mauer hielt dem Hieb ihrer eisernen Tatzen nicht stand. Felsbrocken von der Größe eines Pferds flogen in alle Himmelsrichtungen. Als der Staub sich gesetzt hatte, war in der Mauer ein Loch zu sehen, so groß, dass ein Elefant bequem hindurchgepasst hätte. Durkgador befand sich nun mitten in der Stadt. Wütend rannte sie zwischen verängstigten und wehrlosen Burfenen hindurch.

Mit einem Mal sah die Stadt aus wie ein Schlachtfeld. Alle liefen panisch durcheinander und bemerkten nicht, dass die Löwin sich gar nicht für sie interessierte. Die Soldaten auf der Stadtmauer attackierten, nachdem sie den ersten Schock überwunden hatten, die unerwartete Angreiferin mit Pfeilen und Glaskugeln. Es dauerte nicht lange, da traten die Sicherheitskräfte aus dem Hauptquartier. Hunderte von Doppellanzen flogen durch die Luft. Aber nichts von all dem schien die Löwin aufhalten zu können. Erbost zerfetzte sie alles, was sich ihr in den Weg stellte, Krieger, Pferdewagen, Verkaufsstände auf Rädern, Fässer, Wände, Häuser, und stürzte weiter in Richtung auf ihr Ziel. Mit ihren Kontrahenten hielt sie sich nicht auf, denn sie konnten nichts gegen sie ausrichten. Ihr Maul stand weit offen, ihre Augen sprühten Flammen. Sie rannte schnell wie der Blitz, wild entschlossen, den Mörder nicht entkommen zu lassen.

Als sie beim Palast angekommen war, tauchte eine Gruppe von Recken vor ihr auf. Die Leibgarde des Gottesvertreters war bereit, ihr Leben zu riskieren, um diesem Überfall Einhalt zu gebieten. Neben der Weißen Flamme waren sie als Einzige in ganz Anageh mit explosiven Glaskugeln bewaffnet. Von überall her begannen die Kugeln auf die Löwin herabzuregnen. Eine ohrenbetäubende Explosion jagte die andere, vor dem Palast tobte die Hölle. Als Durkgador ohne den kleinsten Kratzer aus dem Feuerball hervorsprang, begriffen die Männer schnell, dass diese grauenvolle Kreatur das Letzte war, was sie in ihrem Leben sehen würden. Und sie sollten recht behalten.

Poreturn hatte sich zur Erholung in seine Gemächer zurückgezogen. Den Kopf an den Sessel gelehnt, hielt er die Augen geschlossen und dachte über alle Eventualitäten nach. Nebenbei spielte er unbewusst mit seiner Silberkette.

Noch immer hatte er keine Nachricht von Gulpes. Die Frist, die er ihm gegeben hatte, war am Morgen abgelaufen, ebenso diejenige, die der Himmelsgott für den letzten Teil des Ritus einräumte. Nichts hinderte Poreturn mehr daran, die Kugel, die an seiner Kette hing, zu zerbrechen und das kurze Gebet aus drei Sätzen zu sprechen, um die unbezwingbaren Krieger zu wecken. Dennoch flüsterte ihm eine innere Stimme zu, noch ein wenig abzuwarten. Bislang hatte die Weiße Flamme bei keiner ihr gestellten Aufgabe versagt. Wenn sie den Jungen fand und tötete, wäre der Krieg nicht notwendig. Das wäre für alle das Beste. Poreturn beschloss, bis zum Abend zu warten.

»Aber nur bis zum Abend«, murmelte er mit einem Kopfnicken.

In dem Moment flog die Tür sperrangelweit auf. Donnernd schlugen die Flügel gegen die Wände, der Emir fuhr in seinem Sessel hoch. Verwirrt und ängstlich blickte er zur Tür. Angst und Verwirrung nahmen noch zu, als er den Ratspräsidenten zwischen zwei stämmigen Burfenen auf sich zustürmen sah.

»Was … Was ist pa…?«, stotterte Poreturn entsetzt. Die Art, wie man sein Zimmer betrat, verhieß nichts Gutes. Er bemühte sich, in seinem Sessel Haltung anzunehmen, und legte eine Hand an sein Kurzschwert. Fast hätte er Halkaren getadelt, wäre der ihm nicht ins Wort gefallen.

»Wir werden angegriffen«, erklärte Halkaren kurz und knapp und gab den beiden Burfenen ein Handzeichen. Ohne dem Emir die Gelegenheit zu geben, etwas zu erwidern, packten die Sicherheitsoffiziere ihn an den Armen und hoben ihn wie einen Gefangenen auf die Füße. Dann schleppten sie ihn hinter Halkaren her. Obwohl sie sich schnell bewegten, waren ihre Mienen ruhig und entspannt, als hätten sie diesen Moment seit Langem erwartet.

Der Ratspräsident packte das Bücherregal und riss es um. Bücher und Buchstützen flogen herum. Er stieg über das Regal und drückte gegen einen Ziegel in der Wand. In einer Ecke des Raums löste sich unter Getöse ein Viereck im Boden und glitt zur Seite. Der Eingang zu einem Tunnel tauchte auf, in dem zwei Burfenen spielend nebeneinander Platz hatten.

»Hinein«, befahl Halkaren in einem Ton, der keine Widerrede zuließ. Die Zügel lagen nun in seiner Hand. Poreturn schwirrte ohnehin der Kopf angesichts des unerwarteten Vorfalls. Ihm war nicht nach Debattieren. Er wehrte sich auch nicht gegen die Offiziere, die ihn mit sich zogen. Kurz darauf hatten alle den Eingang passiert und stiegen eine Metallleiter hinunter.

Sie befanden sich in einer der tragenden Säulen. Diesen Fluchtweg hatte Halkaren für Notsituationen anlegen lassen. Nie hätte er gedacht, dass er einmal vonnöten sein würde, doch nun erfüllte ihn seine weise Voraussicht mit Stolz.

»Alles in Ordnung, Herr?«, fragte er den Emir, der sich direkt vor ihm unbeholfen ans Geländer krallte.

Poreturn hustete trocken. »Ja. Lasst uns weitergehen.«

Auch wenn sie diese Notausgänge bislang nie benutzt hatten, war der Emir über ihre Existenz durchaus im Bilde. Er wusste, dass sich der Ratspräsident höchstpersönlich um diese Dinge gekümmert hatte. Außerdem hatten ihm seine Sicherheitsoffiziere einige Male erklärt, was im Falle möglicher Gefahren zu tun sei. Der anfängliche Schreck war inzwischen ein wenig verflogen, und nun akzeptierte der Emir die Situation. Er kannte das Ausmaß der Gefahr nicht. Vielleicht waren Halkaren und die Offiziere einfach übervorsichtig. An der Schwelle zu einem Krieg war das allerdings wiederum völlig normal.

Nachdem er sich einige Sprossen hinuntergetastet hatte, fasste der Emir prüfend nach seiner Halskette. Er war froh, dass er sie in dem Durcheinander nicht verloren hatte. Sobald sie sich an einem sicheren Ort befanden, würde er die Kugel zerbrechen und das Gebet sprechen. Nach dem, was passiert war, würde er nicht mehr bis zum Abend abwarten. Hätten diese Halunken, die sich Weiße Flamme nannten, ihre Aufgabe bloß rechtzeitig erledigt!

Kaum hatte er ebene Erde unter den Füßen, hakten die Offiziere ihn auch schon wieder unter. Abrupt schüttelte er sich und befreite sich aus ihrem Griff. Er war wieder vollkommen bei sich und brauchte keine Hilfe. Außerdem würde er ohne das Geschubse schneller vorankommen.

»Zeigt mir den Weg«, forderte der Emir stolz und heftete sich den Offizieren, die in einen schmalen Tunnel liefen, an die Fersen. Seinen eiligen Schritten nach war er an diesem Tag recht gut in Form.

Die eiserne Löwin betrat den Palastgarten und sah sich zwanzig Porengoren gegenüber. Krieger standen auf ihren Rücken und ließen Pfeile und Glaskugeln auf sie herabregnen. Einen Moment lang war sie erschrocken und suchte nach einem Weg zwischen all diesen enormen und beweglichen Hindernissen. Als sie keinen fand, platzte sie schier vor Wut und riss das Maul weit auf zu einem markerschütternden Gebrüll. Die Recken warfen nacheinander ihre Netze über der riesigen Löwin aus. Mit diesen Netzen, die nicht aus gewöhnlichen Seilen, sondern aus Eisenketten geflochten waren, meinten sie die Löwin bändigen zu können. Aber ein kurzes Schütteln genügte, und schon hatte die Löwin die Burfenen, die sich an den Netzen festklammerten, von den Spinnen heruntergerissen. Sie spannte die Hinterbeine an und stürzte zornig nach vorne. Sogleich schlug sie ihre tödlichen Pranken dem am nächsten stehenden Porengor in den wehrlosen Rücken. Danach begann sie blindlings alles zu attackieren, was sich ihr in den Weg stellte. Die Spinnen waren nicht in der Lage, es mit diesem unbezwingbaren Feind aufzunehmen. Auch die Krieger auf ihren Rücken waren der Löwin hilflos ausgesetzt. Als die fünf, die noch am Leben waren, nach einem Zufluchtsort suchten, war der Palasthof mit Porengor-Kadavern übersät.

Plötzlich hielt Durkgador inne. Sie spürte, dass etwas Schlimmes im Gange war. Der Mörder hatte sich in Bewegung gesetzt, und das war wirklich schlecht für sie. Zum Glück gab es niemanden mehr, der sie aufhalten konnte. Einen Augenblick stellte sie sich vor, wie die Beute ihren Pranken entglitt. Nein, das durfte sie niemals zulassen! Hitzig rannte sie in die Richtung, in die ihre Instinkte sie lenkten. Jedes Mal, wenn ihre Eisentatzen auf dem Boden auftrafen, brachen sie breite Löcher in den Stein.

Der Mörder versuchte zu entkommen. Sie fühlte es. Aber sie wusste genau, wohin er sich bewegte. Dieses Mal würde die Gerechtigkeit siegen. Sie würde ihn sich schnappen, koste es, was es wolle. Heute war der Tag, an dem sie Rache nehmen würde für ihre Jungen.

Vor einem Holztor angekommen, blieben die Offiziere stehen. Sie stützten die Hände auf die Knie und schnauften. Poreturn und Halkaren stießen zu ihnen und taten es ihnen nach. Zwei Soldaten richteten sich auf und zogen die Schlüssel hervor, die sie am Hals trugen. Mit ihnen öffneten sie die verschiedenen Schlösser des Tors und drückten die beiden Flügel auf. Beim Anblick des eindringenden Lichts holte Poreturn tief Luft. Sie hatten es fast geschafft.

Sie befanden sich in einem aufsteigenden Tunnel. Sie waren müde geworden und bewegten sich langsamer, versuchten aber immer noch zu rennen. Nachdem die Offiziere auch noch die letzte Tür mit der Schulter aufgestoßen hatten, befanden sie sich außerhalb des

Palasts und der Stadt, auf einer dicht von Pilzen umstellten Ebene mit schlickigem Grund.

Unverzüglich sank Poreturn zu Boden. Er war völlig außer Atem. Für einen Mann seines Alters war es ein anstrengender Marsch gewesen. Er sah vielleicht nicht älter aus als diese Offiziere, aber seine Lungen erinnerten ihn unmissverständlich daran, dass er bereits mehr als einhundertneunzig Jahre auf dem Buckel hatte. Halkaren und die Soldaten setzten sich ihm gegenüber; auch sie wirkten erschöpft.

Poreturn legte die Hände auf die Knie. »Ich danke euch, meine Herren. Ich schätze mich als glücklicher Emir, so heldenhafte Kämpfer wie euch zu haben.« Ohne eine Erwiderung abzuwarten, führte er seine Hände an den Hals und streifte die Silberkette über den Kopf. Eine Zeit lang liebkoste er sie mit den Augen, dann nahm er die kleine Kugel in der Mitte zwischen Daumen und Zeigefinger und zerbrach sie. Eine dunkelgrüne Flüssigkeit lief ihm über die Finger. Er führte die Hand an seine Nase und sog den Duft des göttlichen Nektars ein. Dann legte er die Finger an die Lippen und leckte sie genüsslich ab.

Sofort stieg ihm der Nektar in den Kopf. Er fühlte sich erhabener als je zuvor. Der Gott hatte den Nektar mit eigenen Händen zubereitet und seinem Volk anvertraut, damit dieses ihn zur rechten Zeit einsetzte. Nun würde er dem Gott gerecht werden. Er spürte ungeahnte Kräfte durch seine Adern fließen. Sanft schloss er die Augen. Als er sie wieder öffnete, waren seine Pupillen verschwunden. Halkaren und seine Offiziere, die sicher noch vor ihm saßen, konnte er nicht mehr sehen. Dafür erblickte er andere Dinge, die vorher unsichtbar für ihn gewesen waren.

In den Tiefen der einsamen, weiten Sümpfe Fuolis geriet etwas in Bewegung. Riesige Blasen stiegen auf und wellten die sonst so ruhige Oberfläche. Die Krieger des Himmelsgotts hatten das Licht erblickt. Einer nach dem anderen wachten sie auf. Um des Himmelsgotts willen! Wie majestätisch sie waren … Sie öffneten und schlossen ihre Pranken, nahmen mit ihren Schwänzen Schwung und glitten nach oben ans Licht. Es waren Hunderte. Der Emir konnte sich nicht erinnern, jemals etwas so Schönes gesehen zu haben. Mit ihren muskulösen Armen und dem entschlossenen Blick zeigten sie sich in göttlicher Pracht. Ihre Pranken waren so groß wie sein Körper. Ein einziger Schwanzhieb würde genügen, um ein Haus einzureißen. Die Mäuler voller spitzer Zähne erinnerten an Höhleneingänge. Um ihre Köpfe aus dem Sumpf zu heben, bedurfte es nur noch eines allerletzten Befehls. Danach würden sie nie wieder ruhen.

Poreturn rief sich die Worte des Gebets in Erinnerung. Mit höchster Befriedigung wiederholte er den ersten Satz zwei Mal. Von nun an brauchte er sich weder um jene irregeleitete Freie Zone noch um seinen verräterischen Sohn zu sorgen. Die Krieger des Himmelsgotts würden die Aufgabe übernehmen, den Ruhm ihres großen Herrn zu mehren. Nie wieder würde er schlaflose Nächte haben. Auf ewig würde der Dermense-Glaube in all seiner Reinheit gelebt werden und die irregeleiteten Anhänger des Meeresgottes würden in Anageh niemals einen Platz finden. All das war eine kleine Schlacht mehr als wert. Poreturn hatte seine Aufgabe erfüllt. Nun konnte er in Frieden sterben.

Es gab noch jemanden anderen, der ebenso erpicht darauf war, den Emir so schnell wie möglich sterben zu sehen. Ob in Frieden oder nicht, das war allerdings für diesen Jemand nicht von Belang.

Durkgador sprang mit einem Satz zwischen den Pilzen hervor. Der Krach machte Halkaren und die Sicherheitsoffiziere auf die Gefahr aufmerksam, aber es gelang ihnen nicht, den selbstvergessenen Emir vom Boden hochzuheben. Als die majestätische Löwin auftauchte, fiel der betagte Ratspräsident vor Schreck in Ohnmacht und blieb auf der Erde liegen. Die Leibgarde leistete ehrenvollen Widerstand, der jedoch nur von kurzer Dauer war.

Die leidende Mutter hielt einen Schritt vor dem Mörder ihrer Jungen inne und betrachtete ihn aufmerksam. Es schien, als wollte sie sich sein Gesicht unauslöschlich ins Gedächtnis einprägen. Sie presste die Zähne so fest aufeinander, dass ihr Maul beinahe blutete. Ihr Inneres war erfüllt von einer Mischung aus Wut, Glück, Hass und Erregung. Endlich hatte sie ihn gefunden. Es hatte vielleicht lange gedauert, aber sie hatte es geschafft. Sie staunte ein wenig, dass der Mann keine Furcht zeigte. Eigentlich schien der Burfene gar nicht zu ahnen, was ihm bevorstand, denn er schwankte vor und zurück, wobei er etwas vor sich hinmurmelte. Vielleicht sprach er sein letztes Gebet. Das aber kümmerte Durkgador wenig.

Die riesige Löwin sollte niemals erfahren, wie richtig sie mit ihrer Vermutung lag. Sie schlug mit ihren tödlichen Pranken zornig auf den Mörder ein, und sie sollte auch nie erfahren, dass die letzten Worte des Gebets stets unausgesprochen auf den Lippen des alten Mannes bleiben würden.

Erogmet ließ die Löwenstatuette, die er mit Mühe zu bändigen versucht hatte, los und sprang zurück. Eine Zeit lang hüpfte und zappelte sie, fiel vom Tisch und blieb bewegungslos auf dem Boden liegen. Der junge Thronfolger schnaufte eine Weile und wartete ab, bis sich sein Herzklopfen gelegt hatte. Jegliche Farbe war aus seinem Gesicht gewichen. Er schien Schmerzen zu haben und wirkte erschöpft. Dann schlug er langsam die Augen auf und betrachtete nacheinander seine Freunde, die ihn sorgenvoll beobachteten. Seine Miene war nicht glücklich, aber entspannt.

»Es ist vorbei«, sagte er nur. Dann nahm er sein Gesicht zwischen seine Hände und weinte um die Seele seines Vaters, die niemals Ruhe finden würde.

KAPITEL XXV

RÜCKKEHR INS CAMP

Während Leofold durch ein rundes Fenster die Glaspyramide, den prächtigsten Bau Anagehs, betrachtete, lag ein friedliches Lächeln auf seinem Gesicht. Im Tageslicht leuchteten die makellosen Oberflächen der Pyramide in unvorstellbarem Glanz. Die Farbe des Flieders erstrahlte in ihrer schönsten Schattierung. Ein größerer Olopo-Schwarm schwebte sorglos um den Bau. Eine leichte Brise wehte, wie man an den Fahnen auf dem Platz erkennen konnte. Die dünne Kleidung der umherspazierenden Burfenen ließ allerdings darauf schließen, dass es ziemlich heiß war. Leofolds Blick fiel auf die verzierten Häuser in der Ferne und die gleich hohen gläsernen Statuen. Manche ähnelten allen möglichen Tieren, andere hatten die Form unterschiedlicher Sterne. Die Grüntöne der weitläufigen Gewächshäuser schmeichelten seinen Augen. Der einzige Weg, den er ausmachen konnte, war unterteilt mit kunterbunten Blumenbeeten. Ein größerer Hund schnupperte an einer Blume und rannte zur nächsten. Gelegentlich blieb er stehen und wedelte freudig mit dem Schwanz. Plötzlich wurde Leofold auf etwas aufmerksam. Er hörte das unmerkliche Geräusch eines Wasserfalls. Wahrscheinlich befand sich in der Nähe ein Kaskadenbrunnen. Dieses Anageh war wirklich eine schöne Stadt. Im Vergleich dazu wirkte das vielgepriesene Altıf recht blass. Er lächelte ein wenig aus dem Mundwinkel. Zugegeben: Diese Burfenen hatten einen feinen Geschmack.

Nachdem der Emir mit seinem Vorhaben gescheitert war, entwickelte sich alles noch unkomplizierter als erhofft. Mit grenzenloser Begeisterung wurde Erogmet in der Stadt als neuer Vertreter Dermenses aufgenommen. Ohne Widerrede akzeptierte die einst Poreturn getreue Leibgarde ihren neuen Emir. Sie wussten nur zu gut, dass es ihnen nicht zustand, die Entscheidungen ihres Gottes in Frage zu stellen. Der Palastrat war dieser Entwicklung zunächst zögernd begegnet. Vor allem jene Fremden im Gefolge des jungen Emirs hatten die Ratsmitglieder außerordentlich in Sorge versetzt. Es war ihnen recht verdächtig erschienen, als neben dem verschollenen Thronfolger ein bewaffneter Prom und eine furchterregende Kreatur aufgetaucht war. Doch nachdem sie erfahren hatten, was hinter den Kulissen geschehen war, begriffen sie, dass Durkgadors Überfall auf die Stadt sie nur knapp vor einer viel größeren Katastrophe bewahrt hatte. Natürlich hatte der redegewandte Ratspräsident großen Anteil daran, dass die Akzeptanz sich schneller vollzog. Wie hatte der Alte doch gleich wieder geheißen? Halkaran oder so ähnlich. Leofold erinnerte sich nicht genau, weil der Mann sie seiner nicht für würdig gehalten und kaum mit ihnen gesprochen hatte. Aber was bedeutete das schon? Höchstwahrscheinlich würden sie einander nie wieder begegnen. Dennoch waren sie ihm zu Dank verpflichtet. Selbst die misstrauischsten Ratsmitglieder hatte er von Erogmets Aufrichtigkeit überzeugt. Dass der alte Präsident die ganze Geschichte mit Wohlwollen aufnahm, war den Augen der riesigen Bestie nicht entgangen.

Zum ersten Mal würde der neue Emir heute vor sein Volk treten, um zu verkünden, dass es nicht zu dem befürchteten Krieg käme, und somit bereits am ersten Tag alle Herzen erobern. Leofold zweifelte nicht daran, dass Erogmet ein beliebter Emir sein würde. Nach Poreturn, der eisernen Faust, würde er den Burfenen vorkommen wie ein Engel. Zu Ende wäre es mit mysteriösen Morden und der Gewalt gegen Andersdenkende. Leofold runzelte ein wenig die Stirn, als er seine Pranken auf die Fensterbank legte. Natürlich hatte der junge Emir seine Idee, die Stadt Anageh in eine gigantische Freie Zone zu verwandeln, dem Rat nicht in allen Einzelheiten vorgelegt. Leofold wusste aber, dass er entschlossen war, seinen Plan Schritt für Schritt in die Tat umzusetzen. Dazu war er mit Sicherheit resolut genug. Leofold hätte darauf gewettet, dass Erogmet imstande war, innerhalb weniger Jahre in Anageh eine Atmosphäre zu schaffen, in der Redrem und seine Anhänger unbehelligt leben könnten. Vielleicht würde es auch ein wenig länger dauern, aber früher oder später würde es ihm gelingen. Und auch die Stadt Telinos würde zweifellos von diesen Entwicklungen beeinflusst werden. Hier wurde Geschichte geschrieben. Und er war glücklich, dabeizusein.

Leofold fuhr sich mit einer Pranke über die andere. Sein Blick fiel auf einen Pferdewagen, der über den Weg mit den Blumenbeeten fuhr. Eine Frau lenkte den Wagen. Auf dem Platz neben ihr stand ein großer Tragekorb. Die Frau trug einen geschmückten Hut. Die Pelerine um ihre Schultern sah kostspielig aus. Der Hund, der gerade noch mit den Blumen gespielt hatte, duckte sich am Wegesrand und beobachtete den Wagen misstrauisch. Leofold sah dem Gefährt hinterher, bis es verschwunden war. Eine nachdenkliche Miene lag auf seinem Gesicht.

Auch für sie war es an der Zeit, sich auf den Weg zu machen. Seit Tagen faulenzten sie im Palast. Sie hatten abgemacht, sich von Erogmet zu verabschieden, bevor er seine Grußworte an das Volk richtete. Lieber würde er Erogmet als niedlichen Jungen in Erinnerung behalten denn als Emir, der Huldigungen entgegennahm. Außerdem wäre es sicher das Beste, wenn der Thronfolger sie aus dem Sinn bekäme, wenn er seine Aufgabe endgültig übernahm. Der junge Mann würde genug Probleme haben. Da konnte er niemanden gebrauchen, der ihn an schlimme Zeiten erinnerte.

Als die Doppelflügeltür des Gästesalons langsam aufging, wandte Leofold sich neugierig um. Einen Augenblick lang hatte er Mühe, den aus der Dunkelheit in den Raum tretenden Burfenen zu erkennen.

In dem speziellen Festgewand der Emire war Erogmet in der Tat eine atemberaubende Erscheinung. Der purpurne Umhang mit den Goldstickereien passte wunderbar zu seinem milchweißen Teint. Der armlange Federbusch auf seinem Haupt und der prächtige Stab mit den Diamanten am Griff verliehen ihm das Aussehen eines wahren Gottesvertreters. An den Füßen trug er elegante rote Stiefel, in die Anagehs Stadtwappen eingearbeitet war.

»Gut siehst du aus«, konnte Leofold nicht umhin anzumerken, nachdem er ihn eine Weile bewundernd angesehen hatte.

Erogmet lächelte leicht beschämt.

»Nun, das gebietet die Pflicht«, erwiderte er leise.

Guorin und Nela, die in einer Ecke des Salons köstliches Nek-Bier schlürften, hatten sich beim Eintreten des neuen Emirs erhoben. Auch sie schien das Aussehen des jungen Burfenen zu beeindrucken. Nume, der sich allein in einen Winkel zurückgezogen und mit geschlossenen Augen gedöst hatte, wirkte, weil man ihn gestört hatte, eher missmutig. Das aber nur, weil er sich noch nicht wirklich ausgeruht fühlte.

Nacheinander musterte Erogmet seine Freunde, die zwar nur kurz in sein Leben getreten waren, aber unauslöschliche Spuren hinterlassen würden.

»Würde es etwas ändern, wenn ich euch bitte, eure Entscheidung noch einmal zu überdenken?«, fragte er freudlos.

Leofold schüttelte den Kopf. Unbewusst blickte er noch einmal zu den anderen. Als er die Zustimmung in ihren Gesichtern sah, erwiderte er: »Wir sind mit einer bestimmten Absicht hergekommen. Wir haben ein Wort gegeben, und das werden wir halten. Danach gehen wir unserer Wege.«

»Sollte uns allerdings zu Ohren kommen, dass du uns brauchst, kommen wir gern zurück«, meinte Nela mit lieblichem Lachen. Zärtlich betrachtete sie den jungen Emir. Nume nickte bestätigend.

»Wenn du in Schwierigkeiten geraten solltest, lass es uns wissen, alles andere überlässt du uns«, donnerte er mit kräftiger Stimme.

Erogmet warf der schönen Frau und dem riesigen Prom dankbare Blicke zu. Dann gab er einen leichten Seufzer von sich.

»Wenn ihr doch nur bleiben könntet«, meinte er leise. »Wir würden es euch hier so gemütlich machen …«

Guorin seufzte ebenfalls, ließ es aber niemanden hören. Hier als persönlicher Gast des Emirs zu leben wäre eigentlich gar nicht so übel. Ja, die Sümpfe waren schrecklich, aber Anageh und insbesondere der Palast waren das reine Paradies. Zweifellos könnte er sich schnell daran gewöhnen, auf weichen Sofas zu sitzen. Die Bleiglasverkleidung und die riesigen Glasstatuen hatten ihn verzaubert. Auch die Speisen waren vorzüglich. Beinahe zu jeder Mahlzeit wurde eine andere Festtafel gedeckt. Doch, es hätte ihm gefallen, längere Zeit hier zu bleiben und vom Emir bewirtet zu werden.

Mit seiner nackten Hand kratzte er langsam über die andere. Durch den Handschuh hindurch spürte er mit seinen Fingern die Linien in seiner Handfläche. Er wollte sie so schnell wie möglich loswerden. Diese Tätowierung machte ihn mehr als nervös. Außerdem mussten sie sich endlich auf die Suche nach Leofolds Verlobter begeben. Solange sein Freund sie nicht gefunden hatte, konnte er sich nicht einmal in Palästen wohlfühlen. Still zuckte Guorin mit den Achseln. Keinesfalls würde er ihn auf diesem Weg allein lassen.

In dem Moment betraten zwei stämmige Burfenen den Raum. Sie waren von Kopf bis Fuß bewaffnet. In ihren übertriebenen Gewändern ähnelten sie jedoch eher Gauklern als Kriegern. Guorin betrachtete die bunten, kegelförmigen Hüte auf ihren Köpfen und wandte sich ab, um sein Lachen zu verbergen. Der Größere kreuzte die Arme in der Höhe und brüllte mit tönender Stimme: »Wir erwarten den Befehl unseres erlauchten Emirs, um mit der Zeremonie zu beginnen!«

Leofold spürte den sorgenvollen Blick des anderen Soldaten auf sich. Aber daran hatte er sich längst gewöhnt.

Erogmet machte ein paar Schritte und betrachtete das Volk, das sich auf dem Platz um die Pyramide herum versammelte. Von allen Seiten strömten sie herbei. Gleich würde es eine riesige Menge sein. Und in Bälde lastete die Verantwortung für all diese Burfenen auf seinen Schultern. Ihre Sicherheit würden sie in seine Hände legen, ihr Glück von ihm verlangen. Er kniff die Augen ein wenig zusammen. Leicht würde es bestimmt nicht werden.

»Du schaffst das schon«, rief Nume dem jungen Emir von seinem Platz aus zu und klang dabei unerwartet milde. »Es wird nicht so schwierig, wie du denkst. Am Anfang vielleicht, aber du wirst dich schnell daran gewöhnen. Erinnere dich an deine Mission, wenn es dir zu viel wird. Stell dir vor, was nach dem Triumph passiert. So mache ich es immer; glaub mir, das wirkt. Außerdem wurdest du doch für diese Aufgabe ausgebildet, nicht wahr?«

Der riesige Prom konnte die Gefühle des Burschen von dessen Gesicht ablesen. Genauso hatte er sich in der Vergangenheit gefühlt, wenn er seinen Blick über die Armeen schweifen ließ, die unter seinem Kommando standen. So mächtig wie ein Gott, und genauso hilflos … Es war ihm auch nicht leicht gefallen, für das Leben Tausender Prome verantwortlich zu sein.

Erogmet sah den alten Krieger dankbar an. Lauthals wünschte er seinen Freunden viel Glück. Sein Gesicht war verändert und trug nun die einem Emir gebührende Würde. Den kindlichen Ausdruck in seinen Augen aber würde er wohl niemals einbüßen. Während Erogmet hinter den beiden Kriegern still den Salon verließ, betete Nela für sein Glück.

»Wir sollten uns auch auf den Weg machen«, sagte Leofold gedankenverloren zu den anderen. Noch immer folgte sein Blick dem Emir. »Wenn Redrem sich nicht geirrt hat, wird Olmen in Kürze am Treffpunkt sein. Wir schaffen es gerade so bis zum Camp.«

Nume nickte. Der Erhabene hatte gesagt, dass Olmen stets Wort hielt. Und dass er nicht lange würde bleiben können. Da wäre es nützlich, vor ihm im Camp zu sein. Vielleicht konnte Redrem ihnen wenigstens noch einige Tipps bezüglich dieses Menschen ins Ohr flüstern.

»Wenn Olmen seine Aufgabe erledigt hat, müssen wir uns noch das Schiff ansehen, das der Erhabene erwähnt hat«, erinnerte Guorin besorgt. »Im Vertrauen auf Redrem haben wir nicht widersprochen, als Korman nach Turayfor zurückkehrte. Meine innere Stimme sagt mir allerdings, dass dieses Schiff ordentlich überholt werden muss. Schließlich wurde es jahrelang kein einziges Mal benutzt, stimmt‘s?«

Nela bestätigte mit einem Nicken.

»Wir hätten Korman nicht halten können, und wenn wir ihn festgebunden hätten«, meinte sie. »So lange fern von seiner geliebten Festung zu sein hat ihm mächtig zugesetzt. Und du weißt ja, dass ihn auch die Gerüchte, die ihm zu Ohren gekommen waren, ziemlich beunruhigt hatten. Aber es stimmt – was das Schiff anbelangt, bin ich deiner Meinung. Wenn wir Merderans Vermächtnis übergeben haben, brauchen wir ein seetüchtiges Schiff. Wir sollten uns darüber jedoch keine Sorgen machen. Wenn das Schiff nichts taugt, bitten wir Erogmet um Hilfe. Er ist ja nun ein mächtiger

Emir, und bestimmt verfügt er über zahlreiche Schiffe. Er wird wohl nicht zögern, uns eines zu borgen.«

Niemand widersprach. Es war Zeit, sich daran zu erinnern, warum sie hergekommen waren. Alle warteten ungeduldig darauf, diesen geheimnisvollen Mann kennenzulernen. Hier wurden sie nicht mehr gebraucht. Gemeinsam gingen sie wortlos zu der Treppe, die sie aus dem Palast führte. Sie passierten buntes Bleiglas und gläserne Bäume. Fast ganz Anageh strömte auf den Platz, und so stellte sich ihnen kein Neugieriger in den Weg. Darüber freute sich vor allem Leofold. Auch wenn er sich eine Decke übergehängt hatte, fühlte er sich in der Menge nicht allzu wohl. Erogmet hatte die Palastbewohner zwar davon überzeugt, dass er ein Freund war; dies aber dem Volk zu erklären wäre weitaus komplizierter gewesen.

Am Palasttor angekommen, vernahmen sie aus der Ferne enthusiastische Jubelrufe und sahen einander lächelnd an. Die Ansprache des neuen Emirs schien gut aufgenommen zu werden. Sicher war das Volk von Anageh begeistert, dass es nicht zum Krieg kommen würde. Vielleicht war Erogmets Aufgabe sogar einfacher, als sie gedacht hatten.

Schnell fanden sie die Burfenen-Führer, die im Wald ihr Lager aufgeschlagen hatten. Nume hatte sich an die Umgebung gewöhnt und machte sich mittlerweile sogar schon im Sumpf sein Talent im Spurenlesen zunutze. Zu behaupten, er hätte es zur Meisterschaft gebracht, wäre allerdings übertrieben gewesen. Den Führern hatten sie zu verdanken, dass sie wohlbehalten von der Freien Zone hierher gekommen waren, und mit ihrer Hilfe würden sie auch wieder dorthin zurückkehren. Die Burfenen-Führer empfingen sie voller Freude. Offensichtlich waren sie des Wartens überdrüssig geworden und beunruhigt, der Stadt so nahe zu sein. Unverzüglich packten sie ihre Sachen und machten sich bereit zum Abmarsch. Am schwierigsten gestaltete es sich, die Porengore zu wecken und auf die Beine zu bringen. Die armen Tiere hatten sich rasch an den Müßiggang gewöhnt und reagierten zunächst unwirsch auf die Vorstellung, wieder auf Reisen zu gehen. Dann aber erinnerten sie sich, wozu sie dressiert worden waren, und gehorchten.

Leofold, Guorin, Nela und Nume fühlten sich viel sicherer, als sie auf die Spinnen aufsaßen. Mittlerweile hatten sie sich an die Tiere gewöhnt und mussten sie diesmal nicht selbst lenken; das taten die Führer bereitwillig für sie. Die riesige Bestie und der Prom zogen es vor, auf verschiedenen Tieren zu reiten, während Guorin und Nela auf dieselbe Spinne kletterten. Das erschien ihnen völlig natürlich, weswegen sie sich ein wenig beschämt ansahen. Die Reise dauerte länger als erhofft, was ihnen aber nichts ausmachte, denn diesmal verlief sie ohne Zwischenfälle. Kurz vor Sonnenuntergang tauchten in der Ferne die Zelte des Camps auf. Wie stets wurden sie zuerst von den für die Sicherheit verantwortlichen Recken willkommen geheißen. Umgehend bat man sie ins Camp. Offensichtlich wurden sie bereits sehnlichst erwartet.

Ihre Ankunft versetzte alle in große Aufregung. Im Nu waren sie von den Bewohnern umringt, die ihnen mit Dankbarkeit begegneten und gespannt waren zu erfahren, was in der Stadt los war. Die Fragen sprudelten nur so, und die erschöpften Reisenden kamen mit ihren Antworten gar nicht hinterher. Meist konnte man die Stimmen aufgrund des Krachs nicht verstehen. Nach einer Weile ging eine Bewegung durch die Menge; die Burfenen traten zur Seite und bildeten respektvoll einen Korridor. Der greise Erhabene trat mit einem breiten Lächeln zu ihnen.

»Ihr seid genau zur rechten Zeit gekommen«, sagte Redrem herzlich. »Nehmt es unseren Leuten nicht übel. Wenn man fern des Geschehens ist, verbreiten sich Gerüchte wie ein Lauffeuer. Ich muss gestehen, dass sogar ich allmählich anfing, neugierig zu werden. Ich hoffe, dass alles gut ging.«

»Sogar besser als erhofft«, erwiderte Nela sanft. »Alles trat genauso ein, wie du sagtest. Der neue Emir wurde begeistert aufgenommen. Du kennst dein Volk und den Rat sehr gut.«

Redrem quittierte dieses Kompliment ebenfalls mit einem kleinen Lächeln.

»Nun beginnt in Anageh eine neue Epoche«, sagte er glücklich. Er sprach lauter, damit auch die Menge ihn hören konnte. »Erogmet wird dort Ordnung schaffen. Im Rat sitzen auch eine Reihe vielversprechender Burfenen. Es wird nicht lange dauern, bis sie sich Erogmets Ziele zu eigen gemacht haben. Ich selbst blicke ziemlich hoffnungsvoll in die Zukunft. Tatsache ist auch, dass wir diese Zukunft euch zu verdanken haben!«

Nume schüttelte den Kopf.

»So würde ich es nicht formulieren«, widersprach er. »Vielleicht konnten wir ein wenig helfen, aber weder stammt die Idee einer Freien Zone von uns noch haben wir sie Erogmet ins Herz gepflanzt. Was hier geschieht, ist viel größer als wir.« Der riesige Prom ließ seinen Blick über die Menge schweifen. »Und ihr habt euch eine wundervolle Zukunft verdient.«

Der Erhabene nickte und sah den betagten Krieger dankbar an. Mit einem Mal wirkte er aufgeregt, als würde er sich an etwas Wichtiges erinnern.

»Nun ist es aber an der Zeit, mein Versprechen einzulösen«, sagte er eilig. »Wenn nichts Unvorhergesehenes passiert ist, müsste Olmen in wenigen Stunden hier sein. Er ist stets überpünktlich. Ich habe noch nie erlebt, dass er sich verspätet hätte. Am besten begeben wir uns umgehend an den Treffpunkt. Er wird überglücklich sein, euch zu sehen! Wie viele Jahre hat er darauf gewartet! Ich kann es kaum erwarten, seinen Gesichtsausdruck zu sehen.«

»Uns? Oder das, was man uns anvertraut hat?«, murmelte Guorin in sich hinein. Er glaubte nicht, dass dieser Olmen sie auch nur ein Fünkchen wichtig erachtete. Um dem Erhabenen nicht die Laune zu vermiesen, behielt er das allerdings für sich. Dann kam ihm ein Satz des alten Burfenen wieder in den Sinn.

»Gerät denn dein Olmen niemals in einen Sturm?«, erkundigte sich Guorin misstrauisch. »Du sagtest doch, dass er von außerhalb nach Fuoli kommt. Da ist es doch merkwürdig, dass er immer pünktlich ist.«

Der Erhabene reagierte mit einem breiten Grinsen. »Sturm? Ah, natürlich … Ihr denkt, dass er per Schiff kommt, nicht wahr? Olmen hat eine recht interessante Art zu reisen. Obwohl ich es schon viele Male gesehen habe, kann ich nicht behaupten, mich daran gewöhnt zu haben.«

Nela und Nume blickten einander skeptisch an. Sie begriffen nicht, wovon der Erhabene sprach, dachten aber nicht weiter darüber nach. Wie auch immer er reiste, er sollte herkommen und Guorin endlich von diesen Linien befreien. Schließlich mussten sie auch noch Leofolds Verlobte finden.

Redrem führte sie aus dem Camp. Er bewegte sich vorsichtig, um sicherzugehen, dass ihnen niemand folgte. Seine Anspannung hatte auch die anderen angesteckt. Insbesondere Nume riss, auch aus alter Gewohnheit, die Augen weit auf und spähte in die Umgebung. Nach einem langen Marsch durch den Pilzwald kamen sie an eine abgelegene Lichtung. Das musste der Ort sein, an dem sich der Erhabene und Olmen seit Jahren trafen. Wer wusste, welch mysteriöser Kuhhandel hier stattgefunden hatte. Die Geschichte von den Diamanten, die für tödlich verwundete Sklaven bezahlt wurden, war höchst widerwärtig. Die Opferzeremonien der Irrgläubigen kamen ihm in den Sinn. Einem Gerücht nach benutzten sie für ihre Zeremonien Leute, deren Seelen im Begriff waren, ihren Körper zu verlassen. Das waren Numes Gedanken, als er mit Entsetzen Koleun auf einer Holzliege entdeckte, die man notdürftig unter Gräsern zu verbergen versucht hatte. Der Erhabene bemerkte den fragenden Blick des Prom und murmelte abwesend: »Nachdem ihr weg wart, verschlimmerte sich sein Zustand erheblich. Es gab nichts, was ich für ihn hätte tun können. Nicht einmal die größten Zauberer von den Vier Inseln können ihm noch helfen. Mein einziger Wunsch ist, dass sein Tod einen Sinn bekommt. Deshalb werde ich ihn Olmen überlassen. Koleun ist seit Langem der Erste, den ich ihm geben kann. Es war schwierig, ihn allein herzubringen, aber ich musste es tun.« Betrübt schaute er zu Koleun. »Ich mochte ihn wirklich sehr gern.«

»Er war ein netter Bursche«, meinte Leofold mit lauter Stimme. Der Schmerz stand ihm ins Gesicht geschrieben. Seine Augen ruhten auf Koleun, der unter dem Grünzeug kaum zu sehen war. »Nicht nur sein Leben, auch sein Tod wird einen Sinn haben.«

Nela stimmte ihm mit einem Kopfnicken zu. Dann schaute sie zum Erhabenen hinüber.

»Sei dir gewiss, dass auch er dich sehr mochte«, sagte sie mit liebevollem Lächeln.

Kurz darauf hob Redrem aufgeregt die Hand und deutete auf einen Punkt zu ihrer Linken.

»Da kommt er«, rief er bewundernd und widmete dem Herannahenden seine ganze Aufmerksamkeit. »Und pünktlich wie immer.«

Leofold bemerkte erstaunt, dass die Stelle, auf die der Erhabene gezeigt hatte, sich in der Höhe von etwa zehn Pilzlängen befand. Auch die anderen blickten in die entsprechende Richtung. Noch erstaunter waren sie, als sie eine blaue Lichtwolke entdeckten, die sich in der Leere zusehends verdichtete.

KAPITEL XXVI

EINE NEUE REISE

Das Licht wurde mit jedem Lidschlag ein wenig größer. Es hatte diffuse Konturen, aber keine bestimmte Form. Es sah aus wie eine allzu kräftig leuchtende Wolke. Nachdem sie eine Weile in der Leere umhergeschwebt war, nahm sie in einer Art plötzlicher Explosion ungeahnte Dimensionen an. Dann verschwand sie so schnell, wie sie gekommen war. An derselben Stelle flog nun ein gigantisches Wesen.

Beim ersten Anblick hielt Guorin die Kreatur für eine gewaltige Qualle. Dann wiederum dachte er, es könnte eine riesige Muschel mit weicher Schale sein. Aber weder er noch seine Freunde hatten eine Idee, worum es sich tatsächlich handelte.

Das Wesen glitt sanft auf sie zu. Nume streckte sich unwillkürlich nach seinem Bogen, beruhigte sich jedoch, als er Redrems beschwichtigende Geste sah. Der Erhabene lächelte.

»Früher kamen sie zu Dutzenden«, sagte er leise. »Das sah immer prächtig aus. Aber jetzt gibt es keine Piraten mehr, und auch keine Verwundeten, die wir übergeben könnten. Deshalb kommt er seit Langem allein.«

Nachdem das Wesen etwa fünfzehn Schritte vor ihnen gelandet war, kam Guorin mit sich überein, dass es doch eher einer Muschel ähnelte, und zwar einer so riesigen, dass zehn Personen bequem darin Platz finden konnten. Sie bestand offensichtlich aus zwei Teilen. Und, bei den Göttern, der Deckel begann sich ganz langsam zu öffnen!

Das Innere der Muschel wirkte recht komfortabel. Es war mit einer samtweichen Polsterung in Hellrot überzogen, das an manchen Stellen in Rosa überging, und sah beinahe aus wie eine luxuriöse Bettstatt. Als der Deckel vollständig geöffnet war, verbreitete sich ein angenehmer Duft, der an einen bunten Blumenstrauß erinnerte. Ein älterer Mann stieg aus, streckte sich und weckte so seine müden Glieder. Er kam zwei Schritte auf sie zu, blieb stehen und grüßte sie respektvoll. Er war recht groß. Schlank, aber muskulös. Haar und Bart waren ergraut. Er trug eine leichte Kampfrüstung, an seiner Hüfte baumelte ein breites Schwert. Die sichtbaren Kampfspuren an seinem Hals ließen keinen Zweifel, dass er ein erfahrener Krieger war. Für sein Alter schien er außerordentlich durchtrainiert.

Leofold wandte sich um und sah Redrem ins Gesicht. Der Erhabene wirkte allerdings alles andere als glücklich.

»Olmen ...«, flüsterte Redrem, die Augen zu Schlitzen geformt. »Wo ist Olmen?«

Verdrossen blickte der alte Mann den Erhabenen an.

»Er konnte nicht kommen«, erklärte er traurig. »Die Kämpfe in Dernat haben sich verschärft. Olmen wurde leider verwundet. Es ist recht ernst; ich denke, er wird eine ganze Weile nicht reisen können. Deswegen überbringe diesmal ich den Beutel. Ich heiße Yueken. Ich bin einer seiner treuesten Freunde.«

Yueken schritt auf sie zu und drückte dem verblüfft dreinblickenden Erhabenen ein Säckchen in die Hand. Leofold begriff sofort, dass es sich dabei nur um die vielzitierten Diamanten handeln konnte. Dann überlegte er sich, wo wohl jenes Dernat lag, das dieser Yueken erwähnt hatte. Offen gestanden hatte er von diesem Ort noch nie gehört.

»Und was passiert jetzt?«, explodierte Guorin in beinahe rebellischem Ton. Er reckte die behandschuhte Hand in die Luft und fuchtelte damit in Redrems Richtung.

»Wie lange muss ich noch warten, bis ich dieses verdammte Ding endlich los bin!«

Redrem drückte den Beutel in seiner Hand. Er wirkte unruhig. Seufzend blickte er Yueken an und erklärte dem Mann, der die Fremden schweigend musterte: »Sie haben Merderans Vermächtnis mitgebracht.«

Aufregung spiegelte sich in der Miene des Alten wider. Seine strahlenden Augen fixierten den bestickten Handschuh.

»Um der Götter willen ...«, wisperte er erregt. »Glaub mir, Olmen wird zutiefst traurig sein, dass er das verpasst hat!«

Er dachte eine Weile nach. Begeistert begann er wieder zu reden.

»Darauf haben wir sehr, sehr lange gewartet, Freunde! Endlich hat es jemand zu Merderan geschafft! Das könnte alles verändern. Das Schicksal einer ganzen Welt. Und vielleicht sogar noch mehr. Am Ende können wir den Krieg gewinnen! Wir müssen es sofort Olmen übergeben, aber er kann unmöglich herkommen. Er ist wirklich schwer verwundet, es wäre lebensgefährlich, wenn er sich auch nur bewegte. Seine Genesung wird eine Weile in Anspruch nehmen. Ihr müsst mit mir nach Dernat kommen, das ist der einzige Weg.«

»Was ist dieses Dernat überhaupt? Wovon redest du?«, schrie Guorin mit einem Mal wutentbrannt. »Ich habe noch nie von einem solchen Ort auf Perg gehört. Merderan hatte uns gesagt, dass wir das, was er uns anvertraut hat, auf Fuoli übergeben werden. Ich habe keinerlei Absicht, mit einem Mann, den ich nicht kenne, an einen Ort zu reisen, von dem ich noch nie gehört habe! Und hast du nicht gerade gesagt, dass dort Krieg herrscht? Um der Götter willen, wir haben alles in unserer Macht Stehende getan, um hier einen Krieg zu verhindern. Und jetzt sollen wir uns auf den Weg machen in einen Krieg, der bereits im Gange ist? Das kann ja wohl nicht dein Ernst sein!«

Es herrschte ein kurzes Schweigen. Nela trat langsam auf den jungen Mann zu und legte ihm die Hand sanft auf die Schulter. Dann nahm sie seine behandschuhte Hand in die ihre. Während sie ihm etwas ins Ohr flüsterte, ruhten ihre Augen auf dem Handschuh.

»Sei ganz ruhig, mein Lieber. Lass uns die Entscheidung nicht übers Knie brechen. Es hat uns viel Mühe gekostet, hierher zu kommen, das weißt du. Oder willst du den Handschuh etwa nicht loswerden?«

Guorin stöhnte laut auf und erwiderte den liebevollen Blick der jungen Frau. Unwirsch nickte er mit dem Kopf.

»Es tut mir leid«, meinte Yueken aufrichtig. »So hatten wir es nicht geplant. Olmen hat den Beutel stets persönlich hergebracht, aber er wurde nun einmal verwundet – was hätte er tun sollen? Wir müssen uns glücklich schätzen, dass er am Leben ist, denn sonst könnte niemand Merderans Vermächtnis annehmen. Ihr sollt ja nicht mitkämpfen, sondern Olmen aufsuchen und mit ihm reden. Wenn er das euch anvertraute Gut entgegengenommen hat, verspreche ich, euch wieder zurückzubringen. Ihr müsst euch allerdings schnell entscheiden. Lange warten kann ich nicht. Da, wo ich herkomme, braucht man mich. Glaubt mir, ich übertreibe nicht. Entweder ihr kommt mit, oder ihr bleibt hier. Ihr könnt gern hier warten, bis Olmen wieder gesund ist. Aber das wird sicher nicht in naher Zukunft passieren.«

Guorin seufzte. Das alles gefiel ihm ganz und gar nicht, aber scheinbar war es nicht zu ändern. Olmens Genesung abzuwarten hatte wenig Sinn. Was, wenn er in der Zwischenzeit starb? Mürrisch betrachtete Guorin den Handschuh. Er wollte nicht sein Leben lang diese Linien verstecken müssen.

»In Ordnung, ich gehe allein«, sagte er in ruhigerem Ton. Aber er war unglücklich. »Ihr werdet hier warten. Ich komme zurück, sobald ich es Olmen übergeben habe.«

»Nein!«, lehnte Nela den Vorschlag mit aller Entschiedenheit ab. »Es ist die Rede von einem Krieg, und du willst allein dort hingehen? Schlag dir das gleich aus dem Sinn, du Dummkopf! Glaubst du, dass ich dich allein dort hinschicke?«

Guorin legte sich schon eine unflätige Antwort zurecht, als er die liebevollen und hilflosen Blicke der Zauberin wahrnahm. Er erstarrte und schwieg, um für nur wenige Momente diesen Blick zu genießen. Dann nahm er seine ganze Energie zusammen. Seine Stirn war in Falten gelegt. Er entsann sich des Augenblicks, in dem Nela, den Kopf an seiner Schulter, neben ihm hergegangen war und ihm schüchtern in die Augen gesehen hatte.

›Entweder jetzt oder nie‹, dachte er aufgeregt. Zuvorkommend nahm er sie am Arm und führte sie weg von der Gruppe.

»Ich glaube, das sollten wir besser allein besprechen.«

Nela errötete beschämt, wehrte sich aber nicht.

Als sie eine Stelle erreicht hatten, an der die anderen sie nicht hören konnten, blieb Guorin stehen. Er lächelte unmerklich, bemüht, sich seine Aufregung nicht anmerken zu lassen.

»Nela, seit geraumer Zeit gibt es Dinge, die ich nicht in Worte fassen kann. Ja, ich kann sie nicht in Worte fassen, aber ich kann sie auch nicht allzu gut verbergen. Ich glaube, du weißt, wovon ich rede. Ich muss etwas wissen. Was empfindest du für mich?«

Nela hielt den Atem an. Diese Frage stellte sie sich seit Langem selbst, hatte aber noch nicht gewagt, sie laut auszusprechen. Dem Blick des jungen Mannes ausweichend, starrte sie auf den Boden und überlegte eine Weile.

»Etwas, das ich bisher noch für niemanden empfunden habe«, versuchte sie leise zu erklären. »Ich habe noch keinen Namen dafür finden können, Guorin. Du kennst meine Vergangenheit. Bevor ich euch traf, kannte ich nur eine Handvoll Menschen. Was Gefühle angelangt, bin ich ziemlich unbedarft.«

Guorin stieß einen tiefen Seufzer aus.

»Versuch es«, entgegnete er mit verständnisvollem Lächeln.

Auch Nela musste lächeln. Wieder dachte sie eine Weile nach. Wieder sah sie beschämt zum Boden und flüsterte: »So ähnlich ist es, glaube ich.«

Sie holte tief Luft. Einen Augenblick lang entfernte sie sich von Perg. Sie sagte ein paar Sätze in einer Sprache, die Guorin nicht verstand. Gleich darauf begann sich zwischen den beiden ein rötliches Lichtbündel zu drehen. Es war von einem helleren Rot als Blut und undurchsichtig. Das Bündel drehte und drehte sich und verwandelte sich schließlich in eine strahlende Rose. Nela pustete leicht hinein. Voller Bewunderung und Liebe betrachtete Guorin dieses auf ihn zuschwebende Blumenwunder. Als die Rose sein Gesicht berührte, sprühte sie Funken und verschwand.

»Ich würde auch gern so schöne Sachen machen können wie du«, meinte er leicht betrübt.

Nela legte ihre Hand an Guorins Wange.

»Ich kenne nichts Schöneres als den Blick, der gerade in deinen Augen liegt«, erwiderte sie sanft.

Guorin stöhnte. Die Wärme ihrer Hand fuhr durch seinen ganzen Körper. Ein wunderbares Gefühl. Etwas, das er seit Ewigkeiten nicht gespürt hatte. Er nahm all seine Kraft zusammen und fragte:

»Denkst du, dass du einen gewöhnlichen Bauern lieben kannst, Nela?«

Die Erregung in seiner Stimme konnte man förmlich greifen.

Die Augen der Zauberin weiteten sich vor Staunen. Schweigend betrachtete sie Guorins unschuldiges Gesicht.

»Du bist in die Jenseitswelten gereist, hast dem Kriegsgott den Garaus gemacht, hast mein Leben gerettet und uns dazu genötigt, hier einen Krieg zu verhindern«, murmelte sie dann kopfschüttelnd. »Und trotz allem denkst du, dass du jemand Gewöhnliches bist, ja? Weißt du was, Guorin, du bist ein niedliches Kerlchen!«

Mit breitem Lächeln beobachteten Leofold und Nume, wie sich die beiden jungen Leute einen scheuen Kuss gaben. Freudig boxte der riesige Prom der Bestie gegen die Schulter. Leofold nickte mit gespielter Ernsthaftigkeit. Als das junge Paar mit geröteten Wangen und händchenhaltend zu ihnen kam, blickten die beiden Krieger längst in eine andere Richtung.

»Wir gehen wohl gemeinsam«, meinte Guorin mit unverhohlenem Glück in der Stimme und warf Nela einen Seitenblick zu. Die Zauberin nickte still. »Wir treffen uns hier wieder mit euch. Allzu lange wird es sicher nicht dauern.«

Mit einem Handgriff nahm Nume seinen Bogen.

»Träge herumzusitzen ist nicht meine Art«, sagte er in einem Ton, der keine Diskussion zuließ. »Ehrlich gesagt, ich bin neugierig auf dieses Dernat. Klingt für mich nach einer interessanten Erfahrung. Dass dort Krieg herrscht, ängstigt mich nicht allzu sehr, schließlich habe ich mein Leben auf Schlachtfeldern verbracht. Ich habe nicht die Absicht, mich daran zu beteiligen, aber ich werde nicht hierbleiben, nur weil von Krieg die Rede war.« Er lächelte. »Außerdem bin ich mittlerweile ein alter Mann. Wahrscheinlich ist das meine letzte Chance, zu erfahren, was es außerhalb von Perg so alles gibt. Ich muss gestehen, dass Perg mir in diesem Zustand nicht sonderlich zusagt. Wer weiß, vielleicht gefällt es mir dort besser!«

Leofold verzog nachdenklich den Mund. Er war sich unschlüssig, ob seine Freunde ihn brauchen würden. Schließlich würden sie nur Merderans Vermächtnis übergeben und wieder zurückkehren.

Da wäre es doch viel besser, hier zu bleiben und seine Zeit mit der Suche nach Ermira zu verbringen. Das war es doch, was er von Anfang an gewollt und wozu er einfach keine Gelegenheit gehabt hatte. Und das ging ihm mittlerweile ordentlich auf die Nerven.

Warum sollte er sich an einen seltsamen Ort begeben, dessen Namen er zum ersten Mal gehört hatte? Ihm fiel kein vernünftiger Grund ein. Dieser Greis hatte zwar davon gesprochen, dass sich das Schicksal einer Welt ändern könnte, aber um ihre Hilfe gebeten hatte er sie nicht. Ihn interessierte doch nur das, was Merderan ihnen anvertraut hatte.

Da hallte unausweichlich eine Stimme in seinem Hirn wider. Die Stimme war keine Unbekannte. Sie erschütterte ihn in einer Weise, dass mit einem Mal alles um ihn herum in Dunkelheit versank.

»UM DIE LÖSUNG ALLER GEHEIMNISSE ZU FINDEN, LEOFOLD«, krächzte sie und wiederholte dann lauter: »UM DIE LÖSUNG ALLER GEHEIMNISSE ZU FINDEN …«

In der Finsternis hörte er ein Gewirr aus Stimmen, die zwar durcheinander redeten, an die er sich aber irgendwie trotzdem ganz genau erinnerte: Liddek, das allerniedlichste Wesen, das seine magischen Sätze auf so putzige Weise aufsagte; Srenah, der mehrmals wiederholte, dass er auf ihn wartete; die Weise Gottheit, die betonte, ein Sterblicher habe Tshermons Buch entwendet; Geryan, der von üblen Geschichten erzählte, die sie über seine Vergangenheit erfahren könnten; und sein Gespräch mit Nume über den Zufall, der sie in das Camp geführt hatte. Das dauerte nur wenige Augenblicke, aber all die vielen Ereignisse seit seinem ersten Zusammenstreffen mit Guorin schienen erst gestern passiert zu sein.

Nachdem die Dunkelheit sich aufgelöst hatte und er seine Freunde wieder sehen konnte, nickte Leofold heftig und versuchte dabei, seine Aufregung im Zaum zu halten. »Ich glaube, ich komme auch mit.« Und während er seinen zweiten Satz sagte, war jeglicher Zweifel aus seiner Stimme gewichen; seine Augen blickten geheimnisumwittert, aber voller Hoffnung. »Wollen wir doch mal sehen, was es mit diesem Dernat auf sich hat!«

Als das enorme muschelähnliche Wesen sich mit weitaus größerer Ladung als bei der Landung wieder in die Lüfte hob, kreuzte Redrem die Arme und betete aus tiefem Herzen für die mysteriösen Fremden, die zwar nur für kurze Zeit in sein Leben getreten waren, aber so viel verändert hatten. Seine innere Stimme sagte ihm, dass sie sein Gebet dort, wo sie hingingen, brauchen würden. Danach betete er für Koleun. Er wusste nicht, was sie in Dernat erwartete. Olmen hatte ihm nie erzählt, was er mit den Verwundeten anstellte. Redrem wusste nur, dass er keinen jemals wiedergesehen hatte. Aber falls Koleun sterben sollte, wollte er daran glauben können, dass es kein sinnloser Tod war. Als die Muschel die Stelle erreicht hatte, an der sie aufgetaucht war, hielt sie plötzlich inne. Ein immer größer werdendes Lichtbündel umfing sie und verschluckte sie vollständig. Jäh leuchtete das Bündel auf und zischte davon. Am Himmel war nur mehr Leere.

In der Nacht desselben Tages, an einem fernen Ort, befand sich ein legendäres Schiff mit prall gefüllten Segeln auf froher Fahrt in den kühlen Wellen des Blauen Hunsa. Es war schon lange dunkel. Die Mannschaft inklusive der Offiziere hatte sich zur Ruhe gelegt; auf Deck befanden sich nur einige Wachen. So sollte es zu dieser nächtlichen Stunde auch sein. Dementsprechend erstaunt war einer der Wachposten, als er den jungen Kapitän schweigend an sich vorbeigehen sah. Er konnte sich keinen Reim darauf machen, warum Korman um diese Zeit auf den Beinen war. Der Kapitän war unbewaffnet, in der Hand hielt er nur einen kleinen Beutel. Zuerst dachte der Wachposten, der Kapitän wollte sie kontrollieren. Doch schnell erkannte er, dass Korman sie gar nicht beachtete. Er wirkte ungewohnt zerstreut, weswegen der Soldat ihn nicht anzusprechen wagte. Stattdessen zog er es vor, ihn nicht zu beachten und sich auf den Horizont zu konzentrieren. Korman tat ohnehin nichts anderes.

Nachdenklich ging der Kapitän zum Bug. Er hatte die Stirn in tiefe Furchen gelegt, und die Narbe trat noch stärker zum Vorschein als sonst. Er trug ein dünnes Hemd und erschauerte in der nächtlichen Kälte. Sein langes Haar wogte in dem Wind, der von Westen herüberwehte. Im Geiste war er teilweise bei seinen Freunden, die er auf Fuoli zurückgelassen hatte. Hoffentlich verlief für sie alles zum Besten. Nach allem, was sie durchgemacht hatten, hatten sie sich ein wenig Frieden verdient. Andererseits dachte er an die Nachricht, die ihn per Brieftaube von der Jagdfestung erreicht hatte. Das Pergament hatte Ais' Siegel getragen, und diesem Siegel vertraute er. Wenn die Botschaft tatsächlich stimmte und die Jagdfestung der Föderation fortan vollständig angeschlossen wäre, bestünde kein Grund mehr, dorthin zurückzukehren. Er fühlte sich der Föderation gegenüber nicht verantwortlich. Das eigentlich Wichtige an der Nachricht aber war, dass Ais empfahl, der Festung besser keinen Besuch abzustatten. Der junge Kommandant schien zu befürchten, die Repräsentanten könnten ihnen etwas Schlimmes antun. Nach der Zerschlagung der Häscher würde Korman sich frei bewegen können wie in den Zeiten der Piraterie. Seine Männer hätten sicher nichts dagegen. Sie könnten tun, wonach ihnen der Sinn stand, und überall in Perg hingehen. Er selbst wusste allerdings nicht, ob er sich darüber freuen sollte. Ihn schmerzte das Unrecht, das der Festung widerfahren war.

Am Bug blieb er stehen und sog die saubere Luft tief in seine Lungen. Er schloss die Augen und versuchte, alle unangenehmen Gedanken abzuschütteln. Er war hergekommen, um einen lange gehegten Plan zu beenden. Darauf musste er sich konzentrieren. Es würde ihn glücklich machen und eine schwere Last von seinen Schultern nehmen. Unabhängig von der Festung zu sein machte die Zeiten nicht leichter. Er hatte keine Ahnung, was ihn und seine Männer erwartete. Aber er würde die Aufgabe meistern. Er hatte immer alles gemeistert. Er war es gewohnt, allein zu agieren. Das hatte auch seine guten Seiten, Freiheit war etwas Herrliches. Noch einmal atmete er die frische Luft tief ein. Wenigstens war die Angst vor einem Krieg, der Perg entzweien könnte, in weite Ferne gerückt. Wenn die Häscher und die Föderation aneinandergeraten wären, hätte es viel Blutvergießen gegeben.

Er hob den Kopf und betrachtete gedankenverloren die am Mast flatternde blau-grüne Häscherfahne. Dennoch verspürte er tief in seinem Inneren Bitterkeit. Und das würde wohl stets auch so bleiben.

Vorsichtig öffnete er den Beutel in seiner Hand, blickte hinein und lächelte vergnügt. Trotz allem, was passiert war, machte das, was er gleich tun würde, ihn glücklich. Sein Blick glitt zu der Löwinnenfigur am Bug des Schiffs. Er würde es meistern. Was immer es sein mochte … Und sich dabei niemals wieder das Leid eines Unschuldigen zunutze machen.

»Ich werde es auch ohne dich schaffen«, sagte er und lächelte die riesige Löwin an. Dann steckte er die Hand in den Beutel, zog die goldene Statuette heraus und schleuderte sie mit aller Kraft von sich. In hohem Bogen flog sie durch die Luft und drehte sich dabei zwei Mal um die eigene Achse. Den Kopf voran, fiel sie hinab ins kühle Hunsa, hob eine kleine Wassersäule und verschwand. Dutzende umherschwimmende Fische beobachteten neugierig, wie die Figur Hunderte Fuß tief im dunklen Meer versank.

Nachdem die Statuette den Grund erreicht hatte und in den Sand eingetaucht war, konnte der neugierigste der Fische, ein kleiner roter Heoler, sich nicht zügeln und wollte probieren, wie dieses seltsame Etwas schmeckte. Ein paar Mal versuchte er sein Glück mit seinen Zähnen, die er gerade erst bekommen hatte. Aber er begriff schnell, dass dieses Objekt nicht unbedingt zu den essbaren Dingen gehörte, und schwamm weiter auf der Suche nach vernünftiger Nahrung.

Die Statuette bekam noch von einigen weiteren Fischen Besuch. Ein Aal mit rotem Kopf umschlang sie eine Weile, entdeckte in der Ferne eine Beute und machte sich davon. Ein Seepferdchenpaar änderte seine Richtung, um nahe an ihr vorbeizuschwimmen, und sah die Löwin aus prüfenden Augen an. Die Farbe gefiel den Seepferdchen nicht, und so entfernten sie sich. Ein für seine Art klein gewachsener Hai schmiegte sich betrübt an sie, als ihm ein Beutetier entwischte. Nachdem er sich ein wenig gefasst hatte, machte er sich mit neuer Hoffnung auf den Weg. Schließlich ließ sich der Hai in der Nähe eines Wals von der Größe zweier Handelsschiffe nieder. Es war die Zeit der Walwanderung. Mehr als einen Tag war der Wal ununterbrochen geschwommen, nun musste er sich ein wenig ausruhen. Tonnen von Sand, die der Wal aufwirbelte, legten sich sanft auf Durkgador und schenkten der kleinen Löwin ewig währende Einsamkeit und tiefen Seelenfrieden, auf dass die Jahrhunderte andauernde Verdammnis ein Ende fände.

Die Hände auf die Reling gestützt, den Blick noch immer auf die stolze Galionsfigur geheftet, meinte Korman in den Augen der Löwin ein Aufflackern zu sehen. Unmerklich, vielleicht nur eine Täuschung. Trotzdem erwiderte er ihren Gruß mit einem leichten Nicken.

»Nicht der Rede wert«, sagte er mit halbem Lächeln, als scherzte er mit einem Freund. Weitaus glücklicher, als er gerade noch gewesen war, machte er sich auf den Weg in seine Kabine.

•

Hier endet das dritte Buch.
Im vierten Buch kehren unsere Helden Perg
ein weiteres Mal den Rücken.
Sie betreten einen Boden,
auf dem ein unerbittlicher Krieg im Gange ist.
Eines nach dem anderen offenbaren
sich die Geheimnisse, genauso, wie sie es sich wünschen.
Gemeinsam werden wir erleben,
ob sie die Wahrheiten ertragen können.

Der einzige Weg, um Frieden zu bringen, ist,
den Krieg zu gewinnen.

Und vielleicht benötigen sie noch etwas mehr …

•